태양의 그늘 3

태양의 그늘 3

박종휘 장편소설

arte

차례

제1장

도약의 발판

사랑하고 자시고 할 가족도 없고 남다른 능력도 꿈도
없는 판에 조국이라도 한번 사랑해볼까 했더니 복 없는
놈은 그것도 쉽지 않구나.

상백의 선물

방에 혼자 누워 있던 기웅이 문틈으로 승희가 빨래하고 있는 것을 확인한 다음 채봉의 공책을 조심스럽게 펼쳐 들여다보았다. 공책을 훔쳐보는 건 기웅이만의 비밀이다.

기환이, 승희 공납금은 일단 해결했다.
내일 일은 내일 걱정하고 오늘은 잠시 몸도 쉬고 마음도 쉬자.

아침에 어머니가 밝은 얼굴로 형과 누나에게 공납금 봉투를 줬던 생각이 났다.
'맞어, 우리 어머니는 진짜로 대단해. 요즘 도시락 안 싸오는 아이들이 수두룩허고 돈 없어서 학교 그만둔 친구도 있는데 우리는 넷 다 안 굶고 학교 잘 다니고 있잖어.'
부엌으로 통하는 쪽문을 열고 나가 밥솥을 살그머니 열어보았다.

양은솥 한가운데 덩그렇게 놓인 밥그릇 뚜껑을 열자 반들반들 윤이 나는 보리밥이 한 그릇 채 안 되게 담겨 있다. 밥알 하나를 뜯어 입에 넣은 다음 뚜껑을 닫고 물을 한 대접 떠 마셨다.

"어디 가냐? 오빠 들어오면 물 말아서 밥 먹고 나가!"

승희가 빨래하다가 밖으로 나가는 기웅을 불렀다.

"나는 영재네 집에 가서 먹을 거여."

"외갓집? 여름 다 갔는데 또 아이스케키 팔러 가는 건 아니겠지?"

승희가 널고 있는 빨래 뒤로 웃음을 감추면서 말했다.

"그만 좀 우려먹어. 팔지도 못 허고 혼만 났는데."

"세 개 팔고 너 한 개 먹었다면서?"

"그건 녹아서 먹은 거라니까 그러네."

전주에서 보험 일을 하며 조그만 단칸방 하나를 얻어 네 아이와 함께 살아가고 있는 채봉의 살림은 항상 쪼들렸다. 다급할 때마다 부득이 친정에 신세를 져왔으나 그것도 어쩌다 한 번이지 매번 손을 내밀 수는 없었다. 채봉은 보험 외에도 틈나는 대로 스웨터를 짜서 주변 사람들에게 팔기도 하고 '루리사'라는 양품점을 하는 친구에게서 일감을 받아다 며칠씩 밤샘을 하기도 했다. 딱한 사정을 생각해서 철우가 전북대학교 사서로 채봉을 추천해 어느 정도 수락을 받았었지만 평우의 신원 문제로 결국 백지화되고 말았다. 끼니를 이어나가기 힘들 정도로 살림이 어려운 적도 많았다.

"외숙모, 안녕하세요?"

"기웅아, 어서 와라. 너는 어떻게 그리 공부를 잘허냐? 영재도 좀 가르쳐줘라."

음식 냄새가 나는 것으로 보아 식사가 방금 끝난 듯했으나 외숙모는 묻지도 않고 독상을 차려주었다. 아무리 어려워도 외갓집은 먹는 걱정까지 하지는 않는다. 둘째 외삼촌의 막내아들인 윤영재는 학교는 다르지만 기웅과 같은 학년이고 언제나 친하게 지냈다. 기웅이 밥을 다 먹고 영재와 한참을 논 다음 집에 돌아가려고 일어섰다.

"이거 갖고 가라!"

정임이 부엌 쪽을 흘깃 보더니 물 적신 메리야스 천에 밥을 올려놓고 다시 비닐로 싸 미리 꾸려둔 보따리를 기웅에게 건네주었다. 영재가 못 본 척 고개를 돌리고 재빨리 안으로 들어갔다.

"집에 밥 있어, 외할머니."

"쓰잘데기없는 소리 말고 가져가. 느 에미는 안 먹고 사냐?"

정임의 걱정은 오로지 채봉뿐이었다.

누가 봐도 짐작이 가는 둥그런 밥보자기를 멋쩍게 흔들면서 들어오는 기웅을 본 기환이 대뜸 핀잔을 줬다.

"야, 인마! 너 또 밥 얻어 오냐?"

"왜 매급시 기웅이헌테 뭐라고 혀? 아까 오빠 먹으라고 밥도 안 먹고 나갔었고만!"

기웅은 눈을 슬쩍 비비고는 바지 주머니에 손을 넣은 채 어슬렁어슬렁 방천으로 나갔다. 다가산에 걸쳐진 해가 뉘엿뉘엿 넘어가며 저녁을 알리고 시원한 방천 바람이 부드럽게 볼을 어루만졌다. 노을빛으로 물든 냇물에서는 아주머니들이 대수리 한 마리라도 더 잡으려고 코가 물에 잠길 만큼 고개를 숙이고 바닥을 뚫어져라 들여다보고 있었다. 기웅은 둑 아래로 발을 뻗어 걸치고 앉아 혼자서 중얼거렸다.

"돈은 다 어디 가 있는 거여?"

돌멩이로 땅바닥에 돈, 돈, 낙서하다가 냇물에 휙 던지자 물 동그라미가 만들어졌다가 서서히 사라졌다.

* * *

1959년 9월 17일 추석 명절날, 한반도 남부 지방에 밀어닥친 태풍 사라호는 부산에서만 사망 25명, 실종 3명 등의 인명 피해를 일으키고, 전국적으로는 팔백여 명의 실종자와 수십만이 넘는 이재민을 발생시켰다. 이후 경기는 더할 나위 없이 꽁꽁 얼어붙었으며 곳곳에 구걸하는 사람이 줄을 이었다. 경기에 민감한 보험업계에도 찬바람이 거세게 몰아쳤다. 채봉이 중앙동 사거리에 있는 명동제화 유리문을 조심스럽게 열면서 안으로 들어갔다.

"사장님, 안녕하세요!"

양완식 사장이 종업원과 함께 진열장 구두의 먼지를 닦고 있었다. 상가 건물주이면서 제화점을 하는 그는 공처가에다가 짠돌이로 소문났지만, 월세만으로도 막고 살 만큼 알부자로 알려졌다. 양완식은 채봉을 보고 일어나 반색하려다가 등허리를 주먹으로 팡팡 치면서 가볍게 인사했다.

"생각 좀 해보셨어요? 사모님도 좋아하시지요?"

"옆에 잠깐 가 계슈. 내 곧 갈 테니까."

"고향다방에요? 아, 예. 제가 차 한잔 대접하겠습니다."

채봉의 표정이 환하게 밝아졌다. 잠시 후 양완식이 주변을 둘러보면서 채봉과 마주 앉았다.

"윤 여사님 땜시 내가 성가셔서 죽겄는디, 우리 아들허고 같은 학교 학부모고 또 혼자 자식들 데리고 힘들게 사시고 혀서 하나 들기로 혔구만요."

"감사합니다. 지난번에 말씀드린 십 년 만기짜리로요?"

채봉이 가방을 열면서 서류를 꺼내 들었다.

"내야 돈 급헌 사람은 아니니께 천천히 타도 괜찮여요. 오래 붓고 만기 때 목돈이 좀 되는 나중 것으로 혈라고요."

채봉의 손놀림이 바빠졌다. 그가 원하는 대로 이십 년 납 보험계약을 끝냈다.

"그런디, 이거 우리 집사람헌티는 비밀로 혀야 쓰겄구만요. 보험은 중간에 해약허믄 원금도 못 받는담서 안 좋아허거든요."

"알겠습니다. 그래도 가족 간에는 아시고 계셔야 하니까 사장님이 천천히 말씀하세요."

"그야 물론 그렇지만 내가 말혈 때까지요. 아시겠지요?"

완식이 새끼손가락을 추켜들며 약속을 다짐하자 채봉도 기꺼이 이에 응했다. 그때 누군가가 채봉의 뒤에서 다짜고짜로 머리채를 낚아챘다.

"내가 어느 년인가 혔더니 바로 니년이었구만. 니년이었어."

양완식의 처였다. 가쁜 숨을 몰아쉬는 그녀의 눈은 분노로 이글거렸고 손에는 머리카락이 한 움큼 쥐어져 있었다. 탁자 위에 있던 찻잔이며 물컵이 굴러떨어지면서 요란한 소리를 냈다. 채봉은 백지장처럼 하얗게 질린 얼굴로 그녀를 바라보았다.

"아주머니, 왜 이러세요. 지금 제정신이세요?"

"어쭈! 이년 봐라. 뭐 제정신이냐고?"

완식의 처가 다시 채봉의 머리채를 잡고 흔들었다.

"자식새끼 있는 년이 헐 짓이 없어서 대낮에 남의 남자허고 손가락을 걸면서 요살을 떨어?"

"이 여편네가 왜 이려? 당신 정말 미쳤구만. 빨리 사과 못 혀? 윤 여사님, 죄송헙니다. 다시 연락드리겠습니다. 정말 죄송헙니다."

완식은 소리를 지르며 발버둥 치는 자신의 처를 끌다시피 데리고 나갔다. 그녀는 완식의 손에 끌려 나가면서도 악을 바락바락 썼다.

"죄송합니다. 깨진 찻잔이랑 찻값이 얼마지요?"

의자에 앉은 채봉이 다방 주인에게 사과하면서 물었다.

"놔두세요. 제가 윤 여사님을 잘 알잖아요. 돈은 저 무식한 여편네를 둔 양 사장한테 따불로 청구할 테니까 걱정 마세요. 물 한 잔 드세요!"

채봉은 마담에게 거듭 미안하다고 말하고 화장실에 가서 헝클어진 머리를 매만진 다음 수군거리는 소리를 귓전에 두고 다방 문을 나섰다. 가을 하늘은 여전히 맑고 푸르고 바람은 부드러웠다. 사거리 하나를 지나도록 정신 나간 사람처럼 땅만 보고 걷던 채봉의 머릿속에 승희가 미안해하며 쌀 팔아야 한다고 했던 말이 떠올랐다. 자신도 모르는 바는 아니었다.

발길을 옮겨 서둘러 집에 들어갔다. 강희가 채봉을 보자마자 이상한 듯 위아래를 살폈다.

"어머니, 어디 아퍼? 얼굴이 이상해."

"밥 먹었어?"

"응, 먹긴 먹었는데……."

그때 승희가 부엌에서 나왔다.

"기웅이가 외할머니 집에 갔다가 싸주신 밥 가지고 와서 맛있게 먹었어. 그런데 어머니 얼굴이 아픈 사람처럼 정말 하얘."

그러면서 걱정스러운 표정으로 채봉을 바라봤다.

"괜찮아. 기환이도 먹었어?"

"오빠도 먹기는 먹었는데 체한 거 같다면서 얼마 안 먹었어."

승희가 책만 들여다보고 있는 기환을 슬쩍 쳐다본다.

"기환아, 가서 쌀허고 보리쌀 좀 팔아와라!"

채봉은 아침에 집을 나서자마자 청수탕에 들러 꾸어놓았던 돈을 꺼내 기환에게 주었다.

"얼마나?"

"쌀 반 말허고 보리쌀 두 말. 들 수 있지? 기웅이랑 같이 가든지. 그런데 기웅이가 왜 안 보인다냐?"

채봉은 방에 들어가 눕자마자 잠에 빠졌다.

중앙동 사거리에서 형과 같이 구두닦이를 하는 태식은 기웅이와 같은 반 친구인데 휴학하고 돈벌이를 하는 중이다.

"기웅아! 어디 가? 느네 어머니 싸운 거 알어?"

"뭔 소리여?"

"그럼 시방 암것도 모르고 나한테 온 거여?"

"그게 뭔 말여? 우리 어머니가 왜 싸워? 누구랑?"

"싸운 것이 아니라 느네 어머니가 고향다방서 양준필 어머니헌테 머리끄덩이 잡히고 한바탕 당허셨어."

"뭐? 양준필 새끼 어머니가 우리 어머니 머리채를 잡았다고?"

기웅은 단숨에 풍남동 양준필의 집으로 달려갔다.

"양준필! 양준필!"

기웅이 거세게 문을 두드리며 준필을 부르자 그의 어미가 마루에

선 채로 발돋움을 하고 밖을 내다봤다.

"준필이 지금 없는디 누구냐? 그러고 뭔 문을 그렇게 쳐대냐?"

준필 어미가 고무신을 끌고 나와 물었다.

"안녕하세요? 준필이 어머니지요?"

"그려. 내가 준필이 에미다. 친구냐?"

준필 어미는 편치 않은 기분으로 기웅을 훑어보며 대답했다.

"저는 윤채봉 씨 아들이구만요. 준필이허고 같은 반이고요."

"누구 아들이라고? 그런디 무슨 일로?"

"오늘 고향다방서 우리 어머니 머리채를 잡은 이유가 뭐여요? 제가 준필이를 뒈질 만큼 두들겨 패도 괜찮겠어요?"

"머리채 잡힐 짓을 혀서 잡았다. 그러고 뭐 어쩌고 어째? 준필이를 뒈질 만큼 패도 괜찮냐고? 니가 깡패냐, 거지새끼냐? 당장에 경찰서에 잡어넣어야 쓰겠구나. 너, 거기 그대로 있어라. 아주 혼찌검이 나게 해줄 텡게."

"제가 하고 싶은 말을 허시네요. 지금 당장에 경찰서에 전화허세요. 빨리요!"

그때 양준필이 대문을 열고 들어서면서 기웅을 보고 깜짝 놀랐다.

"남기웅! 너 어쩐 일이여? 어머니, 내 친구헌테 왜 그려?"

"내가 양준필 너헌테는 감정이 없지만 느 어머니가 다방에서 우리 어머니 머리채를 잡아 흔들었다는데 왜 그랬는지를 알아야겄다."

"어머니, 기웅이 말이 진짜여? 어머니가 그렸어?"

준필 어미는 대답 대신 마루에 놓여 있던 대접을 들어 마당에 물을 휙 쏟았다.

"만약에 느그 어머니가 매급시 행패를 부렸다면 어쩔 수 없이 너

허고 한판 붙어야 쓰겄다. 그러니까 빨리 경찰서에 전화하시라고
혀. 지금 그런다고 허셨으니까. 빨리!"

"……내가 뭘 오해혔었던갑더라. 미안허다고 가서 전혀라. 그러
게 왜 다방에서 손가락을 거냐 이거여! 남의 남자허고."

"기웅이 어머니가 다방에서 아버지랑 손가락 걸었다고 그런 거란
말여? 손가락을 왜 걸었는디?"

준필이가 울먹이면서 소리쳤다.

"보험 들고 나헌테는 비밀로 허자고 걸었단다."

"그런데 그게 왜 우리 어머니 잘못여요? 비밀로 혀달라는 준필이
아버지 잘못이지. 야, 양준필! 너 밖으로 나와. 빨리 나와, 인마!"

"내가 미안하다고 혔음 됐지, 뭘 더 어쩌자고 준필이헌티 협박질
이냐, 협박질이? 보자 보자 혔더니 너 아주 못됐구나. 그려, 어디 니
말대로 우리 준필이 데려다 뒈지도록 쳐봐라. 어서!"

"어머니, 왜 그려 정마알? 기웅이 진짜로 착허단 말여요."

준필이 엉엉 울면서 자기 어머니의 팔을 잡아 흔들었다.

"아녀 인마, 나 못됐어. 니 어머니하고 나하고 누가 더 못됐는지
세상 사람들헌테 다 물어보자. 너 뭐 혀? 여기서 맞을래?"

"기웅아, 미안혀. 내가 대신 사과헐게."

준필이가 무릎을 꿇고 앉아 기웅의 발을 붙잡았다. 기웅은 울면서
뛰쳐나갔다.

* * *

채봉이 눈을 뜨자 아이들이 걱정스러운 얼굴로 바라보며 반응을

살폈다. 천장에 매달린 전등불이 희미하게 방 안을 비추고 있었다. 채봉이 일어나려 하자 기웅이랑 승희가 붙잡아 일으켜 주었다.

"너희들 왜 이러고 있어? 불은 뭐 하러 벌써 켰어?"

"어머니가 얼마나 신음 소리를 내면서 잤는지 알어? 걱정돼서 혼 났단 말여."

기웅이 애가 타는 눈빛으로 채봉을 바라보며 말했다.

"그렸어? 내가 깜빡 꿈을 꾸었나 보구나."

"지금은 괜찮어? 아까 오수 할아버지 다녀가셨어."

승희도 채봉의 손을 잡으며 걱정스러운 눈으로 물었다.

"오수 할아버지? 그런데 그냥 가셨어?"

"요 앞에 좀 다녀오신다면서 나가셨어. 뭐도 많이 사오셨고."

윗목에 큼직한 과자 봉지 두 개가 놓여 있었다. 채봉은 서둘러 밖으로 나갔다. 골목 입구까지 나가봤으나 상두네 집 마당에서 꽥꽥거리는 오리 소리가 들릴 뿐 한길의 모습은 보이지 않았다.

"조카댁!"

이쪽저쪽을 바라보며 서성이고 있는데 깔끔한 한복을 입은 한길이 대추나무집을 지나 채봉을 향해 다가오고 있었다. 채봉도 반가워하면서 달려나갔다. 지게에 쌀가마를 지고 따라오던 큰길 건너편 쌀집 남자가 채봉을 보고 살짝 고개를 숙여 인사했다.

"쌀은 어디로 가져갈까요?"

"아저씨가 사오신 거여요? 이 비싼 쌀을 이렇게 많이 사셨어요? 이쪽으로 들어오세요."

방에 들어가 앉은 한길이 양미간을 좁히고 채봉을 들여다봤다.

"조카댁, 어디 아픈 건 아녀?"

"저 건강해요. 아저씨는요?"

"잉, 내사 건강허고말고. 그런디 아까 조카댁이 식은땀을 흘림서 누워 있는 걸 보닝게 맘이 영 거시기허드만. 괜찮지?"

"괜찮아요, 아저씨. 우리 집은 어떻게 찾으셨어요?"

"기준이헌티 주소 물어갖고 쉽게 찾아왔어. 느그들은 먼저 마령 왔을 때보다 참 많이 컸다. 그 과자들 먹지 왜 안 먹었냐?"

채봉이 아이들과 눈을 맞추며 먹으라고 고갯짓을 하자 기웅과 승희가 먼저 잘 먹겠다고 인사하며 과자 봉지를 집었다. 한길은 다시 두루마기 주머니에서 돈을 꺼내 친할아버지 대신 주는 거라며 모두에게 빠짐없이 용돈을 주었다.

"제가 잘살고 있는 모습을 보여드리지 못해서 죄송해요."

"그런 소리 말어, 조카댁. 이 어려운 판국에 애들 학교 보냄서 산다는 것만 혀도 정말로 대단헌 거여."

"이해해주셔서 고마워요, 아저씨."

"아니 참말여. 그리고 내가 오늘은 진짜 상백 형님 심부름으로 온 거여."

한길은 한복 가슴 안쪽에서 봉투를 하나 꺼내 눈을 똥그랗게 뜨고 바라보는 채봉에게 건네줬다. 상백이 살아 있을 때 상수리나무집 판 돈인데 자기한테 맡기면서 언젠가 기환네가 어려워지면 요긴하게 쓰도록 전해달라고 했던 돈이라는 것이다.

"아버님이요? 저희 이름으로 된 집도 아닌데……."

이모저모 설움이 복받친 채봉은 걷잡을 수 없는 눈물을 쏟아냈다.

"주책을 부려서 죄송해요, 아저씨."

"아녀 아녀. 죄송은 무슨. 내가 너무 늦게 찾어와서 미안허구만.

진작에 와봤어야 허는디…….”

“아니에요, 아저씨. 이렇게 찾아주셔서 정말 감사합니다.”

“조카댁, 그리고 이 명함 하나 챙겨둬.”

명함에는 국방부 인사복지과장 장준길 대령이라고 적혀 있었다. 어렸을 적에 한길과 친형제처럼 한집에 살았던 사촌 동생인데 얼마 전에 자기 아버지 성묘 왔다가 일부러 찾아왔더라고 했다.

“끗발도 좋은 것 같고 허길래 이런저런 얘길 허다가 내가 조카댁 얘길 혔더니 꼭 한번 찾아오라더라고.”

“고마워요, 아저씨. 기환 아버지 얘기는 어디까지 허셨어요?”

채봉의 얼굴에 금세 발그스레한 화색이 돌았다.

“믿어도 되는 동생이긴 허지만 말은 전해지면서 탈이 나는 법이라 그 말은 그냥 비밀로 혔어. 걱정 말고 한번 찾아가 봐.”

한길이 다녀간 후 채봉은 장준길 대령을 만났다. 얼굴에 한길의 순수한 분위기가 물씬 깔려 있었다. 장 대령은 장병 복지향상 차원으로 떨어진 업무라며 하사관 이상을 대상으로 한 특별보험 상품을 설계해달라고 주문했다. 납입 보험료 선입급도 해주고 전역 전 사망 시에는 국방부에서 일정 비율을 지원할 테니 보험지수를 최대한 낮춰 짜주면 상부상조가 될 것 같다고 말했다.

장 대령을 만난 채봉은 새로운 희망에 불탔다. 대한생명 본사에서도 기회로 판단하여 특별기획팀을 편성해 파격적인 보험상품 개발에 최선을 다했다. 얼마 후 대한생명에서는 국방부와의 조율을 마치고 영업 활동은 채봉의 강연 형식으로 추진하기로 방침을 정했다. 채봉의 강연 효과는 사람들의 예상을 뛰어넘었으며 여기저기에서 대기하면서까지 그녀를 초청하기에 이르렀다.

권력무상

  하늘은 지상에서 벌어지고 있는 일을 아는지 모르는지 하얀 구름을 유유히 띄우면서 천지에 계절의 향연을 펼치고 있다. 광화문 안쪽으로 비치는 경복궁 뜰의 소나무는 더없이 짙푸르고 누각 뒤 인왕산의 철쭉은 온몸을 붉게 태우면서 봄의 절정을 알리고 있는데, 부정 선거를 규탄하는 데모를 하다 실종된 학생의 시신이 마산 앞바다에서 눈에 최루탄이 박힌 채 발견됨에 따라 학생들의 분노가 화산처럼 폭발했다. 시위는 전국적으로 확산되었고 참여하는 군중도 대학생에서 시작해 고등학생과 중학생, 일반인으로까지 퍼져 나갔다.

  1960년 4월 19일, 이기붕의 허수아비가 검은 연기를 뿜어내면서 시뻘겋게 타들어 가고 '부정 선거 다시 하라'라는 플래카드를 높이 치켜든 수많은 군중이 광화문에서부터 남대문에 이르기까지 차도는 물론 인도와 골목길마저 꽉 메운 채 인왕산이 흔들릴 만큼 '독재타도'를 외쳤다. 도로변 건물 안팎은 물론 옥상까지 구경꾼들이 빼곡히 들어서서 가슴을 졸여가며 지켜보았다.

"경무대로 가자!"

머리에 띠를 두른 학생들이 주먹 쥔 팔을 뻗으며 외쳤다. 플래카드가 집결하고 선두에 있는 군중들의 방향이 경무대로 쏠렸다.

"무조건 사수하라!"

경찰들의 구령과 군화 소리가 달리는 말발굽 소리처럼 조급해졌다. 학생들은 서로서로 어깨를 잡고 앞으로 나아갔다. 경무대가 가까워지면서 열기가 달아오르기 시작했다.

"필요하다면 발포도 무관하다!"

경찰들은 총에 찰칵찰칵 장전한 다음 사격 자세를 취했다. 학생들은 두렵고 핏발 선 눈으로 전방을 노려봤다. 잠시 짧은 정적이 흘렀다. 흡사 육탄 시가전 직전의 분위기였다.

"정말 쏘는 거야?"

"쏘라고 하잖아. 아니면 네가 죽든지."

시위대와의 거리가 불과 삼십여 미터로 좁혀졌다. 경찰들은 서로가 동료의 눈치를 살폈다. 학생들이 더욱더 가까이 다가왔다.

"물러서지 마라! 현 위치를 사수하라!"

경찰 간부의 목소리가 다급했다.

"이승만은 물러나라!"

학생들이 우르르 앞으로 나가면서 소리쳤다. 탕! 하고 어디에선가 한 발의 총소리가 울렸다.

탕! 탕! 탕탕탕! 총소리는 다시 여기저기에서 산발적으로 이어지다가 곧이어 사방에서 울려 퍼지기 시작했다. 학생들은 누구도 설마 자신들을 향해 총을 쏘리라고는 예상치 못했다. 화약 냄새가 퍼져

나가고 잠시 모든 게 주춤해졌다.

"총에 맞았다!"

누군가가 외치자 학생들은 겁에 질린 눈으로 주변을 살폈다.

"사람이 죽었다!"

다른 쪽 학생들이 소리 질렀다.

"사람이 죽었어요! 사람이 진짜로 죽었다고요!"

또다시 바로 옆에서 외치는 소리가 들렸다. 피를 쏟으며 쓰러지는 사람을 본 학생들은 두려움에 떨면서 뒤로 물러섰으나 동시에 강한 흥분에 휩싸였다. 쓰러진 학생을 붙들고 도와달라며 울부짖기도 하고 미친 듯 도망치는 학생도 있었다. 다시 길게 총성이 울리면서 앞장서 있던 대학생들이 우르르 쓰러졌다. 학생들은 급하게 광화문까지 후퇴했다. 창백해진 얼굴로 친구들의 이름을 외쳐대거나 총에 맞아 비틀거리는 친구를 부축해 함께 달리기도 했다.

"서대문 경무대, 이기붕의 집으로 가자!"

한 학생이 손을 치켜들고 외쳤다. 광화문에 운집해 우왕좌왕하던 학생들은 앞서가는 플래카드를 따라 서대문 로터리 방향으로 밀려갔다.

"씨발 새끼들! 그러게 왜 학생을 죽여?"

상황을 살피고 오라는 지시를 받고 거리로 나와 지켜보던 필구가 내뱉듯 중얼거렸다. 인파에 섞여 있던 그는 서둘러 이기붕의 집에 도착했다. 전화통 앞에 앉아 있던 이기붕은 총소리와 함성을 듣고 온몸을 부들부들 떨고 있었다.

"경찰이 경무대로 들어가려는 학생들을 죽이고 있습니다."

필구가 서문기 비서를 통하지 않고 바로 이기붕에게 화가 난 듯 보고했다.

"경찰이 학생들을 향해 총을 쏘고 있다는 건가?"

"예, 죽기도 하고, 흥분한 일부가 지금 이쪽으로 몰려오고 있습니다."

"우리 집을 향해서?"

그는 벌떡 일어나면서 소리쳤다. 경호실 건물과 연결된 담장 위에 올라가 시위대를 살피고 있던 다른 경호원이 뛰어들어왔다.

"각하! 군중들이 몰려오고 있습니다."

"어디까지 왔어?"

이기붕의 목소리가 다급하고 떨렸다. 부인 박마리아도 얼굴이 하얗게 질린 채 서성대고 있었다.

"새문안교회를 지났습니다. 일부는 이미 도착한 것 같습니다."

쨍그랑! 이층 서재 유리창이 깨졌다. 박마리아가 벽에 붙어 앉아 심하게 떨었다.

"일단 서울 시내를 벗어나 외곽으로 가세."

이기붕이 부인 박마리아와 차남 강욱을 데리고 허둥지둥 현관을 나섰다. 대문 밖에서 웅성거리는 소리가 들려왔다. 조필구를 비롯한 경호원들이 수행 차량에 올라타고 먼저 대문을 나섰다.

"이기붕이 도망간다! 길을 막아라!"

미리 도착한 시위대가 지프차를 보고 정면에 우뚝 서서 길을 가로 막았다. 뒤차에 탄 박마리아가 겁에 질려 팔로 얼굴을 가렸고 이기붕은 운전기사의 등 뒤로 고개를 숙였다. 길을 막고 있는 학생들의 손에는 각목과 돌이 들려 있었다.

"길 비켜!"

필구가 차에서 내려 한 학생의 가슴을 세게 밀쳤다. 학생은 각목으로 필구를 내리쳤다. 나머지 학생은 돌을 든 팔을 옆으로 치켜들고 천천히 접근했다. 그사이 이기붕의 차는 서둘러 빠져나갔고 학생들은 각목에 맞은 머리에서 피가 흘러 눈썹 위로 줄줄 흐르는 필구를 보고 주춤했다. 필구가 이마를 쓱 문지르면서 앞으로 뚜벅뚜벅 나아갔다. 학생들은 서로의 얼굴을 바라보다가 한 발자국씩 뒤로 물러섰다.

"더 까고 싶으면 까! 죽여줄 테니까!"

필구가 눈을 부릅뜨고 머리를 들이밀자 학생들이 멈칫거렸다.

"뭐 해? 까라니까? 나도 죽고 싶은 놈이란 말야!"

학생들은 계속 뒤로 물러섰다.

"조 반장, 뭐 해? 빨리 타지 않고!"

뒤에서 부르는 소리를 듣고 필구는 그제야 몸을 돌려 저만치 떨어져 기다리고 있는 지프차에 천천히 올라탔다. 동료 하나가 수건을 꺼내 필구의 이마를 눌렀다. 학생들은 더는 쫓아오지 않았다. 차는 쏜살같이 달려 일행과 함께 서대문 로터리를 빠져나와 독립문과 홍제동을 지났다. 이기붕이 굳은 얼굴로 양주로 가자고 말한 이후 차가 달리는 동안 누구 하나 입도 뻥긋하지 않았다. 자동차 라이트에 비친 울창한 나무들이 급하게 비켜서듯 멀어져갔다.

양주에 있는 부대에 도착하자 서문기 비서가 위병소 헌병에게 조용히 귀띔했다. 보고를 받은 군단장이 뛰어나왔다.

"강 장군! 나 여기 좀 머물러야겠네."

"알겠습니다, 부통령 각하! 숙소로 모시겠습니다."

군단장의 안내로 숙소에 들어간 이기붕이 지친 얼굴로 강욱을 물끄러미 바라봤다. 박마리아가 이기붕의 얼굴을 보고 자기가 내조를 잘못한 탓이라며 한탄했다.

"대통령 각하께서는 나를 원망하고 계실 거요."

"다 각하를 위해서였잖아요."

부대 내에서 하룻밤을 뜬눈으로 지새운 이기붕 일행은 다음 날 상황이 안정돼가고 있다는 연락을 받고 서울로 돌아왔다.

이승만은 이기붕을 정치 활동에서 물러나도록 조치하고 자신은 자유당을 비롯한 모든 사회단체와 결별하겠다고 밝히면서 사태를 무마하려고 했다. 그러나 4월 25일에는 교수단까지 성명을 내고 시위에 참여하는 바람에 시국은 그야말로 풍전등화였다. 이기붕은 시위대를 피해 다시 부대를 전전했다. 교수단이 '학생들의 피에 보답하라'라는 플래카드를 들고 이승만이 물러날 것을 거듭 요구하고 미국에서도 압력을 가해왔지만 이승만은 미련을 버리지 못했다. 지금 물러난다면 휴전선 너머에서 무슨 일을 벌일지 모르며 말 그대로 권력에 눈먼 독재자가 되고 만다는 우려 때문이었다. 그러나 시위는 사회 전 계층으로 확산되고 어린 학생들까지 나서서 외쳐댔다.

경무대 집무실에 서서 창밖을 무심히 내다보던 이승만은 소스라치게 놀랐다. 근우가 안타까운 시선으로 그를 바라보고 있었다.

'부디 국민의 존경받는 어버이가 되시라 했는데······.'

4월 26일 오전 열 시, 이승만은 대통령 하야 성명을 발표했다.

"나는 해방 후 본국에 돌아와 오로지 동포만을 위해 최선을 다해왔으며 더불어 잘 지내왔으나 국민이 원한다면 대통령 자리에서 물러나고 선거를 다시 치르겠습니다."

이승만이 사임을 발표한 후 외무부장관 허정이 대통령 권한 대행으로 취임했다. 경무대 비서관 박찬일은 허정의 집을 방문해 이기붕의 딱한 처지를 말하며 망명의 길을 열어줄 수 없겠느냐고 물었다.

"만송(이기붕의 호)이 부정과 부패에 대한 책임을 면할 수 없는 것은 사실이지만, 공산국가에서처럼 '실권이 곧 죽음'이라는 사태가 벌어진다면 민주국가로서의 대한민국의 체면도 말이 아니긴 하지요."

허정은 확실하게 대답하진 않았지만 마음속으로 이기붕 일가를 해외에 피신시킬 생각을 하고 김정열 국방장관을 통해 주한 미국대사관 측에 망명을 요청해놓았다.

이기붕 일가는 부대를 전전하다 서울로 돌아와 4월 26일 밤 아홉 시경 경무대 36호 관사로 들어갔다. 일행이 관사에 들어가자 군복을 입은 이강석 소위가 달려와 가족들의 초췌한 모습을 보고 울음을 터뜨렸다. 서로 부둥켜안고 한참을 울고 난 후 이강석이 손으로 눈물을 찍어내며 말했다.

"구차스럽게 변명하기도 이미 때가 늦었습니다."

이기붕은 눈을 감은 채 대답이 없었고 박마리아와 강욱은 두려운 표정으로 그를 바라봤다. 경호원들은 옆 관사에 머물렀다.

뜬눈으로 밤을 지새운 이기붕은 창문을 열고 경무대 울안의 싱싱한 수목을 물끄러미 바라보았다. 사월을 떨쳐 보내는 봄의 햇살이 나뭇잎을 뿌옇게 만들며 튕겨 나왔다. 육십여 년의 세월을 돌이켜보는 시간은 그다지 길지 않았다. 그렇게 아무 일 없이 경무대의 하루가 지나간 뒤 이기붕 일가는 저녁상을 받았으나 거의 먹지 않았다. 이강석은 군복 차림으로 양아버지인 이승만에게 마지막 인사를 하러 간다며 경무대 본관으로 향했다.

이기붕은 저녁 늦게 비서와 경호원들을 불렀다.

"이제 더는 자네들이 할 일이 없을 것 같네. 수고들 했네. 오늘은 다들 집으로 돌아가고 내일은 나오지 말게."

* * *

경호팀 조필구와 강수철, 그리고 서문기 비서는 돌아가지 않고 관사 숙소에서 하룻밤을 더 묵기로 했다. 강수철이 물었다.

"조 반장, 자? 혹시 자결이라도 하시려는 거 아냐?"

"왜 그런 생각이 드는데?"

"아까 눈빛이 이상하셨어."

"의리 없는 새끼들!"

필구가 천장을 바라보며 혼잣말처럼 중얼거렸다.

"누굴 말하는 거야?"

"누군 누구야? 싸그리지. 바로 엊그제까지만 해도 손 한번 잡아주면 대가리를 구두에 처박을 듯이 조아리던 놈들이……."

"사람들을 쏴 죽인 책임은 누가 지는 거야?"

강수철이 일어나 앉으며 말하자 필구도 벌떡 일어났다.

"어느 놈이 됐든 저승에 가서도 할 말 없을 거다. 그리고 죽을 거면 처음에 콱 죽어버리지 뭘 살아볼라고 주접떨어?"

"누구? 자네 지금 부통령 각하 말하는 거야?"

필구가 몰라서 묻느냐며 아래턱을 쭉 빼고 그를 흘깃 본 다음 다시 침대에 벌렁 누웠다.

"말조심해, 반장!"

"그럼 나는 뭐여? 이제껏 나라를 위해 산다면서 폼 잡고 살아왔는데 말여."

핏발 선 필구의 눈에 눈물이 일렁였다.

"자네는 매사가 분명한 건 좋은데 너무 진지해서 탈이야. 굿이나 보고 떡이나 먹지 뭐. 아니, 나중에 우리도 잡혀가는 거 아냐?"

"그러지 말란 법도 없지. 죄지은 놈만 죽는 세상이 아니니까."

"그럼 우리도 내빼야 하는 거 아냐? 죄도 없이 잡혀갈 순 없잖아."

"헛소리하지 마, 이 친구야. 멍청한 것도 다 죄야. 멍청죄, 몰라? 죄를 지었으면 죗값을 치러야지."

그때 바로 옆 이기붕 일가의 숙소에서 탕! 하는 총소리가 들렸다.

"이게 뭔 소리지? 총소리잖아?"

둘은 벌떡 일어나 창문 쪽으로 달려가 이기붕의 숙소를 내다봤다. 커튼 안쪽에 한 사람이 서 있는 모습이 불빛을 받아 어른거렸다. 확실하진 않아도 손에 들고 있는 것은 권총이 분명해 보였다.

"정말 자살이야?"

어른거리는 데다가 뒷모습이라 잘 보이지는 않았지만 권총을 들고 서 있는 사람은 이강석인 것 같았다. 그가 다시 총을 들었다. 강수철이 문을 박차고 나가려는 순간 필구가 제지했다.

"자살이라면 그나마 명예롭게 떠나도록 놔두는 게 낫지 않아?"

둘은 다시 앉아 귀를 기울였다. 바로 한 번의 총소리가 더 난 다음 큰 소리로 우는 소리가 들렸다. 그 후에도 세 번의 총소리가 더 들렸다. 잠시 후 창문가로 가서 고개를 내밀고 숙소를 내다봤을 때 등을 보이고 서 있던 이강석의 모습은 보이지 않았고 총성을 들은 경무대 경찰서에서 사람들이 우르르 몰려왔다.

4월 28일 아침 일찍 주한 미국대사 매카나기는 국방장관에게 미국 정부가 이기붕 부통령 내외의 망명을 허락했다는 연락을 했고 아침 여덟 시경 이기붕 일가가 집단 자살했다는 방송 보도가 나왔다. 목격자는 없었으나 이전의 동향과 시신의 상태로 보아 계획적인 자살이 분명하다면서 검시를 끝내고 네 구의 유해를 수도육군병원으로 이송했다고 밝혔다. 이강석의 복부와 머리에 난 두 발의 총상 흔적을 보고 타살이라는 의혹을 제기하는 사람도 있었으나 자살로 결론지었다. 온 가족의 죽음에 대한 국민의 반응은 저마다 달랐다.

"또 어떻게 알아? 생쇼를 하고 있는지……."

"죽으려면 저희나 죽지 자식들은 또 무슨 죄야?"

망우리 이기붕의 묘소에는 장례 요원 외에 꼭 보여야 할 그의 정치적 수하는 전혀 보이지 않았다. 드물게 애도하는 사람도 있었으나 대부분 누군지 모를 사람들만 구경 삼아 나와 있었다. 필구는 검은 양복을 입고 묵묵히 장례를 수발했다. 망우산을 넘어온 햇살이 권력의 실세였던 이기붕의 묘소를 조용히 비추고 있었다.

"살인마를 애도하는 저런 인간들은 뭐 하는 작자들이야?"

필구의 귓등에 이기붕의 죽음을 확인하러 나온 누군가의 야멸찬 비난이 비수처럼 꽂혔다. 흡사 유령처럼 선 채 말이 없던 필구는 매장이 끝난 후 묘소에서 저만큼 떨어져 있는 꾸불텅한 소나무에 몸을 기대앉아 흘러가는 구름을 바라봤다. 이기붕의 경호를 맡았던 긴 시간이 구름을 쫓아 함께 떠갔다.

"애당초 나 같은 놈이 나라에 도움이 되어보려고 마음먹었던 게 주제넘은 거야. 그런데 도대체 눈물은 또 왜 나? 등신!"

해가 뉘엿뉘엿하고 스산한 산바람이 수많은 혼령과 함께 그의 몸과 마음을 에워쌀 때가 되어서야 그는 고개를 숙이고 천천히 하산해 관사 내 숙소로 들어갔다.

경호원 조 반장

    텅 빈 경호원 숙소에서 밤을 보낸 필구는 창밖 여명에 머물러 있던 시선을 끌어와 손에 쥔 권총의 총구 위에 두었다.

    '대감이 역적이면 종놈도 역적인 거야.'

    멍한 눈으로 권총을 바라보던 그는 입을 크게 벌리고 서서히 목구멍 안으로 총구를 밀어 넣었다. 쌉쌀하고 시큼한 금속의 맛과 기름 냄새가 입안 가득히 퍼졌다. 천천히 파고드는 총구의 끝이 목젖을 건드리는 순간 욱하고 구역질이 올라왔다. 총구를 조금 밖으로 뽑아낸 다음 방아쇠를 후퇴시키고 걸쇠에 건 손가락을 천천히 당겼다. 방아쇠가 거리낌 없이 격발되면서 탁! 소리가 총신을 울렸다. 총을 쥔 손과 목에 짧은 진동이 느껴졌다. 총구를 입에서 꺼내 다시 방아쇠를 후퇴시킨 다음 이번에는 가슴에 쿡 찔러대고 손가락을 당겼다. 틱! 하고 아까보다 밋밋한 소리를 냈다.

    '이렇게 간단한 거야? 총알을 넣었다면 나는 이미 구천을 두 번이

나 넘어간 거네?'

필구는 박스에서 탄환 두 개를 꺼내 손바닥에 올려놓고 한참을 들여다보았다.

'죽어야 할 이유가 있는 사람이 죽는 것도 당연하지만 살아야 할 이유가 없는 나 같은 놈이 죽는 것도 마찬가지겠지? 젠장! 사랑하고 자시고 할 가족도 없고 남다른 능력도 꿈도 없는 판에 조국이라도 한번 사랑해볼까 했더니 복 없는 놈은 그것도 쉽지 않구나. 사는 것이 재밌는 사람들끼리 잘살라고 하지 뭐.'

그는 노리쇠를 젖히고 총알 두 개를 휑한 구멍 안에 밀어 넣었다. 총알은 빨려 들어가듯 자리를 찾아 들어갔다. 꼴사나운 모양새가 조금이라도 덜 보이려면 해가 더 올라오기 전에 모든 것이 끝나야 한다. 창밖이 한결 밝아졌다. 머리카락을 비집고 나온 식은땀이 이마에 잠시 머물다가 볼을 타고 내려갔다. 흔들거리던 눈동자가 허공에 멈췄다. 방 안에 가득한 정적이 온몸을 꼼짝할 수도 없이 옥죄어오고 총을 든 손은 바람 앞의 강아지풀처럼 흔들거렸다.

"떨긴! 너는 이미 사람을 죽여봤잖아, 인마!"

뇌까리는 그의 귀에 빗발 같은 총성이 들려왔다. 처형대에 세워져 죽음을 기다리고 있는 사형수의 모습도 떠올랐다. 눈을 감자 더욱 생생하게 다가왔다. 자신도 한 인간의 심장을 향해 총을 발사했었다. 피를 뿌리며 쓰러져 죽은 사람이 시퍼런 귀신이 되어 독수리 발 같은 손을 들고 달려와 정수리를 내리쳤다. 가슴속에서 슬픔이 치밀어 오르고 두 눈에서는 뜨거운 눈물이 흘러내렸다. 방아쇠에 손가락을 걸면서 총구를 조용히 입으로 가져갔다. 그 순간 그의 머릿속 깊은 골짜기에 남평우 선생님의 얼굴이 그려졌다.

'안 돼, 필구야!'

선생님이 외쳤다. 한세상 살다 떠나면서 나라에 뭔가 보탬이 되는 삶을 살라는 교훈을 심어준 바로 그분. 사형대에 서 있는 선생님의 가슴을 피해 겨드랑이를 겨냥할 때 얼마나 떨렸던가! 종균이와 싸움을 벌였을 때 예쁜 새 필통에 연필을 가득 담아 건네주던 윤채봉 선생님도 떠올랐다. 필구는 정신이 번쩍 들었다.

그는 총을 든 손을 내려놓고 자세를 고쳐 앉았다. 머리가 맑아지면서 궁금한 마음이 삽시간에 그리움으로 이어졌다.

"내가 정말 무심하고 배은망덕한 놈이야."

지난 세월 까맣게 잊고 살아오다가 뒤늦게 이처럼 그리워한다는 사실이 이상했다. 당장에 달려가 확인하지 않고는 견딜 수 없을 만큼 뜨거운 뭔가가 온몸에 퍼져 나갔다. 필구는 손에 쥔 권총을 박스에 담아 제자리에 넣고 서둘러 서울역으로 향했다.

"관촌 한 장요."

기차가 한강철교 위를 달리며 살아 있음을 알려줬다. 이기붕 일가와 이승만 대통령의 모습이 밀려나는 난간과 함께 빠르게 스쳐 갔다.

'살아 계시겠지?'

손가락을 꼽아봤다. 십이 년이 다 되어간다. 그동안 혹시 잘못되지는 않았을까 하는 생각에 마음이 급해졌다. 또래끼리 강가에 나와 놀고 있다가 기차를 향해 손을 흔드는 아이들이 보였다. 머리에 수건을 동여매고 밭을 매는 아낙네와 소에게 풀을 먹이면서 논두렁에 앉아 긴 담뱃대를 물고 있는 노인도 보였다. 낯익은 풍경이 펼쳐질 때마다 어린 시절부터 지금까지의 온갖 모습들이 그 속에 포개졌다. 필구는 오랜만에 많은 생각을 하면서 관촌에 도착했다.

다시 한 시간 가까이 기다려 진안행 버스를 타고 마령에서 내렸다. 점방 앞 평상에 앉아 새끼를 꼬고 있던 노인 한 사람이 낯선 얼굴을 보자 궁금한 듯 빤히 쳐다봤다. 동네 모습은 예전에 처음 찾아왔을 때와 변함이 없었다. 학교 담장에는 덩굴장미가 진홍색 봉오리를 뾰족이 내밀고 있고 운동장 뒤로 이팝나무가 푸름을 자랑하고 있었다. 고향 김제에 온 듯한 기분이 들며 마음이 설렜다.

기억을 더듬어 언덕길을 올라가자 위쪽으로 낯익은 대문이 보였다. 가슴이 두근거리면서 채봉 선생님의 얼굴이 파도처럼 밀려왔다. 산 밑 막다른 집 가까이 다가가 대문 틈으로 안을 살펴보았다. 대문은 분명한데 앞마당 풍경은 전혀 다른 집 같았다.

'그때는 이른 새벽에 와서 그런가?'

필구가 고개를 갸웃하면서 서성댔다.

"실례합니다."

마당에 있던 닭 몇 마리가 긴 목을 비스듬히 돌려 낯선 사람을 바라보고 있을 뿐 기척이 없다.

"아무도 안 계세요?"

"누구셔라우?"

등 뒤에서 여인의 소리가 났다. 물론 윤채봉 선생님은 아니었다. 까만 치마에 흰색 저고리를 입은 젊은 아낙이 바닥에 떨어질 듯 삐져나온 아기를 업고 대바구니를 낀 채 의아한 눈으로 물었다.

"여기가 남 선생님 댁 아닌가요?"

"남 씨는 맞는디, 우리 집 냥반은 선생님이 아닌디요."

"윤채봉 씨는요?"

"벌써 이사 갔지라우. 한 십 년 되었을 거고만요."

"그럼 실례지만 아주머니는 누구셔요?"

"나라우? 어떻게 객이 와서 주인헌티 누군가 묻는당가요? 우리 집 냥반이 남 씬게 우리도 친척이지라우. 원래 살던 남평우 씨 증조할아버지가 우리 집 냥반의 고조할아버지니께요."

아낙은 내내 웃는 얼굴로 재미있다는 듯 설명했다.

"그렇군요. 미안합니다. 저는 예전에 윤채봉 씨 제자였습니다."

"제자라우? 아따! 그 냥반 제자도 많어라우잉. 이 동네 아줌마 중에도 제자가 솔찮은디 남자 제자도 있었어라? 그런디 어쩐당가요? 그분들이 안 계셔서……."

"지금 어디 사시는지 혹시 모르십니까?"

"남평우 씨는 잘못되신 거 아시지라우? 저 뒷산에 산소가 있는 거 같드만요. 그라고 윤채봉 씨는 우리 집 냥반헌티는 숙모뻘인디 폐결핵 걸려갖고 죽을 뻔허다가 살아나서 시방은 보험 일인가 뭔가 허신다던디요? 우리 집 냥반은 나보다 쪼까 더 알 거구만이라우."

아낙의 말을 들은 필구는 잠시 뭐라 할 말을 찾지 못했다.

"참! 시댁에서 정미소 하시지 않았어요? 주장도 하시고."

"정미소는 그 댁 큰며느님이 허시다가 팔고 서울로 이사 가셨고 주장은 아적도 큰손자가 허고 계시지라우. 남기준 씨라고……. 잉, 거그 가셔서 물어보시믄 소상히 알 꺼고만이라우."

"주장이 어디지요?"

"오다가 못 보셨어라? 장터 바로 앞이여라우."

필구는 인사를 하는 둥 마는 둥 하고 주장으로 달려갔다. 낡은 간판에 남주장이라고 써진 마당 안쪽에서 향긋한 술 냄새가 풍겼다. 마당으로 들어가자 멍석에 고두밥을 깔고 있던 노인이 바라봤다.

"저, 남기준 사장님 계신가요?"

"저기 나오시는구만요."

노인이 고갯짓하는 쪽에 또래의 남자가 사무실을 나오면서 필구를 바라봤다. 필구는 그가 남기준임을 바로 알아차렸다.

"제가 남기준입니다만 무슨 일로 오셨습니까?"

깡마른 체구에 눈빛이 반짝이는 젊은이였다. 굵은 목소리에 예의 바른 태도는 품위가 있어 보이면서도 성깔이 만만치 않아 보였다.

"저는 조필구라고 합니다. 윤채봉 선생님을 뵈러 왔다가 이사 가셨다고 해서 여쭤보려고 찾아왔습니다."

"예? 김제가 고향이시고?"

필구의 이름을 듣자마자 그가 놀라며 물었다.

"맞습니다. 윤채봉 씨는 제 선생님이셨습니다."

"반갑습니다. 안으로 들어가시지요."

필구의 손을 잡은 그의 손아귀에 힘이 꽉 들어 있었다. 주장 사무실로 들어간 기준은 연신 잡은 손을 흔들며 말을 이었다.

"윤채봉 씨는 저의 작은어머님 되십니다. 조필구 씨를 무척 만나고 싶어 하셨고 김제에도 찾아가셨었다고 들었습니다."

"그러셨군요. 그런데 남 사장님은 저를 어떻게 아십니까?"

"작은아버님은 제가 세상에서 가장 존경하고 따르던 분이었습니다. 조 선생님 말씀은 오래전에 정말 감격스럽게 들었는데 지금도 또렷하게 기억하고 있습니다."

기준이 목소리를 조금 낮추면서 유리창 밖을 슬쩍 내다봤다. 필구가 앞질러 작은 소리로 물었다.

"살아 계십니까?"

"그러믄요."

필구는 가볍게 탄성을 지르며 기준의 손을 다시 덥석 잡았다.

"정말 다행입니다. 조금 전 예전에 사시던 집에 갔다가 돌아가셨다는 말을 듣고 한참 혼란스러웠습니다. 그 말이 당연한데도요."

"가짜 시신이라도 수습하도록 권하셨었다면서요?"

"그러긴 했지만 정작 돌아가셨다는 말을 듣는 순간 놀랐습니다."

"덕분에 아주 잘 계시니까 염려 안 하셔도 됩니다."

기준이 의자에 앉은 채로 몸을 앞으로 숙여 환한 얼굴로 필구를 들여다봤다.

"윤채봉 선생님이 결핵이라고 들었는데 다 나으셨습니까?"

"고생 많이 하셨지요. 지금은 완치되셨습니다."

"아, 다행입니다. 지금 어디에 계십니까?"

"작은어머님은 전주에서 보험을 하시고 작은아버님은 서울 법원에서 사법관 시보로 계십니다."

기준이 작은아버지라는 말을 조심스럽게 하면서 눈을 마주쳤다.

"사법관 시보요?"

"고등고시 사법과에 합격하셨거든요."

기준은 평우가 허운악으로 살게 된 이유와 현재까지의 과정을 간추려서 설명했다. 이어서 채봉도 보험 일을 하는데 여유가 생기는 대로 아동복지사업을 지원하고 있다면서 대단한 분들이라고 치켜세웠다.

"아, 그러시군요. 정말 존경스러운 분들이십니다."

이야기를 다 들은 필구가 주장 밖까지 따라 나온 기준에게 사업이 잘되는가를 묻자 그가 어색하게 웃으며 대답했다.

"그저 그렇습니다. 제가 워낙 사업 체질이 아닌가 봅니다. 작은어머님을 만나시면 무척 기뻐하실 텐데요."

"아닙니다. 두 분 말씀을 듣고 나니까 정신이 바짝 들면서 저도 뭔가 좀 폼이 날 때 찾아뵈어야겠다는 생각이 듭니다. 물론 살아야 할 이유도 찾았고요."

말을 마친 필구가 입을 다문 채 윙크하듯 웃어 보였다.

"반가워하실 텐데……. 빨리 그렇게 되시기 바랍니다."

필구의 입에서 나는 휘파람 소리가 따스한 오월의 햇살 속으로 울려 퍼졌다. 차부로 걸어가다 되돌아보자 기준이 길옆에 서 있다가 손을 흔들었다.

'세상은 살아볼 만한 거여. 필구야, 안 그러냐?'

* * *

마령에 다녀온 지 얼마 지나지 않아 필구는 경무대 경찰서에 사직서와 함께 신분증과 권총을 반납하고 나왔다. 누구 하나 위로는커녕 말 시키는 사람조차 없었다. 경무대를 나오는데 한 중년 사내가 다가와 종로경찰서 수사과 형사의 명함을 건넸다.

"절차상의 문제이긴 하지만 잠시 서에 좀 가주십시오."

"무슨 일이십니까? 잡아가는 거요?"

"절차상의 문제라고 하잖습니까. 같이 근무하셨던 다른 분들도 다녀갔습니다."

두 사람은 조사실에 마주 앉았다. 이기붕 일가가 자살하던 날 목격한 사항을 중심으로 이런저런 얘기를 마친 다음 형사가 물었다.

"권총 소리를 듣고도 그대로 있었던 이유가 뭡니까?"

"총 들고 있는 사람을 내가 무슨 수로 말립니까?"

"조필구 씨! 저 지금 수사 중입니다. 진지하게 답변해주시죠."

"어떻게 대답해야 진지한 답변이 됩니까?"

"그래도 경호원으로서 뭔가 행동을 취해야 맞지 않습니까?"

형사가 노골적으로 불쾌한 감정을 드러냈다.

"목숨 걸고 살려내야 했다는 말인가요?"

"최소한의 행동이라도 취했어야 하는 것 아닙니까?"

"그러고 싶지 않았습니다. 그것이 그분들을 위하는 길이라고 생각했던 것 같습니다."

"무슨 이유로 그렇게 생각하셨습니까?"

"왜 그랬는지에 대해서는 구차스러운 이유를 댈 것도 없고……."

잠시 필구의 목이 메었다. 형사가 그를 멍하니 바라봤다. 잠시 후 형사가 다소 부드러워진 목소리로 다시 물었다.

"그리고요?"

"왕년에 같이 장단 맞추던 누구 하나 발 벗고 바람막이로 나서주는 사람도 없고 도망갈 곳도 없는 판국에, 그나마 명예를 지키는 방법이 그 길 말고 또 뭐가 있습니까?"

형사를 정면으로 바라보며 말하는 필구의 목소리가 카랑카랑했다.

"그렇다면 그들이 자살한다는 것을 알고도 방관했다는 말이군요? 그건 중대한 자살방조죄가 될 수도 있습니다."

"내가 세상 태어나서 해보지 않은 게 딱 하나 있습니다. 누구처럼 밥 먹듯이 해대는 위선 말입니다. 죄가 된다면 당장에 잡아넣으십시오."

필구의 말을 들은 형사는 어처구니없다는 표정을 짓고 잠시 자리를 비웠다가 한참 만에 되돌아왔다.

"심정은 이해하지만 그래도 경호원의 입장에서 그렇게 말씀하신다는 것은 문제가 될 수도 있습니다. 혹 언론이나 외부인에게 말씀하실 때는 조금 자중해주셨으면 합니다."

"내가 원래 생각대로 밖에 말할 줄 모르는 놈이라 그렇습니다. 아무튼, 잘 알겠습니다."

형사는 아직 수사가 종결된 것이 아니라서 어디든 직장을 구하는 대로 연락처를 알려주어야 한다고 했다. 그리고 연락보증인으로 누군가 신병 인수를 할 사람이 있어야 한다면서 주변에 가깝게 지내는 사람 없냐고 물었다. 필구가 고개를 젖히고 눈을 깜빡거리고 있는데 수사과장 앞 소파에 앉아 있던 남자가 다가왔다.

"조 반장님이시죠? 대호건설 비서실에 있는 송남준이라고 합니다."

필구가 그를 올려다봤다. 얼핏 안면이 있는 사람이다. 그는 필구의 대답을 듣기도 전에 형사를 바라보며 말했다.

"형사님! 이분에 대한 신병 인수를 제가 해도 되겠습니까?"

"뭘 믿고 제 신병 인수를 하십니까?"

필구가 의아한 눈을 뜨고 묻자 그가 등에 손을 얹으며 말했다.

"죄짓고 도망가는 것도 아닌데 못 할 게 뭐 있습니까?"

정대호 사장이 설립한 대호건설은 정부의 후원으로 성장한 회사로써 이기붕과는 끈끈한 관계로 상부상조해오던 기업이다. 두 사람은 덩굴나무 아래 나무 의자에 앉았다.

"혹시 우리 회사에 근무하실 의향이 있으신지요? 사장님 지시도 있으시고 해서……."

"글쎄요. 아직 정한 일은 없습니다만 가게 되면 하는 일이 뭡니까?"

"사장님 수행 경호입니다. 경우에 따라 기사 역할을 하실 수도 있고요. 그리고 혹 경찰서 건으로 급하게 연락하려면 지금 계시는 곳으로 하면 되겠습니까? 영천시장 뒤 냉천동에 그대로 계시지요?"

"정보 한번 빠르십니다."

사형수의 자식들

"강희야, 너 우리나라 대통령 이름 알아?"

"먼저는 이삼만이고 지금은 윤보선이지."

"이삼만? 대통령 세 번 했으니까? 너 정말 고단수구나."

"시험 나올지 모른다고 해서 그렇게 외웠지롱!"

"그만들 떠들고 빨리 밥 먹고 공부나 해!"

승희가 동생들을 보고 소리쳤다.

"쳇! 자기가 어머니도 아니면서 잔소리는……."

강희가 입을 삐죽거리며 승희를 흘겨봤다. 채봉은 직업 장병 보험 활동을 시작한 이후 대전중앙지사장으로 위촉되었다. 전국의 부대를 돌며 강연을 하고 전주와 대전을 오가느라 바쁜 일상을 보내는 바람에 집을 자주 비우게 되다 보니 자연스레 승희가 어머니의 역할을 떠맡게 되었다. 성격이 까다로운 기환은 서울대를 목표로 공부하고 중학교에 다니는 기웅은 평소 분위기 해결사 역할을 하면서도 한

편으로는 내성적이고 오기가 강했다. 누구한테든 지는 것을 못 견디는 강희는 수재 소리를 들을 만큼 학교 성적도 우수했다.

시보를 마친 평우는 잠시 국선 변호사로 활동하다가 변호사 사무실을 차렸다. 당초 서울에서 시작할 예정이었으나 채봉이 근무하는 사무실 근처인 대전시 은행동에 자리를 잡았다. 사무실 건물 이층에 아담한 살림채가 있어 혼자 살아가기에도 적당했다. 변호사로 시작해 민족에 기여하는 삶을 살아가고자 다부진 결심을 했으나 기존 법조계의 텃세로 모든 게 여의치 않았다. 더욱이 남다른 약점이 있는 터라 강력한 논쟁의 중심에 나설 수도 없었다. 그럴 때마다 채봉은 시간을 가지고 천천히 길을 찾아보자며 격려했고 평우는 그에 힘입어 극빈자와 장애인에 대한 무료 변론 등 한결같은 봉사 자세를 유지할 수가 있었다. 그 결과 지역 사회에서도 조금씩 그의 순수성을 인정받기 시작했다.

1961년 5월 16일 새벽 세 시, 총소리를 들은 윤보선 대통령이 벌떡 일어나 밖을 향해 귀를 기울였다. 잠시 후 비서실장이 황급하게 들어와 쿠데타를 보고했으나 그는 올 게 왔다며 큰 충격을 받지는 않았다.

"군사 쿠데타? 그간 떠돌던 소리가 낭설이 아니었구만!"

"일단 피신을 하셔야 할 것 같습니다."

"도망치라고? 내가 나라를 팔아먹기라도 했소?"

"일단 상황을 지켜본 후에 거취를 정하시는 편이 나을 듯합니다."

"장 총리는 어떻게 하고 있소?"

"혜화동 카르멜 수녀원에 피신해 계십니다."

"이런 판국에 나까지 도망을 가라는 말이오? 나라는 어쩌고?"

잠시 후 새벽 다섯 시에 온 국민은 라디오를 통해 충격적인 뉴스를 들었다. 채봉은 완주사단 강연을 위해 전날 집에 왔다가 새벽에 일어나 강연 준비를 하면서 라디오를 틀었는데 평소처럼 타령이 울리면서 방송 시작을 알렸으나 이어지는 소리는 뜻밖의 내용이었다.

"친애하는 애국 동포 여러분! 은인자중하던 군부는 드디어 금조미명을 기해 일제히 행동을 개시하여 입법, 사법, 행정의 3권을 장악하고 군사혁명위원회를 조직하였습니다."

"군인들이? 그럼 오늘 강연은 어떻게 되나?"

놀란 채봉이 하던 일을 멈추고 라디오 소리를 키웠다.

"군부가 궐기한 것은 부패하고 무능한 현 정권의 기성 정치인들에게 더는 국가와 민족의 운명을 맡겨둘 수 없다고 단정하고 백척간두에서 방황하는 조국의 위기를 극복하기 위한 것입니다……."

이날 군부는 바로 군사혁명위원회를 설치해 의장에 장도영 육군 참모총장을, 부의장에는 박정희를 선임하였다. 유엔군 사령관 매그루더는 군부를 인정하지 못한다며 대통령이 사인만 하면 정변 세력을 진압하겠다고 윤보선에게 결단을 촉구했다. 그러나 윤보선은 진압을 반대하며 어떠한 조치도 취하지 않는 애매모호한 태도를 보임으로써 정변을 방조한 셈이 되었고 장면 총리는 이틀 후에 내각 책임의 총사퇴를 선언했다. 이어 5월 20일에는 군사혁명위원회를 국가재건최고회의로 개편하여 실질적인 군정 통치에 들어갔으며 이후 비밀첩보기관이자 국민감시기관인 중앙정보부를 발족시켜 실권을 장악했다.

"성! 인자 우리나라 대통령은 누구여?"

"대통령은 그대로 윤보선이지만 끗발이 하나도 없지."

"그럼 장도영이 최고여?"

"처음에는 그랬지만 지금은 바뀌었어. 이제 실세는 박정희여."

"박정희는 소장이고 장도영은 대장인데?"

"말조심해. 졸지에 정보부에 잡혀가서 죽는 수가 있어."

사람들은 중앙정보부를 두려워했고 전국의 모든 관공서에는 정보부 요원이 상주해 감독관 역할을 했다.

채봉의 활동은 군인들의 사기가 높아짐에 따라 오히려 호재로 작용해 갈수록 크게 탄력을 받았다. 그녀는 일약 보험인의 꽃이 되어 사람들의 존경과 부러움을 한 몸에 받았으며 간혹 이를 시기하거나 무작정 어려움을 하소연하면서 도움을 요청하는 사람도 있었다.

"윤채봉은 도대체 어떤 사람이야? 번 돈도 다 사회사업에 쓴대."

"그게 다 보험 들게 하려는 쇼야."

"아니 사실이야. 대전에서는 웬만한 사람은 다 안다는데?"

"그러니까 고단수라는 거지."

* * *

전주지방법원장 아들 김상식은 기웅과 같은 반이고 둘은 한때 누구보다도 친한 사이였다. 그는 악의는 없지만 다소 거칠고 안하무인인 기질이 있었다. 상식이 교실에서 대걸레 막대기로 무협 시범을 보여주겠다며 꼬마로 불리는 박재윤의 양어깨를 스칠 듯 가깝게 비켜 치면서 바람을 일으켰다.

"야 인마, 조심혀!"

기웅이 흘겨보며 말하자 상식은 한참이나 째려보다가 장난친 걸 가지고 남의 일에 왜 나서느냐며 얼굴을 붉게 물들였다.

"시방 너 혼자 겁주는 거잖여 인마! 누구 아들 아니랄까 봐서."

상식은 기웅의 마지막 말을 못 들은 척했다.

"그게 뭔 말여? 관두자! 겁쟁이 새끼들허고 노는 내가 한심허지."

"니 간뎅이보다는 커 인마. 쪼다 같은 새끼가 지 말 허고 있어."

기웅이가 신경질적인 말투로 말을 받았다.

"뭐 쪼다 같은 새끼? 너 인자 보니께 요즘 나헌테 감정 있냐?"

"그래, 있다 인마!"

"그럼 가시내처럼 그러지 말고 말로 혀 인마! 한번 붙든지."

상식이 기웅의 가슴을 밀치다가 이내 서로 멱살을 움켜잡았다.

"야 야! 그래갖고 간뎅이 싸움이 되겠냐? 내가 아주 공정하게 평가해줄 텐게 이따 공사장으로 와. 어뗘?"

나서기 좋아하는 임은규가 말리는 척하면서 엉뚱한 제안을 했다.

"저 새끼 콧대 꺾는 일이라면 자다가 일어나서라도 달려갈 수 있어. 요즘 저 자식 웃겨. 매급시 삐쳐갖고……."

"그럼 상식이는 됐고, 기웅이 너는?"

"뭘 어쩌자는 거여?"

상식의 말을 듣고 있던 기웅이 하찮다는 표정을 지으며 물었다.

"어떻게 할지는 나한테 맡겨. 자신 없으믄 관두고. 싫어?"

수업이 끝나고 두 사람과 임은규, 그리고 증인을 자처하고 나선 다섯 명의 아이들이 고등학교 뒤 도서관 공사장으로 갔다. 골조 공사 중인 언덕 아래쪽으로는 양쪽 벽에 벌건 황토 속 소나무 뿌리가 드러난 채 차와 리어카가 다닐 수 있도록 파놓은 경사진 길이 만들어져 있었다. 임은규가 진지한 표정으로 일장 연설을 했다.

"방법은 이거여. 느그 둘은 여기 서 있다가 저 위에서 리어카가 굴러오면 재빨리 이 둑 위로 올라가 피허는디 먼저 피허는 놈이 지는 거여. 알겠어? 리어카는 내가 굴릴 텐게."

"좋았어! 아예 서로 붙들고 있기로 허지. 남기웅, 어뗘?"

상식이 호들갑스럽게 찬성했다. 기웅은 말없이 웃었다. 둘은 은규의 제안대로 흙길 아래쪽 끝 부근에 마주 섰다. 어색한 표정으로 서로를 바라보고 있는 두 사람의 얼굴이 긴장으로 일그러졌다.

"어깨 잡자면서 왜 안 잡아, 인마!"

"잡어! 그런데 한 가지만 묻자. 너 나헌티 무슨 감정 있는 거여?"

"잡기나 혀 인마! 말하고 싶지 않응게."

은규가 꼭대기에서 흙을 담은 리어카 손잡이를 잡고 기다렸다. 기웅과 상식은 어깨동무를 한 채 위쪽을 향해 섰다.

"겁나냐? 이 겁쟁이 새끼야!"

상식이 부자연스러운 웃음을 지으며 물었다.

"너 병신 돼도 나 원망허지 마!"

기웅이 상식의 어깨 위에 올린 팔에 힘을 주며 말했다.

"남 말 허지 마 인마. 야! 뭐 허냐? 굴려!"

구경 겸 증인으로 나온 아이들은 서로를 바라보며 키득거리다가 벽 위에 올라가 엉덩이를 걸치고 앉았다. 위쪽의 낮은 소나무에서 굴뚝새 한 마리가 파드닥 날아갔다. 잠시 후 은규가 리어카를 슬쩍 밀었다. 리어카는 천천히 구르다가 이내 벽을 치면서 빠르게 밑으로 달리기 시작했다. 조금 굴러 내려오던 리어카는 한차례 벽에 부딪힌 다음 뒤집혀 쿵쾅 소리를 내면서 밑으로 굴렀다. 담아뒀던 흙이 하늘로 솟구쳐 둘의 얼굴에 우수수 내려앉았다. 기웅은 아예 눈을 감고 있었다. 상식은 리어카가 벽에 부딪히는 순간 하얗게 질린 얼굴로 기웅이 손을 올리고 있는 자신의 어깨를 흔들었다. 기웅은 있는 힘을 다해 상식의 옷을 말아 쥐고 있었다. 흙을 다 쏟고 가벼워진 리어카가 다시 뒤집히면서 굴렀다.

"놔, 이 새끼야! 너 미쳤어? 왜 잡고 지랄여?"

기웅은 여전히 상식을 노려본 채 꼼짝도 하지 않았다.

"이거 안 놔? 기웅아, 제발 이거 놔!"

"야! 니들 빨리 놓고 옆으로 올라가! 다쳐 인마!"

리어카를 굴렸던 은규와 증인들이 웃음 반 놀라움 반으로 소리쳤다. 기웅은 요지부동으로 상식을 잡고 있었다. 발을 흔들면서 구경하던 증인들이 어금니를 꽉 물었다. 리어카가 다시 한차례 벽에 부딪혔다.

"이거 놔, 새끼야! 너 정말 죽을라고 환장혔어? 어머니!"

"이미 늦었어, 인마."

상식이 울부짖고 리어카가 사정없이 그들을 덮치는 순간이었다. 기웅이 상식을 가슴으로 안으면서 양손을 들어 리어카를 위로 힘껏 밀쳤다. 리어카는 머리를 지나 밑으로 굴러 길을 벗어난 다음에도 한참을 더 곤두박질치고서야 멈췄다. 들린 한쪽 바퀴가 맥없이 헛돌고 있었다.

"너 이 새끼, 앞으로 내 앞에서 까불지 마! 알았어?"

기웅이 낮은 목소리로 팔 안에 있는 상식의 귀에 대고 말했다. 가늘게 찢어진 상식의 이마에서 약간의 피가 새어 나와 달라붙은 흙에 스며들고 있었고 기웅의 머리통과 손바닥에서는 붉은 피가 방울지며 흘러내렸다. 뒤늦게 이 사실을 알게 된 학교에서는 고심 끝에 훈방으로 매듭지었으나, 기웅을 탓할 수도 칭찬할 수도 없는 상식의 집에서는 같은 일이 재발하지 않도록 경찰의 협조를 주문했다. 공사장 앞에는 노끈이 쳐지고 '출입 절대 금지'라는 팻말도 세워졌다.

채봉은 경찰서의 전화를 받고 한달음에 전주로 내려갔다. 대기실에는 기웅이가 친구와 함께 고개를 숙이고 앉아 있었다. 경찰관이 채봉에게 사고에 대해 자세히 설명한 후 큰일 날 뻔했다며 주의를 당부했다. 미리 와 있던 상식의 어머니와는 정중하게 인사만 하고 헤어졌다. 채봉은 그날 이사를 계획했다.

* * *

기환이 작대기로 마루 밑에 있던 마대를 꺼내 마당에다 휙 던져놓고 "기웅아, 가자!" 하면서 대문 밖으로 먼저 나갔다. 기웅은 기환을 흘깃 바라보다 말없이 마대 자루 두 개를 어깨에 둘러메며 엎드려 공부하고 있는 강희에게 물었다.

"강희야, 오빠 다가산에 가는데 너도 갈래?"

"숙제해야 해."

"너는 공부가 그렇게 좋냐? 맨날 일등만 허면서?"

"대전에 전학 가서 나보다 공부 더 잘하는 아가 있으면 어떡해."

"살살 좀 혀라. 일등 좀 안 허면 어뗘?"

"나는 일등이 중요해."

"너를 누가 말리겠냐. 갔다 올게, 강희야."

기환과 기웅은 토끼에게 먹일 아카시아 잎을 따러 다가산을 찾았다.

"그늘에 널어서 말려두면 되니까 오늘 많이 따자."

산 아래 다가공원의 유월은 봄이 물려주고 떠난 초록의 절정이었다. 진한 풀 냄새가 풍기는 공원 여기저기에는 여학생들이 배드민턴을 치기도 하고 러닝만 입은 남학생이 평행봉을 하면서 남다른 기술을 뽐내는가 하면, 구경꾼 속에서 심각하게 장기를 두는 사람들이 녹음 속 시원한 바람을 즐기기도 했다. 꼬마 하나가 바쁘게 돌아다니며 "진미당 아이스케키!"를 늘어지게 외치다가 뚜껑을 열고 군침을 삼키며 얼음 통 안을 들여다본다.

둘은 산 중턱 조금 못미처까지 올라가 길옆으로 빠져 잎이 무성하고 따기 좋은 아까시나무를 찾았다.

"야, 꿩이다! 굉장히 큰 놈여."

바로 앞에서 꿩 한 마리가 깃털을 흩날리고 튀어 오르자 기웅이 날아간 곳을 바라보며 아쉬워했다. 기환은 들은 척도 하지 않는다.

"성은 누가 무슨 말을 해도 왜 반응이 없어? 말한 사람 무안허게? 꿩을 보니까 이모네 집에서 살던 생각도 나고 반갑고만."

기웅이 팔을 길게 뻗어 아카시아 잎을 따면서 투덜거렸다.

"어쩌라고?"

"한번 말허기 시작하면 어떻게 참았나, 할 정도면서……."

"그놈이 너한테 잡히겠냐? 인연 없는 꿩은 잊어버리고 너는 이파리나 따. 진한 거 말고 이렇게 연한 연두색인 걸로 말여. 그리고 날아간 꿩 찾느라 밑이 낭떠러진 거 잊어버릴라 조심혀라!"

기환이 기웅을 향해 잎을 흔들어 보여주며 말했다.

"저 말 많은 것 좀 봐. ……알았어. 새끼 주게?"

기웅이 가지 끝 연한 잎을 따려고 몸을 앞으로 구부리자 딛고 있던 나무가 밑으로 휘어졌다.

"조심혀! 너 뒤로 조금 물러나!"

"알았어, 성. 내 걱정 마. 그런데 까만 토끼는 왜 지 새끼를 잡아먹어? 정말 먹은 거여? 나는 그담부터 그놈한테는 정이 안 가."

"새끼가 너무 위험하거나 다른 냄새가 나면 잡아먹는데, 토끼들이 다 그런 건 아녀. 그놈이 특히 예민해서 그러지."

"뭐 그런 것이 다 있대?"

"참 야속한 모정이지?"

"그게 무슨 모정여? 아무리 그렇다고 어떻게 살아 있는 지 새끼를 홀딱 잡아먹어? 체하지도 않고……. 흉측한 놈!"

"지 본능이 그런 것을 어쩌겠냐. 인간들도 법대로 한 건 사람을 죽여도 죄가 아니잖여? 여긴 무슨 거미줄이 이렇게 많은 겨."

기환이 이마에 묻은 거미줄을 털어냈다. 기웅은 잎을 따던 가지에서 손을 놓고 생각에 잠겼다. 계곡을 휩쓸며 불어오는 바람이 형제의 얼굴을 스쳐 지나갔다.

"그 말 무슨 말인지 알어. 우리 아버지 같은 경우잖여. 맞지?"

"우리 기웅이 눈치 한번 빠르다."

"성, 이건 눈치가 아니라 남모르는 가슴앓이 뭐 그런 말이 더 맞지 않어? 왜 그렇게 장난처럼 말을 혀?"

"장난은 아닌데 그렇게 들렸으면 미안허다."

"할아버지 제사 때 큰아버지한테 아버지 얘길 듣고 충격 받았었는데 더 물을 수도 없었고, 그날 이후부턴 틈만 나면 그 생각이 떠올라. 지금 말고 집에 가서 제대로 얘기해줘. 정확하게 알고 싶어."

기웅의 표정과 음성이 예상 밖으로 진지해 보이자 기환도 아카시아 잎을 따던 손을 멈추고 기웅을 바라봤다.

"너는 가끔 나를 놀라게 하더라. 좀 전에 말한 남모르는 가슴앓이라는 표현도 그렇고……. 내가 널 너무 어리게 보고 있는 거 같다."

"나 이래 봬도 유도가 초단이여."

기웅이 다시 아카시아 잎을 따 마대에 담으면서 히죽거렸다.

"중학교 2학년이 벌써 검은 띠 땄어?"

"진작에 땄지. 그런데 성! 나도 이참에 고백할 거 하나 있어."

"뭔 내용인데 그렇게 거창한 단어를 써?"

"우리 흰 토끼 죽은 거 생각나지? 봄에 풀 쪼끔씩 돌아날 때 방천에 처음으로 데리고 나갔었잖여."

"응, 알어. 눈 빨갛고 귀 한쪽이 접히고."

"그려, 그 토끼 사실은 그냥 죽은 게 아녀. ……내가 밟았어."

기환이 마대를 묶던 손을 멈췄다.

"뭐라고? 니가 밟았다고? 어떻게? 그런데 왜 말을 안 혔어?"

"아 요놈이 풀을 뜯어 먹다가 배가 좀 부르니까 막 뛰어다니는 거여. 처음에는 겨우내 갇혀 있다가 신나서 그런가 보다 하고 내버려 뒀었어. 맘대로 놀아보라고. ……그런데 이놈이 갑자기 냇물 쪽으로 뛰어가지 뭐여? 토끼는 귀에 물 들어가면 죽는다면서?"

"글쎄, 그건 아닐걸?"

"아무튼 그래서 내가 쫓아가는데 엄청 빠르게 달리더라니까! 그래서 나도 죽어라고 달려갔었어."

기웅이 올라선 가지가 다시 흔들거렸다.

"조심하라니까! 너 그 나무에서 내려와."

기환이 크게 소리치자 기웅은 가지를 딛고 있던 발을 빼 바닥에 내려놓았다.

"그런데 한참 달리다가 요놈이 지쳤는지 갑자기 탁 멈춘 거여. 바로 내 앞에서……."

"너는 갑자기 멈출 수가 없어서 밟아버렸다 그 말이지?"

"발밑에 물컹한 게 밟히는데, 철렁하더라니까."

"너 정말! 짜아식! ……그렇게 된 거였어?"

"성한테 말도 못 허고 토끼가 불쌍해서 한동안 맘이 얼마나 무거웠는지 몰러. 성은 토끼가 심장마비 걸린 것 같다고 말허고."

기웅이 볼을 부풀리다 끝내 웃음을 터뜨렸다.

"야 인마! 그건 니가 하도 울상을 해서 위로해 줄라고 헌 말이지. 그때 내가 호랑이는 아니지만 가죽이라도 남겨주면 좋아할 거라고 했더니, 니가 질겁을 하고 들고 나갔었잖여. 갖다 묻어주긴 혔어?"

"그럼 묻어주지 잡아먹어? 지금도 그 생각하면 미안해 죽겠어."

기환은 웃는 것도 아니고 화가 난 것도 아닌 야릇한 얼굴을 만들더니 "좋아, 자수했으니까 용서하지." 하고 봐주는 척 매듭지었다.

"그나저나 성! 이따 집에 가면 아까 그 얘기 해주는 거 잊지 마."

기웅이 다시 진지한 표정으로 돌아갔다.

"그 얘기라니, 무슨 얘긴데?"

"장난치지 마! 나는 그 말 듣고 억울해서 얼마나 울었는지 몰러."

"아무것도 모르다가 큰아버지한테 처음으로 들은 거였냐?"

"어렸을 때 어머니가 아버지 누명 썼다면서 붙잡히면 평생 감옥살이할지도 모르니까 말조심허라고 말해준 게 전부였단 말여."

"큰아버지한테 구체적으로 무슨 말을 들었는데?"

"사형수라는 말."

"그런데 왜 나한테 한마디도 안 물어봤어?"

"이런 말은 남한테는 말할 수도 없잖여. 그러다 보니까 성한테도 물어보기는커녕 차라리 모르는 것으로 허는 것이 낫겠다는 생각도 들었어. 그런데 지금은 아녀. 자세히 알고 싶어."

말하는 도중 기웅의 목소리가 잠시 울컥했다가 풀어졌다.

"너 또 눈물 날라고 그러는 것 같은데?"

기환이 주먹을 불끈 쥐고 있는 기웅의 손을 따뜻하게 잡았다. 기웅은 아니라면서 고개를 살짝 돌렸다.

"알았다. 나도 다 아는 건 아니지만 알고 있는 만큼 너한테 다 얘기해줄게."

둘은 한동안 아무 말 없이 마대를 메고 방천길을 걸었다. 기환이 고개를 옆으로 돌려 기웅을 잠시 바라보다가 다정하게 어깨를 잡았다.

"기웅아! 너 그런 이유로 기죽거나 뭐 그런 건 아니지? 그럴수록 우리 뭘 허든 절대로 시시한 사람은 되지 말자. 응?"

"사형수의 아들이 어떤 놈인지 보여줄 테니까 두고 봐. 나쁜 새끼들!"

"누가 나쁜데?"

"몰라서 물어? 없는 죄를 만들어 뒤집어씌운 놈들, 판사, 정부, 전부 다지!"

기웅이 기다렸다는 듯 빠르게 내뱉었다. 기환은 가던 걸음을 멈추고 눈을 빤히 쳐다봤다.

"너 혹시 지난번 리어카 사건도 이 일과 관계있는 거 아녀? 그때 갸가 판사 아들이었다면서?"

"맘대로 생각혀."

기환은 더 말을 잇지 못하고 기웅의 어깨만 계속 토닥였다. 풀 냄새가 가득 담긴 방천 바람이 등 뒤로 다가와 형제의 온몸을 부드럽게 휘감았다.

"기웅아! 우리 집까지 달리기 허자. 내가 열 발자국 접어줄게."

"다섯 발자국이면 돼. 간다!"

세차게 흔들리는 마대 뒤로 흙먼지가 죽어라 따라붙었다.

희망원의 아이들

청산목재 소유의 뗏목 전용선 부런스타호가 태평양 한가운데서 엔진 고장으로 표류하다가 태풍 23호 틸다를 만나 침몰했다. 그 바람에 경영난을 겪던 청산목재는 도산했고 창업자 손일국 사장이 고아로 성장한 자신의 어린 시절을 생각해 운영하던 청산고아원마저 폐쇄할 지경에 이르렀다. 그 고아원에 후원하던 채봉과 평우도 걱정이 이만저만이 아니었다.

"몸이 정상인 아이들은 어디든 간다 치고 장애아들은 어쩐대요."

애가 탄 박성찬 원장이 평우에게 하소연했다.

"도립 고아원에는 장애 아동을 위한 시설이 전혀 없나요?"

"아시잖아요. 우리나라는 장애인보호법이 따로 없는 거. 거기에 비하면 여기는 호텔이었지요."

평우는 어떻게든 아이들에게 도움이 되고 싶었다.

"지금 있는 아이 중에 장애인이 몇 명이라고 했죠?"

원장은 양손을 펴 보이며 딱 열 명이라고 대답했다.

"저도 알아보긴 하겠지만 기대할 것은 못 됩니다."

이후 대전시청과 도청을 찾아가 하소연해봤으나 예산이 책정되지 않아 방법이 없다는 말만 반복해서 듣고 왔다. 건물주를 찾아가 사정도 해봤지만, 전혀 먹혀들지 않았다. 회사 형편상 재임대를 하지 않을 수 없다는 것이다. 보다 못한 채봉이 뜻밖의 말을 꺼냈다.

"운명이라 생각하고 장애아들만이라도 우리가 보육하면 어때요?"

"당장에 적지 않은 돈이 들어가야 하는데?"

"이사할 돈을 우선 써요. 우리가 고아원 한쪽을 쓰고."

채봉이 흔쾌하게 대답했다.

"승희가 누구보다 이사를 기대하고 있었는데 갑자기 실망을 줄 수는 없어."

평우는 선뜻 결정을 내리지 못하고 채봉을 쳐다봤다.

"그건 나도 잘 알지만 장애까지 있는 아이들을 나 몰라라 할 수는 없는 심정이에요. 승희는 내가 달래볼게요."

평우는 도청 사회과로 다시 찾아가 장애아를 돌보기로 한 계획을 설명하고 1인당 월 오천이백 환의 보육비를 지원받기로 승인을 받았다. 그 밖에도 평소 자신을 신뢰해온 몇몇 사람에게 약간의 후원을 받기로 하였으며 채봉도 형부 이국헌과 오빠 윤재명을 비롯한 주변 인들에게 도움을 요청했다. 고아원 이름은 '희망원'이라고 지었다.

"어머니!"

강연과 희망원 일로 눈코 뜰 새 없이 바쁜 채봉이 며칠 만에 집에 왔다. 학교에서 돌아와 마당으로 들어선 승희는 코를 벌렁거렸다.

어머니가 만드는 불고기 냄새가 틀림없다. 가방을 내려놓고 곧바로 부엌으로 뛰어들어간 승희는 모처럼 채봉이 해주는 저녁을 편안히 먹기도 전에 고아원 얘기를 듣게 되었다. 승희는 펄쩍 뛰었다.

"싫어! 나는 죽으면 죽었지 고아원에는 안 들어갈 거여!"

"당분간이라고 했잖아. 누가 들으면 지 딸 내쫓아 고아원에 보내는 줄 알겠다."

채봉은 승희가 악을 쓰는 바람에 깜짝 놀랐으나 금세 표정을 고쳐 부드럽게 말했다.

"그게 그거지 뭐가 달러?"

"문은 따로 사용할 수 있도록 헐게."

"며칠 전까지만 해도 대전에 내 방 따로 있는 집 얻어서 이사 간다고 약속했잖여."

승희가 말을 하다 말고 엉엉 소리 내어 울었다.

"미안하다. 사정이 그렇게 되었어."

"장애아들만 소중허고 가족은 안 소중혀? 나는 장애아보다 더 불쌍혀. 내가 더 손해라고!"

간호 장교고 뭐고도 다 때려치우겠다는 말까지 했다.

"우리가 불쌍한 아이들에게 조금만 양보하자. 응?"

"우리는 지금까지 쭉 고아처럼 살았잖여."

"너희가 왜 고아여?"

"내가 언제 고아라고 했어? 고아처럼이라고 했지?"

채봉은 할 말을 잃고 앉아 있다가 흐느껴 울고 있는 승희의 손을 잡았다.

"승희야, 네 방 있는 집은 어떻게든지 고아원 말고 밖에다가 따로 마련헐게. 그럼 됐지?"

채봉이 한발 물러섰는데도 승희는 목소리를 더한층 키웠다.

"내가 정말 집 때문인 줄 알어?"

"그럼 뭐가 또 있어?"

"나는 쬐깐헐 때부터 빨래랑 밥도 내가 허고, 설거지랑 집안일도 나 혼자 다 했어. 그런데 이제 정말이지 신물이 나! 나도 다른 애들처럼 어머니랑 살면서 어린양도 부리고 챙겨주는 대로 살고 싶단 말여. 그래서 이사할 날만을 오늘내일하면서 기다려왔는데 이게 뭐여? ……이제 함께 살아도 어머니는 고아원인지 뭔지 때문에 전보다 더 바빠질 건 뻔하잖여."

채봉은 악을 쓰며 말하는 승희를 덥석 끌어안았다.

"승희야, 미안허다. 나는 니가 잘 해내는 줄만 알았지 그렇게 힘들어하는 줄 몰랐다."

승희는 채봉의 어깨에 얼굴을 기댄 채 펑펑 울었다. 한참을 울고 난 승희가 다소 가라앉은 목소리로 말했다.

"아녀. 내가 미안해, 어머니. 그리고 집 같은 건 아무 데나 상관없어. 나 때문에 괜히 돈 들여서 집 얻지는 마."

채봉은 대전 변두리의 한 중국집에서 평우를 만났다. 고아원 운영에 관해 평우가 이런저런 계획을 말하는 동안 채봉은 말 한마디 하지 않고 듣고만 있었다.

"내 계획이 신통치 않아?"

"아니에요. 계획은 아주 좋아요. 그런데……."

채봉이 울적한 얼굴로 승희와 있었던 일을 있는 그대로 얘기했다.

"승희가 얼마나 힘들면 그랬겠어. 당신 마음 이해해."

평우는 당혹스러워하다가 입을 다물고 말았다.

"그렇다고 풀 죽지 말고 나 힘낼 수 있게 설득 좀 해 봐요."

채봉의 말을 들은 후에도 한동안 그대로 있다가 숙연하게 입을 열었다.

"당장은 힘들 테지만 장차 우리 아이들이 큰 꿈을 갖게 되는 계기가 될 거여. 큰 짐은 아무나 질 수 없는 법이거든."

"그럼 이건 알아요? 당신 정말 못 말리는 중증인 거."

"큰 짐을 질 수 있는 그릇도 못 되면서?"

"그건 절대 아니에요. 내가 그렇듯이 아이들도 당신을 자랑스러워해요. 그리고 나 이 정도로 쉽게 꺾이지는 않을 테니까 당신도 힘내셔요. 괜히 투정 한번 부렸어요."

채봉은 장난스러운 표정까지 지으며 평우의 손등을 어루만졌다.

"나와 당신과의 차이가 뭔 줄 알아? 나는 나의 성취가 내 성취이고, 당신은 나의 성취가 당신의 성취라는 거여."

"그 말을 나 말고 누가 알아듣겠어요. 그러니까 나는 승희 말대로 완전 손해네? 하지만 어떻게 해요. 사실인걸……."

창문으로 들어온 가을 햇살이 희망원 설계에 바쁜 두 사람의 그림자를 어른어른 벽에 드리웠다.

* * *

바지를 무릎 가까이 걷어 올린 평우가 양손에 커다란 박스를 하나씩 들고 질퍽거리는 대전 보문산 밑 오르막길을 향해 바쁜 걸음을 옮긴다. 한겨울인데도 이마에는 송골송골 땀이 맺혀 있다. 희망원 건물은 과거 일본인이 쓰던 검도장이었는데 칸막이로 벽을 막아 가옥 형태로 개조한 것이다. 현관문을 열자 문 위에 달린 작은 종이 탱그랑! 하고 조심스럽게 한차례 울린다. 서고 겸 양호실로도 사용하고 있는 원장실에 들어가자 이순실 원장이 시각장애아 김송자의 손을 잡고 있다가 평우를 반갑게 맞이했다.

"어서 오세요, 변호사님. 한겨울에 무슨 땀을 다 흘리고 있누? 길 미끄러운데 천천히 오지 않고."

순실은 평우가 들고 온 박스를 받아 책상 위에 놓고 손바닥이 벌게진 그의 손을 맞잡았다. 그녀는 박 원장이 그만둔 이후 평우와 채봉의 권유를 받아 희망원 원장으로 들어오게 되었다. 두 사람으로부터 처음 원장직을 제안받았을 때 순실은 나중에 집을 고아원에 기증해달라고 유언장도 써놨는데 잘됐다며 즉석에서 수락했다. 그러면서 어차피 마찬가지이니 곧바로 집을 희망원에 내놓겠다고 해 평우와 채봉이 극구 말렸었다. 그러자 자신도 이 나라 백성으로서 뭔가 좋은 흔적을 남겨놓고 싶어 그러는데 너무 얕보는 거 아니냐고 정색하는 바람에 사과하느라 애를 먹기도 했었다.

"힘든 일 안겨드리고 자주 뵙지 못해 죄송합니다, 원장 선배님!"

평우가 어색해하면서 웃는 얼굴을 지었다.

"힘든 일은 무슨……. 내사 몸 고생만 하면 되지만도, 돈 만들어대는 사람들이 어렵지. 그건 그렇고 원장이면 원장이고 선배면 선배지 원장 선배는 또 뭐고?"

"제가 요즘 선배님이 너무 좋아서 정신이 오락가락합니다. 그리고 돈은 빠듯하긴 해도 이렇게 잘 풀어나가고 있잖습니까. 전 재산

헌납하고 들어오신 선배님도 계시는데⋯⋯."

"부끄럽다. 내 말은 꺼내지 말그라."

"진심입니다. 그리고 이건 중앙시장에서 산 건데 6문에서 11문까지 털신 열한 켤레입니다. 이런저런 약도 좀 샀고요."

"약이 떨어져 가던 참이었는데 잘 사 왔구만. 털신도 좋고."

순실의 말을 듣던 평우가 머큐로크롬 냄새가 난다며 킁킁거리다가 송자를 보고 깜짝 놀랐다.

"아니, 송자가 어디 다쳤어요?"

송자는 손에 붕대를 감고 한쪽 귀퉁이에 머쓱하게 서 있었다.

"심하진 않아. 엊그제 처마에서 대롱거리던 연통이 끝내 떨어지면서 팔을 스친 기라. 다행히 상처가 깊진 않지만 많이 아플 텐데 지는 안 아프다니 원!"

순실이 구급함을 치우면서 애처로워했다.

"그래요? 그걸 빨리 뜯어냈어야 하는 건데 차일피일하다가 송자가 다쳤구나. 미안해. 아저씨 잘못이야."

평우가 쪼그리고 앉아 송자의 손을 조심스럽게 감싼 뒤 호! 하고 불어줬다. 송자는 그제야 눈물을 뚝뚝 떨어뜨렸다.

"그런데 왜 안 아프다고 했어. 아프면 아프다고 말해야지."

"송자야, 아저씨에게 인사하고 교실에 가서 놀아."

순실의 말을 들은 송자는 고개를 꾸뻑 숙여 인사하고 다치지 않은 한쪽 팔을 뻗으며 교실 쪽으로 천천히 걸어갔다. 순실은 아이의 뒷모습에서 눈을 떼지 못하는 평우에게 무슨 말인가 하려다가 걸쭉하게 웃고 넘어갔다.

＊ ＊ ＊

　희망원 식구는 두 명이 더 늘어 열두 명이 되었다. 평우가 반쯤 열린 대문을 열고 들어서자 못 보던 남자가 마당에서 녹다 만 눈을 치우고 있었다. 남자는 흠칫 놀라는 듯했으나 바로 하던 일을 계속했다. 원장실에 있던 순실이 평우를 반갑게 맞이했다.

　"후원회 회의는 잘 끝났는가요?"

　"조금 전에 마치고 다들 돌아가셨습니다."

　"세상이 아무리 험하고 지랄 같아도 올바른 사람들은 항상 있는 기라. 그런 사람들마저 없으면 세상이 지옥밖에 더 되겠나?"

　순실이 얼굴에 환한 웃음을 띠고 그를 바라봤다.

　"그런 생각을 하면서 저도 힘을 냅니다."

　"회장은 누가 맡기로 했누?"

　"여섯 명 만장일치로 윤채봉 여사가 하기로 결정됐어요. 연거푸 고사하다가 겨우 수락했습니다."

　"왜 허 변호사가 맡지 않고?"

　"저는 누구 한 사람 추천조차 안 하던데요?"

　"정말이우? 이국헌 씨도 안 했고?"

　"하하, 농담입니다."

　그러면서 모든 사람이 자신을 추천했으나 채봉이 일 시작한 지 얼마 안 된 변호사가 후원금 걷으러 다니면 괜히 이미지만 나빠진다고 반대해 부결되었다고 회의 내용을 설명했다. 순실이 특유의 남자 같은 너털웃음을 웃으며 말했다.

　"내 그럴 것 같더라. 채봉이는 아직도 허 변호사 지키느라 온 신경이 거기에 가 있는 기라."

"그 사람은 자신이 제 보호자라고 여기는 사람이니까요."

"맞다, 요즘 허 변호사가 생기가 난다며 무척 좋아하더라. 그나저나 이국헌 씨는 잘 내려가셨나요?"

"예, 삼밭 일이 바쁘다면서 회의 끝나고 바로 가셨습니다."

"그분도 참 보기 드문 분이지. 시청에 갔던 일은?"

"예산이 없다는 말만 되풀이하면서 뜻 있고 속 타는 인사들이 알아서 좀 해주쇼, 하는 격이더라고요."

"그 속 타는 인사 속에 허 변호사가 딱 걸려든 셈이구먼."

순실은 예상했다는 듯이 고개를 끄덕였다.

"부족분은 이사들이 다 분담하기로 했으니까 염려 마세요."

"지금 세상에 어른이라면 누구라도 전쟁고아들한테 나 몰라라 할 권리가 없는 기라."

"맞는 말씀입니다. 아, 그리고 사회복지법인 인가는 받았습니다."

"잘됐구만. 그나저나 어때요? 오늘 아이들하고 얘기 한 시간 안 하시갔소? 무척 기다리고들 있던데……."

그러면서 순실은 지난번에 평우가 교실에 들어가 얘기를 해주었던 반응이 폭발적으로 좋았었다고 했다. 평우는 어린아이처럼 해맑게 웃었다.

"그럴까요? 아이들 얼굴도 볼 겸?"

"잠깐 기다리소. 아이들도 모으고 좋아하는 아저씨 오셨다고 광고도 해둘 테니까. 참! 그리고 낯익은 학생 하나도 있을 거요."

"강희가 와 있군요?"

평우가 만족스러운 얼굴을 하며 웃음 지었다. 강희는 까칠한 성격

임에도 희망원으로 들어와 살게 된 것을 싫어하지 않았으며, 뜻밖에 사교적이어서 아이들과도 무척 가깝게 지내고 있었다.

"아이들과 무척 친해. 부전여전 아니갔어?"

순실이 평우를 바라보고 눈을 찡긋하면서 교실 쪽으로 향했다.

"얘들아, 허운악 아저씨 오셨다!"

평우가 교실 안으로 들어가자 노경자 선생이 반갑게 맞이했다. 한 줄에 네 명씩 세 줄로 앉아 있던 열두 명의 아이들과 강희가 책상을 두드리기도 하고 들고 있던 점자책이며 공책을 들어 흔들면서 좋아했다. 교실 안은 따뜻했고 창밖 향나무 가지 위에 엎드려 있는 하얀 눈더미가 턱받침을 하고 교실 안을 넘겨본다. 마당에서 쓰고 남은 자재를 치우던 기환과 기웅이도 유리창 안을 기웃거렸다.

"다들 잘 있었어?"

평우는 아이들의 이름을 일일이 불러가며 손을 들어 보였다.

"지난번에 우리나라 구두쇠와 일본 구두쇠 이야기 재미있었어?"

아이들이 소리 높여 예! 하고 대답했다. 평우는 팔짱을 끼고 한참을 생각한 다음 활짝 웃으며 입을 열었다.

"오늘은 말이야. 너희들이 지금 제일 하고 싶은 것이 뭔지 한번 물어봐도 괜찮겠어? 물론 말하고 싶지 않은 사람은 안 해도 되고."

"따로 따로요?"

"물론이지. 그것도 지금 바로."

"다 죽어 버리면 좋겠어요!"

두 다리가 없는 도성이가 고개를 수그린 채 느닷없이 말하고 입을 쭉 내밀었다. 모두 놀라 걱정스러운 표정으로 평우를 바라봤다.

"그래? 누가?"

"어저께 밖에서 나보고 펭귄이라고 놀린 자식들 전부 다요."

교실이 조용해지고 분위기가 삽시간에 무거워졌다.

"정말 그랬단 말이야? 바보 같으니라고! 그 아이들은 정말 바보야. 만약에 너희들하고 그 아이들하고 반대로 되었다면 너희도 그랬을까?"

"저얼대로 안 그랬어요!"

아이들은 창틀이 흔들릴 만큼 큰 소리로 대답하며 씩씩거렸다.

"그럼 몸이 불편한 아이를 놀리는 사람하고, 절대 안 그러는 너희들하고 누가 바볼까?"

"놀리는 사람이요!"

아이들은 다시 목청껏 소리 질렀다. 일부는 웃기도 했다.

"그래, 맞아. 세상에는 장애인이지만 대통령이 된 사람도 있고 또 훌륭한 과학자가 된 사람도 있어. 그렇지만 남을 비웃기만 하는 바보가 훌륭한 사람이 된 적은 없어."

언제부터인지 아이들의 표정이 진지하면서도 밝아졌다.

"도성아! 그런 바보들 때문에 너무 속상해하지 마. 응?"

도성이의 표정이 눈에 띄게 부드러워졌다.

"울고 싶어요!"

이번엔 시력이 거의 없는 남철이가 잦아드는 목소리로 말했다.

"울고 싶다고? 너희들 오늘 아저씨 골탕 먹이자고 약속했어?"

모두 깔깔대고 웃었고 남철이도 찡그린 얼굴에 웃음이 번졌다.

"왜 울고 싶은데?"

"어저께부터 엄마가 보고 싶어서요."

"그럼 진짜 울어야겠구나. 아저씨도 엄마가 보고 싶어서 많이 울었어. 얘들아, 우리 지금부터 엉엉 울까? 엄마를 그리워하면서 우는 건 부끄러운 일이 아니야. 어때?"

모두 멍하니 앉아서 어찌할 바를 모르고 있는데 도성이가 먼저 "좋아요!" 하고 대답하자 여기저기에서 좋다고 합세했다.

"자 그럼, 지금부터 울기 시작한다. 시이작!"

평우가 먼저 양손으로 얼굴을 감싸면서 엉엉 우는 소리를 내자 처음에는 실실 웃던 아이들이 하나둘 실제로 울기 시작해 교실은 삽시간에 울음바다가 되었다. 아이들 대부분이 책상에 얼굴을 박고 울었다. 양 손바닥으로 턱을 받치고 얼굴을 감싼 채 울거나 꼼짝 않고 앉아서 팔뚝으로 눈물을 훔치기도 했다. 강희도 울었다.

"무슨 일이야? 변호사님! 무슨 일인데 이렇게 울고들 있어요?"

이순실 원장이 헐레벌떡 달려와 교실 문을 열어젖히면서 두 눈을 휘둥그레 뜨고 물었다. 노경자 선생과 주방에 있던 아주머니도 달려와 교실 안을 두리번거렸다. 평우가 눈물을 닦으면서 울고 싶어서 다 같이 운 거라고 설명하자 어디선가 키득키득 웃음소리가 났다.

"울고 싶어서 운 거라고요? 어른도 같이요?"

순실은 평우와 아이들을 번갈아 살폈다. 조금 전까지 한바탕 소리 내어 울던 아이들이 눈물 자국을 주먹으로 문지르면서 서로를 바라보고 어색하게 웃었다.

"다음에 또…… 뭐든 하고 싶은 거 있는 사람?"

"웃어요!"

다시 질문이 떨어지자 영주가 바로 소리쳤다. 뒤이어 아이들은 누가 먼저랄 것 없이 발로 바닥을 구르고 손으로 옆에 있는 아이 어깨를 치면서 한동안 웃어댔다. 강희도 아이들과 손장난을 치면서 배꼽을 빼고 웃었다. 멍하니 서 있던 이순실 원장이 떨어져 있는 의자 하나를 슬그머니 끌어다 놓고 앉았다.

"다음에 또 하고 싶은 것 있는 사람?"

"남강희 노래 듣고 싶어요!"

다들 좋다면서 손뼉을 치자 강희의 얼굴이 붉어졌으나 살그머니 자리에서 일어섰다. 강희가 '고향의 봄'을 부르기 시작하자 모두가 천장이 날아갈 듯 큰 소리로 함께 불렀다.

"이번에는 재밌는 얘기 해줘요!"

"재밌는 얘기라…… 만약에 재미없어도 잘 들어줄 거야?"

아이들이 목이 터져라 크게 대답한 다음 하나같이 평우의 말에 귀를 기울였다.

"이건 보물 얘긴데 말이야. 사람은 누구나 좋은 보물을 갖고 싶겠지? 아저씨도 물론이고. 너희들 중에 자기 보물이 있는 사람?"

그때 지체 장애가 있는 윤수가 어렵사리 손을 들고 침을 흘려가며 말했다.

"저는 다음에 과학자가 될 거예요. 그 꿈이 보물이에요."

"야아! 좋아. 또?"

아이들은 아무도 손을 들지 않고 고개를 좌우로 돌려 살펴보기만 했다.

"방금 윤수가 말한 나만의 꿈은 멋지고 정말 좋은 보물이야. 너희들도 꼭 그런 꿈을 하나 만들어봐. 그리고 또…… 누구에게나 아주 소중한 보물이 있는데 못 찾고 있는 사람이 있어. 그게 뭘까?"

뽀얀 햇살이 고개를 옆으로 돌려 골똘히 생각하고 있는 아이들의 진지한 얼굴을 비추었다. 강희도 한 손으로 턱을 괴고 눈을 깜빡거리면서 생각에 잠겼다.

"그건 '행복'이야."

아이들이 대답을 못 하자 평우가 답을 해주었다.

"행복이 어디에 있는지 아는 사람?"

그때 수만이가 손을 번쩍 들었고 평우는 말해보라고 했다. 아이들의 시선이 모두 수만에게 쏠렸다.

"쌀밥 속에요! 감자 속에도 있고요."

말이 떨어지자마자 아이들이 발을 구르며 왁자지껄하게 웃어댔다. 수만의 얼굴이 복숭아처럼 새빨개졌다.

"맞아. 맛있는 건 우릴 행복하게 만들어주지. 또?"

"엄마 품속에요!"

창식이가 대답했다. 시각장애 1급이고 부모에 대한 기억이 전혀 없는 장애아다.

"엄마 품속? 그래, 아주 좋은 얘기다."

평우가 천천히 걸어가 창식이를 꼭 안아주었다.

"엄마보다야 못하지만 쪼금 행복해지지?"

창식이는 쑥스러워하면서도 히죽히죽 웃었다. 여기저기에서 아이들이, "저도요!" 하고 소리쳤다. 평우는 손을 든 아이들 모두를 돌아가며 안아주었다. 웃고 있는 순실도 이미 아이들과 한마음이 되어 있었다. 교실 중간 창 쪽에 기대고 서 있던 노경자 선생은 고개를 젖히고 고이는 눈물을 훔쳤다.

"자, 그런데 말이지. 조금만 더 생각해보면 맛있는 음식이나, 엄마 품이나, 건강한 몸이나 그런 것들이 언제나 행복한 건 아니지 않아?"

아이들이 의아한 눈으로 바라봤다.

"우리 아까 울고 싶어서 울었지만 조금 있다가 웃었잖아. 그리고 배가 고팠다가 부를 수도 있고, 뛰어놀다가 지칠 수도 있고, 엄마 품 안에만 계속 있을 수도 없고, 기쁜 생각만 하면서 항상 웃을 수도 없고 말이야. 영일아, 그렇지?"

영일이는 천천히 고개를 끄덕였다.

"그런 것보다 더 기분 좋고 아주 오래오래 가는 행복이 있는데…… 혹시 누구 아는 사람?"

전쟁 중 폭격으로 한쪽 팔을 잃은 향순이가 다른 쪽 손을 번쩍 들면서 말했다.

"사랑하는 거요!"

"사랑? 사랑이라고?"

평우가 얼굴이 새빨개진 향순에게 다가가 머리를 쓰다듬으면서 되묻자 다들 진지하게 지켜봤다.

"맞아! 향순이가 아주 좋은, 아무나 찾아낼 수 없는 최고의 생각을 해낸 거야. 정답 중의 정답이야. 우리 멋진 정답을 맞힌 서향순에게 박수 한번 보내주자."

모두가 손바닥이 아프도록 크게 손뼉을 쳤다.

"그런데 누굴 사랑하지?"

박수가 끝날 때쯤 평우가 묻자 아이들은 그 생각을 미처 못 했다는 듯 머쓱해했고 교실은 바로 조용해졌다. 그런데 제일 앞에 앉은 상현이가 손가락이 없는 손을 들면서 말했다.

"사랑하고 싶은데 나를 사랑해주는 사람이 없어요."

"그냥 사랑해주면 되잖아."

"나 혼자요?"

"그래. 사랑은 꼭 주고받아야만 하는 것이 아니니까 말이야. 아저씨가 중요한 비밀 하나만 더 말해줄까? 사랑이라는 것은 말이지, 사랑을 주는 사람이 사랑을 받는 사람보다 훨씬 더 행복하다는 거야."

아이들이 고개를 갸우뚱했다.

"그런데 많은 사람이 이걸 모르고 있어. 남이 먼저 사랑해줘야 자기도 사랑해주는 것으로 잘못 알고 있는 거지. 너희들 생각에 아저씨는 지금 행복할까, 불행할까?"

"행복해요!"

아이들이 우르르 대답했다.

"왜 그런 생각이 들어?"

"우리를 사랑하니까요!"

교실 분위기는 사랑의 폭탄이 떨어진 듯 화기애애해졌다. 아이들은 왠지 모르게 기분이 좋아져 서로 손을 잡거나 손뼉을 쳤다.

"맞아, 바로 그거야. 아저씨는 사랑하는 너희들이 있어서 정말 행복해. 불행한 생각이 들어서 눈물이 나오다가도 너희들을 생각하면 금방 행복해지거든. 그러니까 너희들도 지금부터는 숨어 있는 행복을 찾기 위해 꿈도 만들고, 또 누군가를 사랑하는 거야. 친구도 사랑하고, 이 허운악 아저씨도 사랑하고……."

굽은 등을 펼 수 없는 원석이가 킥킥대며 웃었다.

"그리고 미운 사람도, 옜다 떡이나 먹어라, 하는 마음으로 사랑하고 말이야."

아이들의 얼굴이 환해졌다.

"자, 그럼 이제 질문을 할 테니까 잘 듣고 대답해봐."

잠자코 있던 수정이가 눈을 반짝이며 시험이냐고 물었다.

"시험은 아니지만 중요한 거야. 음, 세상에서 제일 행복한 사람은?"

"사랑하는 사람요!"

"아저씨요!"

"꿈이 있는 사람요!"

아이들은 연신 싱글벙글하면서 자기들끼리 떠들어댔다.

"자, 오늘 아저씨 얘기는 여기서 마치기로 하자. 재미있었어?"

아이들이 일제히 예! 하고 대답했고 의자에서 일어난 순실이 앞으로 나왔다.

"오늘 원장 어머니도 정말 재미있었고 많이 배웠어."

수업을 마치고 평우와 함께 원장실로 들어간 순실이 환한 미소를 띠며 차를 권했다.

"허 변호사는 정말 다중인격자야. 어쩜 그렇게 아이들 마음속을 들락거릴 수 있나 말이야."

"제가 원래 아동 지능이거든요. 아 참! 그런데 아까 들어올 때 보니까 낯선 아저씨 한 분이 마당을 쓸고 있던데요?"

순실은 서울에서 살던 백해송이라는 외가 쪽 동생이라면서 어떻게 알았는지 얼마 전에 찾아왔는데 요즘 특별한 일도 없는 눈치기에 며칠 묵으며 아이들한테 위험한 것도 치우고 이런저런 일 좀 해달라고 부탁했다면서 괜찮겠냐고 평우의 의향을 물었다.

"그럼 감사하지요. 아까 인사라도 드릴 걸 그랬나 봅니다."

"잠깐 기다리소. 내 소개할 테니……."

잠시 후 백해송을 데리고 들어온 순실의 소개로 두 사람은 가볍게 인사를 나눴다.

"백해송이라고 합니다. 좋은 일을 하십니다."

"다 원장님 덕분에 가능한 일입니다. 도와주셔서 감사합니다."

"아닙니다. 갈 곳도 없었는데 이렇게 신세를 지게 되었습니다."

"무슨 말씀을요. 신세는 저희가 지고 있지 않습니까. 마음 편히 계시면서 원장님을 좀 도와주십시오."

창밖에는 흰 꽃송이 같은 함박눈이 비질을 끝낸 마당에 다시 내려 앉고 있었다.

제2장

서울 입성

드높은 하늘 아래 우뚝 솟아 있는 백운대 정상이
한 폭의 수채화가 되어 만고의 위용을 과시하고 있었다.

추억 여행

새벽부터 뿌연 안개를 비집고 겨울비가 흩날리고 있었다. 이층에서 사무실로 내려온 평우는 아침 일찍 난로에 연탄을 갈아 넣고 초조한 듯 시계와 전화기를 번갈아 바라보다 창 쪽으로 다가갔다. 손바닥으로 창에 서린 김을 살짝 닦아내자 유리창에 붙은 빗방울이 대롱거리다가 쭈르륵 미끄럼을 타듯 내려왔다.

"변호사님, 일찍 내려오셨나 봐요."

김용화 사무장이 우산을 접고 들어오면서 밝은 얼굴로 인사했다.

"어서 와. 겨울비가 오네."

"비가 날아다녀요. 연탄 가셨어요? 놔두시지 않고."

용화가 양철통에 연탄재를 담으면서 말했다.

"기웅이 연락 기다리는 중이야."

"지 형 합격자 발표 보러 대신 올라간 모양이지요?"

"응. 걔는 남의 일 해주는 걸 좋아하잖아. 기환이는……."

말하는 도중에 전화벨이 울리자 평우가 재빨리 수화기를 들면서 손을 뻗은 김용화 사무장에게 웃는 얼굴을 지어 보였다. 기웅이 풀이 죽은 목소리로 아버지를 불렀다.

"어떻게 됐어?"

"저어…… 그게요."

평우는 숨을 멈추고 눈을 깜빡이면서 귀를 세웠다.

"없어?"

"얘기가 좀 길어요."

"그게 무슨 말이야? 어서 말해봐."

"현관 앞에서 기다리는데 수위 아저씨가 둘둘 말려 있는 종이를 들고 오시더라고요. 그래서 사람들이 우르르 몰려갔어요. 아저씨는 사다리에 올라가 현관 위에서부터 벽 쪽으로 길게 붙여나가고요."

기웅은 숨 가쁜 목소리로 계속 이어갔다.

"그런데 형 번호가 정면에도 없고 벽면에도 없는 거예요."

"그럼 떨어진 거지 뭐."

평우가 더 들을 것도 없다는 듯 말했다.

"그런데 그게 아니에요. 나중에 다시 보니까 꺾어지는 모서리에 반씩 붙어 있더라고요."

"하하하. 기환이가 봤더라면 십 년 감수했겠다."

"십년감수는 형이 아니라 아버지가 하신 것 같은데요?"

용화는 아직껏 평우가 그토록 호탕하게 웃는 소리를 들어본 적이 없어 눈을 크게 뜨고 멍하니 바라봤다.

"형이랑 어머니한테 전화했어?"

"어머니한테는 했고 형은 집에도 없고 어머니 사무실에도 없대요. 나보고 신문에 날 건데 뭐 하러 가냐고 하더라니까요.”

“그래도 속으로는 매우 고마웠을 거다. 너 바로 내려올 거지?”

“서울 구경 좀 하고 갈게요. 기택이네 집에도 들르고.”

“그렇게 해라. 큰어머니께도 인사 잘 드리고…….”

평우가 말하는 중에 뚜뚜 하는 신호음이 들렸다. 전화가 끊어졌지만 평우는 기쁨을 감추지 못하고 싱글벙글했다.

“합격은 예상하셨잖아요.”

“아니야. 그걸 어떻게 확신하겠어.”

* * *

기환이 서울대에 입학한 지 한 달이 되었다. 명륜동에서 사는 큰어머니 인순은 학교도 가깝고 기택이 공부도 봐줄 수 있다며 기꺼이 집에 들어오도록 했다. 평우네 가족은 기환의 입학을 기념해서 서산 가야산으로 등산을 가기로 했다. 채봉은 새벽부터 도시락을 준비하느라 분주했다. 평우도 집에 와 그녀를 거들었다.

“아이들 아직 안 일어났어?”

“좀 더 자게 두세요. 기환이랑 기웅이는 밤새 얘기허느라 잠든 지 몇 시간 되지도 않았어요.”

“백 선생님은 부지런허시네. 벌써 마당 쓸고 계시던데.”

“당신 들어올 때 백 선생님이 보셨어요?”

“들어올 때는 못 봤는데 물 길어오느라 마당 한쪽을 지나쳤으니까 봤을 수 있지.”

“원장님 동생분이니까 별일이야 없겠지요. 사람은 참 좋으신 분인데 이해가 안 가는 부분이 좀 있어요."

평우가 양동이 물을 항아리에 부으면서 채봉을 쳐다봤다. 채봉은 백 선생 나이에 가족 없이 혼자 산다는 점이 좀 그렇다며 집에 출입할 때 신경 좀 쓰라고 당부했다.

"염려 마! 신경 쓰고 있으니까. ……우리 기환이 대단허지? 서울대를 들어가고 말이야. 당신 닮았어. 빈틈없고 착허고……."

"성격은 나 닮지 않았어요. 그런데 당신 지금 나를 칭찬하는 거여요, 기환이를 칭찬하는 거여요?"

"그야 물론 당신이지!"

평우가 멸치를 볶고 있는 채봉을 뒤에서 살짝 안으며 속삭였다.

"어쩐지 아들 자랑 같은데요? 밑에 화덕 구멍 좀 열어줘요."

채봉의 손놀림이 더할 나위 없이 가벼웠다.

"들키고 말았네. 당신은 기분이 어때? 오늘 가야산 가는 거."

화덕 구멍을 열던 평우가 채봉을 올려다보며 물었다.

"두근거려요. 한편으로는 두렵기도 허고요."

"어떤 심정인지 이해할 수는 있어."

"나 지금 행복하거든요. 그런데 악마가 한동안 잊고 있다가 우리를 보고 다시 공격하면 어쩌나 하는 그런 막연한 불안감이 들어요."

평우는 채봉의 등을 조심스럽게 토닥였다.

"그럴 일 없을 테니까 즐거운 마음으로 다녀오자고."

"당신은 어때요?"

채봉이 찌든 감정을 털어내듯 활짝 웃으면서 평우를 바라봤다.

"어제저녁부터 가야산 아버님이 가슴 아프도록 그리워."

채봉도 그때 일을 생각하면 지금도 슬프지만, 한편으론 아름답고 감동적이었던 느낌이 다시 떠오르기도 한다고 했다.

"그나저나 오늘 애들한테는 어디까지 얘기할 계획이에요?"

"어차피 대충 알고 있는 일인데 있는 대로 다 얘기해주지 뭐."

"애들이 커가니까 부모로서 어떻게 말해야 헐지 혼란스러워요."

"아이들을 믿고 뭐든 사실대로 말해주자고."

이른 시간이어서인지 버스는 한산했다. 모두가 모처럼의 여행에 한껏 가슴이 부풀었다. 채봉은 선글라스를 끼고 베이지색 바지와 분홍색 점퍼를 입은 화사한 차림이었다. 평우도 선글라스에 둥근 챙모자를 쓰고 어깨에는 카메라를 둘러멨다. 평우가 몇 차례가 창밖 풍경과 함께 채봉의 옆얼굴을 찍었다.

"사진이 지겹지도 않아요, 운악 씨?"

채봉은 활짝 웃는 얼굴로 자세를 취해주면서 귓속말을 했다.

"사진이야 무슨 죄가 있어? 당신도 너무 멋지고 말여."

"아버지! 멋지다는 말은 남자한테 하는 거고 여자는 예쁘다예요."

강희가 아버지라는 말에 힘을 주며 말하자 기웅이가 올빼미 눈을 하면서 고개를 좌우로 흔드는 흉내를 냈다.

"우리한테 이런 날이 있다는 것이 믿어지지가 않아요. 약속을 지킨 어떤 남자한테 고맙고요."

"아버지! 어머니가 방금 무슨 약속을 말하는 거예요?"

채봉이 평우의 귀에 대고 소곤거리자 승희도 아버지라고 부르며 끼어들었다.

"쟤네들이 오늘 아버지 맘껏 부르기로 짠 모양이네요."

"나 그동안 맘대로 못 부른 거 오늘 백번 이상 부를 거예요……."

강희의 말끝이 다소 울컥해지는 듯했으나 이내 표정을 바꾸고는 다시 장난기 가득한 음성으로 물었다.

"아버지! 왜 하필 가야산으로 정했어요? 뭐가 좋아요?"

"어떤 남녀의 아름답고 슬픈 전설이 있어."

평우가 대답하며 채봉에게 눈을 찡긋했다.

"어머니와 아버지의 추억 말하는 거지요?"

"미리 말하긴 좀 그렇고 기대해도 좋아."

"기환이는 자냐? 서울 얘기 좀 해봐! 큰어머니가 잘해주시지?"

채봉이 아무 말도 하지 않고 앉아만 있는 기환에게 물었다.

"다들 잘해줘요. 기숙이 누나는 요즘 마령남씨 실사를 쓰고 있다면서도 내용은 공개하려 들지 않아요."

"하기야 기숙이는 웬만한 건 다 아니까……."

평우가 작게 한숨을 쉬었다.

"그렇게라도 해야 조금이나마 한도 풀리고 자식들의 도리이기도 하다면서……. 내용은 실사가 다 완성되고 나서 얘기해주겠대요."

"기환아, 기웅이 고등학교 들어가면 방 얻을 거니까 그때까지 잘 적응하고 있어."

"당연한 말씀을 뭐 하려 하시나이까? 불변의 진리인 것을."

채봉이 화제를 바꾸자 기웅이가 끼어들어 너스레를 떨었다. 그 바람에 잠시 굳어 있던 표정들이 환해지며 웃음을 터뜨렸다. 창밖으로 보이는 완연한 봄을 만끽하면서 가족 모두는 이야기에 꽃을 피웠다.

"사진관에 처음 왔던 거 생각나? 나는 그때 당신 만나는 대가로 팔뚝 하나를 내놓으래도 내놨을 거여."

"나는 결핵이든 뭐로든 내일 죽는다 해도 하나님께 오늘을 감사드린다고 생각했었어요. 계단을 내려오는 당신 발을 보면서요."

눈을 감고 있는 채봉의 눈가에 살짝 물기가 서렸다.

"둘이서만 무슨 비밀 얘기예요?"

기웅이 또 끼어들자 평우가 팔을 뻗어 손을 잡아줬다. 차창 밖에 버스를 향해 거수경례를 붙이는 꼬마 아이들의 모습이 보였다. 채봉 가족도 웃으면서 함께 손을 올렸다. 버스가 급커브로 산을 돌아 좁은 길로 들어서자 멀리 석문봉이 온갖 추억을 상기시키며 예전 그대로의 모습을 드러냈다. 평우와 채봉은 등을 세우고 굳은 얼굴로 창밖을 바라봤다.

"그 움막 지금도 있을까요?"

드문드문 초가집이 보이는 마을 앞을 지나는데 채봉이 물었다.

"있을 거야."

일행은 해미 차부에서 내렸다. 길 건너에 평우가 산에서 처음 내려와 신분증을 만들기 위해 찾아 들어갔던 해미면사무소가 보였다. 통금에 걸려 해제를 기다리던 중 채봉의 소식을 듣게 된 지서도 보였다. 평우는 채봉의 손을 감아쥐고 내색 없이 앞장서 걷다가 해미 읍성 정문에 이르렀을 즈음 가족들을 둘러봤다.

"이곳은 내가 잘 아는 곳이니까 잠깐 설명을 할까?"

"배고픈데 먼저 밥부터 먹으면 안 돼요, 아버지?"

"또 밥 타령이냐? 넌 돈 벌어서 내 앞니 해줄 생각이나 해. 알지?"

배고프다는 기웅의 말에 승희가 나서서 다짐을 받았다.

"누나는 내가 밥 이야기만 하면 이빨 얘기여. 걱정 마! 금으로 틀니까지 해줄 테니까."

"징그러운 소리 좀 그만해라. 누가 틀니 해달랬냐? 니가 부러뜨린요 앞니나 해놔!"

승희는 피난 때 기웅이가 먹을 거 타박한다며 던진 숟가락에 맞아 부러진 이를 가리켰다. 채봉이 웃으면서 한마디 했다.

"내가 해준다고 하면서도 아직껏 못 해줘서 미안하다. 곧 해줄 테니까 기웅이한테는 돈으로 받아라."

"가슴 깊이 잘 새겨두겠사옵나이다."

기웅이가 너스레를 떨며 주먹으로 가슴을 탕탕 쳤다.

"그런데 말이지. 사실은 나도 지금 배가 고프다. 우선 오늘 계획을 간단히 설명하고 어머니가 어떤 도사님이랑 같이 새벽부터 준비한 맛있는 도시락은 성에 들어가서 먹자. 어때?"

"좋사옵니다, 움막 도사님!"

평우가 손을 가리켜가며 설명하고 있는 성 주변에는 개나리꽃이 귀엽게 피어 흔들거리고 동네 아이들이 띄운 가오리연이 하늘 높이 치솟고 있었다. 목적지에 관한 얘길 할 때는 구체적인 말을 하지 않았는데도 누가 먼저랄 것 없이 숙연해졌다. 설명이 끝나고 일행은 한적한 곳으로 자리를 옮겨 도시락을 먹었다. 다 먹고 난 후 강희의 제안에 따라 박수로 박자를 맞추면서 질문하고 대답하는 놀이를 했다. 시작과 동시에 강희가 채봉에게 질문했다.

"어머니, 대답하세요. 어머니는 왜 아버지한테 시집갔어?"

"귀여워서 갔지. 그리고 얼마나 멋있었다고!"

채봉의 대답에 모두 콩깍지라며 깔깔대고 웃었다.

"운악 씨, 대답하세요. 예전에 좋아했던 아가씨 이름이 뭐여요?"

"하하, 넘어갈 줄 알고? 윤채봉이지!"

다들 왁자지껄 웃었다. 몇 바퀴 돌고 기환의 차례가 되었다.

"승희야, 대답해. 너 남자친구 이름이 뭐냐?"

"강영욱이다. 약 오르지?"

승희가 혀를 쭉 내밀고는 다시 평우에게 질문했다.

"아버지, 대답하세요. 어머니 고생은 언제까지 시킬 거예요?"

"으악! 죽을죄를 지었구나. 이제 고생 끝!"

손바닥을 붙여 가슴에 대고 용서를 비는 흉내를 내면서 대답한 평우가 바로 채봉에게 질문했다.

"학당 선생님, 대답하세요. 지금 하는 놀이 재미있어요?"

"누구라고요?"

"야아, 우리 어머니 노래 듣자!"

"어머니, '봄날은 간다'지? 나도 같이 헐래."

채봉을 따라 승희도 함께 노래를 불렀다. 일행은 노래를 끝내고 송낙바위를 향해 출발했다. 황락저수지를 지나 세 시간여의 산행 끝에 송낙바위에 다다랐다. 움막은 그대로 있었다.

마당에는 잡초가 빽빽이 자라고 울타리 끝에는 낙엽이 무릎 높이까지 쌓여 있었다. 마루는 뽀얗게 깔린 흙먼지 위에 여기저기 짐승 발자국까지 찍혀 있었다. 약속이나 한 듯 아이들의 말소리가 뚝 끊기고 사방은 금세 적막에 둘러싸였다. 평우와 채봉은 홀린 듯 여기저기를 기웃거리다가 마당 한쪽 정달의 시신이 묻혀 있는 곳으로 갔다. 둘은 한동안 머리를 숙였다. 아이들은 신기한 듯 움막 주위를 둘러보다가 평우가 손바닥으로 마루 위의 흙먼지를 쓸고 걸터앉자 각자 편안한 자세로 자리를 잡고 앉았다.

"여기가 아까 설명하신 오늘의 목적지예요?"

"그래, 오늘 여기를 찾아온 것은 기환이 입학도 축하하고 즐거운 가족 등산에도 의미가 있지만 또 한 가지 부모로서 우리 가정의 실상을 얘기해줘야겠다고 생각했기 때문이다."

평우의 말을 들은 아이들의 표정이 일순간에 굳어지자 채봉이 웃음 지으며 아이들을 둘러봤다.

"왜들 이렇게 꿀 먹은 벙어리가 됐어?"

"모두 나름대로 정리된 생각들이 있어서 새삼스러운 느낌도 들겠지만 너희가 잘못 알고 있거나 부족한 부분도 있을 테고 또 내 입으로 얘기해준 적은 없어서 충분한 의미가 있을 거라고 본다."

평우가 잠시 말을 멈추고 숨을 깊게 들이마셨다.

"우선 너희들에게 이런 환경을 만들어준 부모로서 미안하다는 말을 하고 싶다. 그렇지만 분명한 것은…… 우리 가족은 삶을 헤쳐 나가기가 다른 사람들보다는 힘들지 몰라도 절대로 부끄러운 가족이 아니라는 사실이다. 그냥 내가 표현하는 그대로를 차분하게 듣고 지혜롭게 극복해주면 고맙겠구나. 강희야, 기웅아! 그럴 수 있지?"

"제 걱정은 허지 마세요. 강희는 몰라도……."

기웅의 대답에 모두 짧게 웃었고 평우는 이야기를 시작했다. 상백의 젊은 시절부터 시작해서 평우의 어린 시절, 동경 유학 시절, 할머니를 비롯한 가족들의 이야기를 빠짐없이 들려줬다. 아이들은 한마디 질문도 없이 긴 이야기가 다 끝나도록 듣기만 했다. 나뭇잎 사이로 빠져나온 한줄기 햇빛이 평우의 이마 위에 신비롭게 흔들거렸다. 평우가 얘길 마치자 승희와 기환은 고개를 뒤로 젖히면서 눈물을 삼켰다. 기웅은 무릎 속에 고개를 집어넣고 분을 삭이느라 애를 썼고, 강희는 평우를 똑바로 보면서 주먹으로 연신 눈물을 훔쳤다.

"강희야, 너는 오빠들이나 언니보다 몰랐던 얘기가 많지?"

채봉이 조용히 다가가 강희의 등을 다독였다.

"나는 공주 살 때 어머니가 아버지 얘기를 남한테 하면 잡혀가니까 조심하라고 해준 말밖에 몰랐었어. 그러다가 방학 때 마령 큰집에 갔었는데 동네 사람들이 날 보고 '쟈가 유복녀여.' 하더라고."

강희가 울먹이며 말하자 모두의 눈에 눈물이 그렁그렁했다.

"그 말은 내가 어머니 배 속에 있을 때 아버지가 죽었다는 말이잖아. 유복녀라는 그 말이 얼마나 가슴에 꽂혔는지 몰러."

끝내 눈물을 펑펑 쏟아내며 말을 이었다.

"그때 결심했어. 무조건 일등만 허기로……. 그래도 속으로는 아버지가 뭔가 조금이라도 잘못이 있을 거로 생각하고 일부러 묻지도 않았었는데 오늘 들어보니까 너무나 억울하고 어머니, 아버지가 불쌍하고 화가 나서 견딜 수가 없어."

"강희야, 미안허다. 나라도 말해줄걸……."

기웅이 강희의 손을 꼬옥 잡았다. 강희는 계속 훌쩍였다. 승희도 따라 울고 기웅도 눈물을 줄줄 흘렸다. 채봉과 평우가 말없이 다가가 울고 있는 아이들을 가만히 안아줬다. 이제까지 들리지 않던 계곡의 물소리와 지저귀는 새소리만 들리면서 침묵이 이어지자 기환이 진지하게 입을 열었다.

"저는 그동안 동생들이 뭘 물어볼 때마다 어떻게 말해줘야 헐지 난감했었는데 이렇게 말씀해주셔서 감사해요."

기환의 말에 채봉과 평우는 고개를 크게 끄덕였다.

"오늘 듣고 보니까 저도 강희처럼 잘못 알고 있었던 내용도 많았던 것 같아요. 그리고 작년에 기웅이허고 약속했어요. 우리 절대 시시한 사람이 되지 말자고. 기억허지?"

"뭔 말인지 모르겠는데? 그거야 기본 아녀?"

기웅의 갑작스러운 딴소리에 기환은 물론 모두 멍한 얼굴을 지었으나 이내 언제 심각했었냐는 듯 웃었다. 기웅이 다시 제안했다.

"우리 다 함께 파이팅 한번 외쳐요. 제가 먼저 시작헐게요."

"삼일절도 지나고 했으니까, '우리 민족 만세'가 어떻겄냐?"

기환이 웃으면서 농담 반 진담 반으로 말했다.

"에이! 말도 안 돼!"

모두 손가락으로 기환을 가리키며 입을 삐죽거렸다.

"기환이가 나한테 한 방 먹인 모양인데 오늘은 기환이가 주인공이니까 '남기환 파이팅'이 어때?"

평우의 이례적인 제안에 다들 놀라는 표정을 지었다.

"아버지가 출장 가셨다가 이제야 집으로 돌아오신 것 같아요."

"맞아요. 우리 아버지 최고예요!"

온 가족이 일시에 평우의 제안을 찬성하고 나섰다.

"남기환 파이팅!"

"우리 가족 파이팅!"

가야산 계곡에 힘찬 메아리가 울려 퍼졌다. 다 같이 허정달의 묘에 가서 새로운 마음으로 추모도 했다.

모두는 잡은 손을 머리끝까지 흔들고 장난치고 콧노래를 부르면서 능선을 넘어온 붉은 해를 따라 하산하기 시작했다. 소박하고 정다운 느낌을 주는 일락사도 잠시 들렀다. 말수가 적은 기환과 승희는 '성불사의 밤'을 낮은 소리로 합창하고 강희는 평우의 손을 잡아 흔들며 연신 까르륵댔다. 해미읍성을 지나 차부로 향하는 동안 때마침 지고 있는 태양 빛이 들녘을 붉게 물들이고 있었다. 평우가 잠시 눈을 감고 태양을 향해 섰다. 채봉도 함께 걸음을 멈춰 섰다.

"하나, 둘, 셋!"

둘은 재빨리 입을 크게 벌려 사라져가는 붉은 햇빛을 한껏 삼켰다.

가정교사

명동 쪽 길거리는 며칠 전에 있었던 조흥은행 화재로 전쟁터가 연상될 만큼 어수선했다. 그런데도 곳곳에 우리나라 최초의 민간 방송국인 동아방송의 개국을 축하하는 플래카드가 흔들거리고 레코드가게에서는 '노란 샤쓰의 사나이'가 경쾌하게 흘러나왔다.

필구는 검정색 승용차를 몰고 소공동에서 혼잡한 명동 길을 빠져나와 약속 시간보다 조금 늦게 서울대학교 주차장에 도착했다. 한쪽에서 몇몇 학생들이 농악대 복장을 하고 꽹과리와 징을 치면서 박자 맞추는 연습을 하기도 하고 상고머리를 빙빙 돌리기도 했다. 잠시 시선을 뺏겼던 필구의 눈에 제법 묵직한 가방을 든 학생이 번호판을 확인하고 다가오는 모습이 보였다. 염색한 군복 바지와 줄무늬 남방을 입었는데 키가 큰 편이지만 체구는 조금 마른 듯했다. 한쪽 눈을 가늘게 뜨고 바라보는 눈매는 남달리 날카롭다. 필구가 차 문을 열고 나가자 그가 꾸뻑 인사했다.

"기다리시게 해서 죄송합니다. 마지막 강의가 좀 길었습니다."

"남기환 학생?"

그러면서 운전석 옆자리 문을 열어주자 그가 다시 고개를 숙여 인사하며 올라탔다. 뒤편에서 다른 학생 둘이 지나가다가 차에 타는 기환을 보고 손을 흔들었다.

"편하게 앉아. 학생 몇 학년이지?"

필구가 바른 자세로 앉아만 있는 기환에게 말을 건넸다.

"2학년입니다."

"공부를 잘하는가 봐. 교수님이 추천하신 걸 보면."

"추천할 때는 누구든지 우수하다고 해주십니다."

기환이 무덤덤한 얼굴로 대답하자 필구가 고개를 살짝 돌려보다가 피식 웃었다.

"집은 어디야? 입주 지도 한다면서 짐이 없네?"

"종암동에서 동생이랑 자취하고 있는데 내일 챙겨가려고요."

"학생은 운이 좋은데? 부자이면서도 좋은 분들이서. 나는 조필구라고 하고……."

기환이 필구를 향해 고개를 돌리고 살짝 머리를 숙였다.

"조 선생님 성함은 발음이 쉽지 않은 대신 개성이 강해 보입니다. 인상도 좋으시고요."

"그래? 앞으로는 그냥 조 반장이라고 불러."

필구가 하얀 이를 보이면서 웃자 기환의 표정도 자연스러워졌다.

"예나 지금이나 나는 반장 운명인가 봐. 괴뢰군 반장 느낌이지?"

필구가 큰 소리로 웃으며 기환을 바라봤다.

"아닙니다. 친숙한 느낌이 듭니다."

"아무튼 좋게 봐줘서 고맙네."

"회장님 댁에 사람이 많은가 봐요."

"경호원 셋에 기사 둘이야. 반장은 나 말고 또 있지만 말이야."

차는 세검정과 홍지문을 지나 홍은동 방향으로 가고 있었다.

"기환 학생은 원래 말이 없는 편인가 봐? 궁금한 거 있으면 아무거나 물어봐."

"그래서 오해를 좀 받습니다."

"그야 오해하는 사람이 잘못이지. 느낌이 참 좋아. ……학생이 가르치게 될 정이석이는 착해. 누나가 좀 그래서 그렇지."

필구가 화제를 만들어 말을 꺼냈다.

"성격이 깐깐한 모양이죠?"

"맞아. 그래도 좋게 보면 귀엽게 볼 수도 있어."

"좋은 쪽으로 보도록 노력해야겠지요."

"그래. 본성은 착하거든. 그리고 집은 대지가 삼천 평이야."

필구가 호탕하게 웃으면서 친밀감 있게 말했다.

"엄청 넓은가 봐요."

"집 넓으면 뭐해. 부통령씩이나 되는 사람도 자살했는데."

행상들이 즐비한 홍제동 시장통을 지나 한산한 연희동 길로 접어들었다. 대호건설 회장 집에 도착한 차는 경비원이 열어주는 출입문을 지나 안으로 들어갔다. 양쪽에 키 낮은 전나무들이 가로수처럼 심어진 길을 한참 더 들어가자 커다란 한옥이 눈에 들어왔다. 집 앞 잔디밭에서 차가 멈추고 내려서 보니 기와지붕 밑으로 줄지어 세워져 있는 노랗고 굵은 기둥이 금방 지은 새집처럼 깨끗했으며 옆으로는 이층 양옥집이 이어져 있었다. 기환은 어리벙벙해진 눈으로 주위를 둘러봤다.

"시간을 이렇게 안 지키면 어떻게 해요? 약속 펑크 났잖아요."

파라솔 밑에서 하얀 반바지에 빨간 스웨터를 걸친 채 주스를 마시고 있던 정혜령이 시계를 들여다보면서 짜증을 냈다.

"미안해요. 강의가 길어지는 바람에 저 때문에 그렇게 됐어요."

순간적으로 얼굴이 상기된 기환이 필구에 앞서 해명했다.

"이 학생이 이석이 선생님이에요? 완전 고전이네⋯⋯."

정혜령은 대꾸도 없다가 혼잣말처럼 나지막하게 말했다.

"아무튼 미안해, 혜령 학생! 그런데 고전은 뭔 소리지?"

필구가 기환을 잠깐 살핀 다음 멋쩍은 기분을 웃음으로 대신했다.

"촌스럽다는 말이에요."

빨대에서 쪼르륵 소리가 났다.

"처음 보는 사람한테 그렇게 말하는 건 결례 아닌가? 기환 학생, 인사하지. 이쪽은 이 댁 큰 공주 정혜령 학생이야."

필구가 기환을 보며 한쪽 눈을 찡긋하고 말했다.

"반가워요. 남기환입니다."

"만나자마자 반가워요? 그런데 미리 약속 하나 해줘요."

정혜령이 다가와 고개를 삐딱하게 옆으로 젖혔다. 기환의 입에서 한숨이 절로 나왔다.

"들어보고 정하지요. 무슨 약속인데요?"

"그쪽이 혹시 나 때문에 여기 가정교사를 그만둔다고 해도 누구한테든 나 때문에 그만두니 어쩌니 말 않기로요."

"어떤 경우에 그런 일이 생길까요?"

"둘 중 하나가 견딜 수 없는 혐오감이나 분노를 느끼게 되는 경우요. 왠지 그럴 것 같은 예감이 들어서 미리 말해두는 거예요."

필구가 걱정스레 바라보고 있는데 기환의 입에서는 되레 웃음이 새 나왔다.

"좋아요. 그쪽도 말하지 않는다면 약속하지요."

"토를 다시는 걸 보니까 반대급부에 능숙하신가 봐요. 그렇게 해요. 따라오세요. 안내해줄 테니까."

정혜령은 뒤도 돌아보지 않고 한옥 옆 양옥 현관으로 들어갔다.

"어서 가보게. 언제 술이나 한잔하세. 도 잘 닦고!"

필구가 굳어 있는 기환을 보며 다시 눈을 찡긋했다. 거실은 한옥과 연결되어 있었고 가본 적은 없지만 프랑스 루이 14세의 왕실을 옮겨놓은 듯 웅장하고 호화로웠다. 나무 계단을 따라 이층으로 올라가자 긴 복도가 나왔다.

"지금 집에 우리 식구는 아무도 없어요. 제자 될 정이석은 조금 더 늦어야 들어오고요. 오늘은 거실 문으로 들어왔지만 다음부터는 현관 오른편에 있는 이층 전용 계단으로 올라오시면 돼요. 아셨죠?"

"······."

"들은 다음에는 대답을 해주세요. 답답하잖아요. 안 그래요?"

"그러지요. 으리으리해서 정신이 나갔었나 봐요. 너무 커서 집이 없는 것 같기도 하겠어요."

"그게 무슨 말이에요? 없는 것 같기도 하다는 게? 스위트 홈, 뭐 그런 거요?"

정혜령은 복도를 따라 앞서 걸으면서 답답하다는 투의 혼잣말을 중얼거렸다. 기환은 듣고만 있었다.

"성격이 좀 고리타분하다는 말 못 들었어요? 본인은 잘 못 느낄 수도 있지만……. 그리고 남 걱정하는 버릇도 있고."

"듣고 보니까 제가 그런 말을 좀 듣는 것 같긴 하네요."

"거봐요. 그렇죠? 여기가 앞으로, 아니 오늘부터 그쪽이 쓰실 방이에요. 책은 마음대로 꺼내 보시고요. 옷장이랑 책상이랑 다 비어 있으니까 바로 사용하셔도 돼요. 식사는 일층 왼쪽으로 돌아가면 식당이 있고요. 아셨죠?"

"……아, 예."

"그리고 좀 엉큼한 점이 있나 봐요? 아까부터 자꾸 내 몸을 쳐다보고? 집이라 그냥 편하게 입은 거니까 그리 알아요."

"뭐라고요? 참나……. 오늘 신고식 하는 걸로 여겨도 되지요? 억지 부리는 것도요. 그리고 앞으로 나를 부를 때는 이름을 불러요. 남기환 오빠든 선생님이든. 보니까 내가 위인 거 같은데."

기환이 찡그린 얼굴에 날카로운 말투로 말했다.

"쳇! 선생님은 무슨……. 남 선생이라고 부르죠."

"남 선생님이라고 해! 안 되겠으면 남기환 씨라고 하든지!"

"야! 너 지금 나한테 반말한 거야? 나이도 모르면서? 그리고 네가 나이를 더 먹었어도 그렇지. 입주 가정교사 주제에……."

순간 기환이 정혜령의 뺨을 후려쳤다. 그녀도 맞받아 두 번 연거푸 쳤다. 기환이 뺨을 만지며 웃었다.

"좋아. 치고 싶은 만큼 더 쳐도 돼!"

"누가 치라면 못 칠 줄 알고?"

그녀가 기환의 뺨을 다시 한번 더 힘껏 쳤다.

"이제 됐어요? 정혜령 씨는 비긴 다음에 한 번 더 쳤으니까 화를 풀면 되고, 나는 자존심을 살렸으니까 이제 서로 풀기로 해요. 진심으로 사과합니다. 나도 모르게 그랬어요."

뺨이 발그스레해진 기환이 웃는 얼굴로 말했다.

"맘대로 생각하세요. 그렇지만 잊지 마세요. 첫째, 싸움은 아직 끝나지 않았고 둘째, 정혜령이 세상 태어나서 그것도 같은 또래의 남자한테 뺨을 맞아본 건 이것이 처음이라는 사실과 그쪽, 아니 남 선생께서 우리 이석이의 가정교사를 하든 안 하든 오늘 일을 뼛속 깊이 후회하게 될 거라는 사실을요."

그녀가 선언하듯 또박또박 말하면서 기환을 노려봤다. 그러나 말투는 조금 전보다 다소 조심하고 있는 게 분명했다.

"그러죠. 또 나도 참지 못하는 옹졸함이 있다는 것도 기억해 둬요."

"반대급부하고는……. 아무튼 알았어요. 나는 내 일이 끝났으니까 오늘은 이만 가드리죠."

"오늘 안내는 고마워요."

기환이 여유로운 표정으로 말했다.

"능청스럽기는……."

정혜령이 두고 보라는 듯 기환을 한차례 뒤돌아보고 내려갔다.

기환은 침대에 벌렁 누웠다. 짧은 시간이지만 아주 먼 곳으로 여행을 떠나와 많은 일을 겪고 있는 기분이 들었다. 재벌 집이라는 것이 어떻게 생겼는지 관심을 가져보지 않아서인지 모든 것이 어리둥절했다. 아니 충격이라는 표현이 맞을 것 같다. 돈 받으면서 살라고 해도 이런 집에서 살고 싶지 않았다. 그런데 오자마자 재벌 집 딸의 따귀까지 치게 되었으니 이게 무슨 일인가. 그런 일이 있었다는 사실이 실감 나지 않았다. 겁날 건 없지만 협박인지 통보인지를 하고 간 그녀가 앞으로 어떻게 나올지 마음이 편치 않았다.

한참을 그대로 있다가 다시 일어나 복도에 나가 여기저기를 기웃거렸다. 그러나 어디에도 화장실인 듯한 곳은 보이지 않았다. 하는 수 없이 이층 전용 계단으로 내려가 둘러봐도 여전히 눈에 띄지 않았다. 식당에서 머리에 수건 같은 모자를 쓴 한 아주머니가 나왔다가 들어가는데 기환에게는 전혀 관심이 없다.

급할 대로 급해진 기환은 정원의 연장선에 있는 언덕 쪽으로 올라갔다. 기와로 된 긴 담장 너머에는 골짜기가 보였고 그 뒤로 보이는 낮은 산의 능선에는 철조망이 보였다. 기환은 잠시 망설이다가 담장 앞에서 참았던 소변을 보기 시작했다. 나무 위에 앉아 있던 까치 한 마리가 놀라 날아가고 계곡의 물소리가 바람에 실려 가늘게 들려왔다. 몸과 마음이 편안해졌다.

"어머, 거기서 뭐 하세요?"

정혜령의 목소리였다. 기환은 당혹스러워하면서도 마저 볼일을 볼 수밖에 없었다. 옷을 추스르고 몸을 돌리자 약간 떨어진 아래쪽에 서 있는 그녀가 보였다. 강아지를 데리고 산책 중인 듯했다. 강아지는 짖지도 않고 꼬리를 흔들었다.

"그냥 지나가 주면 안 돼요?"

"누군지 놀랐잖아요. 충격 그 자체군요. 정말 남자들이란……."

표정을 보니까 그녀도 조금은 민망했거나 미안했던 것 같다.

"놀라게 해서 미안해요. 딱 안성맞춤인 자리 같아서 그냥……."

기환이 억지웃음을 지으며 천천히 내려왔다.

"설마 방에 화장실이 있는 걸 몰랐던 건 아니죠? 방금 제자가 온 거 같던데요. 그리고 다음부터는 밖에서 일보지 마세요. 혼자 사는 집이 아니니까요. 아셨죠?"

그녀는 강아지를 데리고 아무 일 없었다는 듯 지나쳤다. 건물로 돌아온 기환이 이층으로 올라가는데 계단 위쪽에서 교복을 입은 정이석이 기환을 바라보며 기다리고 있다가 고개를 꾸뻑하고 인사를 했다. 깨끗한 얼굴에 여드름이 보이는 평범한 학생이었다.

"응, 학생이 정이석인가? 반갑다. 나는 남기환. 우리 잘해보자!"

이석은 대답 대신 다시 고개를 꾸뻑하기만 했다.

"우선 네 방으로 갈까? 사실은 내가 화장실을 못 찾아서 밖에 나가 실례하다가 누나한테 들켜 망신당하고 올라오는 길이야."

기환이 웃으면서 말하자 이석도 따라 웃었다.

"방 욕실에 있는데……."

"응, 조금 전에 듣고 알았어. 들어가자!"

둘은 이석의 방에 들어갔다. 한쪽에 침대와 탁자가 있고 밖이 보이도록 놓인 책상 옆에는 참고서 위주의 책들이 꽂혀 있었다.

"내 동생도 고1이야. 그런데 방금 이 방에 들어오면서 저 모자를 보니까 학교가 같은 거 같은데? 중동고등학교, 맞지?"

"혹시 남기웅 아니에요?"

이석의 표정이 일순간에 밝아지면서 눈을 크게 뜨고 물었다.

"그래 맞아!"

"같은 반이고 아주 친해요. 공부는 나보다 잘하지만."

"그렇구나. 그런데 친구 형이 네 가정교사인 거 괜찮겠어? 싫으면 싫다고 해. 난 아무래도 좋으니까. 아니 사실은 더 좋지만 말이야."

"저도 괜찮아요. 그런데 기웅이가 싫어할지 모르겠어요."

이석이 재미있다는 듯 웃어가며 말했다.

"기웅이가? 그렇지는 않을걸?"

"재밌어요, 선생님."

"아무튼 열심히 해보자. 공부는 깡다구야. 인내심……. 공부가 재미있다고 말하는 건 다 뻥이고, 이를 악물며 참고 하는 거거든."

기환이 악수를 청한 다음 맞잡은 손을 힘차게 흔들었다.

"선생님, 자세히 보니까 남기웅이랑 많이 닮으셨어요. 말씨도 그렇고……. 좀 마르셨지만."

"그래? 형제니까. 너는 취약 과목이 뭐야? 근데 왜 실실 웃어?"

"아까 화장실 얘기하고 남기웅 생각도 나고 해서 웃음이 자꾸 나와요. 그리고요, 선생님! 저 지금 생각해봤는데요. 선생님이 저 지도하시는 거 기웅이한테는 비밀로 해주시면 안 될까요?"

웃음을 띠며 듣고 있던 기환이 난처한 표정을 지으면서 대답했다.

"동생한테 거짓말 안 하는데……. 좋아, 말을 안 하면 되지 뭐. 그런데 왜 그래야지?"

"학교에서는 우리 집에 대해서 일절 말하지 않았거든요. 선생님께도 그렇고요. 아버지의 지시예요."

"그래도 회장님의 존함은 대부분 알고 있을 텐데?"

"동명이인도 많잖아요."

"좋아. 그렇지만 이건 영원한 비밀은 아닌 거야."

기환은 대학에 입학할 때까지만 그래 달라고 조르듯 말하는 이석의 말을 들어 주는 것으로 하고 기웅의 학교생활에 관해 물었다. 이석이 기웅은 의리도 있고 친구들한테 인기가 좋다며 엄지손가락을 세워 보였다. 실눈을 뜨고 쳐다보던 기환의 입에서 피식 웃음이 새어 나오는 걸 본 이석이 뜬금없이 물었다.

"저, 선생님! 혹시 아까 우리 누나하고는 별일 없으셨어요?"

"별일? 왜? 꼭 알고 물어보는 것 같아서 입장이 곤란하네."

"사람 골탕 먹이는 취미가 있어서 그냥 여쭤본 거예요."

"글쎄, 좀 복잡해. 누나는 몇 학년이야?"

"3학년이에요."

"3학년이라고? 그럼 나보다도 나이가 많아?"

이석이 낄낄거리며 소리 내어 웃었다.

"고3요. 누나가 좀 나이 든 척을 잘해요."

"아 그렇구나. 나는 진짜 대학생인 줄 알았어."

"공부도 잘하고 마음은 착해요. 무슨 일 있으시면 오해 푸세요."

"그 얘긴 이 정도로 넘어가고 우리 지금부터 작전 좀 세우자. 취약 과목, 비교적 쉬운 과목, 학원 수강 과목, 학교 성적 등……. 내가 좀 알아야 할 테니까 말이야."

학업 계획을 세우느라 진지한 대화를 하고 있는데 이석의 어머니인 사모님이 찾아와 당부와 함께 격려하고 돌아갔다. 부잣집 마나님답지 않게 소박하고 친절했을 뿐 정혜령과의 충돌 건에 대해서는 아무런 얘기가 없었다. 기환은 이석과 밤늦도록 대화를 나누고 열두 시가 넘어서야 자신의 방으로 돌아와 침대 위에 드러누웠다. 낯선 집의 창밖으로 보이는 별들이 긴장을 풀어주며 외로움을 달래주고 있었다. 기환은 밤하늘에 떠 있는 무수한 별들을 바라보면서 언제나처럼 아버지의 무사한 삶을 기원하고 자신의 새로운 일에 대해서도 건투를 다짐했다.

운동장에서의 한판 승부

나른한 오후 둘째 시간이 끝났다. 선생이 나가기가 무섭게 대부분 책상 위에 엎드리는데 박상태가 벌떡 일어났다.

"짜장 왔습니다. 오늘은 짜장 하나에 군만두가 싸비습니다."

양 손바닥을 어깨높이로 올리고 발을 틀어 안짱걸음을 걸으면서 접시 나르는 흉내를 내자 학생들이 배꼽을 빼고 웃어댔다.

"쟤, 왜 저래? 야, 너 뭐 잘못 먹었냐?"

"짱깨! 싸비스로 만두 말고 담배 한 까치 먼저 주면 안 될까?"

조일우가 다가가 상태 안주머니에 있는 담배 한 개비를 꺼내 들고 땡큐! 하면서 밖으로 나갔다.

"학생! 체력이 국력 몰라? 공부도 좋지만 짜장 한 그릇 어때?"

상태가 정이석 앞에 다가가 고개를 구부리고 물었다.

"야! 너 그 짓거리 좀 고만할 수 없냐?"

뒤에 있던 수송동 만춘관 집 아들 노영석이 짜증을 냈다.

"야 인마! 나 재미있어서 하는 건데 네 허락받고 해야 하냐?"

상태가 자세를 펴고 노려보면서 말하자 영석이 한 손으로 턱을 받치고 찡그리며 올려다봤다.

"하고 싶으면 나 안 보는 데 가서 하든지, 씨팔!"

"뭐 씨팔? 이 새끼 정말 안 되겠구나."

머쓱해진 상태가 영석의 멱살을 잡았다.

"야, 박상태! 고만해라. 영석이 입장에서는 그럴 수도 있잖아. 장난도 심하면 야지가 되는 거야."

상태가 팔을 들어 내리칠 자세를 취하는데 기웅이 끼어들었다.

"어쭈! 이 새끼 봐라! 남기웅 너 조심해. 그러잖아도 내가 벼르고 있으니까. 알았어?"

"못 할 말 한 것도 아닌데 뭘 그렇게 흥분하고 그러냐? 짜아식! 속 좁기는……."

기웅이 아랫입술을 물었다가 넘어가려는 듯 웃음 지었다. 얼굴이 하얗게 변하면서 기웅을 째려보는 상태의 손이 가늘게 떨렸다.

"뭐라고? 지금 선전포고하는 거야?"

"그냥 객관적으로 말한 것뿐이야. 인정할 건 인정해라. 그리고 넌 나랑 붙기엔 한 수 아래야."

기웅이 상태의 어깨를 툭 잡으면서 말했다.

"새끼가 보자 보자 하니까 눈에 뵈는 게 없나. 이 손 못 가져가?"

상태가 목을 굳히면서 어깨 위에 있는 기웅의 손을 노려봤다.

"알았어. 손은 치울 테니까 괜한 일로 싸우지 말자. 응?"

"안 되겠다면?"

"이 정도 일로 싸워대면 되겠냐? 안 그래?"

기웅이 손을 치우자 얼굴이 벌게진 상태의 주먹이 날아왔다. 하마터면 맞을 뻔한 기웅이 잽싸게 피하면서 표정을 굳혔다. 다들 기웅의 재빠른 동작에 눈이 휘둥그레졌다.

"야 야! 이따 해라. 조계사 뒤 사당 골목에서 정식으로 한판 어때? 오케이?"

상태와 비교적 가깝게 지내는 최인표가 부추겼다.

"야, 최인표! 왜 너까지 부추기고 그러냐? 그만두자!"

기웅이 정색을 하고 인표를 바라봤다.

"뭐야, 꽁지 빼는 거야?"

"야, 남기웅! 한판 붙어! 이대로 끝날 수는 없잖아!"

민상호의 말에 바람잡이 장기훈이 다가와 두 사람을 번갈아 살폈다. 이석은 가슴을 졸이며 지켜보기만 했다.

"상태야, 너는 어때? 확실해?"

"내가 저런 새끼 데리고 헛소리할 일 있냐?"

"야, 야들아! 오늘 수업 끝나고 박상태랑 남기웅이 한판 붙는단다. 싸워야 정들지. 안 그래?"

장기훈이 의자 위에 올라서서 말했다. 그는 남기웅의 멋진 실력을 보고 싶어 하는 듯했다.

"뒷골목까지 갈 거 뭐 있어? 양아치 새끼들처럼. 내가 피 터지지 않게 할 테니까 차라리 운동장 한가운데가 어때?"

기웅이 상태의 얼굴을 보면서 씩 웃었다.

"운동장에서? 누구 퇴학 맞을 일 있냐?"

운동장은 싱거워질지 모른다는 생각에 최인표가 나섰다.

"그러니까 하는 소리야. 밖에서 교복 입고 싸우면 우선 학교 체면

이 뭐가 되냐? 들키면 난리 날 건 뻔하고."

"그래서 뭘 어쩌자는 건데?"

"운동장이 좋지. 누가 뭐라면 레슬링 시합한다고 하면 되고 말이야. 상태야, 안 그러냐?"

"맘대로 해, 새끼야. 실실 웃지 말고……. 어디서 붙든 너는 오늘 코뼈가 부러질 테니까 각오나 단단히 해, 짜식아!"

상태가 비웃는 얼굴을 하고 기웅의 말을 받았다.

"야, 너 지금 보니까 웃는데? 좋아! 우리 웃으면서 한번 붙는 거야. 악의 없이……. 됐지?"

"장난이야, 뭐야? 박상태! 정말 남기웅이랑 한판 붙어볼 거야?"

최인표가 재차 확인했다.

"내가 헛소리하는 걸로 보이냐?"

수업이 끝나고 대부분의 반 학생이 축구장 뒤쪽 둥구나무 밑에 모였다. 처음엔 편이 갈라져 있는 듯했지만 중립이 많은 바람에 이편 저편 없이 말 그대로 한판 붙어보는 레슬링 경기의 모양새가 되었다. 최인표가 어디서 구해왔는지 호루라기를 휙! 불었다.

기웅과 상태가 상의를 벗고 주전자 물로 금을 그어놓은 링 안으로 들어갔다. 다들 박상태의 싸움 실력은 어느 정도 알고 있지만 남기웅은 한 번도 싸움을 해본 적이 없어 모두 그의 수준을 궁금하게 여기고 지켜봤다. 박상태는 권투 자세를 취하고 남기웅은 유도 자세를 취했다. 상태는 창신동 성호권투구락부에서 운동을 한다는 소문이 있었다.

상태가 두 주먹으로 커버링을 한 채 가볍게 발놀림을 시작했고 기웅은 양손을 구부린 무릎 위로 올리고 키를 낮췄다. 표정은 진지했고 서로의 손과 발을 탐색하느라 분주했다. 조용한 가운데 팽팽한 긴장감이 흐르는 동안 구경꾼은 계속 몰려들었다. 이윽고 두 주먹을 얼굴 위에 바짝 끌어다 붙이고 발을 옮기던 상태가 한두 번 왼손 잽을 날리다가 기웅의 시선이 자신의 발로 향하는 순간 오른손 주먹을 내리뻗었다. 기웅의 왼쪽 광대뼈가 휙 돌아갔다.

학생들은 와! 하고 가벼운 함성을 지르고 이내 숨을 죽여 두 사람을 지켜봤다. 긴장감이 극도에 다다랐다. 이석은 어금니를 꽉 눌렀다. 이어 상태의 오른손 주먹이 다시 날아들었을 때 구경꾼들의 숨이 일제히 멎었다. 기웅이 가볍게 두 팔로 막아 날아오는 주먹의 힘을 없애는 듯했는데 어느 틈에 상태의 왼손이 다시 기웅의 배를 훑고 지나가 턱을 향해 치솟았다. 구경꾼들은 남기웅이 턱을 맞고 쓰러지는 장면을 그리면서 두 눈에 불을 켰다. 상태의 주먹이 기웅의 턱 끝을 살짝 스쳐 지나가자 모두가 탄성을 질렀다.

어느덧 축구 연습을 하던 학생들까지 몰려와 링 주변에 둘러섰고 운동장에 있는 거의 모두가 관람객이 되었다. 언제 왔는지 평소 학생들과 자주 어울리는 김동규 국어 선생도 흥미롭게 지켜보고 있었다. 계속 탐색만 하던 기웅이 천천히 왼쪽으로 돌다가 손을 뻗어 상태의 오른팔 손목을 휙 낚아챘다. 그러나 상태는 잡힌 팔을 공중에서 아래로 휙 돌려 재빨리 떨쳐내면서 왼손 주먹을 기웅의 어깨 위로 날렸다. 기웅의 상체가 약간 흐트러졌고 상태의 발걸음이 한결 빨라졌다. 기웅은 여전히 몸을 구부린 채 천천히 방향만 바꾸고 있었다.

"야, 남기웅 뭐 해? 빨리 눕혀!"

민상호가 조바심을 냈다. 일부는 야유 섞인 불평도 뱉어냈다.

"뭐야? 노는 거야?"

"박상태! 한 방 날리고 끝장내라!"

언제부터인지 상태의 얼굴에 웃음이 보였다. 그는 작심한 듯 발빠르게 왼쪽으로 돌다가 온 체중을 오른손 주먹에 실어 기웅의 턱언저리를 향해 날렸다. 모두의 시선이 상태의 주먹 위에 멈췄고 아예 눈을 감아버리는 구경꾼도 있었다. 그러나 예상과는 달리 박상태가 날린 주먹은 물론 그의 상반신이 기웅의 오른팔 안에 감기는가 싶더니 어느 순간 그의 두 다리가 허공으로 솟구치고 몸과 머리는 바닥을 향해 완전 거꾸로인 꼴이 되어 있었다.

기웅이 한쪽 무릎으로 상태의 상반신을 받쳐주지 않았다면 그는 이미 머리를 땅에 박고 고꾸라졌을 것이다. 구경꾼들의 눈이 휘둥그레지고 입에서는 탄성이 절로 나왔다. 하늘을 향해 뻗어 있는 둥구나무 가지 끝이 상태의 눈에 들어왔다. 기웅은 상태의 몸에 충격이 가지 않도록 가볍게 돌려 안으면서 그를 다시 땅 위에 세웠다. 상태는 순간 어지러움을 참지 못하고 비틀거리다가 기어가듯 달려가 기웅의 두 발을 힘껏 낚아챘다. 구경꾼들은 일제히 흥분했다. 양손을 손뼉 치듯 탁! 치는 사람도 있었다.

"그거야! 박상태, 힘내!"

상태에게 두 발을 잡힌 기웅이 어깨를 틀어 낙법 자세로 넘어지면서 한쪽 손으로 바닥을 짚고 다른 한 손으로는 체중이 쓰러지는 반동으로 바닥을 친 다음 상태의 혁대를 잡아 그를 힘껏 끌어당겼다. 상태의 몸은 완전히 반으로 접혀 기웅의 배 위에 놓였다. 기웅은 재빠르게 몸을 뒤집어 상태의 한쪽 팔을 뒤로 꺾어 잡고 몸통을 무릎

아래 깔았다.

"방심은 금물인 거 몰라? 이만 끝내자. 무승부야. 오케이? ……괜히 나만 한 대 맞았잖아."

상태의 등을 무릎으로 누르고 있던 기웅이 일어나 어깨를 툭툭 치면서 말했다. 한 손으로는 상태의 손을 잡아 일으켰다.

"폼 잡지 마, 새끼야. 내가 졌어!"

상태도 기웅의 어깨를 치며 말했다. 학생들이 일제히 함성과 박수를 보냈다. 김동규 선생도 웃으면서 자리를 빠져나갔다.

"상태야, 너랑 나랑 나눠서 떡볶이 한 접시 내는 게 어때?"

"좋아. 모자라는 건 내가 책임지지."

"모자라는 거? 그럼 나보고 있는 대로 다 내라는 거잖아."

기웅의 말에 다들 배꼽을 움켜쥐었다. 학생들은 떡볶이집으로 우르르 몰려갔다.

"남기웅, 너 오늘 완전 사기 쳤어!"

학생들이 떡볶이를 정신없이 먹으면서 이구동성으로 떠들어댔다.

"오늘 상태가 이긴 거야. 싸움은 날려놓고 하는 거 아냐?"

기웅이 웃지 않고 진지하게 말했다.

"너 이 새끼, 또 폼 잡는 거야?"

상태가 버럭 소리치자 학생들의 입에서 떡볶이가 튀어나왔다.

"그런데 상태야, 부모님 직업 가지고는 장난치지 마라!"

"우리 아버지는 학교 수위야, 인마!"

그날 이후 학교에서는 남기웅의 유도에 대해 신화가 생겼다. 사람을 띄워놓고 곤봉을 돌리는 괴물이라고.

* * *

기웅이 고개를 숙이고 생각에 잠긴 채 종암동 언덕길을 올라가고 있었다. 오월치고는 더운 날씨였다. 무심코 고개를 드는데 언덕배기 집 마당 끝에서 누군가가 손을 흔들었다. 기웅은 한달음에 뛰어 올라가 반가운 얼굴로 들어서며 물었다.

"형, 언제 왔어? 예상보다 자주 오네?"

"넌 뭔 생각이 그렇게 많냐? 고개 들고 빳빳이 서서 걸어야지."

"나도 요즘 생각하는 갈대거든."

"그런데 얼굴은 또 왜 그러냐? 누구랑 싸웠어?"

"오랜만에 업어치기 연습하다 한 대 맞았어."

"조심 좀 허지."

기환이 기웅의 부어오른 볼을 어루만지려고 하자 손이 닿기도 전에 아! 하고 엄살을 부렸다. 둘은 한동안 학교생활과 기환의 가정교사 생활 얘기를 나눴다. 그러다가 기웅이 느닷없이 시무룩한 표정으로 벽에 기대고 앉아 눈을 지그시 감았다.

"너 요즘 무슨 고민 있구나. 뭔데 그려?"

"형! 우리 털어놓고 아버지 얘기 좀 해."

"무슨 얘기? 이제 너도 다 알잖아."

"그걸로 끝이야? 우리 가족은 언제까지 이렇게 살아야 해?"

"왜 갑자기 그런 말을 허는데?"

"나는 아무 일 없는 것처럼 살아가다가도 문득문득 너무 억울한 생각이 들어. 어떨 때는 이놈의 나라를 콱 부숴버리고 싶어!"

기환은 한 손으로 이마를 받치고 기웅의 상기된 얼굴을 한참 동안 쳐다봤다.

"솔직히 나도 마찬가지다. 어디든 이민이라도 가서 떳떳하게 살고 싶기도 허고."

"정말 그렇게 허면 안 될까? 나 그 생각을 얼마나 많이 했는지 몰러. 그러자고 건의허자, 형!"

기웅의 목소리가 더욱 커졌다.

"아버지가 그렇게는 안 허시지."

"정체가 드러나면 처형하려 들 게 뻔한데도?"

"아버지는 죽고 사는 것에 목매지 않고 그냥 불우한 사람들을 돕고 계시는 거야."

"그건 가족을 팽개치는 것과 같아. 우리가 홍길동이야?"

가야산 여행을 다녀온 이후 말없이 지내던 기웅이 처음으로 자신의 감정을 드러냈다. 살아 있는 아버지를 두고도 홀어머니 밑에서 사는 것처럼 말해야 하는 것도 그렇고 앞으로 승희 누나나 강희가 커서 결혼하게 되어도 부부간에까지 비밀로 해야 한다는 사실이 기가 막힌다고 울먹이기까지 했다. 기환은 잠깐씩 기웅의 표정만 살필 뿐 한동안 아무 말도 하지 못했다.

"우리 모두 잘 헤쳐 왔잖아. 너무 걱정하지 말고 아버지 생각을 존중허자. 나는 매일 밤 아버지에게 별일 없기를 기도헌다."

"언젠가 큰아버지가 애국 같은 거 하려 들지 말고 부끄럽지 않은 사람이 되라고 말씀하셨잖아. 그 심정이 이해가 가."

"그 말씀을 기억하고 있냐?"

"그러엄, 기억하고말고. 그때는 이해가 안 갔는데 왜 그렇게 말씀하셨는지 이젠 알겠어. 그런데 형! 솔직히 말해 요즘 나한테 문제가 하나 생겼어."

기환이 무슨 일이냐며 다가앉아 기웅의 눈을 들여다봤다.

"한동안 아무 생각 없이 살아왔는데 지금은 어떻게 살아가는 게 좋을지 목표를 세울 수가 없어."

"니 심정을 왜 모르겠냐. 더욱 기가 막히고 슬픈 사실은 우리나라에 이런 혼란을 느끼면서 살아가는 사람이 수만, 아니 수십만이 더 될지도 모른다는 거야. 나도 물론 그렇고. 그러나 분명한 건 인생의 목표는 개인적인 거야. 국가라고 하는 환경에서 내 삶을 설계하는 거라고……."

기환도 은연중 자신의 감정을 정리하고 있는 듯했다.

"그러려고 노력하다가도 자꾸만 삼천포로 빠져버려. 생각이……."

"너무 조급하게 생각허지 마. 너를 아는 모든 사람이 다 너를 좋아허고 너도 그렇잖아. 이 형도 물론 그중 하나고 말여. 그러니까 기웅아! 목표에 조급하지 말고 즐겁게 살어. 그러다 보면 목표는 저절로 떠오를 때가 있을 거여. 응? 알았지?"

기웅이 뭔가 더 말할 듯하다가 중단했다.

"기웅아, 우리 밥 비벼 먹자."

기환이 고개를 숙이고 있는 기웅의 등을 두드리며 크게 웃었다.

"비벼 오라는 말이네?"

"당연허지!"

기웅이 눈을 흘기면서 부엌으로 들어가 고추장을 듬뿍 넣어 밥을 비벼 들고나오는데 울타리 바깥쪽으로 보이는 뒷산 채석장에서 웨앵! 하는 사이렌 소리가 길게 울렸다. 둘은 고개를 돌려 바위산을 바라봤다. 잠시 후 쾅! 하는 다이너마이트 소리와 함께 크고 작은 바위

가 뿌연 돌가루를 뿌리면서 수천 년 긴 세월 동안 갇혀 있던 땅속을
벗어나 세상을 향해 우르르 쾅쾅 튕겨 나왔다.

"내 속이 다 시원허다!"

북한산의 아지랑이

이석은 기환의 지도를 받으면서 눈에 띄게 성적이 올라 모두를 기쁘게 했다. 기환은 혜령과 가끔 부딪치면서 여전히 신경전을 벌였지만 까칠한 말투와는 달리 마음이 따뜻하고 뒤끝도 없다는 것을 알게 되었다. 혜령 또한 기환을 점차 우호적으로 대했다.

기환이 가정교사를 시작한 지 일 년이 다 되어가는 어느 날, 학교에서 조금 늦게 끝나 서둘러 이석의 집으로 갔을 때다. 방 안에서 누군가와 큰 소리로 웃어대는 소리가 문밖까지 들렸다. 조심스럽게 문을 열자 눈을 마주친 이석이 당황하면서 웃음을 참고 있었고 문 뒤에서 누군가가 숨어 있다가 짠! 하면서 나타났다. 기웅이였다.

"어떻게 된 거냐? 기웅이한테 비밀로 하자고 한 게 누군데 집으로 데리고 와? 나만 동생한테 비밀 있는 형 만들고 말이야."

"죄송합니다, 선생님!"

기웅이 능청을 떨었다. 이석은 기웅이가 넘겨짚는 바람에 넘어가게 된 과정을 털어놓았다.

"2학년에 올라가서도 같은 반이 되다 보니까 반가워서 웃음이 나왔을 뿐인데 기웅이가 뭔가를 알고 있는 것처럼 자수하고 광명 찾는 게 어떠냐고 하더라고요. 그 바람에 나는 선생님이 말해버리신 줄 알고 그냥……."

"이석이가 착하기만 하고 맹해서 금방 넘어가거든."

기웅이 이석의 등 뒤에서 어깨를 주물러주며 끼어들었다.

"믿을 수 없어 보였으면 약속을 말았어야지."

듣고만 있던 기환도 한마디 하면서 유쾌하게 웃었다.

"기웅이가 모르고 있었다는 것을 우리 집에 와서야 알았어요."

이석이 분한 표정으로 기웅을 흘겨봤다.

"그 바람에 나는 대기업 후손도 하나 알게 됐고요. 엉큼한 놈!"

"그런데요, 선생님! 저 앞으로 기웅이랑 공부 같이하면 안 될까요? 제가 어머니랑 아버지한테는 승낙을 받을게요."

"짜아식, 그건 안 돼 인마! 너랑 공부하면 내 수준 떨어져."

기웅이 팔로 이석의 목을 감으면서 기환의 눈치를 살폈다.

"너, 정말 그따위로 말할 거야?"

이석이 기웅의 가슴을 밀어내며 노려봤다.

"농담이야, 형! 아니 선생님! 이젠 이석이가 나보다 공부를 더 잘해요. 그리고 나도 함께 공부하고 싶어요."

그날 이후 이석의 부모가 기웅의 입주를 허락해 둘이 같은 방을 쓰면서 공부도 함께 했다. 기웅이 혼자 지내는 것을 항상 걱정했던 채봉도 무척 좋아했다. 기웅은 혜령과도 허물없이 지내는 친밀한 사이가 되었으며 이석 남매의 사이도 더 좋아지고, 기웅의 익살로 넓

디넓은 집에서 예상치 않았던 웃음소리가 곧잘 들리곤 했다.

"기웅아! 내 방에서 원어민 영어 하자!"

혜령이 이석의 방에 불쑥 들어왔다. 상큼한 향기가 바람과 함께 밀려들어 왔다.

"누나, 노크 좀 하고 들어와라. 예의도 없이."

"놀라는 걸 보니까 느네들 뭐 나쁜 짓 하고 있었구나?"

"나쁜 짓은 무슨……."

혜령은 문에 기대선 채 방 안을 살피다가 이석의 반응을 보며 머뭇거리는 기웅에게 핀잔을 주었다.

"기웅이 너는 뭐든지 이석이 허락을 받고 하니? 싫으면 관두고."

"그렇게 해, 기웅아. 너 프리토킹 좋아하잖아."

"너 혼자 심심하지 않겠어? 선생님한테 미리 말해놓지도 않았고."

"그동안 난 문법 공부 좀 할게. 너 문법은 박사잖아."

"그럴까? 선생님한테는 나 대신 말 잘해줄 거지?"

"염려 마! 근데 누나, 남녀칠세부동석 알지? 기웅이 엉큼하다고."

"드디어 네가 나를 파악했구나."

기웅이 낄낄거리자 혜령이 팔짱을 끼며 발끈했다.

"너희들, 까불래? 못 하는 소리가 없어, 쪼끄만 것들이."

"가요, 누나. 이석이가 샘나서 그러는 거예요."

"왜 떠넘겨? 너도 마찬가지면서."

기웅은 혜령과 함께 원어민 프리토킹 하는 것이 좋았다. 우선 여자의 향기도 좋았고 대학생과 함께 공부한다는 것도 좋았다. 기웅이 복도를 걸어가며 갑자기 생각난 듯 말했다.

"누나! 이번 주 일요일 북한산 가기로 했는데 갈래요?"

"쳇! 빨리도 말한다. 글쎄, 간청한다면 검토는 해볼게."

* * *

아지랑이가 피어오르는 봄날은 마법사의 깃털처럼 보드랍고 화창했다. 등산은 체력 단련을 위해 만만치 않은 13문(門) 종주 코스를 선택했다. 혜령이 붉은색 등산복에 열십자 모양의 빨간 선이 굵게 그어진 모자를 쓰고 나타나자 기웅이 눈부신 흉내를 냈다.

"누나 예뻐요!"

"이석아, 너도 좀 배워라. 예쁘다고 해주면 안 되니? 폼 좀 잡았는데……. 선생님 오빠도요."

"나도 지금 말하려던 참이야. 혜령이 정말 깜찍하고 귀엽다."

기환이 혜령의 위아래를 훑어보며 다소 어색하게 말했다.

"어머! 칭찬하랬지 언제 말 놔버리라고 했어요?"

"누나, 그게 좋잖아. 꾸밈없이 대화할 수 있고."

"내 생각도 그래요, 누나."

"기웅이 너까지도? 왠지 손해 본 거 같아. 쳇!"

"영어로 해요. You too, Kiwoong!"

기웅이 일부러 과도한 손짓을 하며 굵은 목소리로 영어 발음을 하자 일행은 배꼽을 잡고 웃었다.

"그러지 않아도 너 삼위일체 다 외운 거 알아. 잘난 척하긴."

이석이 기웅을 째려보며 말했다.

"메들리 삼위일체는 문장을 좋아하다 보니까 외워지더라고요."

"예를 들면?"

"브루투스가 권력을 잡기 위해 다른 두 사람에 이어 양아버지인 시저를 찌르자 그가 죽어가면서 'You too, Brutus!' 하잖아요."

"그래서?"

기환이 묻자 재미있다는 듯 듣고 있던 혜령이 눈을 가늘게 뜨고 기웅을 쳐다봤다.

"로마 시민들이 브루투스를 비난했지요. 배은망덕한 자라고. 그랬더니 그가 뭐라고 했는지 알아요?"

기웅이 감정을 살려 웅변조로 말한 다음 혜령을 향해 물었다.

"Not that I love Caesar less but that I love Rome more!"

혜령이 즉석에서 굵직한 남자 목소리를 내며 대답했다.

"누나, 발음 너무 좋아요. 나는 거기서 브루투스가 멋졌어요. 아니 멋지게 말한다고 생각했어요."

"야! 그게 속 보이는 변명이지 뭐가 멋있냐?"

"순수한 것만 가지고는 이 세상을 살아갈 수 없잖아요."

이석이 둘 사이에 끼어들었다.

"둘이 너무 친한 거 아냐? 반죽이 아주 가관이네."

"원어민 영어 한다더니 삼위일체만 외운 모양이구나. 하긴, 영어 공부에 암기 이상 좋은 방법은 없지."

기환도 웃는 얼굴로 장단을 맞추며 걸음을 서둘렀다.

일행은 시내버스를 타고 구파발에 가서 다시 송추행으로 갈아타고 북한산성 입구에서 내렸다. 길목에서부터 풋풋한 산 내음이 물씬 나고 숲에 들어서자 온갖 풀꽃들이 피어 산행객을 맞이했다. 등산로 양쪽에도 보랏빛 제비꽃, 노랗고 앙증맞은 애기똥풀, 파릇파릇 돋아

나는 돌나물, 연노랑 빛의 뱀딸기꽃 등이 어우러져 바람에 흔들리고 있었다.

"오늘 코스가 일곱 시간이 넘는다고?"

혜령이 양팔을 펴 스트레칭을 하면서 물었다.

"그래 누나. 자신 없으면 미리 대책을 세워."

"무슨 대책을?"

"미리 섭외해두라고. 업고 가는 거 말이야."

"아님, 날 버리기라도 할래? 오빠님, 나 책임질 수 있지요?"

"배낭 때문에 곤란하겠는데……."

기환의 말에 맞춰 나머지 일행들도 딴전을 피웠다. 혜령은 한번 해본 소리에 치사하게 핑계 대지 말고 각자 자신들 걱정이나 하라면서 발끈했다.

"누나, 간단한 방법이 있어요. 도저히 못 가겠으면 중간에서 내려오는 거예요. 어차피 13문 종주하고 다시 같은 데로 오니까요. 그렇지요, 형 선생님?"

"아까 그 산성 입구로 다시 가는 건 맞지만 내려가는 길은 달라. 혹시 길을 잃어버릴지 모르니까 미리 알아둬. 다시 산성 입구에 가면 아마 오후 네 시쯤 될 거다."

"힘들면 혼자 내려가 산성 입구에서 조용히 기다리고 있어라, 그 말이죠? 말 돌리긴……."

"야아, 우리 누나 눈치가 진짜 삼단이네."

이석이 혜령을 놀렸고 기환은 기웅을 보며 눈을 찡긋했다.

"우리 가면서 노래할까? 너무 크지 않게 우리만 들릴 정도로. 어때?"

"좋지. 우선 한 곡 해보자. 혜령이가 선곡해."

혜령은 바로 '하이킹의 노래'를 부르기 시작했다. 낭랑한 목소리가 부드러운 봄바람을 타고 울려 퍼져 발걸음을 가볍게 했다. 일행은 제1문으로 대서문을 지나 법용사에 들러 약수를 마신 다음 중성문을 통과해서 절 옆 샛길로 빠져나왔다.

"이제 겨우 문 두 개 지났어? 아직 열한 문 더 남았네?"

"누나 힘들어요? 배낭 나한테 줘요."

기웅이 팔을 뻗어 혜령의 배낭을 잡으려 들었다.

"아냐, 괜찮아. 하지만 너한테 기사도 정신을 발휘할 기회를 줄게."

"감동적으로 고마워요!"

기웅이 웃으면서 혜령의 배낭을 받아 오른쪽 어깨에 겹쳐 멨다.

"남기웅은 역시 의적이다."

"의적? 웬 의적?"

"속이 시커멓지만 연약한 여성을 돕는 것은 좋은 일이니까."

"어떻게 시커먼데? 너 내 동생 중상모략하는 거냐?"

앞서가던 기환이 고개를 돌리고 말했다.

"누나한테 잘 보이려고 하는 속셈이잖아요. 지도 힘들면서⋯⋯."

세 번째와 네 번째 문으로 가사당암문과 부왕동암문을 지나자 서서히 숨이 가빠지기 시작했다. 묵묵히 산행을 계속하고 있는데 혜령이 나월봉이 보이는 길모퉁이에서 걸음을 멈추고 노래 한 곡 더 하자고 제안했다. 기환이가 올라가기 힘든 모양이라고 하자 경치가 좋아서 한 곡 하고 싶을 뿐이니까 착각하지 말라며 눈을 흘겼다. 일행은 길 아래 바위 위에 걸터앉았다.

"이번에는 내가 선곡할까요?"

분위기를 선도하는 건 항상 기웅의 몫이다. 모두가 좋다고 손뼉을 치자 시작하려다 말고 한마디 했다.

"미리 말해줄게요. '백마야 울지 마라'!"

기웅의 말을 들은 기환이 살짝 웃으며 들을 채비를 했다.

"얘! 좀 세련된 노래 없니?"

혜령이 입을 삐죽거렸다.

"나 이 노래 좋은데……. 우리 어머니랑 아버지가 좋아하신단 말이에요. 바꿔요?"

"아니, 그냥 하자."

"나는 좋아. 그런데 너 방금 아버지라고 그랬어?"

이석이 놀라 되물었다.

"이를테면 그렇다 이거지, 인마. 어른들이 좋아하시는 노래니까."

기웅이 헛기침을 하고 서둘러 노래를 시작했다. 멀리 노적봉에 걸린 하얀 구름이 사월의 푸른 하늘을 바라보며 쉬고 있고, 재잘거리는 계곡의 물소리가 기웅의 노래에 가세했다. 산행을 계속해 청수동 암문과 대남문을 지났을 때 이석이 말했다.

"선생님, 우리 여기서 김밥 먹고 가요. 짐도 줄일 겸."

이석의 제안에 일행은 다시 자리를 잡고 앉아 준비해온 음료수와 김밥을 먹었다. 음식을 다 먹은 다음 멈칫거리던 혜령이 발을 주무르고 있다가 기환과 눈을 마주쳤다.

"오빠 선생님, 나는 천천히 내려가 산성 입구에 가서 기다리고 있을 테니까 다녀들 와요. 물론 함께 갈 수는 있는데 여유를 즐기고 싶어서 그러는 거예요."

"이제 겨우 여섯 문 지났는데?"

기환이 손으로 햇빛을 막으며 혜령을 바라보고 이석도 아쉬운 표정을 지었다. 기웅이 기다렸던 사람처럼 바로 말했다.

"그럼 나랑 내려가요, 누나. 사실은 나도 그러고 싶었거든요."

"내 생각해서 그래 주는 거라면 안 그래도 돼. 혼자 갈 수 있어."

혜령이 먼저 일어나더니 뒤돌아보지 않고 천천히 내려갔다.

"기웅아, 그렇게 해라. 내려가는 길이 더 힘들어. 조심해야 해."

"알았어, 형. 걱정 마. 누나, 같이 가요!"

기환과 이석은 다음 문인 대성문을 향해 손을 흔들면서 출발하고 기웅과 혜령은 하산 길로 접어들었다. 기환의 말대로 하산 길은 붙잡을 나무가 없으면 자칫 미끄러지기 쉬웠다.

"누나 조심해요. 업어줄 수는 없으니까. 헤헤."

"기웅아, 손잡고 가자. 내가 꼭 말을 해야겠니? 너도 맘에 들었다 안 들었다 해."

혜령이 입술을 살짝 내밀었다.

"좋아요. 누나 맘에 들도록 노력할게요."

기웅이 자연스러운 척하며 혜령의 보드라운 손을 잡았다.

"너 그런데 아까 얼굴 새빨개진 거 아니?"

"내가요? 언제? 누나 손 잡을 때요?"

"능청은……. '백마야 울지 마라' 노래할 때 말이야."

"노래를 잘하지 못해서 그렇죠, 뭐. 길이나 조심해요, 누나."

혜령은 그냥 넘어가지 않았다. 노래하기 전에 어머니 아버지가 좋아하신다고 말할 때 분명히 그랬다고 날을 세웠다. 그러더니 어머니가 재혼했거나 아니면 재혼하려고 하는 거 아니냐면서 기웅의 눈을 빤히 들여다봤다.

"누나 상상력 한번 끝내주네요. 그런 거 아니에요."

"얼버무리지 마. 하지만 믿어주지. 우리 내려가서 막걸리 먹자."

"누나가 막걸리를 먹을 줄 알아요?"

기웅은 맞잡은 손을 흔들며 술 얘기로 얼버무렸다. 혜령이 천하대 장군의 눈을 뜨면서 말했다.

"내가 이래 봬도 별명이 뭔지 알아? '진로한병반'이야."

"소주를 한 병 반씩이나 마신다고요?"

"응. MT 갔을 때 붙여진 주흥의 별명이야."

"주흥의 별명? 여대생들도 MT 가면 술내기를 해요?"

"더 이상 묻지 마. 나 그때 생각하면 지금도 혈압 올라. 너 막걸리 어때? 왜 대답을 안 해? 내가 무슨 말이든 하면 언제든지 대답부터 하는 거 잊지 마. 알았지?"

"예, 누나! 그런데 선생님이 뭐라고 할걸요? 좋아요. 딱 한 잔만 하죠, 뭐."

둘이서 손을 흔들며 산을 거의 다 내려왔을 때다. 기웅이 또래의 사내아이 다섯 명이 약간 떨어진 계곡 아래쪽에서 서성대고 있다가 두 사람을 쳐다보고 건들거리며 올라왔다. 그중 하나가 길게 뻗어 있는 나무에 한쪽 발을 올려놓고 기웅을 불렀다.

"야, 야! 너 이리 좀 와봐!"

기웅이 손가락으로 자신을 가리키면서 눈을 올려 떴다.

"상대하지 말고 그냥 지나가자, 기웅아."

"못 와? 여자 앞에서 쪽팔려도 괜찮겠어?"

"누나, 여기 잠깐 있어요. 나 혼자 갔다 올 테니까. 그냥 가면 쫓아 오지 가만히 있을 놈들이 아니에요."

혜령이 낮은 소리로 괜찮겠냐고 걱정스레 물었다. 기웅이 다가가

자 그중 한 사내가 물고 있던 담배를 나무에 비벼 끄며 흘끔거렸다.

"무슨 일인데?"

"이 자식이 어디서 말을 까고 지랄이야. 너 몇 학년이야?"

기웅을 불러 내린 사내아이가 다리를 흔들며 물었다.

"고2."

"고2? 나 수고 3학년이거든?"

"수고?"

"수색 근처에 있는 고등학교 3학년이다, 이 말이야."

"그런데요?"

"너 이 새끼, 새파란 놈이 대낮에 이 신선하고 건전한 등산로에서 가시내 손이나 잡고 다니고 말이야."

기웅은 아무 말 없이 듣고 서 있었다.

"막걸리값 좀 내고 가. 봐줄 테니까."

기웅이 가지고 있는 십 원짜리 지폐 두 장을 주머니에서 꺼내 줬다.

"이게 다야? 너 훑어서 나오면 죽을 줄 알아! ……이건 뭐야?"

사내가 기웅의 주머니를 툭툭 치자 동전 소리가 났다.

"동전 몇 개 더 있습니다."

"저 아가씬지 애인인지한테 성금 좀 내라고 해."

"저 누나한테는 시비 걸지 마요. 내가 다 들어줬잖아요."

"아 그러니까, 누나를 위해서 네가 고분고분 들어줬다, 이거야?"

기웅이 그렇다는 듯 대꾸를 하지 않았다.

"그럼 봐줄 테니까 무릎 꿇고 앉아서 노래 한 곡 하고 가."

"무릎은 안 꿇고 그냥 서서 부를게요."

"좋아. 그래도 기집애 앞이라고……."

기웅은 목청을 높여 '선구자'를 부르기 시작했고 사내들은 웃으면서 듣고 있었다. 노래를 부르는 중간에 혜령이 내려와 소리를 버럭 질렀다.

"야, 이 겁쟁이야! 너는 자존심도 없냐? 너희들 뭐야? 왜 지나가는 사람 붙잡고 깡패질이야? 남기웅! 이리 올라와!"

"어쭈, 이 누나 좀 봐라. 그러잖아도 데리러 갈 참이었는데 제 발로 내려오셨네."

한 사내가 풀숲에 침을 탁 뱉고 혜령이 앞에 바짝 다가섰다.

"뭐라고? 이런……."

혜령이 다가선 사내의 따귀를 올려치려다 팔목을 잡혔다.

"어럽쇼! 이 누나 좀 봐라!"

"우리 누나한테는 시비 걸지 말라고 했잖아! 누나, 가 있어요."

기웅이 혜령을 다시 위로 올려보내려 하자 뒤에 있던 다른 사내가 달려와 발을 휙 날렸다. 기웅은 날아오는 발을 양손으로 잡아 오른쪽으로 힘껏 비틀어 넘어뜨렸다. 발을 날렸던 사내는 심한 신음 소리를 냈고 이어 다른 두 사내가 동시에 기웅을 덮쳤다.

탁! 타닥!

어느 틈엔지 기웅의 업어치기로 그 둘도 바닥에 엎어지고 말았다. 나머지 둘은 선뜻 덤비지 못하고 공격할 태세를 취하며 서로 눈치를 보고 있었다. 이번에는 기웅이 선제공격으로 한 사내의 발을 옆으로 쳐 쓰러뜨리면서 나머지 하나의 발을 밟고 멱살을 잡아 힘껏 당기자 중심을 잃고 앞쪽으로 쓰러졌다. 넘어져 씩씩대는 입에서는 피가 흘러 이를 붉게 물들였다.

"덤벼봐! 이게 다야?"

사내들은 하나같이 고통스러운 신음 소리를 내다가 다시 공격할 듯하더니 뒷걸음질을 쳐 계곡을 건너 사라졌다.

"기웅아, 너는 도대체 어떻게 된 애니? 그렇게 싸움을 잘하면서 아까는 왜 가만히 있었어? 돈 주고 노래까지 부르고……. 내가 창피해서 죽는 줄 알았다."

혜령이 눈을 있는 대로 크게 뜨고 소리쳤다.

"누나만 안 건드리면 그냥 가려고 그랬어요. 혹시 몰라서."

"뭘 혹시 몰라? 너는 백 명도 이기겠던데. 이런! 볼따구니가 빨갛잖아. 이리 와봐!"

혜령이 입을 오므리고 기웅의 볼을 호오, 하고 불었다. 기웅의 얼굴이 홍시감처럼 새빨개졌다.

"가자! 우리 진짜로 막걸리 한잔하자. 너 정말 멋진 구석이 있구나."

혜령은 옆에 가는 기웅을 바라보며 혼자 웃었다.

"구석은 무슨 구석……. 멋투성이지요."

기웅이 말하면서 낄낄거렸다.

"너, 그런 거 나한테도 좀 가르쳐 줄래?"

"뭘요?"

"싸움 말이야. 나도 가끔 누군가 쥐어패고 싶을 때가 있거든."

"참! 아까 보니까 누나 성질 겁나던데요? 어휴, 무서워라!"

"그럼, 그 상황에 가만히 있으라고?"

"천천히 가요, 누나. 발 아프다고 할 때는 언제고……."

혜령은 모자를 벗어 싱그러운 바람에 머리를 날리고 기웅은 배낭 두 개를 짊어진 채 휘파람을 불며 내려갔다. 드높은 하늘 아래 우뚝 솟아 있는 백운대 정상이 한 폭의 수채화가 되어 만고의 위용을 과시하고 있었다.

제3장

변호사 생활

소파에 마주 앉아 탁자 위의 노란 보따리를 앞으로
밀면서 해맑게 웃고 있는 그녀는 아름다운 천사이고
어머니였다.

불청객

기환이 자신의 방으로 가는데 아직 학교에서 돌아오지 않았을 시간인데도 기웅의 방에 불이 켜져 있는 것이 보였다. 안으로 들어가자 침대에 누워 있던 기웅이 일어나 앉았다.

"혼자 있어? 이석이는?"

"응, 먼저 왔어. 오늘 이상한 일이 하나 있었는데 걱정이 돼서."

"무슨 일인데 그렇게 심각해?"

"어머니를 잘 아는 사람이라며 누가 점심시간에 날 찾아와서 꼬치꼬치 캐묻더라고. 형사는 아니고."

"학교로? 뭘 물어?"

"가족이 몇이냐, 서울에는 누구누구 사느냐, 형은 어느 대학 다니느냐, 대전에는 누가 있느냐, 뭐 그런 거."

"그래서?"

"아버지 얘기 말고는 다 사실대로 얘기했어. 숨기는 느낌 안 줄라고."

"아버지에 대해서도 물어?"

"오래전에 돌아가셨다고 말했더니 비웃는 듯이 웃더라고."

"비웃어? 그 사람 명함 같은 거 있어?"

"성함이 어떻게 되시냐고 물었더니 차차 알게 될 거래."

기웅은 말을 하면서 연신 기환의 표정을 살폈다. 얼굴의 솜털이 일어선 기환이 상황을 정리하고 있는데 기웅이 말을 이었다.

"기분 나빠서 나도 거칠게 나갈까 하다가 그랬다가는 오히려 더 의심할 것 같아 참았어. 지금 문제가 생기면 어떻게 돼?"

"그럼 안 돼."

기환의 표정이 얼어붙듯 굳었다. 기웅이 조그맣게 덧붙였다.

"공소시효라는 게 있잖아. 이제 끝나지 않았어?"

"너 언제 그런 걸 알아봤냐? 그런데 아버지는 판결을 받은 사람이라 공소시효의 두 배야."

"그럼 십오 년이 아니고 삼십 년이라는 말이야? 말도 안 돼. 죄 없는 사람의 인생을 깡그리 망쳐놓는 거잖아. 그래도 그냥 이대로 그런가 보다 하고 있어야 하는 거여?"

기환은 기웅의 얼굴을 차마 바라보지 못했다. 기웅이 눈물을 훔치고 고개를 숙인 채 다시 말을 이었다.

"그 사람은 어떻게 하지? 또 올지도 모르잖아."

"내일 시상식에 가서 어머니께 말씀드려. 주말에 내려가서 아버지께 말씀드리든지. 미리부터 우리가 단정 짓지는 말자. 응?"

기환이 기웅의 주먹 쥔 손을 부드럽게 잡았다.

＊ ＊ ＊

대전천 목척교는 기차를 타러 가거나 출근하는 사람들로 언제나 붐빈다. 역에서 가다가 다리를 건너 두 번째로 이어지는 왼쪽 골목 안 모퉁이에 이층짜리 슬래브 건물 하나가 생뚱맞게 자리 잡고 있다. 일층에는 '허운악 변호사 사무실'이라는 목간판이 걸려 있다.

안에서 전화벨이 끊임없이 울리자 셔터를 올리는 김용화 사무장의 손길이 바쁘게 움직였다. 한참을 울리고 있던 벨소리가 수화기를 드는 순간 끊어졌다. 옷을 벗어 옷걸이에 걸고 변호사실 창문을 열고 있는데 다시 전화벨이 울렸다.

"거기 변호사 양반 좀 바꿔주쇼!"

용화가 눈을 찌푸리며 누구인가 묻는데도 꼭 이름을 밝혀야 하느냐고 시비조로 트집만 잡았다.

"말씀을 해주셔야 전해드릴 것 아닙니까?"

"남가라고 전해주십시오."

"남 누구시라고 정확히 말씀해주십시오."

용화의 음성에 불쾌감이 가득 서렸다.

"허어, 그 사람 정말 귀찮게 구는구먼. 남평우라고 전하쇼."

"예? 남 누구시라고요?"

용화가 반사적으로 물었다.

"남평우. 이거 몇 번씩이나 묻는 거요? 댁은 뭐 하는 사람인데?"

수화기 저쪽의 사내는 점점 더 짜증을 냈다. 용화는 둔기로 머리를 한 대 얻어맞은 기분이 들었다. 귓전에서 윙, 하는 소리가 들렸다.

"사무장입니다. 약속이 있으셨습니까?"

"내가 남평우라는데도 더 들어야 하겠어요?"

수화기를 잡은 용화의 손이 땀에 젖었다. 열어놓은 창문의 커튼이 흔들리면서 바람이 휘익 불어왔다.

"알겠습니다. 출근하시면 전화 왔었다고 전해드리겠습니다."

용화는 자신의 말이 부자연스럽다고 느끼면서도 애써 담담한 음성으로 대답했다.

"당신 누굴 놀려? 그럼 왜 물었어? 첨부터 없다고 하지."

"뭐야? 아니 이 사람이……."

말을 끝내기도 전에 수화기를 내려놓는 소리가 철컥! 하고 들리고 전화는 끊어졌다. 용화가 팔짱을 낀 채 골똘히 생각에 잠겨 있는데 문 열리는 소리가 들렸다.

"사무장 나왔어? 바람이 꽤 부는데?"

평우가 들어오면서 경쾌한 목소리로 인사를 한다. 오늘따라 유난히 밝은 얼굴에 웃음과 친절함이 가득했다.

"내려오셨어요?"

"어제 사무장 얘기를 곰곰이 생각해봤는데 좀 더 생각해보자고. 은성이를 그만 나오게 할 수도 없고 말이야."

"여직원 문제요? 그러시죠, 뭐. 그것보다 먼저 말씀드려야 할 게 있어요, 변호사님."

그때 다시 전화벨이 울렸고 용화가 서둘러 받았다.

"지금 변호사 들어갔지? 바꿔!"

그 사내다. 용화는 수화기를 내려놓고 재빨리 밖으로 뛰쳐나가 건너편 길가에 있는 공중전화 주위를 살폈다. 아무도 눈에 띄지 않는다. 시선을 바꿔 사무실 맞은편을 살피는데 양장점 이층으로 올라가는 계단 안에 진한 감색 양복을 입은 사내의 등이 얼핏 보였다가 다시 내려오는 모습이 보였다. 그는 양쪽 바지 주머니에 손을 찌르고 레슬링 선수처럼 어깨를 흔들거리며 이쪽으로 걸어왔다.

용화도 그를 향해 다가갔다. 머리를 짧게 깎고 하얀 와이셔츠에 빨간 넥타이를 맨 전형적인 건달패거리의 모습이다. 거리가 가까워지면서 사내의 인상이 분명히 드러났다. 작은 키에 얼굴은 둥글고 까맸으며 턱이 목 언저리에 닿을 만큼 어깨를 추켜올리고 있었고, 좁은 이마 밑으로 좌우를 살피는 눈빛이 번득거렸다. 입은 다소 어색한 듯한 모양새를 하고 꼭 다문 입술을 앞으로 내밀고 있었다. 나이는 잘해야 이십 대 후반 정도로 보였다.

'누구더라?'

용화는 마침내 특이한 인상의 이 사내를 분명 알고 있다는 것을 깨달았다. 무슨 일로 언제 만났는지는 생각나지 않지만 다소나마 안심이 되었다. 그자도 주춤하는 눈빛이 역력했다. 고개를 옆으로 쳐들고 용화를 흘겨보다가 입에 물고 있던 뭔가를 뱉고 말했다.

"나한테 오는 길이오?"

"우리 변호사님을 찾은 분이신가요?"

"선생! 아 사무장님이라고 했지? 매너가 영 엉망이시더구만."

"매너야 오는 대로 가는 거니까 그렇다 치고 당신 나 모르겠어?"

용화가 선수를 치자 그의 얼굴에 적지 않은 동요가 보였다. 그가 고개를 자라목처럼 어깨 쪽으로 밀어 넣고 입술을 입안으로 접어 당기면서 눈꺼풀에 힘을 주어 두 눈을 위로 치켜떴다. 눈이 마주치는 순간 그가 눈길을 피했다.

"혹시 김용화 순경님 아니신가유?"

그자는 조금 전하고는 전혀 다르게 더듬거렸다.

"기억이 나는 모양이구만! 자네, 그런데 지금 하는 일이 뭔가 올바르지 않은 일이란 건 알고 있지?"

사내는 용화가 지서에 근무할 당시 폭행으로 붙들려 왔다가 경찰서로 넘겨졌는데 자신의 중재로 피해자와 합의를 보고도 돈이 없어 나오지 못하고 있었다. 아직 청소년인 나이에 범죄 전과를 갖게 될 것이 딱해 어머니의 협조를 받아 오만 환이라는 적지 않은 합의금을 대신 내주었는데 인사도 없이 행방을 감춰버렸다. 괘씸한 생각이 들긴 했지만 어차피 받을 생각을 하고 빌려준 돈도 아니어서 착하게 살기만을 바라고 기억에서 지운 지 오래인 청년이었다.

"죄송합니다, 그냥 내빼서. 면목도 없고 동생이 가출해 나가는 바람에 찾으러 돌아다니느라고 그렇게 됐어유."

그가 무릎을 꿇으려는 자세를 취하자 용화가 잡아 일으켰다.

"그때 일은 나쁜 건 아니야. 살다 보면 누구라도 그럴 수 있어. 하지만 오늘 우리 변호사님을 찾는 일은 좀 달라. 안 그래?"

"잘못했습니다."

그는 두 손을 앞으로 모아 쥐면서 고개를 숙였다.

"자네 생각이야, 누군가가 시킨 거야?"

사내는 고개를 푹 수그린 채 어제저녁 대전역에서 여관을 안내하다가 전혀 모르는 어떤 사람이 시킨 일인데 무슨 내용인지는 모르고 자기는 말해준 대로 전화만 하고 빠지는 일이었다고 털어놨다.

"누군가 우리 변호사님을 협박하려 드는 모양인데, 돈 받고 심부름한 거다 이거지? 다음에 또 만나기로 하지는 않았어?"

"나는 모르지만 자기는 날 안다면서 머지않아 다시 보게 될 거라고 했는데 진짠지 가짠지는 잘 모르겠어유.”

“자네 지금 뭘 하는데?”

“야매로 심부름센터 하고 있어유. 밤에 여관 안내도 해주고.”

“사람 미행하는 거? 혼자서?”

“똘마니도 하나 데리구유. 동생이랑 먹고살아야 하거든유. 공부도 시켜야 하고.”

“이름이 뭐였지?”

“오태혁입니다.”

“아, 맞아. 오태혁. 자네 혹시 우리 변호사님이 하시는 일 아나?”

“그냥 변호사라는 거밖에 모릅니다.”

태혁은 눈을 깜빡거리며 죄송한 듯 용화를 바라봤다.

“변호사로 돈을 벌어서 자네처럼 부모가 없고 장애까지 있는 아동들 돌보는 일을 하셔.”

“전혀 몰랐습니다. 그렇게 좋은 분인 줄 알았더라면 아무리 돈을 줘도 그런 심부름은 하지 않았을 거여유. 죄송합니다.”

태혁이 다시 고개를 꾸뻑하며 사죄했다.

“나도 그렇게 생각해. 자네가 심성이 착한 사람이라는 걸 내가 알거든. 오늘 변호사님하고 통화되면 무슨 말을 하라고 했어?”

“성질 팍팍 건드리고 협박하면서 다방으로 나오시라구유.”

“어느 다방으로? 몇 시에?”

“은하수다방유. 아침에 출근하면 바로.”

“나이는 몇이나 되어 보이고?”

“사십 대쯤이고 평범한 회사원 같았어유.”

“인상은?”

"얼굴은 두부처럼 네모지고 금테 안경을 썼습니다."

용화가 오늘은 그 말을 변호사에게 다 전한 걸로 하고 다음에 혹시 그자가 나타나 무슨 일이든 시키면 들어줄 것처럼 대답한 후 자기에게 말해줄 수 있겠냐고 물었다. 태혁은 입술을 꼭 다물고 용화의 말을 다 듣고는 그러겠다고 진지하게 대답했다. 용화는 고맙다면서 그 일이 아니라도 다음에 어려운 일 있으면 찾아오라고 얘기한 다음 태혁과 헤어져 사무실로 돌아왔다.

"무슨 일 있어? 갑자기 말도 없이 뛰어나가고."

"……변호사님, 문제가 하나 생겼어요."

"무슨 문제? 자네는 이렇게 심각하게 말하는 타입이 아닌데?"

"어떤 자가 자신이 남평우라면서 은하수다방에서 기다린답니다."

용화는 멈칫거리다가 결론부터 털어놨다. 조금 전에 있었던 일을 덧붙여 설명하자 평우가 심각한 얼굴로 물었다.

"나를 아는 사람에, 얼굴이 네모졌다고?"

"최근에 이상한 전화 받으신 적 없으세요?"

"없는데……."

"사람을 잘못 봤다고 잡아떼면 어떨까요? 사람은 누구나 처음엔 닮았다고 생각했다가도 그게 아니라면 그런가 하기도 하잖아요."

"그랬다가 오히려 더 큰일을 저질러놓을 수도 있지."

"그럴 수도 있겠군요. 제가 만나보고 이리 데리고 올까요?"

"아니, 내가 피하는 느낌을 줘서 득이 될 건 없어."

그가 용화의 왼쪽 팔을 가볍게 잡았다. 용화는 뭔가 해결책을 제시하지 못하는 것이 안타까웠다. 평우가 결심한 듯 일어섰다.

"가시게요? 좀 떨어진 곳에 저도 가 있을까요?"

"나를 만나려고 하는 건 돈을 요구하는 거 외에 다른 일은 없을 거야. 아니라면 그런 식으로 협박하면서 접근할 리는 없지."

"협상하는 수밖에요. 칼자루는 저자가 쥐고 있으니까요."

"꼭 그렇지만도 않아. 내가 잡혀가면 그자의 무기도 없어지는 거니까 함부로는 못 할 거야. 그렇다고 당장 돈을 줄 것도 아니고."

"듣고 보니까 그 말씀도 맞습니다."

"어쨌거나 없었던 일로 될 수는 없으니까 일단 내가 만나고 올게. 너무 걱정하지 마."

* * *

사월이 다 가는 봄인데도 바람은 매섭고 쌀쌀했다. 들리지 않던 도심 속 참새 소리가 애처롭게 들려왔다. 온갖 생각에 빠져 걷느라 맞은편에서 사환 우은성이 오다가 인사를 하는데도 알아차리지 못하고 지나쳤다.

'사십 대라면 나와 같은 또래인데……. 오랜 세월이 지났는데도 나를 알아볼 정도면 나와 가까웠거나 여러 번 만났다는 거고, 네모난 얼굴에다 안경…… 네모난 얼굴.'

평우의 뇌리에 갑자기 떠오르는 얼굴이 있었다.

'정읍…… 이름이 뭐였더라…….'

다방 안에는 레코드 소리만 들릴 뿐 손님이 눈에 띄지 않았다.

"변호사님! 어서 오세요. 손님 찾아오셨어요. 저쪽에."

마담이 반갑게 맞이하면서 구석진 곳에 혼자 앉아 있는 한 남자를 고갯짓으로 가리켰다. 그가 맞다. 광복 이듬해던가? 친구의 친구

정도로 알게 된 정읍 사람이었다. 자기도 정미소를 한다면서 친근한 척했던 생각이 났다.

"변호사님! 여깁니다. 야아! 이렇게 뵙게 되네요. 최수영입니다. 혹시 제가 잘못 알고 있는 건 아닌지 염려했는데 나오시는 걸 보니까 맞긴 맞는군요. 사실은 저도 긴가민가했거든요. 그리고 바쁘다고 안 나오실까 봐 제가 장난을 좀 쳤습니다."

그가 자리에서 일어나 힘을 주어 평우의 손을 양손으로 움켜쥐면서 장황하게 떠들어댔다. 그러고는 쌍화차 두 잔을 주문했다.

"장난을 좀 치셨다니 그게 무슨 뜻이죠?"

"처음부터 이런 식으로 대면할 생각은 아니었습니다."

"그런데요?"

"어차피 변호사님은 남을 도우면서 사시는 분 아닙니까. 그 사람들 속에 나도 좀 끼워 주십사 하고 톡 까놓고 부탁드리러 찾아왔습니다. 제가 죽어 자빠질 만큼 어렵거든요."

"그 사람들은 고아에 장애 아동입니다. 돈이 많아서도 아니고요."

평우가 냉랭하게 대답했다.

"감정이 많이 상하셨나 봅니다. 세상에 악하게 살고 싶은 사람이 어디 있습니까. 상황이 인격을 만들더라고요. 저도……."

"상황마다 사람이 똑같지는 않지요. 예전에 정미소를 하셨지 않나요?"

평우의 단호한 말에 최수영의 표정이 다소 흔들렸다. 잘 알겠지만 정부가 나락째로 수매해서 큰 곳에 도정을 맡겨버리다 보니까 자기처럼 작은 정미소는 아예 일 자체가 씨가 말라 오래전에 문을 닫았다고 나름 논리정연하게 말했다.

"참견할 일은 아니지만 그럼 요즘은 뭘 하십니까? 지금 나를 만나는 것 같은 그런 일을 하십니까?"

그자가 탕! 하고 손바닥으로 탁자를 쳤다. 쟁반에 찻잔을 담아 들고 오던 마담이 깜짝 놀라 주춤했다.

"변호사님, 너무 그러지 맙시다. 내가 지금 좋게 얘기하고 있잖아요!"

최수영이 큰소리를 친 다음 쟁반을 들고 서 있는 마담을 흘깃 올려다보며 차는 거기 놓으라고 했다. 마담은 차를 내려놓고 뭔가 말하고 싶은 표정을 짓다가 평우에게 눈을 찡긋하고 그대로 돌아갔다. 평우는 아무 말도 하지 않고 최수영을 물끄러미 바라봤다.

"……보험을 하고 있습니다. 윤채봉 씨 다니는 대한생명요."

최수영이 아무 일도 없었던 것처럼 자연스럽게 말했다.

"대한생명이라고요?"

평우의 눈꼬리가 파르르 떨렸다.

"예, 오늘 윤채봉 씨 시상식 있는 거 아시지요? 저도 곧 가봐야 합니다. 남 선생님, 아니 변호사님을 먼저 만나 뵙고 나서 그쪽하고도 대화하려고 어제 일부러 대전에 왔지요."

그는 친근감 있는 말투를 섞어가며 윤채봉이라는 이름을 거리낌없이 뱉어냈다.

"이런 추잡한……. 윤채봉 씨를 왜 들먹거립니까?"

"어허, 정말 이렇게 나오시깁니까? 나도 오늘내일하는 판인데 우리 어깨동무하고 같이 들어갈까요? 잡혀가든 자수하든?"

그가 언성을 높이며 이쪽을 보고 있는 마담을 흘깃 봤다.

"나 더는 비굴해지고 싶지 않으니까 집어넣고 싶으면 당장에라도 집어넣으쇼."

평우가 거침없이 말하자 그가 좌우를 두리번거렸다. 그는 주먹 쥔 손을 입에 대고 헛기침을 크게 한 다음 목소리를 낮춰 말했다.

"왜 이러십니까? 윤채봉 씨의 앞길을 막으실 겁니까?"

"최 선생이 그 사람을 얼마나 압니까?"

평우가 가빠진 호흡을 가다듬으며 차분한 목소리로 물었다.

"대한생명에서 윤채봉 씨 모르면 간첩이지요. 전주에서 보험 하 시다가 지금은 회사의 중역이 되신 셈인데 월 소득은 뭐 웬만한 사 장은 명함도 못 꺼낼 수준이고요. 저도 개인적으로 존경합니다."

최수영은 숨도 거르지 않고 일사천리로 말했다.

"그게 전부입니까?"

"제가 그분에게 사업을 좀 배우려고 가족관계를 알아보게 되었습 니다. 그러다가 마령이 본적이라는 걸 알게 되었고 사별한 남 선생님 일까지 알게 되었지요. 아들 둘은 서울에 있더구먼요. 큰아드님은 서 울대 다니고 작은 아드님은 중동고등학교 다니고요. 기웅이죠?"

"아이들한테까지 갔었다고요?"

최수영은 평우의 눈빛을 피하면서 말을 늘어놓았다.

"별다른 뜻은 없었고 내가 알고 있는 남 선생이 확실한지 이모저 모로 확인하는 차원에서 딱 한 번 찾아갔었지요. 뭐 이제 다시 만날 일은 없게 됐습니다."

"나를 어떻게 할 생각인가요? 준법을 위한 정의감이라면 원망하 지 않고 받아들이겠습니다."

"그렇게 말씀하시니까 서운합니다. 혼란스러웠던 시대에 억울한 개죽음이 한둘이 아닌데 준법 운운할 마음은 추호도 없습니다."

그가 자세를 고쳐 앉으며 고개를 앞으로 당기고 말을 이었다.

"되레 제가 묻고 싶습니다. 저를 좀 도와주실 수 없겠느냐고요. 제가 남 선생님을 어떻게 해서 무슨 득이 있겠습니까."

"어떻게 돕지요?"

최수영은 다시 처음과 같은 말을 했다. 어차피 남을 돕기 위해 쓰는 그 돈의 일부를 자기에게 좀 지원해달라는 것이다. 그러면서 자신도 죽지 않고 살기 위해서라고 결연한 의지의 표현을 덧붙였다. 말을 마치고 찻잔을 드는 그의 손이 가늘게 떨렸다.

"협박입니까?"

"저는 지금 벼랑에 서 있습니다."

평우가 한참을 침묵하자 최수영이 견디다 못해 말을 이었다.

"금액이나 방법은 저도 생각해보지 않았어요. 그건 두 분이 상의해서 저에게 알려주시면 많든 적든 감지덕지하게 여기겠습니다."

"어떻게 연락하면 되겠습니까?"

"윤채봉 씨가 저에게 말씀해주셔도 되고 아니면 남 선생님을 제가 한 번 더 찾아뵙겠습니다."

"최 선생!"

평우가 최수영을 큰 소리로 부르며 노려보자 그가 움찔 놀랐다. 이쪽을 흘깃흘깃 바라보던 마담은 놀란 눈을 떴다가 못 들은 척 자리를 피했다.

"그래도 우리는 명색이 친구 사이인데 내 일로 해서 다시는 집사람이나 아이들 근처에 접근하지 말아요."

"알겠습니다. 참고하지요. 그럼 언제 오면 되겠습니까?"

"한 달 후 제 사무실에서 봅시다."

"일부러 시간을 길게 잡으시는 건가요? 그건 너무 깁니다. 세상사 모든 일이 시간이 길어지면 다 무효가 되더라고요. 법도 그렇고."

"법도 그렇다니요?"

"그거야 뭐…… 더 잘 아시잖습니까. 일주일 후에 오겠습니다."

"그건 안 돼요. 다음 주는 공판도 있고 생각도 좀 해봐야 하고요."

"아, 변호사님이시지요? 그럼 돈도 준비하셔야 할 테니까 다음 주 주말로 하지요. 한가한 토요일 오후로……. 오늘은 시간도 그렇고 이만 가보겠습니다."

말을 마친 최수영이 먼저 일어섰다. 평우는 입을 굳게 다물었다. 그자가 멈칫거리다가 말을 이었다.

"노파심에 말씀드리는데 걱정은 한 가지만 하시면 됩니다. 아까처럼 흥분하시거나 자포자기하시지 말고요. 아시지요?"

다방 문을 나서자 갑자기 들이닥치는 바람이 흙먼지와 함께 쏴! 하고 평우의 온몸을 덮쳤다. 최수영은 재킷을 여미고 시계를 들여다보면서 대전역 방향으로 향했다. 그때 길 건너 천막이 씌워진 리어카 뒤에 몸을 숨기고 있던 용화가 밖으로 나와 재빨리 길을 건너 그의 뒤를 따라갔다. 최수영이 바쁜 걸음으로 혼자 개찰구를 빠져나가는 것을 확인한 다음 사무실로 향하는 용화의 발걸음이 쇠사슬을 달아맨 듯 무거웠다.

평우가 사무실에 들어갔을 때 용화는 보이지 않고 은성이가 혼자 걸레로 책상을 닦고 있다가 인사를 했다. 그는 야간대학에 다니면서 낮에 사무실에 나와 아르바이트를 하는 사환이다.

"사무장님은?"

찬바람 때문인지 긴장한 탓인지 평우의 목소리가 쉬어 있었다.

"아까 급히 다녀올 데가 있다면서 나가셨습니다."

"그래? 어딜 간다고는 말하지 않고?"

"예, 큰길 쪽으로 가시는 것 같았습니다. 변호사님을 만나러 가시는 줄 알았는데요?"

"그래? 나 후원회 사무실에 다녀올 테니까 사무실 지키고 있어라."

평우는 빠른 걸음으로 선화동 뒷길에 있는 후원회 사무실로 향했다. 허름한 삼층 건물인 광천빌딩 일층 귀퉁이에 '희망원 후원회'라고 적힌 작은 간판이 붙어 있다. 사무실이라야 책상 두 개와 소파 하나가 전부이고 벽에는 '몸은 불편해도 마음은 씩씩한 아이들!'이라고 쓰인 글귀 아래 활짝 웃고 찍은 단체 사진이 붙어 있다.

"회장님 출발하셨어요?"

사무실로 들어선 평우가 문을 열자마자 숨을 몰아쉬며 물었다.

"어머 변호사님, 땀 좀 봐요. 방금 출발하셨는데 어쩌지요?"

혼자 앉아 있던 김나영 과장이 안타까운 듯 눈을 깜빡이며 대답했다. 기둥 옆으로 나무 목발 두 개가 세워져 있다.

"시간이 얼마나 됐어요?"

"이십 분 정도 됐어요. 물 한잔 드시겠어요?"

나영이 벽에 걸린 괘종시계를 보고 목발에 손을 뻗으면서 말했다.

"아니 물은 됐어요. 두 시 맞지요?"

평우는 대전역으로 바쁘게 걸음을 옮겼다. 공교롭게도 최수영과 같은 열차를 타게 될지도 모를 일이었다. 한밭식당 앞을 지나 정신없이 찻길을 건너는데 버스가 빠앙! 하고 경적을 울렸다. 한낮 대전역은 초만원이었다. 개찰구는 역사 밖까지 줄을 서서 차례를 기다리고 있었다. 황급히 제일 앞으로 달려가 살폈으나 채봉은 보이지 않았다. 발돋움을 하고 홈으로 가는 안쪽을 살피는데 조금 떨어진 앞에 미색 한복을 단정하게 차려입은 채봉이 치맛자락을 쥐고 지하 계단으로 내려가는 모습이 보였다.

"윤 회장님!"

평우가 큰 소리로 부르자 바로 앞에 있던 사람이 깜짝 놀라는 표정을 지으며 돌아봤다. 채봉은 이미 계단 밑으로 내려가 보이지 않았다. 평우는 개찰구를 뛰어넘으려는 자세를 취하다가 주춤하고 매표소를 바라봤다. 사람이 별로 없었다. 서둘러 입장권을 사고 사람들이 서 있는 줄 끝을 살폈으나 아직도 역사 출입문까지 이어져 있었다. 두리번거리다가 다시 앞쪽으로 가서 역무원에게 사정했다.

"아저씨 미안합니다. 급하게 서울 가는 사람을 좀 만나야 하는데 어떻게 좀 안 될까요?"

역무원은 대꾸도 없이 찰칵찰칵 가위만 찍고 있다가 되물었다.

"새치기시켜 달라고요?"

"급한 일이 있어서요."

"급하면 일찍 나오시지 그랬어요. 다른 사람들이 가만히 있겠어요?"

하는 수 없이 줄 끝에 섰다. 출발 시간이 다 되어 가는데 이 많은 사람이 모두 다 타기나 할지가 의문이다. 거의 마지막으로 개찰구를 통과하자 출발 안내 방송이 나오기 시작했다. 허겁지겁 지하도를 지나 열차 승강장 앞에 도착했을 때 초록색 깃발을 들고 서 있던 역무원이 평우를 보고 표를 보여 달라는 손짓을 했다. 열차가 출발하자 평우를 붙잡고 있던 역무원이 말했다.

"점잖으신 양반이 이러시면 안 되죠. 입장권 가지고 무임승차하면 불법인 거 모릅니까?"

기차는 기적 소리를 울리며 홈을 벗어나기 시작했다.

시상식

시상식장에는 본사 임직원을 비롯해 전국의 우수 사원과 지사장 대부분이 참석했다. 기적 같은 결과를 만들어낸 장본인을 보여주기 위해 멀리서 영업 사원들을 데리고 온 지사도 많았다. 대한민국 보험 역사상 전례가 없는 '개인 누계 총 가입자 수 1만 명 돌파'라는 경이로운 실적에 대한 시상식이다. 수상자 윤채봉을 위해 대전에 신설한 부녀국 책임자로서의 임원 승진 및 국장 위촉식도 동시에 거행되는 자리였다. 내빈으로는 보사부 장관과 국방부 인사참모와 몇몇 장성들, 그리고 기네스북 관련 기자도 참석했다. 그녀는 사 년 전 직업 장병을 상대로 한 보험을 국내 최초로 설계하고 승인받아 전국의 부대를 돌며 삼백 회에 달하는 순회강연을 한 끝에 오늘의 결과를 만들어낸 것이다.

"월급이 대통령보다 많다는데!"

"하는 소리지. 아무튼 대단한 사람이야. 기네스북에도 실린다더라고."

"더 놀라운 사실이 뭔 줄 알아? 소득 전액을 장애아동복지기금으로 내놓는다는 거야."

"설마 전액을 다 내놓을라고."

"이건 좀 불공평해. 장병보험은 저 사람만 할 수 있다면서?"

"아니야, 모든 장병보험이 다 그런 건 아니고 자신이 개발해서 승인받았다는 직업장병보험 상품 하나만 그런 거지."

"아무튼 부럽다. 부러워!"

시상식이 시작되면서 이두언 사장의 격려사와 보사부 장관의 감사패 증정, 경과보고, 그리고 특별 격려금 포상 등의 절차가 끝나고 이어 수상 소감을 발표하는 차례가 되었다.

"잠깐, 수상 소감 차례인데 한번 들어봅시다."

무늬 없는 미색 한복을 입고 상기된 얼굴을 한 채봉이 박수를 받으면서 단상에 올라 인사를 하자 참석자들의 우레와 같은 박수갈채가 길게 터져 나왔다. 그녀는 감사 인사와 지속적인 성원을 부탁한 다음 시상식장에 참석해 있는 자신의 아이들을 향해 말했다.

"……이 자리를 빌려 부모 노릇 한번 제대로 해주지 못했는데도 올바르게 자라준 저의 네 아이, 기환, 승희, 기웅, 그리고 학교 때문에 참석하지 못한 막내 강희에게, '어미는 항상 너희를 대견하게 생각했으며 할아버지의 말씀대로 반드시 나라에 도움이 되는 사람이 될 것을 믿고 있다.'라고 말해주고 싶습니다."

채봉의 말을 들은 기웅이 자리에서 일어서자 기환과 승희도 마지못해 엉덩이를 살짝 들고 일어나 고개 숙여 인사했다. 참석자들이 뜨겁게 박수를 보냈다. 이어서 내빈들에 대한 소개와 박수가 있었고 사회자의 안내에 따라 분임 토의를 위해 회의실로 가거나 일부는 돌아갔지만 시상식의 열기는 그대로 남아 있었다. 밖으로 나가는 몇몇 사람들이 채봉에게 다가와서 악수를 청하기도 하고 손을 흔들어주고 가기도 했다. 아이들도 다가와 축하한다는 인사를 했다. 기웅은 빨간 꽃 한 송이를 채봉의 미색 저고리에 꽂아주면서 엄지손가락을 치켜세웠고 승희는 손수건으로 이마의 땀을 닦아주었다.

"오늘은 너희랑 더 얘기도 못 하겠다. 별일 없지?"

"우리 신경 안 써도 돼, 어머니. 이번 토요일에 내려갈 거여."

기웅이 싱글벙글 웃어가며 말했으나 어딘지 어두워 보였다.

"그래? 기환이는?"

"저는 어쩌면 못 갈 수도 있어요."

채봉은 아이들의 손을 잡아준 다음 돌려보내고 자리에 앉아 축하해주기 위해 다가온 사람들과 인사를 나눴다. 개별 인사가 끝나고 상패와 상장 등을 대전에서 함께 올라온 직원에게 맡기고 있을 때였다. 어느 지역인지 생각나지 않는 지방 지사장 한 사람이 먼발치에서 허리를 굽혀 인사를 하면서 다가왔다.

"윤채봉 지사장님! 아니 국장님! 축하드립니다."

채봉의 앞에 선 그가 흘러내리는 금테 안경을 추켜올리면서 축하의 말을 건넸다. 네모난 얼굴에 넥타이가 약간 삐뚤어져 있고 와이셔츠 단추 하나가 풀어져 있었다.

"감사합니다. 지역이 어디지요? 전에 몇 번 뵈었는데……."

"하찮은 사람이 어디 기억나시겠습니까. 수원의 최수영 지사장입니다. 바람도 쐬실 겸 밖에서 잠깐 말씀 좀 드려도 될까요?"

그가 손으로 바깥 복도 쪽을 가리키면서 같이 갈 것을 청하는 몸

짓을 했다. 채봉은 멈칫거리다가 땀을 닦으며 일어났다. 복도로 나오자 시원한 바람이 불어왔다.

"시원하네요. 무슨 말씀인데요?"

"회사나 군 쪽에 후원자가 많으신 모양입니다."

"전혀 없진 않았지만 하다 보니까 많아졌어요. 왜요?"

"군 쪽에 연이 좀 닿아서 저도 국장님과 같은 장병보험 상품을 하게 해달라고 회사에 요청했다가 거절당했었거든요."

"그러셨어요? 확실한 연고가 있으시면 같이 하셔도 되는데…….. 저랑 영업국에 가서 부탁해볼까요?"

"아닙니다. 이미 포기한 지 오래됐습니다. 때도 놓쳤고요. 그런데 아까 말씀하신 자제분의 성씨가 남 씨 아닌가요? 남기환, 남기웅."

그가 대뜸 아이들 얘기를 꺼냈다. 반사적으로 긴장한 채봉은 흔연한 척하면서도 그를 유심히 살피며 경계했다.

"시댁은 진안이시고, 남편 되시는 분 이름이 남평우시고."

"어떻게 그런 것까지 다 아세요?"

채봉은 애써 표정을 유지했다. 몇 사람이 그녀를 보고 목례를 하며 지나갈 때 시간을 벌어 머릿속을 정리해봤다.

"남편 되시는 분하고는 사별하신 거로 말씀하시던데…….. 부모 노릇 못했다는 표현을 하시면서요."

"추리를 잘하시나 봐요."

"사실은 제가 남평우 씨를 조금 압니다. 저는 정읍에서 미곡상을 했었고 남평우 씨는 원래 제 친구하고 잘 아는 사이였지요."

최수영은 채봉의 얼굴을 무례할 정도로 바라보면서 표정을 살폈다.

"어머 그러세요?"

"그리고 남평우 씨 부친께서 양조장하고 정미소를 경영하신다고 들었고요. 남평우 씨는 언제 돌아가셨습니까?"

그자는 자신이 알고 있는 정보를 즐기기라도 하듯 나불거렸다.

"우리 막내 낳고 바로예요."

"아, 그러시군요. 어떻게 돌아가시게 됐습니까?"

"몸이 안 좋았어요. 이 자리에서 그 얘길 하기가 좀 그러네요."

채봉이 언짢은 표정을 지으며 들고 있는 손수건으로 얼굴을 살짝 닦았다.

"제가 괜한 질문을 했나 봅니다. 사실은 언젠가 대전역에서 남평우 씨와 비슷한 사람을 본 적이 있어 여쭤본 겁니다."

"세상에 비슷한 사람이야 많지요."

"국장님이 그렇게 말씀하시는 심정은 충분히 이해합니다."

"그게 무슨 말씀이세요?"

"너무 염려 안 하셔도 됩니다. 다음에 언제 만나 뵙게 되면 그때 말씀 나누기로 하고 오늘은 이만 실례하겠습니다."

최수영은 자기 말만 마친 다음 손을 번쩍 들어 보이면서 자리를 떠났다. 사람들이 안으로 들어가거나 시상식장을 떠나 복도는 한산해졌다. 자리에 돌아와 나머지 인사치레를 끝내고 동료들과 함께 역으로 향하면서도 채봉은 온통 그자의 생각에만 빠져 있었다.

"국장님, 오늘 정신이 없으셨지요?"

"자제분들이 다 똑똑하고 착해 보여요."

채봉은 기차를 타고 가는 동안에 함께 있는 직원들이 말을 시킬 때마다 건성으로 대답했다. 최수영에 대한 의구심으로 마음이 착잡했다. 특히 그의 마지막 말은 뭔가 알고 있다는 암시를 하면서 일부러 딴소리하는 것이 분명했다. 최근 들어 연거푸 남편을 봤다는 사람이 나타나고 있다.

얼마 전 광주에 강연하러 갔다 오는 길에 버스 안에서 우연히 동창을 만났었다. 그때도 평우를 본 적이 있다고 얼마나 호들갑스럽게 말하던지 진땀을 뺐었다. 끝내 자기 착각을 시인하지 않아 하마터면 경찰서에 가서 확인해보자는 말까지 나올 뻔했으나 다행히 그 친구는 별다른 의미 없이 했던 말이고 만나지 않으면 그만이었다. 그러나 이번은 그때와는 상황이 다르다. 이자는 뭔가 목적이 있는 것이 분명하다. 스쳐 지나가는 창밖의 풍경이 채봉의 고민을 더욱더 어수선하게 만들었다.

"국장님! 무슨 생각을 그렇게 골똘하게 하세요? 대전 다 왔어요."

상패를 나누어 들고 있던 젊은 동부영업소장이 웃으면서 말했다.

"응, 그래. 내가 깜빡하고 있었어. 뭐 딴생각을 좀 하느라고……."

대전중앙지사에 도착하자 많은 사람이 오색 테이프를 던지면서 다시 한번 축하해줬다. 사무실에는 국회의원과 시장 이름이 보이는 화환이 놓여 있었다. 채봉은 내용을 바꿔 엊그제 새로 문을 연 경로당에 보내도록 지시하고 근처에 있는 후원회 사무실로 발길을 옮겼다.

"회장님, 축하드립니다. 오늘 장관님도 오시고 높은 사람들이 많이 오셨었다면서요? 기네스북에서도 오고."

채봉을 기다리고 있던 김나영이 책상을 짚고 일어서서 환한 얼굴로 축하의 말을 했다.

"고마워. 그런데 그런 건 어떻게 알았어?"

나영은 별일 아닌 듯 허 변호사가 다녀간 사실과 함께 후원금도 입금했다고 말했다. 채봉이 놀라면서 허 변호사도 오늘 서울에 갔었다고 하더냐고 되물었다.

"예, 안 가실까 하다가 가셨는데 살짝 얼굴만 훔쳐보고 오셨다면서 회장님은 모르실 거라고 하시던데요?"

채봉은 아무 말 없이 소파에 앉아 생각에 잠겼다.

"그리고 공주 이국헌 위원님께서 쌀 세 가마하고 인삼 오십 채 보내주셨어요. 저기, 아까 박 총무가 가서 찾아왔어요."

나영이 가리키는 안쪽에 쌀 포대와 정갈한 인삼 박스가 보였다.

"요긴하게 쓰겠네. 교육관 중도금은 다 맞춰졌어?"

국헌의 후원 물품에 잠시 시선을 멈추고 있던 채봉이 걱정스레 물었다.

"예. 변호사님이 주신 것까지 합해서 빠듯하게 맞춰졌어요. 회장님 오시는 대로 시공사에 갈 계획이었습니다."

"그럼, 저 쌀과 인삼은 희망원으로 보내고 시공사는 늦었으니까 내일 다녀와. 나는 허 변호사님 좀 만나 뵙고 올게."

"예, 알겠습니다. 박 총무 들어오면 바로 보내겠습니다."

* * *

채봉은 평우의 사무실이 보이는 은행동 골목에서 걸음을 멈추고 담벼락에 몸을 기대섰다. 시상식에 다녀온 사람이 절뚝거리며 평우와 용화를 만날 수는 없는 노릇이다. 온종일 쿡쿡 쑤시던 버선 속 새끼발가락을 주무르면서 올려다본 밤하늘에는 구름 조각처럼 하얗던 초승달이 어느덧 샛노란 제 빛깔을 띠고 있었다.

"참 곱기도 하다!"

채봉은 중얼거리면서 어린 시절을 떠올렸다. 달을 무척이나 좋아했던 그녀는 밤하늘의 노란 달에 자신만의 이름을 붙여 야광화라고 부르곤 했었다. 고무신을 다시 신고 허운악 변호사 사무실로 향했다. 발이 한결 편안해졌다.

"회장님 축하드립니다. 시상식에서 대단하셨다면서요?"

서류를 챙기고 있던 용화가 활짝 웃는 얼굴로 채봉을 맞이했다. 여느 때와 다름없었다.

"고맙습니다, 사무장님. 아이들이 기다릴 텐데 아직 퇴근 안 하셨어요? 변호사님은요?"

"안에 계십니다. 제가 밖에 있을 테니까 편하게 말씀 나누세요."

채봉이 변호사실 문을 열고 들어가자 서류를 챙기던 평우가 아무일도 없는 얼굴로 그녀를 바라봤다.

"어서 와요! 오늘 수고 많이 했지? 정신없었을 거여."

"바쁘세요? 별일 없어요?"

채봉은 자리에 앉지 않고 그대로 서서 물었다.

"내일 공판이 있거든. 괜찮아. 오늘 늦게까지 좀 허지 뭐. 앉아!"

"그거 말고요. 오늘 시상식에 왔었다면서 왜 딴전을 피워요?"

"그래, 할 이야기가 좀 많지? 그자랑 얘기하는 것도 다 봤어."

"그자라니요?"

"누구긴, 최수영 말이지."

"그자를 어떻게 알아요? 설마…… 여기 왔었어요?"

채봉이 소파에 앉은 다음 몸을 앞쪽으로 빼면서 다급하게 물었다. 이야기가 좀 길다면서 평우가 아침에 있었던 일을 빠짐없이 들려주자 채봉은 말을 듣는 내내 몸서리를 쳤다.

"완전 협박꾼이네요. 아이들까지 찾아가고……."

"맞아. 그 밖에 다른 말이 필요 없어."

"그래서 당신이 식장에 왔었군요. 그리고 아까 기웅이가 어딘지 모르게 표정이 안 좋았는데 그자 때문이었었나 봐요."

"기웅이가 그랬어?"

"예, 내가 바쁘다고 했더니 이번 토요일에 온댔어요. 그래도 그렇지, 서울엔 왜 왔어요? 가뜩이나 위험한 판에."

"왠지 가봐야 할 것 같았어. 가까운 자리에 있었는데 날 못 알아보더군!"

평우가 갑자기 웃으면서 채봉을 바라봤다.

"그게 무슨 말이에요? 그리고 지금 웃음이 나와요?"

평우가 대답 대신 자리에서 일어나 서랍에 들어 있는 콧수염을 꺼내 입술 위에 붙이고 웃어 보였다.

"내가 이 콧수염을 붙이고 있었거든."

평우는 수염이 붙은 입술을 쭉 내밀었다.

"어머! 정말 딴사람이에요. 이제 생각해보니까 시상식장에서 봤어요. 복도 난간에서 남산 쪽을 바라보고 있었지요?"

"당신도 슬쩍 봤는데?"

순간 채봉의 입에서도 웃음이 터져 나왔다.

"세상에……. 맞아요. 눈을 마주친 적도 있었잖아요. 그런 걸 어디서 구했어요?"

"언젠가 전주에 간다니까 사무장이 따라 나왔다가 혹시 필요할지도 모른다며 대전역 앞 가발집에서 사줬던 건데 이렇게 감쪽같을 줄은 몰랐어. 어울려?"

"사무장님 작품이군요. 내가 단상에서 아이들 얘기할 때도 있었어요?"

"물론 있었지. 아이들이 일어서서 세련되게 목례하는 것도 다 봤고. 강희도 있었으면 좋았을 텐데……."

"그런데 우리 지금 한가하게 이렇게 웃으면서 얘기할 때가 아니잖아요. 당신은 그자를 어떻게 할 생각이에요?"

"조금 웃었다고 사태가 더 나빠지지는 않아. 그리고 일단 돈 얘기를 꺼냈으니까 받아낼 때까지는 별일이 없을 거여."

"참 당신도……. 배포가 커졌나 봐요. 아니, 좋아요."

"당신도 너무 걱정허지 마. 우리 사무장이랑 같이 의논허자고."

채봉이 눈빛으로 대답한 다음 변호사실 문을 열고 밖에 있는 용화를 불렀다.

"사무장님! 출입문 잠그고 우리 같이 얘기해요. 그게 좋겠지요?"

"안 불러주셨으면 서운했을 겁니다."

용화가 활짝 웃으면서 변호사실로 들어왔다. 그러나 세 사람이 막상 자리를 함께한 후 누구도 선뜻 말을 꺼내지 못했다.

"다행인 건 그자가 이 일을 단독으로 벌이고 있다는 겁니다."

용화가 먼저 최수영을 따라가 확인한 내용을 얘기했다. 채봉은 자신이 해결할 때까지 평우가 잠시 어디론가 피해 있으면 어떻겠냐고 물었다.

"그자가 물론 그럴 리야 없지만 만에 하나 내가 도망가고 고발이라도 들어가면 바로 탈옥한 사형수로 전국에 지명수배될 건 뻔하지. 사진 붙여서."

평우의 말투로 보아 종일 많은 생각을 하고 있었던 것 같았다.

"우리가 너무 안일하게 살아왔던 것 같아요. 해외로 가 있으면요?"

"그래도 지명수배는 마찬가지지. 확률은 낮겠지만 운이 나쁘면 현지에서 체포되어 송환될 수도 있고……."

"잡히면 어떻게 될까요? 사실 나는 언제나 그게 궁금했어요."

"그건 그야말로 예측불허야. 이런 경우의 판례도 흔치 않고."

"예전 건은 이제 공소시효가 지나지 않았어요?"

"당신 그런 것도 생각해봤어? 왜 나한테 묻지 않았어?"

"수십 번도 더 생각만 하다 말았어요."

채봉의 말을 들은 평우가 입을 꽉 다물고 그녀의 손을 잡았다.

"나 같은 경우에는 달라. 이미 판결이 끝났기 때문에 기간이 두 배로 늘어나는 형시효라는 게 적용되거든."

"그럼 십오 년의 두 배란 말이에요?"

평우는 침묵을 지키는 것으로 대답을 대신했다. 벽시계의 째깍거리는 소리만이 방 안을 가득 채웠다. 그녀는 조용히 일어나 창가로 걸어가 한참 동안 밖을 내다보고 서 있었다.

"나는 그것도 모르고 혹시 잘못되어도 이제 죽지는 않는다면서 혼자 위안 삼았었는데……."

평우가 창가에 서 있는 채봉에게 다가가 어깨를 감싸 안았다.

"지금까지 잘해왔잖아. 너무 걱정 말고 우선 그자가 어떻게 나올지부터 생각해보고 대책을 세우기로 해. 이렇게 셋이 머리를 합하고 있는데 그자 하나 못 이기겠어? 그리고 어떤 일이 있어도 이제 죽는 일은 없어. 그건 당신이 생각한 그대로여. 세상이 바뀌었잖아."

"변호사님 말씀이 맞아요. 방법이 있을 겁니다."

용화도 거들었고 채봉은 눈물을 훔치고 자리로 돌아와 앉았다.

"짜증 부려서 미안해요. 돈은 얼마나 달래요?"

"거꾸로 나한테 생각해보라더군."

"백만 원 이상 요구할까요? 그 돈이면 작은 집 한 채 값인데⋯⋯."

"그보다 더 요구할 것 같아요. 오백만 원 이상일지도 모르지요."

"예? 그건 너무 심하잖아요."

용화의 대답에 그녀의 음성이 격앙되었다.

"그자는 우리가 돈이 많은 것으로 알 테니까요."

"그 돈이면 아이들 백 명의 일 년 생활비 하고도 남겠다. 차라리 내가 잡혀가지."

평우가 단언하듯 말을 뱉었다.

"그걸 말이라고 허세요? 당신은 사⋯⋯. 어쩌면 그렇게 쉽게 그런 말씀을 허세요? 어떤 일이 벌어진다 해도 그렇게 헐 수는 없어요. 설혹 우리가 희망원을 포기하는 일이 있다고 해도요."

"나 살자고 그런 일을 저지를 수는 없어."

"그걸 왜 저지르는 일이라고 생각허세요? 우선 살아야 하는 건 지극히 합리적인 기준이잖아요."

채봉이 들고 있던 손수건으로 연신 눈시울을 닦으며 말을 이었다.

"⋯⋯나는 그 아이들이 아무리 소중해도 절대로 내 자식과 같을 수는 없어요. 그건 분명해요."

"여보 미안해. 솔직히 나는 지금 당신이 이해가 안 돼. 물론 모두 나를 위해서 헌 말인 건 알지만 말여."

"뭐라고요? 나야말로 미안해요. 내 한계가 이것밖에 못 되어서. 하지만 누가 뭐래도 지 자식 넷씩이나 있는 어미로서 희망원 아이들을 위해 최선을 다하고 있다고 자부해요."

채봉은 이미 눈물범벅이 된 얼굴을 연거푸 손수건으로 닦았다.

"회장님, 변호사님! 왜 이러십니까? 회장님 말씀은 희망원 아이들을 포기하겠다는 말씀이 아니고 변호사님이 잘못되도록 가만둘 수 없다는 말씀이신데……."

평우는 아무 말도 하지 않고 깊은 한숨만 내쉬고 있었다.

"그리고 변호사님 말씀도 본인 때문에 이런 일이 생긴 게 미안해서고요. 저나 집사람은 두 분보다 많이 부족하지만 그래도 위기에 처해서 다투지는 않습니다. 저한테는 오늘 두 분 다 이해가 안 됩니다. 서로 끔찍하게 위하시면서 왜 그러세요?"

한동안 침묵이 이어졌다. 평우가 일어나 채봉의 옆에 앉았다.

"여보 미안해. 오늘 온종일 너무 많은 생각을 하다 보니까 내가 좀 지치고 예민해졌었나 봐. 정말 미안해."

"나도 미안해요. 그렇지만 아까 내가 한 말은 지금도 마찬가지예요."

"알았어. 내가 믿고 투정을 부린 거여. 세상에 쏟아야 할 걸 당신한테. 그리고 그자 하는 짓거리가 많든 적든 돈을 주고 난 다음이 더 문제일 것 같고……. 평생 끌려다닐 수는 없지 않겠어?"

채봉은 자세를 고쳐 앉아 용화에게도 못난 모습 보여 미안하다며 이해해달라고 말했다. 채봉의 진지한 사과에 용화는 무례하게 굴어 도리어 죄송하다면서 자신에게는 아무 설명 안 해도 된다고 했다.

"두 분이 서로 해명 없이 이해하고 넘기시듯 말이에요. 그나저나 그자는 어디까지 알고 있을까요?"

용화가 분위기를 바꾼 다음 다시 최수영 이야기를 꺼내자 채봉이 기다리고 있었다는 듯 대답했다.

"이미 모르는 게 없다고 봐야 할 것 같아요. 마령이나 변호사님 친구를 찾아가 수소문해보면 금방 알 수 있었을 테니까요."

"회장님, 지금 우리가 가진 돈은 얼마나 되나요?"

"공사비 지불하고 현재는 한 푼도 없지만 정해지면 어떻게든 만들어야지요. 그건 너무 걱정하지 마세요. 우리 변호사님 또 투정 부리지 않게……."

채봉의 말에 평우가 멋쩍게 웃으며 말을 받았다.

"내가 미안하다고 했잖아. 그리고 어찌 됐건 너무 성급하게 무리하지 마. 돈으로 쉽게 끝날 일도 아니니까."

용화는 다시 그자의 약점을 찾아보는 건 어떻겠냐고 물었다.

"좋겠지. 경우에 따라서는 결정적인 방법이 될 수도 있을 테고."

"차라리 돈을 매달 조금씩 주기로 하면서 시간을 끌면 어때요?"

채봉도 눈을 반짝이며 말했다.

"협박으로 뜯어내는 돈을 그렇게 나눠 받으려 들지는 않을 겁니다."

"내가 인간적으로 대화를 해봐야겠어요. 돈도 협상하면서."

"나쁘지는 않을 것 같습니다. 회장님 설득력이 대단하시니까요."

"오늘 보니까 사무장님 설득력이 제일 세던데요?"

눈을 질끈 감고 있던 평우를 포함해 세 사람의 입에서 처음으로 웃음소리가 흘러나왔다. 그리고 다시 숙의 끝에 어쨌든 그자의 상황을 먼저 파악하는 데 주력하기로 했다. 용화는 그자의 심부름을 했던 아이를 수원으로 보내겠다고 했고, 채봉도 어느 정도는 알아볼 수 있을 거라며 힘을 가세했다.

"그리고 지금 진행 중인 사건 외에 당분간 수임은 하지 않는 편이 낫겠지요?"

용화가 미안스러운 표정을 지으며 채봉을 바라봤다.

막다른 골목

비서실 책상에 앉아 신문을 보던 필구가 고개를 갸우뚱하면서 사회면을 자세히 들여다봤다. '대한생명보험의 윤채봉! 대한민국 보험업계의 여왕으로 등재되다.'라는 제목의 기사가 수입금 대부분을 장애아동복지기금으로 내놓는다는 내용을 곁들여 실려 있었다. 단정한 한복에 쪽찐 머리를 하고 상패를 들고 있는 채봉의 사진을 확인한 그의 눈이 동그래졌다.

'남기준. ……남기환?'

사 년 전 마령에 찾아갔을 때 주장을 운영하는 조카의 이름이 남기준이라고 했던 기억이 나고 동시에 이석의 가정교사로 들어온 남기환이 생각났다. 어디선지 들어본 이름 같다고 생각했던 것까지 꼬리를 물고 이어졌다. 그뿐만이 아니었다. 채봉 선생님이 결혼해서 김제에 왔을 때, '얘가 기환이야'라고 하면서 아기를 보여줬던 일과, 자신이 새벽에 마령으로 찾아가 남 선생님의 소식을 알렸을 때 '기

환 아버지'라고 부르며 흐느끼던 선생님의 모습까지 떠올랐다. 필구
는 일어서면서 주먹으로 자신의 머리를 한차례 쥐어박았다.

저녁 늦게 집에 도착하자마자 이층에 있는 기환의 방을 찾았다.
아직 공부가 끝나지 않은 것을 확인한 그는 새벽 한 시가 넘어서야
기환과 마주 앉을 수가 있었다.

"조 반장님! 들어오세요. 어쩐 일이세요?"

"이제 끝났어? 힘들겠다."

기환을 보는 필구의 눈빛이 예전과 달랐다.

"아니에요. 공부는 좀 늦은 시간이 효과적이더라고요."

"자네 어머님이 윤채봉 선생님이시지?"

"어떻게 아세요?"

"어제 상 타셨던데? 신문 보고 알았어. 볼 테야?"

필구는 신문을 들고 기환의 옆자리에 앉아 그의 어깨를 안았다.

"어, 정말이네요. 저는 신문에 난 건 몰랐어요."

"자네 말이야. 혹시 아버지이신 남평우 선생님에 대해서 좀 알아?"

기환이 입을 다물고 표정이 굳어졌다.

"아냐. 내가 괜히 놀라게 했구나. 그럼 어머님이 김제에서 야학으
로 아이들 가르치신 건 알아?"

"예, 그건 알아요."

"나는 그때 어머님의 사랑을 듬뿍 받으면서 공부했던 아이야. 별
당학교 조필구……."

"아, 반장님이 그 아저씨세요? 처형장에서……."

몸을 돌려 필구를 바라보는 기환의 눈이 불을 켠 듯 번득였다.

"대신 죽을 각오가 없이는 할 수 없는 마음으로 아버지를 구하셨

다고 어머니한테 들었습니다. 성함은 몰랐어도."

"뭘 그렇게까지……. 선생님도 참!"

"정말 반갑습니다. 그리고 정식으로 감사드리겠습니다."

기환이 일어났다가 다시 앉으면서 무릎 꿇고 절을 할 자세를 취하자 필구가 깜짝 놀라며 그를 안았다.

"반갑다. 내가 마령에 처음 갔을 때 꼬맹이였었는데 말이야."

"저 애기 때 김제에 갔을 때도 봤다고 하던데요?"

"맞어, 그때도 봤지. 너 포대기 안에 싸여 있을 때 말이야."

두 사람은 오랜만에 만난 가족처럼 손을 맞잡고 웃어가며 홍제천에 떠 흔들리는 샛별이 다 사라지도록 많은 얘기를 했다.

* * *

"지사장님! 오정애 할머님요."

경리 여직원 홍경희가 수화기를 손바닥으로 막은 채 영업 사원들을 배웅하고 들어오는 최수영을 향해 조그맣게 말했다. 그의 표정이 곧바로 어두워졌다. 수영은 손짓을 하고 자기 방으로 들어갔다.

"아, 오 여사님. 염려 마십시오. 회사에서 결재가 났습니다."

여직원이 쫓아가 반쯤 열린 지사장실 문을 꼭 닫았다.

"그럼 돈은 언제 나오는가요?"

수화기를 통해 들리는 소리가 카랑카랑했다.

"늦어도 일주일 후면 나올 겁니다."

"뭐가 그렇게 오래 걸려요? 결재 났으면 바로 나와야 하는 거 아니에요? 내 아는 사람 얘길 들어보니까 바로 나왔다고 하던데."

"틀림없이 나오는 게 중요하지요. 그냥 잠시 저금해뒀다고 생각하십시오. 돈 나오면 어차피 은행에 맡겨두고 쓰실 거잖아요."

"우리 집 양반 돌아가신 지가 언젠데 아직까지 그러고 있어요? 더 늦으면 내보담도 우리 아들이 가만히 안 있을 거요. 내 말 우습게 들으면 경칩니다. 알았어요?"

수영은 바지 주머니에서 손수건을 꺼내 땀을 닦아가며 정신없이 해명하고 밖으로 나왔다. 홍경희가 책상에 앉아 슬그머니 흘겨보고 입을 삐죽였다. 그가 막 나가려는데 팔달로 사거리에서 구두닦이 찍새를 하는 뱅뱅이가 들어왔다.

"사장님, 구두 가져갈까요?"

"바빠 죽겠는데 지금 구두가 문제냐? 딴 데나 뱅뱅 돌아, 인마!"

최수영이 나가자 뱅뱅이가 여직원을 바라보며 사장님은 구두 닦을 시간도 없는 거 보면 돈을 많이 버는 모양이라고 이죽거렸다.

"돈을 많이 버시는 사장님이 하나뿐인 경리 월급을 석 달 치나 밀려?"

홍경희가 밖으로 나간 최수영을 향해 입을 삐죽거렸다.

"석 달 치나요? 어이구, 불쌍한 우리 누나. 오늘 누나 구두는 제가 서비스로 닦아다 드릴게요."

"네 맘대로? 느그 형님 무섭게 생겼던데?"

"우리 형님이 무섭다고라우? 내가 이래 봬도 우리 팔달광택사 사장요. 이 동네 사람들에 대해서는 내가 모르는 거 빼고 죄다 알고 있는 팔달 정보부장이고요."

"정보부장? 말만 들어도 겁난다. 네가 뭘 그렇게 많이 알고 있는데?"

"전파사 상이군인 사장님은 새장가 가셨다가 다시 이혼하셨고, 월남한 솜틀집 사장님은 말 한번 잘못했다가 중정에 잡혀가서 죽다 살아났고, 여기 지사장님은 주식 투자해서 돈 다 날리고 사채업자 돈 때문에 쩔쩔매고 있다는 것과, 누나 월급 못 받은 것도 다 알고 있었다고요."

홍경희는 뱅뱅이가 하는 말을 신기한 듯 귀를 쫑긋 세우며 들었다.

"너 그런 걸 어떻게 다 알아? 신발은 정말로 공짜로 닦아줄 거야?"

"예, 한 달 동안요. 대신 한 가지만 말해주면 돼요."

그러면서 넌지시 요즘 여기 지사장의 제일 큰일이 뭐냐고 물었다.

"네가 왜 그런 일까지 관심을 가져? 그 정보가 너한테 중요해?"

"사실은 지사장님이요. 제가 잘 아는 사람한테 돈을 꿔가고 안 갚는 모양인데요. 그분이 저더러 좀 알아보라고 해서요."

"그래? 음, 이거 남들이 알면 안 되는 일인데……. 내가 말했다는 거 비밀로 할 수 있어?"

"그럼요. 제가 떠들고 다니는 거 같아 보여도 입은 스크루지 자물통여요."

"스크루지? 좋아, 얘기해주지."

뱅뱅이가 침을 꼴깍 삼키고 쳐다보자 홍경희는 지사장이 지금 제일 골머리를 앓는 건 어떤 할머니의 보험금을 타서 써버린 건데 금액도 삼백팔십만 원이나 된다며 눈을 휘둥그레 뜨는 흉내를 냈다.

"삼백팔십만 원요? 와! 시골 부자 논밭 다 팔아도 안 되겠네."

"맞아, 지사장님 어쩌면 잡혀 들어갈지도 몰라. 그렇게 되면 내 월급은 누구한테 받지?"

"하늘이 무너져도 솟아날 구멍이 있다잖아요. 힘내요, 누나. 그런데 지사장님은 왜 그렇게 망가졌어요?"

"원래는 안 그랬는데 부인이 심한 기립성 저혈압인지 뭔지로 고생하다가 죽고 난 다음부터 방탕한 생활을 해서 그렇대."

"누나가 그걸 어떻게 알아요?"

"지사장님 고모님이 오셔서 나한테만 얘기해주셨어. 내 월급 한 번 대신 주시면서……."

홍경희는 그 밖에도 부인에 이어 하나뿐인 딸마저 같은 증상으로 중학교 졸업식 때 상장 받으러 단상에 올라가다가 쓰러졌고 이 년간 식물인간이 된 상태로 중환자실에 누워 있다가 죽는 바람에 그 후로 거의 폐인이 되었는데 그나마 고모가 빚도 갚아주고 보험 일도 할 수 있도록 주선해준 거라며 자신이 알고 있는 내용을 주섬주섬 다 들려줬다.

"그런 거구나. 안되긴 좀 안됐네요. 누나, 오늘 정보는 대단히 감사합니다."

뱅뱅이는 거수경례를 하고 돌아갔다.

실제로 최수영은 한동안은 고모나 주변 사람들의 은혜에 감사하는 마음으로 열심히 활동했으며, 대한생명보험 수원지사장까지 되어 안정된 생활을 했었다. 그러나 머지않아 퇴근 후면 다시 폭음을 했고, 급기야 가입자가 납부한 보험료로 주식에 단기 투자를 하는 등 공금에까지 손을 대기 시작했다. 그러던 중 윤채봉이라는 인물이 직업 장병보험으로 업계의 화제가 되는 것을 눈여겨보게 되었다. 때 마침 육군 소장으로 전역한 외삼촌의 도움을 받아 자신도 같은 방식으로 일을 하고자 했다. 그러나 이미 무너진 신뢰감으로 인해 시작부터 모든 계획은 수포로 돌아가고 말았다.

궁여지책으로 윤채봉을 직접 만나 도움을 주고받을 생각으로 그녀에 관한 몇 가지 신상 파악을 했다. 그런 과정에서 사별한 것으로 되어 있는 남편 남평우는 자신이 알고 있는 사람이며 더욱이 언젠가 대전역에서 본 적이 있다는 사실도 깨닫게 되었다. 처음에는 물론 세상에 비슷한 사람이란 얼마든지 있을 수 있는 일이라 단순한 호기심으로 여기고 말았는데, 어느 날 대전중앙지사로 윤채봉을 찾아갔다가 유리창으로 보이는 사무실 안에서 그녀의 맞은편에 앉아 얘기하고 있는 사람이 다름 아닌 자신이 대전역에서 봤던 사람이며 그가 남평우라는 사실에도 확신을 가졌다.

그즈음 최수영은 점점 빚에 쪼들리는 상황에서 자신을 통해 보험에 가입했던 오정애의 남편 사망보험금까지 유용했던 터였다. 사면초가의 위기에서 우연히 평우의 비밀을 알게 된 그가 난국을 벗어나는 방안으로 협박 계획을 세우게 되기까지는 그리 오랜 시간이 걸리지 않았다.

* * *

수영은 오로지 남평우만 바라보고 있을 수 없다는 불안감에 쫓겨 나름대로 돈을 구하기 위해 생각나는 사람들을 찾아다녔다. 그러나 누구 하나 자기를 상대해주는 사람이 없었다. 조급해진 마음에 사채업자 김도수를 다시 찾았다.

"이 양반아, 당신 이자 낸 지가 언젠지 알아요?"

부흥상사 김도수 사장이 소파에 앉아 있다가 피우던 담배를 재떨이에 비벼 끄면서 언성을 높였다. 한때는 만날 때마다 담보 없어도 얼마든지 빌려줄 테니까 자금 필요하면 오라고 했던 사람이다.

"게다가 계속 집 안 비워주면 내가 돈 들여서 집달리 붙여야 하는데, 언제까지 비울 거요?”

“곧 비워드리겠습니다.”

“그래 봤자 이것저것 떼고 나면 원금도 빠듯해요. 이런 판국에 어떻게 돈 부탁을 합니까? 사람이 염치가 있어야지 말이야.”

죄지은 사람처럼 서서 거절당한 수영은 무거운 걸음으로 나와 사무실 앞에 도착했다. 삼 개월째 월급을 못 받은 경리 여직원이 기다리고 있을 리가 없다. 사무실은 이미 불이 꺼져 있고 이층으로 올라가는 출입문도 잠겨 있었다. 주머니에서 열쇠를 꺼내다가 벌어진 고리가 주머니에 걸려 바닥에 떨어졌다. 허리를 구부려 주우려는데 시커먼 그림자 같은 건장한 사내가 그의 앞을 가로막았다. 깜짝 놀라 고개를 쳐들고 바라봤다. 한눈에 봐도 평범한 인상이 아니다.

“당신, 뭐야? 지사장이야, 사기꾼이야?”

시커먼 사내가 일어서는 수영을 쏘아보면서 뱉어내듯 물었다.

“누구야, 당신?”

수영은 가슴이 철렁했으나 불쾌한 표정을 지으며 물었다.

“뭐? 누구야 당신? 야 이 새끼야! 너 눈깔이 삐었어?”

사내가 수영의 턱을 잡아 흔들면서 눈을 들이밀었다. 그의 눈빛은 무자비함으로 번득거렸다. 길에는 지나가는 사람조차 없다.

“왜 이러십니까?”

“왜 이러냐고?”

사내는 거침없이 수영의 뺨을 올려쳤다. 턱이 돌아가고 안경이 길바닥에 나동그라졌다. 주워 끼려는 찰나 다시 철석! 하는 소리와 함께 반대편 턱이 돌아갔다. 안경이 저만큼 날아가 떨어졌다.

“다, 당신, 누굽니까?”

수영이 안경을 주워 손에 들고 더듬거렸다. 도망을 친다 해도 잡힐 건 분명하다.

"나? 죽은 오정애 남편의 귀신이 보낸 저승사자다. 알겠어?"

사내가 수영의 멱살을 거머쥐고 흔들어댔다.

"그런데 이게 무슨 짓입니까?"

그는 용기를 내 다시 물었다. 다리가 후들거리고 이마에서는 식은 땀이 솟아났다.

"무슨 짓? 이 새끼가 아직도……."

다시 한 차례 주먹이 날아오면서 눈에 불이 번쩍했다. 입안이 터져 살이 너덜거리고 피가 고였다. 수영은 자신도 모르게 눈물이 주르륵 흘렀다. 사내가 다시 주먹을 치켜들었다.

"다시 말해봐! 다시 말해봐, 이 새끼야!"

"죄송합니다. 죽을죄를 지었습니다."

"이 새끼, 이제야 바른말을 하는구먼. 야 이 새끼야! 세상에 할 일이 없어서 영감 죽어서 타는 할마시 보험금을 가로채?"

"해결하겠습니다. 가로챌 생각은 추호도 없었습니다."

"해결하겠다고? 어떻게? 너 돈 있어? 그리고 뭐 결재가 났어?"

사내가 손가락으로 수영의 이마를 계속 밀면서 물었다.

"어떻게든지 해결하겠습니다."

뒷걸음치던 수영이 확신에 찬 음성을 연출했다.

"좋아. 언제까지?"

사내가 출입문 기둥에 한쪽 손을 짚어 수영을 팔 안에 가두고 빤히 바라봤다. 열흘 안이라고 말하고 싶은데 두려워서 차마 입이 떨어지지 않았다.

"똑바로 대답해. 나는 콩밥 같은 거 안 먹여. 죽여 버리지. 알아?"

사내가 시간을 주며 기다리고 있었다.

"다음 주 주말까지는 틀림없이 해결하겠습니다."

"너 이 새끼, 할마시한테는 일주일이라고 했다면서 이제 주말이야? 다음 주도 일요일 넘기려는 수작이구만. 일요일이야, 월요일이야?"

"월요일까지 틀림없이 해결하겠습니다."

"이 새끼, 금방 바꿔 말할 거 왜 주말이라고 했어? 엉?"

사내가 수영의 멱살을 다시 움켜쥐고 노려보며 소리쳤다.

"죄송합니다. 주말에 대전에서 누굴 만나기로 해가지고……."

"주말에 돈 받아서 월요일에 주겠다, 이거야? 좋아, 월요일 몇 시?"

"열두 시 안에 해결하겠습니다."

"얼마를?"

"삼백팔십만 원 전액입니다."

"입금할 거야, 돈 가지고 올 거야?"

"돈 가지고 가겠습니다."

수영은 그가 마음에 들어 할 것으로 생각되는 방법을 점찍었다.

"입금해서 들고 와. 통장도 네놈이 가지고 있다면서? 노인네가 돈 세기 힘들 거 아냐? 알겠어?"

오정애의 아들이 분명했다. 사내가 돌아간 다음 입을 헹구고 의자에 털썩 주저앉은 수영의 두 눈에서 눈물이 하염없이 흘렀다. 생각지도 않았던 아내의 얼굴이 떠올랐다. 모든 것은 자승자박이다. 누굴 원망할 수도, 운을 탓할 수도 없다. 오정애 할머니한테 그렇게 거친 아들이 있을 줄은 전혀 생각지 못했다. 조금 전 일을 생각만 해도 다시 몸서리가 쳐졌다. 문득 사무실 보증금 생각이 떠올랐다. 보증금 백만 원에 월세 육만 원인데 현재까지 삼 개월분이 밀려 있는 상태다. 그동안 밀린 월세를 다 공제해도 팔십만 원 이상이 남는다. 월세를 올리고 보증금을 최대한 줄이면 큰돈은 못 되어도 지금과 같은 처지에 요긴한 돈이 될 수 있는 건 분명하다.

　다음 날 오후에 서랍을 뒤져 계약서를 꺼내 들고 정자동에서 사는 집주인을 찾아갔다. 공무원이지만 물려받은 부동산이 많아 보증금보다는 월세가 많은 쪽을 좋아했었다. 입주 당시 저쪽에서 먼저 그런 제안을 했으나 자신이 지금의 계약 내용을 요구했었다. 벨이 울리자 개 짖는 소리가 온 동네를 요란하게 만들었다. 그러나 집 안에는 인기척이 없었다. 다시 벨을 눌렀더니 개가 미친 듯이 더 짖어댔다. 한참을 기다리는데도 아무런 기척이 없고 개만 끊임없이 짖어대 더욱 시끄러웠다.

　"집주인 찾아왔어요?"

　옆집 대문이 열리면서 노인이 나와 수영을 위아래로 훑어보며 물었다.

　"예. 이 집에 사람이 안 계시는가요?"

　"그 집에 아무도 안 살아요."

　"개가 있는데요?"

　"주인이 없으니까 그렇게 더 짖어대는 거지요. 불쌍해서 내가 먹을 거 조금씩 넣어주고 있어요."

　노인이 가리키는 대문 아래쪽에 납작한 개 밥그릇이 보였다.

　"어디 멀리 가신 모양이지요?"

　"멀리 가긴 뭘……. 아들놈이 집이고 건물이고 즈 애비 몰래 다 팔아치우고 도망가는 바람에 화병 나서 쓰러졌어요."

"예? 집이랑 건물이랑요?"

"엊그제도 세입자들이 와서 울고불고하다가 돌아갔지요."

노인은 자기 말만 하고 집으로 들어가 버렸다. 수영은 대문 앞에 털썩 주저앉아 머리를 문짝에 기대고 눈을 감았다.

"재수 없는 놈은 뒤로 자빠져도 코가 깨진다더니……."

개가 미친 듯이 짖어대면서 대문 안쪽을 정신없이 왔다 갔다 했다. 한참을 그대로 땅바닥에 주저앉아 있던 수영은 힘없이 일어나 터덜터덜 걸었다. 자신의 달그림자가 장대 위에 올라선 곡마단 키다리를 만들어 흔들흔들 길 안내를 하고 있었다. 해결할 방도는 하나뿐이다. 남평우와 윤채봉에게서 최소한 삼백팔십만 원의 돈을 어떻게든 받아내야 한다.

두 사람의 방문

"기웅아!"

유도부 특별 활동이 끝나고 먼저 집에 온 기웅이 심란한 마음도 달랠 겸 뒷마당에서 혼자 스트레칭을 하고 있는데 이층에 있던 혜령이 복도 창문 아래로 고개를 내밀고 불렀다.

"누나, 오늘은 일찍 온 거 보니까 데이트가 없는 모양이네요?"

"내가 언제 데이트하는 거 봤니? 그냥 놀러 다니는 거지. 근데 너 이번 일요일 뭐 할 거니?"

"학생이 뭐 하긴, 공부하지요. ……왜요?"

"공부한다면서 왜는 무슨 왜니?"

"누나가 원한다면 무슨 일인지 듣고 생각해볼 수 있으니까요."

"무조건이 아니라?"

혜령이 입을 삐죽거렸다.

"마음 같아서는 그러고 싶지만 난 아직 매인 몸이잖아요. 무슨 일인데요, 누나?"

기웅이 능청을 떨었다.

"Body guard!"

"이석이하고 합의가 되어야 하는데?"

"바보야, 너는 또 이석이냐? 일요일은 자습인데 비밀로 하면 되잖아. 선생님한테도 그렇고……. 싫으면 관두고!"

"지난번에 누나 친구들이 에스 누나냐며 놀리는데 어색해서 혼났어요. 그냥 누나가 좋으냐고 묻는 것도 아니고……."

"그렇다고 하면 되잖아. 그리고 이번에는 그 기집애 안 만나. 롤러스케이트장 가려고 하는데."

"그래도 이번은 사양하겠습니다. 사실은 내일 대전에 가야 하거든요. 다음에 불러주시면 꼭 모실게요, 누나."

"쳇! 알았어. 핑계는……."

"누나, 정말이에요. 미안!"

혜령이 창문에서 사라진 다음 기웅은 유도의 기본자세를 취하면서 한동안 몸을 풀었다.

"기웅아, 너 말이야. 아까 네가 말한 대로 누나가 그렇게 좋으냐고 물으면 뭐라고 할 건데?"

혜령이 다시 고개를 내밀고 물었다.

"좋긴 한데 나만 좋으면 뭐하냐고 그랬겠죠."

"너 생긴 건 곰인데 말은 여우구나?"

"곰과 여우 다 하죠, 뭐."

기웅이 여전히 유도 연습을 하면서 히죽거렸다.

"애! 남자는 늑대여야지, 여우가 뭐니?"

혜령의 말이 떨어지자 기웅은 갑자기 늑대 울음소리를 흉내내고 다시 유도 연습을 시작했다. 혜령은 어이없어하면서도 깔깔대며 웃었다. 그러나 기웅이 대전에 내려가기 전 채봉에게 먼저 전화했더니 학교로 누가 찾아오지 않았냐며 별일 아니니까 그 일 때문이라면 일부러 오지 말라고 해 없던 일이 되었다. 기웅은 그 사람이 아버지 일로 협박하는 자가 분명하다는 생각에 마음이 편치 않았다.

*　*　*

무거운 마음으로 일요일을 보내고 월요일을 맞이한 수영은 주말까지 맘 놓고 기다릴 수 있는 형편이 못 되었다. 남평우가 그 많은 돈을 준비하고 있다가 만나자마자 흔쾌히 내줄 리도 없다. 더욱이 아직 얼마를 어떤 방식으로 달라고 얘기한 적도 없지 않은가.

수영은 회사일을 서둘러 끝내고 오후에 대전으로 향했다. 윤채봉을 찾아갈까 하는 생각도 해봤지만 남평우가 펄쩍 뛰던 기억이 떠올라 우선 그를 찾아가기로 했다. 달리는 열차 밖 풍경을 보면서 지난날에 대해 뼈저린 후회와 반성을 했다. 그러나 현실은 현실이다. 답은 오로지 남평우밖에 없다. 얼굴의 모든 근육에 경련이 일어날 만큼 어금니를 꽉 물면서 독해지자고 다짐했다.

하지만 머릿속에서는 지난번 남평우의 단호한 태도로 볼 때 그를 협박해 돈을 뜯어내는 일이 쉬운 일은 아니라는 생각을 지울 수가 없고 자신감도 점점 떨어져 갔다. 수영은 평소 영업 사원을 교육하던 자세로 머리를 흔들어 부정적인 생각을 털어내고 성공만을 위한 온갖 궁리를 하느라 하마터면 대전역을 지나칠 뻔했다. 개찰구를 나와 큰길을 건넜다. 마음속에 또다시 걱정이 앞섰다.

'주말에 만나기로 했잖냐며 그때 오라고 하면 어떻게 하지?'

어느덧 허운악 변호사 사무실 간판이 보였다. 역에서부터의 거리가 생각보다 가까웠다. 수영이 사무실에 들어가자 남평우가 아닌 낯선 사람이 맞이해 크게 당황했다. 경솔한 자신의 행동을 후회했다. 지금껏 윤채봉이나 남평우가 아닌 다른 사람을 만나게 될 경우는 전혀 대비해놓지 않았었다. 대전까지 내려오는 동안 스스로 다짐하면서 준비했던 협박 시나리오마저 머릿속에서 까맣게 사라져 아무 생각도 나지 않았다.

"변호사님 계십니까?"

"안 계시는데 누구십니까?"

용화는 첫눈에 그가 최수영임을 알아차렸다.

"오늘 들어오십니까?"

그의 목소리가 무척 조심스러웠다.

"아마 바로 퇴근하실 것 같습니다. 급하신 일입니까?"

용화는 최대한 친절하게 대했다. 수영은 의자에 엉덩이를 조심스럽게 붙이면서 그렇다고 대답했다.

"제가 사무장인데 저한테 말씀하시지요."

"직접 뵙고 말씀드려야 하는 일입니다."

"변호사님도 아시고 계시는 일입니까?"

"아주 잘 알고 계십니다. 오늘 만나지 못하면 문제가 심각해집니다."

수영은 준비해온 대로 진지한 표정을 지으면서 말했다.

"심각해지다니요? 그게 무슨 말인가요?"

"사실 그대롭니다."

"최수영 씨!"

"예? 저 말입니까?"

그는 용화가 자신의 이름을 부르자 흠칫 놀랐다.

"저는 김용화라고 합니다. 아까 말한 대로 여기 사무장입니다."

용화가 손을 내밀어 악수를 청했다.

"제 이름을 어떻게 아십니까? 나는 댁하고는 할 얘기가 없습니다."

수영이 어색하게 악수를 하면서 출입문 쪽으로 시선을 돌렸다.

"급한 일이라면서요?"

"맞습니다. 급한 일이니까 빨리 변호사님에게 연락해주십시오."

"최수영 씨! 나는 당신을 압니다. 그러잖아도 만나서 얘기를 좀 하려고 생각하고 있었어요."

"아니, 일단 갔다가 다시 오겠습니다."

수영은 허둥지둥 밖으로 나와 아무 방향으로나 걸었다. 날씨는 흐렸고 이제부터라도 비가 쏟아질 것 같았다. 목척교 밑에서 아이들이 족대를 들고 고기를 잡는다며 부산을 떨고 있고 다리 건너 길가에 지서가 보였다. 누군가가 놓아둔 나무 밑 의자에 앉아 한동안 멍하니 아이들을 바라보다가 벌떡 일어나 지서로 향했다.

잠시 후 수영은 지서 순경과 함께 변호사 사무실 문을 노크했다. 사무실 안에는 김용화 사무장과 사환 우은성이 의자에 앉아 있었다.

"실례합니다."

경찰관이 거수경례를 하면서 용화를 바라봤다. 낯이 익은 지서 순경이다. 용화는 전신에 전율을 느끼면서 절망적인 감정에 휩싸였다.

"아, 예. 안녕하세요? 무슨 일이십니까?"

당황한 용화가 간신히 물었다. 최수영은 용화의 눈길을 피했다.

"이 사람이 자기 돈을 사기로 떼어먹고 도망간 사람이 여기 있으니까 조사 좀 해달라고 횡설수설하는데 지서장님이 일단 갔다 오라고 해서 왔습니다."

"한마디로 어처구니가 없구면요."

"누굽니까. 이 사람입니까?"

순경이 웃으면서 손으로 용화를 가리키며 수영을 쳐다봤다.

"이분이 아니라 여기 변호삽니다. 허운악 변호사요."

수영의 말을 들은 용화의 얼굴이 순간적으로 상기되었다.

"여기 변호사님이 사기로 당신 돈을 가로챘다고요? 확실해요?"

경찰관이 수영을 다그쳤다.

"가로챈 것이 아니라 빌려 간 돈입니다."

"아까 지서에 오셨을 때는 사기 당했다고 했잖습니까."

"만나주지도 않고 급해서 그렇게 말했습니다. 죄송하게 됐습니다."

"아저씨! 허위 신고는 공무집행 방해인 거 몰라요? 빌려 간 건 사실입니까? 얼마를 빌려 갔어요?"

"삼백팔십만 원입니다."

"그렇게나요? 차용증 있어요?"

"전에 있었는데……."

순경이 묻자 수영은 안절부절못하고 얼버무렸다.

"사무장님, 이 사람 어떻게 된 겁니까?"

순경은 눈빛으로 뭐가 잘못된 사람 아니냐는 듯 찡긋거렸다.

"변호사님과 친분이 있는 분인데 뭔가 오해가 있는 것 같습니다."

경찰관이 고개를 숙이고 있는 수영을 바라보면서 다가갔다.

"아저씨, 뭔가 잘못 알고 있는 거 아닙니까? 여기 변호사님이 그런 짓을 하실 분도 아니고 또 돈을 빌려주신 거면 차용증이 있을 것 아닙니까. 그걸 첨부해서 민사재판을 하세요."

"앉아서 차라도 한잔하시고 가시지요."

"아닙니다, 사무장님. 아저씨! 저도 여기 허 변호사님을 잘 압니다. 걱정 마시고 기다리셨다가 만나고 가세요. 아셨죠?"

경찰관이 돌아간 다음 수영은 멋쩍은 듯 엉거주춤하게 서 있었다.

"최 선생님! 이게 무슨 행동입니까? 돈을 가로챘다니요?"

"나는 아까도 얘기했듯이 사무장님하고는 할 얘기가 없습니다. 변호사님 오시면 오늘 있었던 일을 그대로 전해주시기만 하면 됩니다. 돈 삼백팔십만 원 얘기까지……."

"오늘은 이 정도로 끝나지만 삼백팔십만 원을 안 주면 더 큰 일을 저지를 수도 있다는 얘깁니까?"

"그렇습니다. 토요일까지 준비하시라고 전해주십시오."

수영은 단숨에 말을 마치고 일어섰다. 돌아서서 가는 그의 발걸음은 휘청거렸지만 처음 찾아올 때보다 한결 가벼웠다. 족대를 멘 아이들이 깡통 속을 들여다보면서 시끌벅적하게 걸어오고 있었다. 수영이 그중 한 아이를 바라보고 물었다.

"고기 많이 잡았어?"

* * *

'선생님이 아니었더라면 난 아마 한글도 몰랐을걸!'

필구는 깊은 생각에 잠겼다. 서암리의 어린 시절, 언제나 향긋한 공부방에서 자신의 머리를 쓰다듬어주며 공부를 가르쳐주었다. 세상에서 제일 아름답고 마음씨 고운 윤채봉 선생님이 남몰래 학용품도 주고 손수건이랑 양말도 자신의 구멍 난 책보에 끼워 넣어주었다. 친구들이랑 함께 곶감을 먹을 때, '너는 크니까 하나 더 먹어' 하면서 자기만 하나를 더 주기도 했다. 고아여서 더 사랑받는 거라고 생각한 자신은 부모가 없기 잘했다는 생각이 들기도 했었다. 김제에 왔다가 학교에 정식으로 편입한 자신을 보고는 학용품 사라며 용돈도 주었다. 그후로도 오랫동안 잊지 않고 공부 잘하라는 편지를 보내주기도 했다.

'세상에는 두 종류의 사람이 있단다. 남에게 도움이 되는 사람과 해(害)가 되는 사람이지. 조국도 마찬가지야. 조국에 도움이 되는 사람과 해가 되는 사람. 어떤 사람이 될 것인가는 전적으로 본인의 선택이다. 물론 아무 생각 없이 살아가는 사람도 있지만 말이야.'

남평우 선생님이 까맣게 때 낀 자신의 손을 잡아 쓰다듬어주면서 말했었다. 필구의 짧은 생각에도 두 분은 천생연분 같았다. 그래서 조국에 도움이 되는 사람이 되기 위해 군에 입대하지 않았던가. 이제는 선생님을 찾아뵈어야겠다는 생각이 든다. 필구는 우선 기환에게 들은 대로 대전 은행동에 있는 변호사 사무실을 찾아갔다.

"변호사님을 좀 뵈려고 왔습니다."

밝고 예의 바른 자세로 물으면서 슬쩍 사무실을 둘러보았다. 자신이 보아온 변호사 사무실 중에 가장 초라했다. 그런데도 조금도 이상하거나 낯선 느낌이 들지 않았다.

"무슨 일이시지요? 지금 법원에 가셔서 안 계십니다만."

용화는 낯선 사람의 방문에 자신도 모르게 표정이 굳어졌다.

"언제쯤 들어오십니까?"

"확실치 않습니다. 좀 늦으실 수도 있고요. 업무적인 일은 저한테 말씀하시면 됩니다. 여기 사무장입니다."

"김용화 사무장님이신가요?"

웃음 짓고 있는 필구를 보고 용화는 경계심을 풀었다.

"저를 아십니까?"

"반갑습니다. 저는 조필구라고 합니다. 윤채봉 선생님 제자입니다."

필구가 고개를 꾸뻑하면서 환하게 웃었다.

"조…… 필구 씨요?"

용화가 악수를 청하면서 반가운 친구를 만난 듯 그를 바라봤다.

"사무장님도 저를 아십니까?"

필구도 반가운 표정을 지으며 악수한 손을 가볍게 흔들었다.

"잘 압니다. 변호사님한테도 듣고 회장님한테서도 들었습니다."

"회장님이시라면?"

"희망원 후원회 윤채봉 회장님요. 이렇게 만나 뵙게 될 줄은 몰랐
습니다. 반갑습니다. 조 선생님은 저를 어떻게 아십니까?"

"서로가 전해 듣긴 했어도 당사자들끼리만 모르고 있었나 봅니
다. 사무장님 얘기는 남기환 학생을 통해서 자세히 들었습니다."

"남기환이요? 기환이는 또 어떻게 아시고요?"

"제가 일하고 있는 회장님 댁 가정교사를 하고 있습니다."

"아, 대호건설요?"

"아시는군요. 저는 거기서 조 반장이라고 불리는 사람입니다."

두 사람은 진심으로 서로를 반가워했다. 처음 만나는 사이면서도
화젯거리가 많았다. 이내 오랜 친구 같은 대화 분위기가 만들어졌
다. 용화는 평우나 채봉을 통해 들은 필구의 담대함과 인간미에 매
료되어 있던 터이고, 필구는 기환에게 들은 용화의 사람됨에 깊이

감동했었다. 게다가 두 사람은 나이 또한 같았다.

"사무장님, 선생님을 보호해주셔서 정말 감사합니다."

"제가 지금 막 그 말을 하려던 참이었습니다. 두 분은 뵈면 뵐수록 존경스러운 분들이십니다."

"부럽습니다. 그런 두 분을 가까이서 보필하고 계셔서."

"언제는 고맙다면서요. ……그런데 요즘 안 좋은 일이 생겨 무척 안타깝습니다."

"무슨 나쁜 일이 있나요?"

용화는 최근에 있었던 최수영의 얘기를 했다. 그에게는 무슨 얘기를 해도 괜찮을 것 같았다. 사람을 보내 현재 상황을 알아보고 있다는 것과 어제 경찰관을 데리고 찾아왔었던 일까지 상세하게 설명했다.

"개자식!"

필구의 얼굴이 분노에 떨었다.

"돈도 돈이지만 그 인간이 돈을 받고 난 후 어떻게 나올지 그게 더 문제인 거 같습니다. 평생 따라다닐 수도, 끌려다니면서 뒷바라지해줄 수도 없고요."

"일단은 여러 가지 정보를 입수한 다음 회장님의 생각대로 먼저 만나보신 후 그 결과를 보고 저랑 사무장님이 다시 대책을 세우기로 하지요. 저도 힘닿는 데까지 노력해보겠습니다."

"갑자기 든든해지고 자신감이 생기는데요? 고맙습니다. 같은 심정으로 조 선생님과 이런 얘길 할 수 있다는 것이 무척 기쁩니다."

"고맙다는 말씀은 안 해도 될 것 같습니다. 같은 심정이니까요."

"변호사님 오실 때가 되었는데 무척 반가워하시겠습니다."

"아닙니다. 뵙는 것은 조금 뒤로 미루겠습니다. 이 일이 어느 정도 마무리된 다음에 언제라도 다시 찾아뵐 수 있으니까요."

"이대로 가시려고요?"

"변호사님이 그자하고 다시 만나기로 한 날이 토요일이라고요? 그럼 다음 주에 다시 오겠습니다. 그전에라도 회장님이 그자를 만나시게 되면 바로 저한테 연락을 주십시오."

서울로 돌아온 필구는 이석의 공부가 끝난 새벽 한 시경에 기환의 방을 노크했다. 필구를 본 기환이 팔을 잡아끌며 침대 위에 앉았다.

"만나셨어요?"

"아니, 김용화 사무장님만 만나고 왔어. 참 좋은 분이던데?"

"그럼요. 그런데 왜요?"

"지금 변호사님에게 골치 아픈 일이 생겨서 그 일이 끝난 다음에 다시 찾아뵈려고. 너 혹시 집에 가게 되면 내 이야기는 조금만 보류해줄래? 내가 뵙게 될 때까지 말이야."

"무슨 골치 아픈 일인데요?"

"어떤 자가 돈을 뜯으려고 변호사님을 협박하고 있어. 하지만 너무 걱정 마. 당장에는 돈 때문에라도 어떻게 할 수는 없을 테니까."

"알겠습니다. 그런데 기웅이한테는 방금 그 얘기는 하지 않으시는 게 좋겠어요. 기웅이 성격이 상상을 뛰어넘는 데가 있거든요."

기환은 협박하는 자가 기웅의 학교로 찾아왔던 사람이라는 것을 직감했다. 조 반장의 얘기를 들은 그는 밤을 뜬눈으로 새우면서 수많은 경우의 수를 그려봤다. 밤하늘의 무수한 별들이 안타까운 듯 그를 내려다보며 속삭였다.

'어머니, 아버지는 잘 헤쳐 나가실 거야.'

어떤 사과

"경찰관을요?"

최수영이 경찰관을 데리고 왔었다는 용화의 말을 들은 채봉의 손끝이 파르르 떨렸다.

"너무 걱정하지 마세요. 단지 시위를 하고 간 겁니다."

"변호사님은 뭐라고 말씀하세요?"

"회장님이 놀라실 테니까 종합적인 파악이 끝난 다음 한꺼번에 말씀드리자고 하셨는데 아무래도 아시는 게 좋을 것 같아서요."

용화와 채봉은 현재까지 최수영에 관해 서로가 알아온 내용을 주고받았다.

"돈을 받을 때까지는 아무 짓도 할 수 없다는 것도 알았고, 또 이 정도로 절박한 상황 같으면 제가 먼저 찾아가야겠어요."

"어떻게 하시려고요?"

"인간적으로 얘기하고 사과 받은 다음 도움을 주는 수밖에요. 더

놔뒀다가는 그자의 말대로 무슨 일이 벌어질지 모르잖아요."

"그 돈을 다 주시려고요?"

"진정으로 사과한다면요. 하는 수 없잖아요. 인간적으로 동정도 가고요. 너무 끌면 좋지 않아요."

"회장님도 참……. 그래도 변호사님하고 상의하신 다음 내일쯤 가시는 편이 낫지 않을까요?"

"아니에요, 사무장님. 이제 변호사님은 이 일에 관여하지 않으시는 게 좋을 것 같아요. 염려 마시고 지켜봐 주세요."

"하긴 변호사님은 돈을 주실 생각은 아직 하시지 않는 것 같더라고요."

채봉이 웃으면서 용화를 안심시킨 후 곧바로 수원으로 향했다. 수원은 그녀가 51사단 군부대 강연 차 몇 번 온 적이 있어 낯설지는 않았다. 억새와 잔디가 푸를 대로 푸르고 곳곳에 찔레꽃과 노란 민들레가 수줍게 꽃 자랑을 하고 있었다. 꽃을 보고 웃어주던 채봉은 이내 그런 자신을 보고 다시 웃었다. 마음을 다져 먹고 저만큼 떨어진 공중전화로 다가갔다.

수영은 다급함을 숨기지 못하는 불안한 음성으로 전화를 받았다.

"누구시라고요? 아 윤채봉 국장님!"

수영의 얼굴이 단박에 상기되었다. 경찰관을 데리고 간 효과가 있는 것으로 생각한 그는 손가락은 물론 전신이 가늘게 떨렸다.

"지금 근처에 와 있습니다."

"수원 말씀입니까?"

"예, 팔달로 화서공원에 있습니다. 잠깐 뵐 수 있을까요?"

"금방 나가겠습니다."

수영은 뛰다시피 공원에 다다랐다. 멀리서 채봉을 발견한 다음 심호흡을 하면서 최대한 안정된 걸음걸이로 발을 떼었다.

"또 뵙게 되네요. 시상식장에서는 어쩌면 그렇게 딴전을 부리셨어요?"

채봉이 꼼짝하지 않고 앉아 목례를 한 다음 정면을 응시했다. 수영도 그녀의 옆자리에서 멀리 앞을 바라보며 말했다.

"방식이야 어쨌건 이렇게 뵈니까 참 반갑습니다."

"엊그제는 경찰관까지 대동해서 오셨었다면서요?"

"사무장이 하도 무례하게 나와서 그렇게 되긴 했지만 이해해주시고 제 뜻만 접수해주시면 고맙겠습니다."

"돈 삼백팔십만 원요? ……저도 본의 아니게 지사장님에 관해서 몇 가지 알아보게 되었습니다."

"제 뒷조사라도 했다는 얘깁니까?"

애써 거들먹거리며 말하던 수영의 목소리가 금세 흔들렸다.

"우선은 대책을 세우기 위해서였지만 그래도 친구 사이인데 뭔가 특별한 이유가 없고서야 그럴 수는 없다는 생각에서였습니다."

"그래서 뭐 좀 알아내셨습니까?"

"일부겠지만요."

"역시 대단하신 분은 뭐가 달라도 다르십니다. 그러시면 저를 많이 이해하셨다는 말씀이시군요."

"제 주변에 고모님을 잘 알고 있는 선배분도 계시더라고요."

채봉의 음성은 가까운 사람과 일상적인 대화를 하는 것처럼 자연스러웠다.

"저희 고모님요?"

"예, 최민자 여사님요."

"허어, 그래서 지금 저희 고모님이라도 만날 계획입니까?"

채봉을 바라보며 묻는 수영의 목소리가 격앙되었다.

"고모님을 만나서 괴롭게 해드릴 생각은 없습니다. 우리 변호사님과는 혹시 본인도 모르게 만들어진 무슨 원한이라도 있으세요? 그냥 순수하게 여쭤보는……."

"없는데요."

수영은 채봉의 말이 끝나기도 전에 잘라 대답했다.

"그러면 예전에 서로 친구 사이였다고 보는 편이 맞을까요?"

"물론 친구지요. 함께 식사도 하고 대화도 많이 했었지요."

"그렇다면 우선 남평우 씨를 찾아가 사과부터 하세요."

"사과라고요? 그게 왜 필요하죠? 벌레 보듯 하고 있을 텐데?"

"저는 최소한 정상적인 사람하고 대화하고 싶거든요."

"그 말씀은 제가 비정상적이라는 얘깁니까?"

"본인이 정말 몰라서 물으시는 건 아니시죠?"

"듣자 듣자 하니까 정말! 적반하장도 유분수지, 지금 누가 누구를 협박하고 있는 겁니까?"

"사형수 마누라 주제에 무슨 큰소리냐 이 말씀이시죠?"

"마음대로 생각하세요."

"사진 한 장 때문에 누명이 씌워진 것도 아시지요?"

"대충 듣긴 했습니다."

"그럼 억울하게 처형당할 뻔한 친구를 도와주기는커녕 약점을 잡아 돈을 내놓으라는 사람이 정상일 수 없다는 것쯤은 잘 아실 텐데요. 아닌가요?"

"내가 언제……."

"처형장에서는 총이 빗맞아 구사일생으로 살아났습니다. 하늘이 도우신 겁니다. 앞으로 반드시 재심도 청구할 거고요."

수영의 말을 끊고 채봉이 할 말을 계속했다.

"그렇게 된 것이구먼요. 그건 정말 다행이네요."

수영은 멋쩍어하면서도 최대한 우정 있는 표현을 했다.

"이제 요지를 이해하셨어요?"

"무슨 말씀입니까?"

"아직도 모르시겠어요? 저는 할 말은 다 한 것 같은데요."

"양심은 떳떳하다 이 말씀이시군요."

"이제라도 친구에게 사과하시고 정상적인 분으로 돌아와 저하고 다시 얘기하기로 해요."

"그게 끝인가요?"

"예, 그리고 사모님과 따님 얘기는 진심으로 가슴 아팠습니다."

"그런 것까지 알아봤어요?"

수영은 조금 전과는 또 다른, 풀죽은 목소리로 되물었다. 어깨와 고개도 푹 내려앉았다.

"같은 여자의 처지에서 생각해볼 때 남편에게 딸을 맡기고 떠났는데 그렇게 되고, 이제는 친구의 약점을 잡아 협박하는 사람이 되었다면 얼마나 억장이 무너질까 하는 생각도 해봤습니다."

"좋아요, 좋아. 다 좋은데 지금 돈 얘기는 안 하셨잖아요."

"돈요? 무슨 돈 말씀이시지요? 입막음용 협박금 말씀이신가요?"

"어떻게 해석하든 상관없습니다."

"제가 처음부터 말씀드렸잖아요. 사과하신 다음 다시 얘기하자고요."

"결과가 어떻게 되든 상관없다는 말씀이시구만."

"한 번만 더 말씀드릴게요. 빠른 시일 내에 대전에 오셔서 우리 변호사님 만나 사과부터 하세요."

"윤채봉 국장……."

수영이 하소연하는 음성으로 말을 꺼내려 하는 것을 채봉이 단호하게 끊었다.

"굳이 추가로 말씀드리고 싶지 않지만 그런 다음에 저를 만나시면 최소한의 도움은 드리도록 노력해보겠습니다."

"그게 싫다면 그냥 이대로 가시겠다는 말씀이신가요?"

"입장 바꿔서 생각해보세요. 지사장님 같으면 친구 약점 잡아 협박하는 사람에게 평생 끌려다니다가 결국 당하고 말 걸 뻔히 알면서도 그런 자에게 매달리겠어요? 저는 그 정도로 어리석지는 않아요. 이제 더는 얘기하지 않겠습니다."

채봉이 벤치에서 일어섰다.

"내가 그렇게밖에……. 결국 마음대로 하라, 이 말씀이세요?"

"어쩔 수 없지요. 운명이라 여겨야죠."

채봉은 말을 마치고 일어서서 하얀 구름처럼 부드러운 걸음으로 뒤도 돌아보지 않고 화서문 밖으로 멀어져갔다. 멍하니 앉아 채봉의 뒷모습을 지켜보고 있던 수영은 힘없는 발걸음으로 사무실에 돌아왔다.

＊＊＊

"사과라고? 어떻게든 시간을 끌어보겠다 이거지?"

수영은 중얼거렸다. 그런 식으로 요구하고 나서리라고는 꿈에도 생각지 못했다. 허를 찔린 기분이 들기도 했다. 모르는 척 남평우 사무실로 전화를 해서 토요일 약속을 상기시켜줄까도 생각해봤다. 그러나 설마 이대로 방치하지는 않을 거라 여기고 소식을 기다렸으나 이틀 전에 윤채봉이 구름처럼 떠난 후로는 어느 쪽에서도 감감무소식이다. 이러다가 돈을 한 푼도 못 받게 되면 어쩌나 생각하니 눈앞이 아찔했다. 어차피 도와줄 거라면 이대로 그냥 도와주고 다시는 이런 일이 없도록 해달라고 매달려야 맞지 않는가. 사과니 뭐니 하는 절차에 무슨 의미가 있다는 건지 알 수 없었다. 그러면서도 생각을 거듭하는 동안 윤채봉의 심정을 조금은 이해할 것 같았다.

'하기야 틀린 말은 아니지. 나는 지금 친구의 약점을 도움 받을 권리로 여기고 있으니까.'

그녀의 말대로 죽은 아내와 딸에게 부끄럽기도 했다. 하지만 당장에 오정애의 보험금은 물론이고 경리 여직원 밀린 월급도 그렇고 대추나무 연 걸리듯 널려 있는 다른 빚은 다 어떻게 해결한단 말인가.

"윤채봉 씨, 제발 나 좀 살려줘요!"

그는 혼자 중얼거리다가 자리에서 벌떡 일어섰다.

"나 대전에 좀 다녀올 테니까 누가 찾으면 출장 중이라고 말해."

여직원은 횡설수설하는 수영을 측은하고 한심한 듯 바라보며 한숨을 내쉬었다.

오전 시간이어선지 열차는 한산했다. 텅 빈 머리로 창밖을 바라봤다. 멀리 똥통을 지고 가는 농부가 시야에 들어왔다. 수영은 그가 너무나 행복해 보였다. 열차 안에서 여객 전무의 눈치를 봐가며 삶은 달걀과 김밥을 팔고 있는 장사치도 한없이 부러웠다. 대전지국 사무실에 최수영이 들어간 건 채봉이 용화와 앞으로의 계획을 상의하고 들어온 지 얼마 되지 않아서였다.

"윤 국장님, 엊그제 그냥 그렇게 가시면 어떻게 합니까?"

채봉과 마주 앉은 수영이 무릎이라도 꿇을 것처럼 애걸하는 눈빛으로 그녀를 바라봤다.

"제가 드릴 말씀은 다 한 거로 아는데요. 사과는 하셨나요?"

"지금 바로 사과드리고 다시 오겠습니다."

그는 말을 하면서도 채봉의 입에서 이미 때는 늦었다는 말이 나올까 봐 불안에 떨었다.

"진정으로 사과를 하신다면 저도 잠시 후 그쪽으로 가겠습니다."

수영은 고개를 숙여 인사하고 허운악 변호사 사무실로 향했다.

이남수 사건은 이제 열여섯 살 된 남수가 자신의 아버지를 괴롭힌다는 이유로 큰아버지를 살해했다는 혐의의 사건이었다. 검사는 모든 증거와 물증이 분명한 친족 살해라고 단정 지었지만 변호를 맡은 평우는 보이지 않는 실체를 찾아내기 위해 주력했다. 남수는 전쟁 중 부모를 모두 잃고 외삼촌 집에서 자라던 어린 시절, 함께 놀던 동생이 우물에 빠져 죽는 사고를 당하자 죄책감에 빠져 판단과 결정을 두려워하는 심신 허약자로 발전했다. 이후 고아원에서 자라게 되었지만 점점 증상이 심해졌다.

그러다가 오 년 전 지금의 아버지에게 입양되었는데 시간이 지날

수록 강자의 명령에 복종함으로써 판단해야 하는 어려움에서 벗어나는 행복감을 맛보게 되었다. 양아버지의 계획적인 주입 교육의 결과였다. 그는 입양할 때부터 남수를 이용해 원수처럼 지내는 형을 살해하고 부모의 전 재산을 상속받을 계획을 세웠으며 그렇게 함으로써 거추장스러운 양아들 남수까지 동시에 제거하려고 한 것이었다. 공판 도중 어쩔 줄을 모르던 남수가 혀를 깨무는 사고가 발생해 법정이 아수라장이 되기도 했다.

평우가 공판을 마치고 사무실로 돌아오자 수영이 벌떡 일어나 손을 내밀었다.

"수고 많으십니다. 법원에 가셨다고 해서 기다리고 있었습니다."

그의 표정이나 말씨가 이전과는 사뭇 달랐다.

"우리 내일 만나기로 하지 않았습니까? 앉으세요."

수영은 평우가 앉을 때까지 기다렸다.

"맞습니다. 토요일에 뵙기로 했었지요."

"저번에는 경찰관을 데리고 오셨다 들었고 오늘은 또 무슨 일로 오셨습니까?"

"제가 이것저것 진심으로 사과드리려고 찾아왔습니다."

수영이 양손을 맞잡고 고개를 숙였다. 순간 평우가 우뚝 서서 의아한 듯 물었다.

"이것저것은 무엇이고 사과는 또 무슨 말씀입니까?"

"지난번 은하수다방에서의 일도 그렇고 며칠 전 지서 순경을 데리고 와 엉뚱한 말을 한 것에 대해 진심으로 사과드립니다. 죄송합니다."

"반가운 말씀입니다만 예상치 못했던 일이라 혼란스럽습니다. 저는 최악의 경우도 어느 정도 각오를 마쳤습니다."

"제 처지가 급박하다 보니까 사람으로서 차마 할 수 없는 짓을 저질렀습니다. 용서하십시오!"

수영의 말이나 행동 어디에도 사과가 가식이라는 느낌은 찾아볼 수가 없었다.

"진의가 어디에 있든 사과까지 받고 보니까 되레 편치가 않습니다."

평우는 착잡한 표정으로 양손을 모은 채 고개를 숙이고 있는 수영을 바라봤다. 그의 눈에 눈물이 맺혀 있는 것을 보고는 얼른 외면했다.

"변호사님의 모든 일이 억울하게 잘못된 것도 알고 있습니다."

"그건 어떻게 아셨습니까?"

"억울하게 된 사연은 정읍 친구한테 들어서 이미 알고 있었고 그 후의 일은 그저께 알았습니다. 윤 국장님한테 듣고……."

"제가 우리 가족은 만나지 마시라고 분명히 얘기했을 텐데요?"

"찾아간 게 아니라 오시는 바람에 만나게 됐습니다."

평우의 언성이 바뀌자 수영이 화급하게 해명했다.

"집사람이 최수영 씨를 찾아갔었다고요?"

"예, 오셔서 변호사님께 사과부터 하라고 말씀하셨습니다."

"그래서 오늘 사과를 하시는 겁니까?"

"사실대로 말씀드리면 그렇습니다. 하지만 지금의 제 심정도 진심입니다. 국장님이 왜 사과부터 하라고 했는지도 깨달았습니다."

수영이 다시 허리를 굽혔다.

"그러면 이제부터 어떻게 하실 계획입니까? 무척 어려우시다면서요."

"솔직히 아무런 대책이 없습니다. 먼저 변호사님에게 사과한 다음 국장님과 대화하기로 한 거밖에는……."

"결국 다시 우리 집사람을 만나실 계획을 세우신 거잖습니까. 저는 경찰관을 데리고 오는 것보다 우리 집사람을 만나 협박하는 것이 더 싫습니다."

평우의 얼굴색이 변하자 수영이 어찌할 바를 몰랐다.

"죄송합니다. 진심으로 이해합니다."

"차라리 제가 사과를 인정하고 도와드리겠습니다. 뭘 어떻게 하면 최 선생께 도움이 되시겠습니까?"

수영은 연거푸 한숨만 내쉴 뿐 아무런 대답을 못 했다.

"……하지만 삼백팔십만 원이라는 큰돈은 안 됩니다. 내가 그 돈을 다 내놔야 한다면 차라리 다른 길을 택하겠습니다. 어찌 됐건 오늘 사과는 저도 진심으로 받아들이겠습니다."

"변호사님이 저의 어려운 사정을 도와주셔야만 할 이유는 하나도 없습니다. 그런데 지금의 제 처지가 한마디로 그 돈이 없으면 죽습니다. 제발 저 좀 살려주십시오."

"제 말이 하늘에 침 뱉는 격이 될 수도 있겠지만 그 돈이 없으면 죽는다는 그 설정부터가 잘못된 것입니다. 죗값을 받으시면 되잖아요."

"저도 수없이 그 생각을 해봤습니다. 하지만 아무리 생각해봐도 그건 역시 차라리 죽는 것만 못하다는 생각이 듭니다."

수영이 울먹이며 말을 마쳤다.

"돈이 절박하다고 해서 모든 사람이 다 최 선생처럼 생각하고 행동하지는 않습니다."

그때 문밖에서 수영의 말을 듣고 있던 채봉이 들어왔다.

"변호사님, 제 약속도 소중해요. 제가 지사장님과 한 약속이 있으니까 이제 이 일은 저하고 얘기하도록 해주세요."

"어쩌려고요?"

"지사장님, 이제부터 저하고 상의하기로 해요. 약속한 대로 제가 할 수 있는 한 도움이 되어드릴게요. 오늘은 이만 돌아가시고 월요일 아침에 후원회 사무실로 한번 들러주세요."

"아침…… 몇 시에요?"

수영이 평우의 눈치를 보면서 더듬더듬 물었다.

"열 시요. 괜찮으시겠어요? 보험회사 말고 후원회 사무실로요. 여기 명함 뒤에 약도가 있습니다."

수영은 일어서서 뭔가 말을 할 듯하다가 무거운 발걸음을 돌렸다. 그가 돌아간 다음 세 사람은 한자리에 앉았다.

"어떻게 할 생각이야?"

평우가 염려스러운 표정으로 채봉에게 물었다.

"돈을 만들어봐야죠. 그리고 희망원 일도 차질 없이 해나갈 테니까 너무 걱정 마세요."

"돈을 받은 다음에 그자가 또 요구하면?"

"사무장님! 제가 돈을 다 주면 다음에 어떨 것 같아요?"

"글쎄요. 원래부터 악인은 아닌 것 같은데 형편이 어려우면 또 어떻게 나올지 걱정이 됩니다. 한 번 그 일로 자기 문제를 해결하고 나면 재차 강한 유혹이 있는 법이잖아요."

"변호사님은 어때 보였어요?"

"내가 보기에 오늘은 진심인 거 같았어. 측은하기도 했고……. 하지만 앞으로의 일에 대해서는 사무장과 같은 생각이야."

"저는 좀 달라요. 이제부터는 저한테 맡겨주세요."

세 사람은 한동안 최수영에 관한 진지한 대화를 나눴다. 염려하는

마음은 같았으나 처음 그가 찾아왔던 날보다는 분위기가 다소 밝았
다. 사무실을 나선 채봉은 생각에 잠긴 채 무거운 걸음을 옮겼다. 대
전천을 물들이고 있던 은은한 석양 노을이 그녀의 머리칼 위에 머물
러 떠날 줄을 모른다.

아까운 돈, 아깝지 않은 돈

"설렁탕요!"

수영이 새벽 열차로 내려와 대전역 앞 한밭식당으로 들어간 시간은 일곱 시 오십 분이었다. 아침인데도 식당은 초만원이었다. 열 시가 되려면 아직 두 시간이 남았으나 그는 이래저래 조급한 생각에 빠졌다. 오전 중에, 아니 늦어도 오늘 중에 오정애의 보험금을 입금하지 못하면 형사 처분은 물론이고 그의 아들에게 어떤 수모를 당하게 될지 모른다.

수영은 다시 불안해지기 시작했다. 따지고 보면 지난번 남평우에게 사과했을 때 고작 도움이 되도록 궁리해보겠다는 언질과 함께 오늘 아침 열 시에 만나자는 말만 들었을 뿐이다. 시간도 늦으면 안 되고 금액 또한 조금이라도 부족하면 안 된다는 말을 하고 싶은 마음이 굴뚝같았지만 차마 그런 말을 할 수는 없었다.

'혹시 오늘 금액이나 날짜를 협의하려 들면 어떻게 하지? 아니 그럴 리가 없지. 이미 나의 모든 사정을 알고 있는 것 같던데. 내 가족은 물론 세상의 유일한 지원자인 고모까지 속속들이 말이야. 영특하고 사려 깊은 그녀가 딴소리하지는 않을 거야.'

수영은 고개를 좌우로 흔들면서 헛기침을 했다.

"잘 먹었습니다. 설렁탕은 전국에서 한밭식당을 따라올 데가 없어요."

"어디서 오셨슈?"

"수원에서요."

문밖에 나오자 기다렸다는 듯 불어오는 대전천의 바람이 땀에 젖은 얼굴을 시원하게 식혀줬다. 퍼뜩 오정애 건만 해결하면 대출 담보 형식으로 묶여 있던 적금이며 고모에게 들었던 계를 살려 잡다한 일들은 그런대로 풀려나갈 거라는 생각이 떠올랐다.

'내가 왜 그 생각을 못 했지?'

그러면 그럴수록 오늘의 결과가 염려스러웠으나 머리를 흔들어 부정적인 생각을 털어냈다. 아직 문을 열지도 않은 중앙시장을 기웃거리다가 큰길로 나와 하늘을 올려다봤다.

"일 년 중 이만한 날씨도 며칠 안 되지 아마!"

수영은 여유를 부려가며 온몸으로 쾌적한 날씨를 즐기다가 무심코 보는 것처럼 점방 안에 있는 시계를 봤다. 아직도 육 분이나 지나야 아홉 시가 된다. 작은 소리로 휘파람을 불면서도 무슨 곡인지 가사가 뭔지 아무것도 생각이 나지 않았다. 다시 길고 긴 시간을 더 보낸 다음 열 시 오 분 전에 미리 알아두고 답사까지 마친 후원회 문을 점잖게 노크했다. 소리가 귀에 들릴 만큼 가슴이 쿵쾅거렸다.

"부녀국에 들렀다 오시기 때문에 조금 늦으시는데요."

아직 사무실에 오지도 않았다는 들은 수영은 절망했다. 지금까지 우려했던 많은 생각이 한순간에 현실로 나타나고 있었다.

"몇 시쯤 나오십니까?"

"보통 열 시 반쯤 이쪽으로 나오세요. 오후에 오시기도 하고요. 약속하셨어요?"

아무렇지도 않게 대답하는 여직원의 말이 수영의 정수리를 찌르고 들어왔다.

"오늘 열 시에……."

그때 따르르릉! 하고 전화벨이 울렸다. 수영은 하마터면 자신이 전화를 받을 뻔했다. 예감대로 윤채봉이다. 여직원은 수화기를 왼손으로 살짝 막고 수영을 바라보며 물었다.

"최수영 지사장님이세요? 회장님 전화예요."

발이 불편한 여직원이 천사의 날개처럼 하얀 팔을 길게 뻗어 수화기를 건네줬다,

"저 최수영입니다, 국장님!"

받자마자 말을 마친 그는 잠시 호흡을 멈추고 수화기에 온 신경을 집중했다. '교육관 착공기념'이라고 적힌 벽걸이 시계의 바늘이 막 열 시를 넘어가고 있었다. 액자 안에 있는 아이들의 사진이 어른거렸지만 눈에 들어오지는 않았다.

"다음에 뵙겠습니다."

목소리는 윤채봉이 분명한데 수화기에서는 엉뚱한 소리가 들렸다. 수영은 조급했으며 동시에 크게 혼란스러웠다.

"여보세요! 여보세요?"

수영의 목소리는 애걸에 가까웠다.

“어머 지사장님, 죄송합니다. 아는 언니하고 인사하다가 말이 새나갔나 봐요.”

다급한 수영의 목소리를 들은 채봉이 밝게 사과했다.

“괜찮습니다.”

수영이 침을 꼴깍 삼켰다.

“마음이 급하시지요? 돈을 맞추느라 조금 늦었습니다.”

수영은 이미 자신의 상황을 이해하는 채봉의 말에 전신의 맥박이 활기를 찾아 뛰기 시작했다. 여직원이 부드러운 미소를 머금고 자신을 바라보고 있었다.

“아닙니다. 저도 지금 들어오는 길인데요 뭘.”

“큰길로 나오셔서 역 반대쪽으로 쭉 올라오시면 길 건너편에 조흥은행이 보입니다. 지금 이리로 오시겠어요? 잘 모르시겠다면 우리 직원한테 물어보세요.”

“아, 아닙니다. 제가 거길 아주 잘 압니다.”

불과 삼십 분 전에 그곳을 지나왔다. 사람의 예감은 참 이상하다. 어쩌면 저 안에 조금 일찍 온 고객을 위해 준비된 비상 쪽문으로 들어간 윤채봉이 있을지도 모른다는 생각이 들었었다.

‘그래도 기웃거리지 않길 잘했지 뭐야.’

뛰는 가슴으로 은행에 도착한 수영은 숨이 턱까지 차올라 어깨를 들먹거리며 채봉을 찾았다. 그녀는 소파에 앉아 풍채 좋은 중년 여인과 얘길 하면서 연거푸 고맙다는 인사를 하고 있었다. 문득 어린 시절 참기름 집 마루에 앉아 방 안에서 월사금을 꾸느라 사정하고 있는 어머니를 초조하게 기다리던 생각이 떠올랐다. 잠시 후 소파에서 떠나지 않은 채 일어나 상대를 배웅한 채봉이 수영을 발견하고 반가운 얼굴로 손을 흔들었다.

"지사장님!"

탁자 위에 놓인 노란 보따리가 눈에 날아 들어왔다. 대답하면서 뛰어가 앉았다. 짧은 순간 수영의 목소리가 울컥하는 듯했으나 바로 이어지는 채봉의 말에 가려졌다.

"수표하고 현금도 조금 만들었어요. 필요하실 것 같아서. 요즘은 수표가 있어서 편해졌지요?"

소파에 마주 앉아 탁자 위의 노란 보따리를 앞으로 밀면서 해맑게 웃고 있는 그녀는 아름다운 천사이고 어머니였다. 그녀의 맑은 눈빛과 표정이 수영의 가슴을 아프도록 시리게 했다.

"예? 아 예!"

"지사장님이 사과해주셔서 진심으로 감사드리고 싶어요. 감사합니다. 기쁘기도 하고요."

"부끄럽습니다. 기회를 주셔서 제가 감사합니다."

"그리고 이 돈은 쓰시기에 따라 전혀 아깝지 않은 돈이 될 수 있다고 생각했습니다. 그렇게 만들어주세요. 그래 주실 거죠?"

"정말 아깝지 않도록 뜻깊게 사용하겠습니다. 그런데 저…… 이 돈이 얼마지요?"

"아, 제가 말씀을 안 드렸네요. 얼마 있어야 한다고 하셨지요?"

"삼백팔십만 원입니다. 미안합니다."

"맞지요? 돈은 십만 원 더 넣어 삼백구십만 원입니다."

채봉이 환한 웃음을 지으며 수영을 바라보고 말했다.

"삼백팔십만 원이 아니라 삼백구십만 원이라고요?"

"예, 정말 어렵게 맞췄습니다. 이제는 힘드셔도 참고 잘 헤쳐 나가세요, 지사장님."

"감사합니다. 감사합니다."

수영은 엎드려 절이라도 할 것처럼 여러 번 고개를 숙이면서 돈을 받아 쥔 후 그녀를 바라보았다. 그녀는 여전히 해맑게 웃고 있었다. 잠시 망설이던 수영이 다시 말을 이었다.

"정말 뜻밖입니다. 제가 말씀드린 것보다 돈을 더 주시다니……. 그런데 저 염치없는 말이지만 오십만 원만 더 주실 수 없을까요? 그렇게만 해주신다면 국장님이 말씀하신 대로 정말 아깝지 않은 돈이 될 것 같습니다."

말을 마치는 순간 수영은 가슴이 뛰면서 바로 후회했다. 전혀 생각지도 않았던 말이 어리광처럼 튀어나온 것이다. 다시 주워 담을 수는 없다. 벽 쪽에 세워진 시계의 커다란 추가 꾸짖듯 흔들거리고 있었다. 열 시 이십이 분이다. 수영의 말을 들은 채봉의 얼굴이 타들어 가는 불꽃처럼 벌겋게 물들었다. 조금 전의 해맑은 표정은 찾아볼 수도 없고 두 눈은 분노로 가득 차 있었다. 그녀는 아무 말도 하지 않고 수영을 바라보면서 돈이 든 노란 보따리를 잡았다.

"아니, 제가……."

수영도 엉거주춤 보따리를 잡으려 들었다. 채봉은 출입문을 바라보면서 "아저씨!" 하고 진한 베이지색 복장의 경비원을 불렀다.

"예, 무슨 일이시지요?"

다가오는 경비원의 목소리를 들은 수영은 보따리에서 손을 놓았다.

"저, 큰 서류봉투 하나 구해주시겠어요?"

그녀가 무표정한 얼굴로 그를 올려다보며 말했다. 그러나 수영을 바라보지는 않았다. 수영은 걱정과 후회 어린 표정에 갇혀 있었다.

"아, 예. 잠시만 기다려주십시오."

경비원이 봉투를 가지러 간 사이에도 채봉은 허리를 꼿꼿이 펴고 앉아 정면을 바라보고 있을 뿐 수영에게는 눈길조차 주지 않았다.

"뭐 꼭 당장이 아니라도 말입니다."

수영이 채봉의 눈치를 살피며 힘들게 말을 꺼냈으나 그녀는 여전히 아무런 대답도 반응도 없었다. 잠시 후 경비원이 들고 온 커다란 봉투에 천천히 돈을 담아 다시 노란 보따리에 싼 채봉은 아무 일도 없었던 듯이 자리에서 일어나 창구 쪽으로 천천히 걸어갔다.

"저……."

수영은 당황해하면서 뭔가 말을 꺼내려다가 말았다.

'돈을 다시 맡기려는 건가?'

아니면 자신의 말대로 오십만 원을 더 찾으려는 것일지도 모른다. 그는 그대로 앉아 채봉을 지켜봤다. 창구 여직원이 그녀를 보고 일어서서 인사했다. 수영은 설마 그녀가 돈을 가지고 밖으로 나가지는 않을 거라고 확신하면서 그런 걱정을 하는 자신을 비웃었다.

"안녕히 가십시오!"

그녀는 천천히 걸어 말없이 경비원의 인사를 받으면서 출입문을 당겨 밖으로 나갔다. 출입문이 반동으로 짧게 한두 번 흔들거렸다. 온몸의 피가 터져 나올 것만 같았다. 이제라도 달려나가 그녀를 붙잡아야 한다는 생각이 자신을 몰아치고 있었으나 소파에서 일어날 수도 없고 발이 떨어지지도 않았다.

그녀는 그 후 돌아오지 않았다. 수영은 계속 꼼짝도 할 수 없었다. 아니 꼼짝도 하기가 싫었다. 조금 전 자신이 은행 문을 열고 들어왔을 때처럼 그녀가 활짝 웃는 얼굴로 다시 들어와, '봉투를 좀 더 튼튼한 것으로 바꾸는 편이 안전할 것 같아서요.'라고 말할 것이 분명하기 때문이다. 시간이 계속 흘러 열 시 삼십 분을 넘어가고 있었다. 창구에 있는 여직원이 흘끔흘끔 수영을 바라봤다. 수영은 어정쩡하게 일어섰다. 모두가 자신을 보고 비웃는 것 같았다.

"안녕히 가십시오!"

출입문을 여는데 경비원이 채봉에게 그랬던 것처럼 정중하게 인사했다. 그는 채봉이 있을 후원회 사무실을 향해 무거운 발걸음을 옮겼다. 한참을 걷다가 걸음을 멈추고 다시 골똘히 생각해봤다. 어떻게든 수습해야 한다. 그는 자신을 한없이 질책했다. 자신이 말한 금액보다 돈을 더 넣어준 그녀에게 도대체 무슨 말을 한 것인가. 어딘가 나가기 전에 빨리 찾아가 진심으로 사죄하고 해명해야 한다. 말이 안 될지 모르겠지만 자신도 모르게 말이 헛나왔다는 말도 해야 한다. 그건 사실이니까. 그러나 어리광 같은 심정이었다는 말은 차마 할 수 없을 것 같았다. 행인들과 부딪칠 뻔할 때마다 짜증스럽게 수영을 흘깃 보면서 피해갔다.

후원회가 있는 건물 앞에 도착한 그는 한동안 망설이고 서 있었다. 건물 입구 오른편 이불집의 시계가 열 시 사십오 분을 가리키고 있었다. 건물 벽에는 아침에는 보이지 않던 회색 시멘트 자국이 보기 흉하게 그대로 보였다. 낡고 허름한 건물인 데다가 그녀의 사무실은 제일 안쪽 통로 끝 귀퉁이에 있는 자투리 방이다. 자신에게 주려고 했던 돈이면 어쩌면 이 건물을 사고도 남을지 모른다.

문득 벽에 걸려 있던 아이들의 사진 생각이 났다. 이제 생각해보니 그 아이들은 모두 장애 아동들이었다. 단체 사진의 얼굴들은 모두가 웃는 얼굴이었으나 하나같이 눈을 감은 채 서 있거나 목발을 짚었거나 표정이 부자연스러운 아이들뿐이었다. 불현듯 식물인간 상태로 누워 있다가 세상을 떠난 불쌍한 딸 효원이가 생각났다.

'따지고 보면 내 아이도 선천적 질환이 있는 장애아였는데…….'

수영은 건물 안으로 들어갈 기력도 염치도 없어지고 말았다. 가슴 속에서부터 뭔가 울컥하고 치밀어 오르더니 두 눈에서 하염없이 눈물이 흘렀다. 그는 건물에서 대각선 방향으로 떨어진 공생당 한약방 문턱에 앉아 한동안 울었다.

'모든 것은 다 내가 자초한 거야. 누구에게 하소연할 일도 도움을 청할 일도 아니다. 불쌍한 어린아이들에게 써야 할 돈을 가로채는 것도 있을 수 없는 일이야.'

그는 일어서서 앞이 보이지 않을 만큼 눈물을 쏟으며 비틀거리는 발걸음을 옮겼다. 자신이 횡단보도 앞에 서 있는 것도, 차들이 달리고 있다는 사실도 전혀 느끼지 못한 채 발을 내디뎠다.

끼이익!

커다란 트럭이 강한 금속음을 내면서 그를 덮치려는 순간 누군가가 그의 등 뒤에서 재빨리 달려들어 팔을 잡아끌었고 트럭은 경적을 울리며 조금 앞에서 멈춰 섰다. 지나가는 사람들이 수영과 채봉을 번갈아 바라보면서 수군거렸다. 눈이 휘둥그레진 운전기사가 허겁지겁 차 문을 열고 뛰어내렸다.

"야, 이 미친 새끼야! 죽을라고 환장했어? 아줌마도 하마터면 합장할 뻔했잖아요! 좀 모자라는 모양인데 잘 데리고 다녀야지요!"

자신의 팔을 붙잡아 당긴 사람이 채봉임을 안 수영의 얼굴은 눈물자국으로 어수선하게 얼룩져 있었고 멍하게 바라보는 두 눈에는 커다란 눈물방울이 대롱거리고 있었다. 채봉이 운전기사에게 고개를 숙이고 연거푸 미안하다고 사과했다.

"아이, 씨팔! 아침부터 재수 없게 사람 깔 뻔했잖아! 그것도 둘씩이나."

운전기사는 양손을 털면서 차에 올랐다.

* * *

은하수다방에서 용화의 설명을 다 들은 필구가 말했다.

"천벌을 받으려다가 살아난 셈이군요. 딱한 인간 같으니라고!"

"결국 회장님은 삼백구십만 원을 다시 전달했고 사양하다가 돈을 받은 최수영은 더는 아무 말도 못 하고 돌아간 것으로 그날의 모든 일은 끝이 난 겁니다."

"그다음의 처신에 대한 약속 같은 것도 안 받은 채 말입니까?"

"예. 그런 점에서는 회장님이나 변호사님이 어쩌면 그렇게 뜻이 같은지 천생연분이더라고요. 다만 그 후의 일에 대해 변호사님은 운에 맡기는 듯해 보였고 회장님은 그자를 믿으시는 것 같더라고요."

"그런데 실은 얘기를 듣고 보니까 저도 같은 느낌이 듭니다."

필구가 가늘게 웃으면서 말했다.

"어느 분이랑요?"

"회장님이랑요."

"하하하!"

"왜 웃으세요?"

"그건 저도 마찬가지거든요."

두 사람은 손을 잡고 눈물이 고일 만큼 기분 좋게 웃었다. 아무도 이후의 걱정을 하지는 않았다.

"그 바람에 회장님은 이사 나가실 계획을 또다시 포기하셨지요."

"또다시라니요?"

"처음은 희망원 시작하면서 이사 갈 돈을 다 거기에 쏟아붓느라 미뤄졌고 이번에는 그자한테 돈 주느라고 다시 무산된 거지요."

"그럼 이제껏 고아원에서 사셨습니까?"

"예, 희망원 유지가 빠듯하거든요."

그러면서 용화는 요즘 아이들도 더 늘고 교육관 만드느라 돈이 많이 들어가, 평우는 사무실 이층에, 채봉은 아이들과 함께 희망원 뒷마당에 있는 작은 사택에서 계속 기거한다며 씁쓰레한 웃음을 지었다. 필구는 두 주먹으로 턱을 받치고 잠시 눈을 감았다가 떴다.

"아 참! 잊을 뻔했습니다."

그러고는 도장이 들어 있는 통장을 꺼내 용화 앞으로 내밀었다. 통장을 받아 펴 바라보던 용화가 놀라 말했다.

"아니, 조 반장님! 이건 너무 큰 금액인데요? 회장님께 직접 드리셔야겠습니다."

"아닙니다. 저는 원래 돈을 모으지도 않고 또 필요하지도 않은 사람입니다. 저절로 모인 돈인데 아깝지 않게 쓸 곳이 생겨서 기분이 좋습니다. 많지도 않은 돈인데 익명으로 해주십시오."

"그건 좀 곤란한 일인데요. 아무튼 참고는 하겠습니다."

그때 다방 마담이 바쁘게 출입문을 향해 걸어 나갔다.

"어머나, 회장님! 어서 오세요. 사무장님 저쪽에 계세요."

"사무장님, 무슨 일이세요? ……아니 이게 누구여? 너 필구, 필구야!"

"선생님, 안녕하세요!"

필구가 일어나 정중하게 고개를 숙여 인사했다.

"아니 필구가 여길 어떻게? 어떻게 된 일이여?"

필구의 손을 감싸 쥔 채봉은 바로 목이 메고 눈시울이 붉어졌다.

"반가운데 왜 우세요, 선생님!"

"그래, 이게 얼마 만이냐. 그동안 어떻게 지냈어? 앉자!"

"저요? 파란만장…… 아니 뭐라고 해야 허죠? 역적도 되어보고 지금은 경호원도 허고 있고 운전기사도 허고 그렇습니다."

"역적이라니?"

"역적의 종노릇을 혔었거든요."

"그래도 그렇게 말허지 마. 그런데 니가 우리 사무장님은 또 어떻게 알고?"

"회장님, 우린 이런 사이입니다. 기부금까지도 주고받는 사이요."

용화가 통장을 들어 보이면서 활짝 웃었다.

"무슨 소리여? 필구가 기부금을 들고 왔어? 니가 무슨 돈이 있다고."

"선생님, 저도 이제 애가 아닙니다. 이럴 줄 알았으면 좀 더 모을 걸 그랬어요."

"아니 너…… 이렇게 많은 돈은 사장이나 장관들이 내는 거여."

세 사람은 한참 동안 이야기를 주고받다가 용화가 먼저 사무실로 돌아갔고 둘은 다시 옛날 일부터 이제까지의 얘기를 시간 가는 줄 모르고 나눴다.

"기환이가 정말 의젓해요, 선생님."

"그래 보였어? 그런데 강희만 빼고 위로 셋이 나라를 싫어해서 걱정이다. 모두 감성이 예민하고 저항 의식이 이만저만이 아녀."

"성장 과정이니까 너무 염려허지 마세요. 그 나이면 다들 데모도 허고 그러잖어요. 그리고 기웅이는 여자애들이 많이 좋아하는 타입 같어요."

"왜? 누가 기웅이를 좋아해?"

"매력 있잖아요. 귀엽기도 허고."

"한창 그럴 때니까 나쁜 일은 아니지. 그리고 아이들이 아버지를 닮아서 하나같이 다부지질 못해."

"선생님은 다부지세요?"

채봉이 웃음을 머금은 눈빛으로 필구를 바라봤다.

"나 말이냐? 나는 단단하지. 나라도 그래야 서른 명이 넘는 가족을 굶기지 않을 거 아니냐."

"서른 명이 넘어요?"

"응. 스물여덟 명이니까 우리 아이들이랑 변호사님을 포함해서 서른 명이 훨씬 넘지. 그런데 필구는 결혼했어?"

"안 했어요. 가장 책임을 다 못 허고 먼저 죽을 것만 같어서요."

"젊은 사람이 무슨 그런 말을 해? 이제부터가 시작인데."

"저 젊지 않아요. 벌써 서른여섯이어요."

"그렇게나 먹었어? 응, 정말 그렇구나. 그래도 아직 한창이잖아."

두 사람의 화기애애한 분위기는 끝없이 이어졌다.

최수영의 일이 마무리된 후 희망원을 위한 활동은 더욱더 활기를 띠었다. 평우가 변호를 맡었던 남수는 선고 공판에서 희망원을 보호자로 지정한 치료 감호 위탁처분을 받았으며, 이듬해 소년원에서 나온 남수가 들어옴에 따라 희망원의 아이들은 총 스물아홉 명이 되었다.

제4장

끝나지 않은 악몽

휘어진 장승처럼 서서 한참을 흐느끼고 있는데
어디선지 기웅을 부르는 어머니의 목소리가 들렸다.

크리스마스를 앞두고

"함박눈이다!"

순실이 아이들과 함께 트리를 만들다가 굵은 눈발이 잿빛 하늘로부터 도망치듯 앞다퉈 쏟아져 내리는 것을 보고 소리쳤다. 아이들도 손뼉을 치며 환호성을 울렸다. 빡빡 깎은 머리를 창문 밖으로 내밀고 혓바닥을 있는 힘껏 내밀기도 하고 손바닥에 받아 맛을 보는 아이도 있었다. 송자가 기쁜 표정을 하고 물었다.

"함박눈이 어떻게 생겼어?"

"날아다니는 솜하고 같은데 녹으믄 물이여."

송자는 만족스럽지 않은 표정이다. 아이들은 녹음기의 캐럴을 따라 목청껏 노래 부르며 트리에 장화를 걸고 방울을 달았다. 반짝이는 금박지별도 묶었다. 순실이 솜을 가지러 교육실에서 나와 원장실로 들어가려는데 검정 양복에 노타이 차림의 하얀 와이셔츠를 입은 사람 둘이 현관문을 밀치고 들이닥쳤다. 한 사내가 뱁새눈을 하고 순실의 위아래를 훑어봤다. 그녀가 어처구니없는 눈을 뜨고 항의하려 하자 뱁새눈이 먼저 낚아챘다.

"여기서 살아요?"

"그렇습니다."

"뭘 하는 사람입니까?"

"여기 원장입니다."

뱁새눈은 물으면서도 대답에는 관심이 없는 듯 사냥개처럼 여기저기 주변을 살폈다. 복도에 걸린 학습시간표와 '나라를 사랑하는 어린이'라는 포스터에 잠시 시선이 멈추기도 했다.

"고아가 진짜로 있긴 있어요?"

"고아 없는 고아원도 있습니까?"

순실이 언짢은 표정으로 말하자 두 사람은 복도 안쪽으로 걸어가 시끌벅적한 교육실을 한참 들여다봤다. 구두에 묻어 있던 눈이 녹으면서 마룻바닥에 찌걱찌걱 소리를 내고 흙 자국을 만들었다.

"다들 맨발로 다니는데…… 보면 알 텐데 원!"

"그렇군요. 미안하게 되었습니다. 우리는 중앙정보부에서 나왔는데 물어볼 말이 있어 그러니까 같이 좀 가십시다."

뱁새 아닌 다른 사내가 찡그리며 발자국을 바라보다가 고개를 홱 돌리고 말했다.

"중앙정보부에서 무슨 일로 고아원 원장을 데려갑니까?"

순실은 신분증을 보여 달라고 말을 할까 망설이다 포기했다.

"가면 압니다. 가방 챙기세요."

순실이 전화 한 통화 하겠다며 수화기를 들자 뱁새눈이 낚아채 쾅! 하고 제자리에 올려놓았다. 사내들은 더는 설명도 없이 순실을 데리고 나가 지프차에 태웠다.

* * *

채봉은 순실이 어딘가로 끌려가 돌아오지 않는다는 말을 전해 듣고 곧바로 평우를 찾았다.

"혼자예요? 사무장님은 퇴근하셨나 봐요?"

"어머님이 편찮으시다는 연락을 받고 나갔어. 난로 좀 높일까?"

채봉이 괜찮다고 말하고는 선뜻 말을 꺼내지 못하고 멈칫거리다가 입을 열었다.

"희망원에도 문제가 하나 생겼어요. 원장님이 어제부터 연락도 없고 안 보이세요."

"어디 가셨다가 몸이 편치 않아 누워 계신 건 아닐까?"

일순간 평우의 낯빛이 변했으나 애써 대단찮은 말투로 응수했다.

"천하 없는 일이 생겨도 그렇게 무책임하신 분이 아니잖아요."

"아무래도 중앙정보부에 끌려가신 것 같아."

평우가 굳은 표정으로 실토했다.

"중앙정보부요? 거기는 아무도 모르게 사람을 잡아가요?"

채봉은 평우가 잡혀가던 날을 떠올리면서 몸서리를 쳤다.

"그냥 끌고 간 거지. 남자를 여자로 만드는 거 말고는 뭐든지 만들어내는 자들이니까. 간첩 하나 만드는 건 아무것도 아니야."

웬만해서는 격한 발언을 하지 않는 평우가 걱정이 담긴 심정을 쏟아냈다.

"갑자기 간첩 얘기가 왜 나와요?"

"백해송 씨허고 관계가 있는 게 분명해."

채봉도 같은 생각을 하던 참이었다. 며칠 전에 갑자기 사라졌을 때 사 년씩이나 한솥밥을 먹다가 말도 없이 가버렸다며 순실이 몹시 서운해했었다. 채봉이 놀란 시선으로 평우를 빤히 쳐다봤다.

"지금 이층 내 방에 있거든. 백해송 씨가 어제 아침에 갑자기 나타나서는 원장님한테 말하지 말고 이삼일만 묵게 해달라는 거여."

"그건 경우가 아니지요. 우리가 원장님하고 어떤 사인데 그런 요구를 할 수 있어요?"

"마음에 걸리긴 했는데 일단 알았다고 할 수밖에 없었어."

"그래서 같이 주무셨다는 거여요? 다른 얘기는 안 했어요?"

채봉이 막힌 숨을 내쉬는 것처럼 힘든 목소리로 물었다.

"원래 황해도 장산곶에 살았었는데 공산당원들 설쳐대는 꼴이 싫어서 전쟁 전에 월남해 서울에 계셨다는구먼. 반도호텔 주방보조로 근무하면서 해방촌에 살았었고……."

"그건 나도 알고 있는 얘기여요."

채봉의 조급해진 표정이 다음 말을 재촉하고 있었다.

"한번은 주민들이랑 고향 얘기를 하게 되었다는데 북에서 내려온 사람들이 많다 보니까 아무래도 이북 얘기를 많이 허게 되었겠지. 백해송 씨가 무심코 장산곶에서 살던 시절이 먹고살기도 좋았고 사람들 인심도 좋았다는 말을 했다는 거여."

채봉이 언짢은 얼굴로 자리에서 일어나 책상 위에 있는 물을 마셨다. 평우는 잠시 입을 다물고 있다가 하던 이야기를 계속했다.

"순간 아차! 했는데, 사상 문제로 다소 의심을 받고 있던 주민 한 사람이 자신의 결백을 입증하기 위해 백해송 씨가 북한을 찬양하고 다닌다며 과장해서 고발했다는구먼. 방첩대에 끌려가 호된 고생을 허다가 나오긴 했는데 그걸로 면죄부가 되는 건 아니더라는 거여. 주민들한테는 이미 빨갱이가 되어버린 거지.”

“무슨 말인지 알겠어요.”

“그래도 몇 년 동안은 잠잠했었대. 그런데 우리 희망원에 오기 얼마 전 마을에서 함께 자란 고향 친구가 갑자기 나타났다는 거여. 자기도 전쟁 전에 월남했다면서…….”

채봉이 크게 한숨을 쉬었다. 나머지는 안 들어도 알 것 같았다.

“반갑게 빈대떡에다 막걸리 한 주전자 먹고 어깨동무하면서 어린 시절 얘기를 허고 헤어졌는데 나중에 신문에 난 걸 보니까 남파 간첩이더래. 그래서 거기 그대로 있다가는 자신도 성치 못할 것 같아 소식을 알고 있는 원장님한테 오게 되었다나 봐.”

“그럼 왜 처음 왔을 때 그런 말을 허지 않았대요? 자신 때문에 남이 피해를 입을 수도 있다는 것쯤은 알 텐데요.”

채봉의 안색이 점점 어두워져 갔다. 평우는 목소리를 잔뜩 낮추면서 미안스러운 표정으로 말을 이었다.

“그렇긴 한데 우리에게 약점이 있으리라는 생각을 못 했겠지.”

“처음부터 뭔가 석연치 않아 보였어요.”

“그 후 세월도 사 년이나 지났고 해서 괜찮겠지 하는 마음으로 얼마 전에 주소 이전 신고를 했다는데…….”

“그런 일이 있었던 분이라면 처음 들어오셨을 때는 물론이고 하다못해 전입신고 전에라도 원장님하고 상의했어야죠.”

채봉은 있는 힘껏 숨을 들이쉬며 백해송에 대한 미움을 삭였다.

“원장님 심부름으로 중앙시장에 갔다 오면서 버스 바로 앞자리에 앉은 두 사람이 백해송이라는 자기 이름을 말하는 걸 들었대.”

“어쩜······.”

가는 눈을 뜨고 바라보는 채봉의 손끝이 파르르 떨렸다.

“자세히 보니까 영락없는 중앙정보부 사람이고. 그래서 함께 내리지 않고 종점까지 갔다가 도망은 쳤지만 막상 갈 곳이 막막해 전전긍긍하다가 하루 이틀만 신세를 지자며 나한테 찾아온 거였더라고.”

“그래도 우리는 남다른 사정이 있다고 말했어야죠.”

평우를 바라보는 그녀의 눈동자에 서운함이 가득 서려 있었다.

“도망 다닐 게 아니라 빨리 찾아가서 누명을 벗어야 한다고 말해 주기는 했어. 쉿! 잠깐······. 지금 무슨 소리가 나지 않았어?”

둘이 입을 다물고 놀란 눈으로 서로를 바라보고 있는데 세 명의 사내들이 변호사실 문을 쾅 열고 들어왔다. 권총을 든 남자가 “손들어!” 하고 소리쳐 둘은 엉거주춤 손을 들었다.

“어디 있어?”

“나는 여기 변호산데 누구 말이오? 당신들은 누구고?”

평우가 손을 내리며 물었다. 채봉도 따라서 손을 내렸다.

“이순실 동생 백해송이 말이야. 간첩! 몰라?”

총을 든 사내가 두 눈을 치켜뜨고 평우를 훑어보며 윽박질렀다. “간첩이라고요?” 하며 채봉과 평우가 동시에 소리쳤다.

“변호사 양반! 바른대로 말하지 않으면 큰일 나. 그자 어딨어?”

“어제 아침에 나를 찾아와서 하루 묵고 지금 이층에 있습니다.”

평우의 말을 듣자마자 그들 중 두 사람이 재빠르게 변호사실을 뛰쳐나갔다. 잠시 후 이층에서 한바탕 요란한 고함소리가 들리고 이어서 백해송이 뒤로 수갑을 찬 채 계단을 내려왔다.

"왜 이러는 겁니까? 죄 없는 사람을 이렇게 잡아가도 됩니까?"

백해송이 항의하자 한 손으로 수갑이 채워진 손목을 잡고 있던 사내가 다른 한 손으로 그의 뺨을 턱이 휙 돌아가도록 내리쳤다.

"이 자식! 뭔 개소릴 하고 있어?"

다시 후려칠 자세를 취하는 사내를 보고 겁에 질린 백해송은 더는 아무 말도 못 하고 고개를 숙였다.

"똑바로 걸어, 이 새끼야!"

백해송이 발을 헛디뎌 비틀거리자 뺨을 친 사내는 거칠게 팔을 끼며 소리쳤다. 여차하면 발로 걷어찰 기세였다. 평우와 채봉을 원망스러운 눈으로 바라보는 백해송의 얼굴은 창백했다.

"변호사라고 했지요? 저자가 간첩인 거 몰랐어요?"

한 사내가 몰아세우듯 물었다. 옆에 있던 채봉의 얼굴이 벌겋게 달아올랐다. 그녀는 숨을 죽이며 평우의 말에 귀를 기울였다.

"상상도 못 했습니다. 지금도……."

"지금도 뭐요?"

"간첩이라는 생각이 들지 않습니다."

"당신 헛소리하지 마. 이건 경고야!"

그가 셰퍼드 같은 눈을 부라리다가 채봉 쪽으로 시선을 돌렸다.

"아주머니는 누구요?"

"희망고아원 이사장입니다."

사내가 다시 바라봤다. 채봉은 될 수 있는 한 그들의 관심을 자기 쪽으로 유도하기 위해 눈을 마주했다.

"윤…… 채봉 씨요? 예전에 신문에도 났었지요? 좋은 일을 많이 하시던데 여긴 무슨 일로 오셨습니까?"

채봉을 쳐다보던 사내의 표정이 다소 부드러워졌다.

"희망원 일을 상의하는 중이었습니다. 백해송 씨는 우리 원장님의 동생분인데 간첩이 확실한가요?"

채봉이 애써 태연한 자세로 차분하게 물었다.

"죄진 게 없다면 왜 숨어 있었겠습니까. 사 년씩이나."

사내는 눈을 치켜뜨고 입을 삐죽이 내밀며 말했다.

"이 사람도 함께 연행할까요?"

다른 한 사내가 당장 평우의 손을 뒤로 돌려 수갑이라도 채울 태세를 갖추고 물었다. 채봉은 하마터면 안 된다고 소리칠 뻔했다. 평우는 함께 끌려갈 각오를 하는 듯 보였다.

"아니 그럴 거 없어. 유명인사도 함께 계시는데……."

사내가 뜻밖의 은전을 베풀었다. 마음이 변할세라 채봉은 다시 그의 눈을 똑바로 바라봤다.

"아무튼 오늘은 변호사님께서 바로 말해줘 잡았기 때문에 일단 그냥 가는데 부르면 바로 와야 해요. 알았어요?"

사내는 동료도 들을 수 있도록 평우에게 엄포를 놓고 다시 한번 채봉을 흘깃 바라보며 생색을 냈다.

그들이 돌아간 후 잠시 무거운 침묵이 흘렀다. 반쯤 열린 문이 바람에 밀려 쾅 소리를 내며 닫혔다. 소파에 맥없이 앉아 있던 평우가 머리를 뒤로 기대고 천장에 시선을 고정했다. 그러다가 오른손을 이마 위로 가져가 눈물이 차오르려는 자신의 눈을 감췄다.

"잘하신 거예요. 원장님을 위해서라도 그 방법이 최선이었어요."

채봉이 평우의 다른 손을 조심스럽게 잡았다. 그는 꼼짝도 하지 않고 손가락으로 눈꺼풀을 지그시 눌렀다.

"말하지 않았어도 붙잡힐 건 뻔해요. 이층을 올라가 보지 않고 그냥 갔을 리가 없잖아요. 당신이 모른다고 할까 봐 얼마나 가슴 졸였는지 몰라요."

"앞으로 파장이 어디까지 갈지 걱정이여."

"그냥 지나갈 것 같지는 않죠? 희망원에서 둘이나 끌려갔는데. 백해송 씨가 정말 간첩이 맞을까요?"

"아니 나한테 한 말은 사실일 거여. 그래도 불똥이 튈 건 뻔해."

평우가 말하지 않고 있던 불길한 예감을 털어놓았다.

"강희는 외무고시 봐서 일등 외교관이 되는 게 꿈인 아인데……."

"최수영 때와는 근본적으로 다른 문제가 발생할지 몰라. 아이들을 생각하면 가슴이 미어져."

"아니에요. 나는 지금 애들 걱정을 허고 있는 것이 아니라고요."

"알아. 나도 안다고……."

그는 채봉의 어깨를 끌어안으며 창밖으로 시선을 돌렸다. 함박눈이 소리 없이 내려앉고 있었다.

"하늘은 나한테 기회를 줄 만큼 줬어. 이제부터 풀어나가는 건 나의 몫이라고 귀띔해주시는 거여. 어떻게든 답을 찾아낼게."

"좋아요. 오늘 잡혀가지 않은 것도 그런 뜻이었을 거여요."

채봉이 언제 그랬느냐는 듯 밝은 표정을 지으며 분위기를 바꿨다.

"당신은 나를 너무 믿는 거 아녀? 금세 힘이 나 보이는데?"

"나 의외로 단순한 거 알잖아요. 우리 내일 아침 해가 뜰 때까지만이라도 잠시 머리를 쉬게 해요. 자고 일어나면 뭔가 좋은 방안이 반드시 떠오를 거여요."

"그래, 이제 들어가서 당신도 좀 쉬어. 차 끊어지겠어."

"아직 막차 시간이 남았어요. 조금만 더 있다 갈게요. 여보! 눈이 어쩜 저렇게 빛나죠? 눈송이 하나하나가 다 왕반딧불 같아요."

채봉은 평우의 어깨에 기대어 천천히 떨어지고 있는 하얀 눈송이들을 바라봤다. 초점 없는 눈동자에는 까마득히 먼 옛날이야기 같은 신혼 시절의 상수리나무집이 어른거렸다. 마을 지나 종탑 뒤 저 멀리 눈 덮인 칠곡산이 꿈속에서처럼 어둠 속에서 흔들렸다.

"예전엔 참 눈도 많이 왔었는데……."

새해가 시작되었지만

1966년 양력 설날, 험프리 미국 부통령이 한국을 방문했고 박정희 대통령은 신년 메시지를 통해 '더 일하는 해'를 공표했다. 평우에게 새로운 일이 벌어지지는 않았으나 채봉은 열흘이 지나도록 소식이 없는 순실을 걱정하느라 가슴 속에 큰 바위를 집어넣고 사는 것처럼 무거운 나날을 보내야만 했다. 새해를 맞이해 서울에 있는 기환과 기웅이 내려와 함께 시간을 보내는 동안에도 마음이 무겁긴 마찬가지였으나 불안감을 내색하지 않으려고 애를 썼다. 연휴가 지나자 기환이 먼저 올라가고 기웅은 하루를 더 묵기로 했다.

"어머니, 백 선생님이랑 원장님이 왜 안 계셔? 그만두셨어?"

기웅이 마당을 쓸다가 쓰레기가 쌓여 있는 담장 모퉁이를 보면서 물었다. 희망원 아이들의 분위기도 왠지 침체되어 보인다고도 했다. 송자를 씻겨주고 있던 채봉의 손이 물속에서 잠시 머물렀다.

"그만두신 건 아니고⋯⋯ 두 분에게 무슨 일이 좀 있어."

"무슨 일이?"

"별일 아니여."

가벼운 한숨을 끝으로 채봉의 손이 다시 움직였다. 김이 모락모락 나는 세숫대야에 손을 담그고 기분 좋게 앉아 있던 송자가 기웅을 향해 고개를 들고 손을 흔들며 알은체를 했다. 기웅이 빗자루를 세워 들고 채봉에게 재차 물으려다가 손을 흔드는 송자를 쳐다봤다.

"너 내가 어디 있는지 알아?"

"응, 오빠 얼굴도 보여. 그릴 수도 있어."

"뭐여? 그릴 수도 있다고?"

활짝 웃는 얼굴을 기웅 쪽으로 향하고 있던 송자는 채봉을 바라보면서 동의를 구했다.

"맞아, 눈이 안 보이면 마음으로 사물을 볼 수 있게 돼."

"진짜로? 그럼 송자 너 사이비잖아!"

기웅의 말을 들은 송자가 채봉의 손을 잡아 흔들며 킥킥댔다. 기웅이 비질을 끝내고 다시 말을 꺼냈다.

"원생도 많아졌는데 두 분이 안 계셔도 괜찮아? 이제 보니까 어머니가 그래서 바쁘구먼!"

"봉사 선생님이 한 분 더 오셨잖아."

"나도 봤어. 그런데 그분은 원생들을 별로 안 좋아하셔."

손을 앞으로 내뻗고 천천히 걸어가고 있는 송자의 뒷모습을 보면서 기웅이 말했다. 채봉도 정익수 선생이 그렇다는 것을 이미 알고 있다. 그가 정보부에서 보낸 사람일 수도 있다는 생각으로 조심하는 중이다.

"뭘 보니까?"

"척하면 삼천리여. 아까 영태가 눈에 미끄러져 넘어졌는데 새로 만든 교무실 창가에서 구경만 하고 있더라고. 그리고 표정을 보니까 전혀 애정이 안 보였어."

"백 선생님이나 원장님과 비교하니까 더 그래 보이는 거여."

"그럴지도 모르지. 두 분 얘기는 내가 알면 안 되는 일이여?"

"너 왜 그렇게 집요해? 말해줄 내용이면 어련히 말해줄까."

채봉이 갑자기 짜증을 내자 기웅은 더 묻진 않았으나 시무룩한 표정을 지었다. 그녀는 잠시 망설이다가 순실과 백해송에 관한 얘기를 조용히 들려줬다. 정익수에 대한 의심도 덧붙였다.

"형한테도 아직 말하지 않았다. 언제 불똥이 날아올지 걱정허느라 아무 일도 손에 잡히지가 않아. 너라도 시험에 딱 붙어서 내 속 좀 풀어줘라. 그럴 거지?"

기웅은 대꾸하지 않았다.

"왜? 자신이 없어?"

"어머니, 이게 시험하고 무슨 상관여? 언제까지나 이대로 가만히 앉아서 무슨 일이 생길 때마다 재수가 좋기만을 기다릴 거여?"

기웅이 소리를 지르지 않았을 뿐 거의 외치듯이 말하고 이를 악물었다. 채봉은 격한 감정이 섞인 기웅의 반응에 당황했다.

"그럼 네가 대통령이라도 만날래?"

채봉이 헛웃음을 지으며 농담으로 마무리하려 했다.

"이 나라가 아버지나 어머니한테 해주는 것은 도대체 뭐여? 평생 잡아 죽이려고 드는 거 말고."

기웅은 어깨를 들어 올리면서 큰 숨을 들이켰다.

"기웅아! 우리 잘 헤쳐 나가고 있잖아. 그리고 그 일은 아버지랑 같이 풀어나갈 테니까 우선 시험공부에 열중해. 응?"

채봉이 서둘러 대단치 않은 것처럼 말하면서 기웅을 살폈다. 그러나 기웅의 격한 표현을 들은 채봉의 얼굴에 자리 잡힌 주름은 지워지지 않았다.

"어머니, 도움도 안 되면서 불평만 해서 미안해. 그렇지만 평생을 이렇게 모든 걸 외면하고 있을 수는 없어. 일단 알았어, 어머니."

기웅은 어금니를 꽉 누르고 빗자루와 삽을 정리하면서 쫓기듯 생각에 잠겼다. 귀퉁이에 세워놓은 빗자루가 툭! 하고 쓰러졌으나 꼼짝도 하지 않았다. 빨래를 널다 말고 기웅의 심상찮은 표정을 바라보는 채봉의 가슴이 무겁게 내려앉았다.

"실례합니다."

대문 열리는 소리가 나더니 하얀 털모자와 짧은 치마에 무릎 밑까지 올라온 양말을 신고 코트 위에는 빨간 머플러를 걸친 아가씨가 멈칫거리며 들어왔다. 깜짝 놀라 쳐다보는 기웅을 발견하자 자주색 가죽 장갑을 낀 손을 번쩍 들어 흔들었다.

"기웅아! 여기가 맞는구나. 안녕하세요. 윤채봉 회장님이시지요?"

그녀는 양손을 모으고 정중하게 인사했다. 얼굴은 하얀 털모자보다 더 밝고 깨끗하다. 채봉은 인사를 받으면서 호기심 가득한 얼굴로 그녀를 바라봤다.

"누나가 여길 어떻게 왔어?"

"기웅이 친구의 누나예요. 기웅이 누나도 되고요. 정혜령입니다."

혜령이 대답 대신 채봉을 향해 다시 고개를 숙이며 인사했다. 채봉도 반가워하며 흘러내리는 머리칼을 가다듬었다.

"기환이가 공부 가르치는 학생의 누나?"

"네. 할아버지 심부름으로 대전에 왔다가, 온 김에 기웅이 확인 나왔습니다. 제가 우리 이석이도 그렇지만 기웅이를 많이 돌보는 편이거든요."

혜령이 환하게 웃으며 말했다. 채봉은 한결 밝아진 얼굴로 혜령과 기웅을 번갈아 쳐다봤다.

"누가 들으면 내가 좀 모자라는 줄 알겠어, 누나."

기웅이 겸연쩍은 얼굴로 채봉을 바라봤다. 조금 전의 독기 어린 눈은 찾아볼 수가 없다.

"네가 기환 오빠보다 하루 더 늦게 온다고는 했지만 어떻게 아니? 어디 딴짓하고 돌아다니다 올지. 그래도 집에 있긴 하네."

"에미라 그런지…… 우리 기웅이가 거짓말은 안 하지 않나?"

채봉이 기웅을 다정한 눈으로 바라보면서 편을 들었다.

"쟤 뻥대장이에요. 능청도 잘 떨고……."

혜령이 손가락으로 기웅을 가리키며 말하고는 희망원 마당을 둘러보았다. 언제 나왔는지 교실 청소를 하고 있던 강희가 뛰어나와 혜령을 빤히 바라보고 있었다.

"그래요? 아무튼 반가워요. 안으로 들어가요."

"고맙습니다. ……기웅아, 이거 아이들 줘. 초콜릿이야. 이 누나께서 직접 산 거야."

혜령이 책가방만 한 초콜릿 상자 두 개를 기웅에게 건넸다. 멀리 교무실 안에서 그들을 지켜보고 있던 정익수가 기웅과 눈이 마주치자 재빨리 시선을 바꿨다.

"이게 다 초콜릿이란 말이야? 일 년도 더 먹겠다."

"저 뺑 좀 보세요. 무슨 일 년이니? 며칠이면 없어질 텐데."

"너 지금 누나 선물 많다고 자랑하는 거지? 그런데 정말 많이도 샀네."

채봉은 기웅의 누그러진 표정을 보고 안심하며 얘기를 거들었다.

"안녕하세요? 저 언니 알아요."

조금 떨어진 곳에서 지켜보고 있던 강희가 다가와 끼어들었다.

"날 어떻게 아니? 너 남강희구나."

"네, 언니도 제 이름을 아네요?"

"그럼 알지. 너 공부벌레라면서? 그런데 기웅이가 내 얘길 했다는 거니? 뭐라고?"

"대학 들어가면 아마 언니하고 사귈라고 덤빌걸요?"

"어딜 감히 누나한테…… 그래도 너희 오빠 귀엽긴 해."

혜령의 거리낌 없는 대답에 모두 그녀를 빤히 바라보며 웃었다.

"기웅아, 강희랑 네가 손님 모셔라. 나는 하던 일 마치고 이따가 들여다볼 테니까."

채봉이 다시 펌프로 가서 커다란 주전자에 물을 퍼 담으며 말했다.

"어머니, 내가 과일 깎아서 가지고 들어갈게."

주방 일을 돕고 있던 승희가 마당으로 나오면서 말했다. 넷은 왁자지껄 얘기하면서 별채 방으로 들어갔다.

"누나, 여긴 어떻게 찾았어? 외진 곳인데?"

"기사 아저씨한테 미리 얘기해놨었지. 내가 너처럼 답답한 줄 아니?"

"기사 아저씨? 조 반장님 말고?"

"너는 조 반장이라면 사족을 못 쓰더라. 나는 별론데……."

"우리 집은 포근하지만 움막이나 비슷해."

"애! 너 이 누나의 기준이 그럴 거라고 생각하면 오해다. 나 가난도 알고 알건 다 알아. 그리고 너흰 없어서 이렇게 사는 것이 아니잖니? 부모님이 훌륭하신 분이셔서 그렇지."

"그건 그래, 언니!"

강희는 혜령을 바로 언니라 불렀다. 까칠한 강희가 그러기는 드문 경우였다. 네 사람은 한동안 깔깔대며 웃기도 하고 다 함께 기웅의 흉을 보기도 하면서 즐거운 시간을 보냈다. 잠시 후 별채로 넘어온 채봉도 함께 우스갯소리를 들으며 어울렸다.

"기웅이 네가 이렇게 미인들 속에 파묻혀 살아서 진짜 미인을 못 알아보는 거구나."

혜령이 입을 내밀어가며 말했다.

"무슨 소리야, 누나. 승희 누나랑 강희가 진짜 줄 알잖아."

기웅의 말에 다시 한번 웃음이 터져 나왔다. 오후 늦게 기웅이 일정을 바꿔 혜령과 함께 서울로 떠났다. 채봉은 혜령의 등장을 다행이라고 생각했다. 그들이 떠난 후 강희가 신이 나서 말했다.

"어머니, 혜령 언니가 작은오빠 진짜 좋아해."

"동생 친구고 한집에 사니까 식구처럼 대하는 거겠지."

"아니야. 오빠 좋아하는 게 틀림없어. 작은오빠랑 혜령 언니랑 둘이 사귀어도 괜찮아?"

강희가 채봉을 바라보며 진지하게 물었다.

"누난데 그럴 리가 있어?"

채봉은 아무런 신경을 쓰지 않는 듯했다. 승희가 끼어들었다.

"네 말은 다 추측이잖아. 내가 보기엔 그냥 귀여워하는 정도던데 뭘. 그리고 친구 누나랑 어떻게 사귀냐?"

"뭐 어때? 언니도 봤잖아. 좋아하지 않으면 여기는 뭐 하러 오냐? 자연스럽게 어머니라고 그러고……. 대학에 들어간 다음에는 나이 차이가 좀 나도 사귈 수 있지."

강희는 흥분을 감추지 못하며 얘기에 열을 올렸다. 승희가 쪼그만 게 뭘 안다고 그러냐고 핀잔을 줘도 여전했다.

"나 혜령 언니랑 친하게 지낼 거야. 아까 언니도 그러자고 했어."

"외교관 한다면서 재벌 집 딸하고는 무슨 상관인데?"

"국제무대에 서는 데 다 필요할 수 있어. 성격도 매력 있고."

둘이서 티격태격하는데도 채봉은 말없이 앉아만 있었다.

"어머니, 그렇지?"

딴생각에 빠져 있던 채봉이 그제야 고개를 돌려 바라봤다.

며칠 후 윤채봉과 허운악에게 각각 '참고인 출석 요구'라는 검찰의 소환장이 등기로 배달되었고 후원회와 변호사 사무실에 수사관들이 들이닥쳐 회계장부 일체를 압수해갔다. 채봉은 참고인이라는 표현에 다소 위안이 되었으나 걷잡을 수 없는 불안감에 떨었다.

"회계와 관련해서는 구릴 게 없고 사건이 중정에서 법원으로 넘어가 다행이야. 지금의 검찰은 옛날처럼 마구잡이는 아니거든."

평우는 일단 채봉을 안심시켰다.

"이럴 때 사무장님이 계시면 좋을 텐데……. 이 장현준 검사라는 사람에 대해서는 전혀 모르세요?"

"하사관 생활 하다가 늦은 나이에 고시 패스한 삼십 대 공안검산데 의욕은 있지만 일에는 아직 미숙한 편이라는구만."

"공안검사가 뭐예요?"

"간첩이나 사상 관련 사범을 담당하는 검사여."

평우의 표정이 시종 밝지 못했다.

"우리 따로따로 가는 편이 유리하지 않을까요?"

"그게 좋을 것 같아. 당신 판단은 역시 따를 사람이 없어."

자신을 바라보고 있는 채봉을 의식한 평우가 가볍게 농담을 했다.

"이런 판국에 무슨 칭찬이에요? 그럼 당신이 나중에 가요. 내가 조금이라도 알아본 다음에요."

잠깐의 웃음에도 두 사람의 기분은 한결 나아졌다.

"그리고 사전에 입을 맞춰야 할 중요한 내용이 있어. 우리가 처음 알게 된 날짜, 상황 등을 충분히 숙지하고 있어야 해."

"어떻게 정하죠? 원장님은 또 어떻게 말씀하셨을지 모르고."

"원장님은 틀림없이 당신과는 학교 선후배로서 오래전부터 알고 지내온 사이인 점을 사실대로 말씀하셨을 거여. 그리고 나에 관해 불리할 수 있는 표현은 절대 안 하셨을 테고⋯⋯."

평우는 그밖에 이미 생각해본 듯한 내용에 관해 얘기를 시작했다. 그러면서 합의 형태로 여러 가지 사항을 꼼꼼히 정리했다. 둘이 만나게 된 건 평우가 변호사 사무실을 개업하면서 보험회사에 인사차 갔다가 채봉을 알게 되었고 청산고아원의 같은 후원자로서 가까워진 것으로 했다. 그 이후는 사실대로 희망원 관계를 말하기로 했다. 채봉은 의자를 끌어당겨 모든 내용을 다시 확인하면서 꼼꼼히 메모했다. 순실과의 관계는 그녀가 대답했을 내용을 추측해 정했다. 평우는 추가로 허운악의 출생부터 거주지, 성장 과정, 전공, 경력 등에 관해서도 만반의 준비를 하면서 채봉을 안심시켰다.

"허운악에 관한 한 내가 검사보다 더 많이 알고 있지 않겠어?"

"내가 물어볼게요. 변호사님의 전공은 뭐였습니까?"

"영문학인데 그 점에는 별다른 문제가 없을 거여. 와세다대학 교수 몇 사람도 둘러댈 만큼은 알고 있고 철우 형님도 거기 나오셨잖아. 대학 강사 경력도 충분히 대답할 수 있어."

두 사람은 정황에 맞는 구체적인 날짜를 다시 정하고 반복해서 숙지하고 연습한 다음 검찰에 출두 일자를 조정해주도록 요청했다. 순실과 백해송은 여전히 돌아오지 않았다. 출두 일자를 이틀 앞두고서 경찰관이 찾아와 출두 여부를 재확인했다.

* * *

기웅이가 시험 전에 머리 좀 식히고 오겠다고 하자 기환은 물론 이석이까지 눈을 휘둥그레 떴다.

"너 지금 그걸 말이라고 하냐?"

"오늘 하루만이야, 형!"

"도대체 어딜 가는데?"

"오목대 가서 소원 빌고 올 거야."

"전주에 간다는 거냐? 오늘 안으로 오는 거다."

한번 고집하면 절대로 꺾이지 않는 기웅의 성격을 잘 알고 있는 기환이 하는 수 없이 한발 물러섰다.

전주에 내려온 기웅은 중학교 동창인 김상식의 집을 찾았다. 상식과는 공사장 사건 후 둘도 없는 친구 사이가 되었었다. 그러나 그 후 학교가 바뀌는 바람에 몇 차례 편지를 주고받았을 뿐 실제로 만난 적은 없었다. 계단에 성큼 올라서서 망설임 없이 초인종을 누른 기웅의 얼굴이 비장했다.

"누구세요?"

귀에 익은 목소리다.

"상식이 친구 남기웅이라고 합니다."

말이 끝나기가 무섭게 인터폰을 팽개치고 신발을 끌면서 달려 나오는 소리가 들리는가 싶더니 상식이 문을 열고 기웅이를 위아래로 훑어본 후 덥석 끌어안았다.

"잘 있었냐? 짜식 많이 컸네!"

"너 지금이 어느 땐데 여기까지 왔어? 대학 포기했냐?"

상식이 어깨동무를 하면서 기웅을 향해 고개를 돌려 물었다.

"대학을 왜 포기해, 인마. 너한테 부탁할 일이 있어서 왔다."

"부탁? 무슨 부탁? 내가 할 수 있는 일이여?"

"물론이지."

"휴 다행이다. 공사장 가자는 것만 아니면 뭐든 들어주지. 들어가자. 아니면 어디 얘기허기 좋은 곳으로 갈까?"

둘은 경기전으로 갔다. 겨울이라 눈에 띄는 사람도 없고 조용했다. 손바닥으로 낙엽을 쓸고 벤치 위에 나란히 앉았다.

"경기전 참 오랜만이다. 포근한 느낌도 들고."

"그래, 인마. 너 전학 가고 한 번도 안 왔었냐? 설마 왔다가 이 형님도 안 보고 간 건 아닐 거고. 그나저나 뭔 일이냐?"

상식이 기웅의 손을 잡아 자신의 점퍼 주머니에 넣으면서 물었다.

"너, 재심이라는 거 알지?"

"재심? 밑도 끝도 없이 갑자기 뭔 재심여?"

"우리 아버지의 명예를 찾아드리는 일이여."

"아버지 명예라고? ……급한 일이여? 돌아가신 건 옛날이잖여."

상식이 깜짝 놀라면서 맞잡은 손을 빼고 기웅의 눈이 보이도록 몸을 돌려 앉았다.

"옛날 일은 맞는데 지금은 그 일이 시험보다도 중요하게 느껴져. 대학이 인생의 모든 걸 해결해주는 건 아니잖아."

"그게 무슨 말여? 억울하게 돌아가신 걸 이제사 알기라도 혔어?"

"짜식, 머리 한번 죽여준다."

"그게 정말이란 말여? 그냥 해본 소린디……. 그런데 내가 어떻게 너희 아버지 명예를 찾아드려? 법적인 문제라도 되냐?"

"너 정말 내 속에라도 들어갔다 나왔어? 척척박사네."

"우리 아버지의 도움이 필요한 거구나. 어떤 내용이냐?"

"아까 말했잖아. 재심이라고. 너도 금방 이해할 수 있어."

"그래 얘기해줘. 하루가 걸려도 괜찮어."

둘의 시선이 다시 정면으로 향했다. 낙엽 틈새마다 얼음이 되어 박혀 있는 희멀건 눈이 햇볕에 반짝거렸다. 주변에는 지나가거나 서성이는 사람 하나도 없었다. 상식은 기웅의 얘기가 다 끝날 때까지 꼼짝도 하지 않고 조용히 귀를 기울이다가 흥분을 감추지 못하며 말했다.

"기웅아! 너만큼은 아니겠지만 나도 분해서 못 견디겠다."

옆으로 보이는 상식의 눈이 어렴풋하게 젖어 있었다.

"그렇게 생각해줘서 고맙다, 상식아."

"이건 어느 개인의 범죄가 아녀. 너희 할아버지께서 그렇게 말씀하신 건 후손들의 심정을 편하게 하기 위한 고육지책이셔. 그리고 연좌제라는 만능 법을 만들어서 가족까지 엮는 것은 정말 말이 안 되는 짓거리여."

"나도 그렇게 생각하고 있어."

"법원의 과오여. 아니 그 이상이여. 우리 아버지가 이 일에 나선다고 혀도 그건 법관의 책임이지 너를 돕는 게 아녀. 내가 다 말씀드리고 재심에서 철저하게 파헤치도록 헐게."

상식이 깍지 낀 손을 목 뒤로 돌려 자신의 뒤통수를 움켜쥐고 단호하게 말했다.

"고맙다. 네가 이렇게까지 적극적으로 나올 줄은 몰랐다."

"짜아식, 고맙긴. 우리 아버지가 계신 전주법원이 원심 법원이잖여. 틀림없이 그렇게 하실 거여."

"그래서 널 찾아온 거잖여."

기웅은 잠깐 목이 메었다.

"공부는 안 허고 재심만 궁리혔냐? 알았어, 내가 책임질게."

"책임까지는 안 져도 돼. 최선만 다해줘."

"너 왜 폼 잡고 그려? 너답지 않게. 안 되면 죽을 줄 알아, 그려야지 인마."

상식이 장난을 걸어오자 기웅의 입가에 미소가 번졌다.

"그럼 지금 바로 가서 말씀드리자. 너희 아버지 들어오셨을까?"

"아직 안 들어오셨을 거여. 그리고 이따가 너는 내가 혼자 말씀드린 담에 뵈는 게 어쩌겄냐."

"그게 좋겄다. 아버님 입장이 또 어떠실지 모르니까……."

"아니, 우리 아버지 입장 걱정은 안 해도 돼. 세상 누구보다도 정의로운 김준우 판사, 그게 아버지에 대한 나의 신념이여. 그래서 나도 아버지 닮은 법관이 될라고 허잖냐.”

상식이 기웅을 바라보며 찡긋했다.

“아버지 자랑은…….”

기웅은 쭉 뻗은 나무 틈새로 하늘을 봤다.

“너는 아무 걱정 말고 내 방에서 기다리고 있어. 약속이라도 받아야 너도 올라가서 공부를 헐 거 아녀?”

“좋아. 그렇게 헐게.”

“진미당 단팥죽 먹고 가자. 아버지는 더 있어야 오시거든.”

둘은 다시 어깨동무하고 빵집에 들렀다가 상식의 집으로 향했다. 김준우 판사는 집에 와 있었다. 둘은 살금살금 서재를 지나 이층 상식의 방으로 들어갔다.

“꼼짝 말고 있어. 말씀드리고 올 테니까. 책 아무거나 꺼내 봐도 돼. 잘 찾아보면 야한 책도 있어.”

상식이 손을 흔들면서 아래층으로 내려갔다. 기웅은 가슴이 두근거렸다. 책상 위에는 『홍성대 수학』이 펼쳐져 있고 벽에는 ‘필승! 고려대학교 법대!’라고 적힌 상식의 글씨가 붙어 있었다. 상식은 삼십 분이 지나도록 올라오지 않았다. 기웅은 몇 번을 망설이다가 아래층으로 조심조심 내려갔다.

“그 정도 얘기면 무슨 내용인지 알겠다. 하지만 너 말이다. 아니 땐 굴뚝에 연기 나랴, 라는 우리나라 속담 알지?”

눈을 감은 채 듣고 있던 김준우 판사가 상식의 말을 끊었다.

“그건 주먹구구식 말이잖아요. 법관이 어떻게 그런 말씀을 허실 수가 있어요?”

상식은 아버지가 보여주는 뜻밖의 반응에 당황했다.

"백로는 까마귀하고 놀지 않아!"

김준우 판사는 눈을 돌려 창문을 바라보며 재차 단호하게 말했다.

"아버지 말씀은 까마귀니까 까마귀하고 놀았다는 말씀이잖아요. 그건 너무 아전인수 격이어요. 그리고 까마귀 노는 곳에 백로야 가지 마라는 정몽주 어머니가 아들을 백로로 표현한 말이잖아요."

"그래서 어쨌다는 거냐?"

"기웅이 아버지도 까마귀가 아니라 백로였다고요. 이건 완전 덤탱이고 날벼락이란 말여요. 너무나 억울헌 일이라고요!"

말을 마친 상식이 원망스러운 눈으로 자신을 응시하자 김준우 판사는 긴 한숨 소리를 낸 다음 담담하게 말했다.

"가서 얘기해줘라. 알아는 보겠다더라고……."

"나는 친구한테 거짓말 못 혀요. 그냥 하시는 말씀이잖아요."

"너, 정말!"

폭발하듯 언성을 높인 김 판사는 잠시 머뭇거리다 말을 이었다.

"나는 처음부터 기웅인가 뭔가 하는 네 친구가 맘에 들지 않았다. 예전에 봤을 때 어쩐지 애가 음산한 데가 있다 싶었더니 그래서 그런 모양이구나. 내 예감은 틀리지 않아!"

"음산하다고요? 내 착한 친구 기웅이가요?"

상식이 악을 썼다. 치켜뜬 두 눈이 금세 시뻘게졌다.

"어딘지 밝지 못해 보였다는 얘기다. 일시적일 수도 있지만."

"아버지! 법관인 아버지가 어떻게 예감으로 사람을 판단해요? 제가 아버지를 얼마나 존경하는데요. 제가 정말 아버지의 이런 모습을 닮으면 좋으시겠어요?"

상식이 거의 이성을 잃은 듯 소리 지르자 김 판사가 주춤했다.

"인상 얘기는 좀 경솔하게 표현한 것 같다. 하지만……."

"저 대학이고 뭐고 포기하겠어요. 법대는 두말할 필요도 없고요."

상식은 거의 미쳐가는 듯 소리 질렀다. 그러고는 벌떡 일어나 문을 열고 뛰쳐나오다가 깜짝 놀랐다. 바로 문 앞에 기웅이가 고개를 숙인 채 서 있었다. 김 판사가 열린 문으로 기웅을 보고는 조용히 소파로 돌아가 앉아 눈을 감았다.

"기웅아! 너 여기 있었어?"

눈물범벅이 된 상식이 당혹스러워하며 기웅의 팔을 잡고 이층으로 올라가려고 했다. 기웅이 상식의 손을 잡으면서 나지막한 음성으로 말했다.

"나도 모르게 엿듣게 되었어. 미안해, 상식아. 그리고 고마워."

대문을 뛰쳐나온 기웅은 무작정 달렸다. 매서운 겨울바람이 젖은 얼굴을 스치며 지나갔다. 남문 뒤 전동성당의 성모마리아상이 기웅의 눈을 외면했다. 경기전 담장을 끼고 한참을 달리던 기웅이 우뚝 멈췄다. 바로 눈앞 철조망 위에 어머니의 지친 모습이 어른거렸다. 기웅은 철조망을 걸치고 서 있는 시멘트 말뚝에 이마를 푹 찍었다. 핏방울이 몽글몽글 고였다.

"우리 아버지는 너무나 억울해."

바람이 불 때마다 아삭거리며 밀려다니는 경기전 뜰의 낙엽 소리가 기웅의 귓속을 가득 메웠다. 휘어진 장승처럼 서서 한참을 흐느끼고 있는데 어디선지 기웅을 부르는 어머니의 목소리가 들렸다. 기웅은 재빨리 눈물을 훔쳤다. 상식이 달려오고 있었다.

"너 여기 있었구나. 가버린 줄 알고 깜짝 놀랐다."

얼룩진 얼굴의 상식이 기웅을 와락 끌어안았다.

"왜 왔어? 너나 너희 아버지가 책임질 일은 아녀. 내 문제지."

상식은 팔을 풀고 양손으로 기웅의 어깨를 꽉 움켜쥐었다.

"너 이마가 왜 그려? 짜아식, 성질머리 하고는. 나 니 마음 알어."

"알면 됐지 뭐."

"너 내 말을 믿어야 혀. 우리 아버지는 안 되는 건 안 된다고 허시고 약속을 허면 반드시 지켜. 그런데 아버지가 알아보기 시작허신댔어. 바로 말이여. 나 이 말 해줄라고 달려왔다. 좋은 소식인데 왜 눈물이 나냐."

단숨에 말을 마친 상식이 기웅의 양어깨를 흔들며 눈물을 짜냈다.

"정말여?"

"응. 너희 아버지 이름이랑 당하신 날짜를 물어보셔서 니가 말헌대로 말씀드렸어. 바로 착수해도 시간이 얼마나 걸릴지 모르니까 시험공부나 열심히 하고 있으라 허셨고. 그리고 또 서류는 진정서 형식으로 제출해도 된다고 허셨어."

상식이 어깨를 으쓱으쓱해가며 말을 마쳤다. 기웅은 말없이 듣고 있다가 안주머니에서 사진 한 장이 들어 있는 봉투를 꺼내 건넸다.

"그럼 이것도 전해드려. 진정서도 함께 넣었어. 재심은 새로운 증거가 없으면 접수도 안 되는 거래."

"짜아식, 아예 준비까지 해가지고 왔구나. 이건 너의 아버지가 신문사에서 상 타시는 사진이잖여. 야아, 누가 보면 남기웅이가 상 타는 줄 알겠다. 뒤로 툭 튀어나온 옆머리가 너랑 완전히 똑같어."

"그래서 부전자전 아니겠냐. 아까 보니까 너도 딱이던데?"

소환

"윤채봉 씨 왔습니다."

수사관 임 계장이 장현준 검사를 향해 말했다.

"아, 윤채봉 여사님! 앉으세요."

채봉은 '여사'라는 소리에 고개를 갸우뚱하고 그를 바라봤다. 젊은 얼굴인데 머리가 약간 벗겨져 얼핏 사십 대로 보였으며 깔끔한 복장에 눈동자가 해맑아 가만히 있어도 뭔가를 골똘히 생각하고 있는 느낌을 줬다. 그는 탁자 위에 서류를 올려놓고 살피다가 채봉과 눈이 마주치자 가볍게 웃었다. 채봉이 조금 전까지 상상했던 것과는 사뭇 다른 분위기가 그녀를 기다리고 있었다.

"회사에서 바로 오셨습니까? 차 한잔 드시겠어요?"

"엽차 한잔 마시겠습니다."

여사라는 호칭도 그렇고 검사의 표정이나 태도가 뜻밖이어서 채봉은 다소 어리둥절하기까지 했다. 현준은 일어서는 임 계장을 제지하고 뽀얀 김이 모락모락 피어오르는 난로 위 주전자에서 엽차 두 잔을 따라 들고 와 탁자 위에 놓았다. 긴장했던 마음이 잔에서 올라오는 김을 따라 다소나마 녹아드는 듯했다.

"오늘은 강연을 못 하셨겠습니다."

"보험 강연을 말씀하시는 건가요?"

뜻밖의 질문에 자신도 모르게 웃음이 새어 나온 채봉이 미소 지으며 그를 바라봤다. 현준은 대답 대신 자신의 말을 이어갔다.

"오 년 전인가? 그때 저도 전역을 예상하고 하나 들었습니다. 말씀을 잘한다기보다 장병들을 위해서 진심으로 해주는 말이라고 느껴졌습니다. 차 드시지요."

그는 채봉에게 엽차를 권하고 자신도 마시면서 한참이나 침묵을 지켰다.

"그때, '어렵고 힘들다가도 제가 하는 이 일을 통해 우리 민족 누군가에게 도움을 주고 있다는 생각을 하면 힘이 나고 보람을 느낍니다.' 이렇게 말씀하셨는데, 지금도 그대로이십니까?"

"같은 사람이 같은 일을 하니까 마찬가지겠지요."

"감동적이었습니다. 그 순간에 저도 결정을 했었으니까요. 하사관 시절이었는데……."

"검사님이 되셔서 축하드립니다."

채봉은 적절한 맞장구가 떠오르지 않아 축하로 응대했지만 바로 부자연스러운 느낌이 들었다.

"축하는 윤채봉 씨가 참고인 신분으로 신문이 끝났을 때 받는 것으로 합시다."

현준은 무슨 의미인지 종잡을 수 없는 웃음을 지어 보인 다음 표정을 정리하면서 서류를 펼쳤다.

"제가 지금 참고인으로 이 자리에 앉아 있는 것이 아닌가요?"

채봉이 의아한 표정을 지으며 긴장된 마음을 숨겼다.

"참고인이 맞습니다. 바뀌지 않기를 바라고 한 말입니다. 신문을 하다 보면 간혹 바뀌기도 하거든요."

"피의자 신분이 될 수도 있다는 말씀이신가요?"

그는 대답하지 않고 들고 온 서류를 한참 들여다보다가 자신의 책상으로 자리를 옮기면서 채봉에게도 손짓으로 앞자리에 앉도록 했다.

"어제 전주지방법원에서 확인해온 윤채봉 씨 경력을 받았습니다. 특수부에서 수사를 받으셨더군요. ……여맹위원장 시절이 있었던 것을 알고 솔직히 말해 놀랍기도 하고 실망했습니다."

현준은 말을 멈추고 채봉의 반응을 살폈다. 채봉이 무표정하게 있자 꽉 다문 입술에 힘을 주었다 빼면서 하던 말을 계속했다.

"처음 봤던 인상이 너무 좋았었는데……. 정말 친정아버지와 오빠들을 살리기 위해서 마지못해 수락하셨습니까?"

"그렇습니다."

"남편의 후광을 입은 데다가 학력과 능력까지 갖춘 분이 고작 친정 식구들을 살리기 위해서 여맹위원장을 수락하셨다 그건가요? 설득력 있는 설명을 한번 해보세요."

"여기에서도 예, 아니오 중에서 선택해야 하나요?"

현준은 몸을 뒤로 젖히면서 여유 있는 표정을 지었다. 입가에는 가는 미소까지 번져 있었다.

"아닙니다. 하고 싶은 말씀을 하시면서 저를 이해시키면 됩니다."

"남편의 후광이라는 표현도 납득하기 어렵고, 부모님의 목숨을 고작이라고 표현하시는군요."

"후광이라는 표현은 듣기 거북하실지 몰라도 납득할 수 없는 말은 아니었을 것으로 믿고 더 설명하지 않겠습니다. 그리고 당시에 부모님을 살리는 건 그걸 수락하지 않아도 충분한 여건 아니었느냐는 뜻이었는데 그 부분은 오해할 만합니다. 미안합니다."

현준이 즉석에서 사과한 후 고개까지 까딱했다.

"아까의 질문에는 그래도 답변해야 합니까?"

"그 부분은 그대롭니다."

"여맹위원장을 수락한 또 다른 목적이 있지 않았냐는 말씀이죠?"

"그렇습니다."

채봉은 굳은 얼굴을 한 채 한동안 아무 대답도 하지 않고 있었다. 임 계장이 고개를 돌려 바라봤다. 현준은 조용히 대답을 기다렸다.

"없었습니다. 그리고 그 사건은 수사가 끝난 일 아닌가요?"

"언짢아하실 것 없습니다. 윤채봉 씨가 유사한 사건에 연루되다 보니까 확인 겸 되묻는 겁니다."

"천 번을 물어도 다른 목적은 없었습니다."

"좋습니다. 말씀대로 그 사건은 이미 끝난 상황이니까 그대로 접수하지요. 언짢아하시기 전에 원인 제공을 한 자신이 수사관에게 어떻게 보이겠는가를 잊으시면 안 됩니다."

현준도 이맛살을 찌푸렸다.

"그리고 희망원의 이순실 원장 얘긴데 말입니다. 남편이 김일성의 고위급 참모였던 사실을 알고 있었습니까?"

"뒤늦게 알았어요. 전주에 사실 때 친구분들과 얘기하시는 걸 듣고요. 결혼한 연도나 남편이 사망한 연도는 지금도 잘 모릅니다. 정부 수립 전에 월남하신 건 압니다."

"하필 그 사람을 고아원 원장으로 채용한 이유가 뭡니까?"

"채용이 아니라 제 쪽에서 부탁을 드린 겁니다. 진심으로 존경하는 분이고 무보수 봉사니까요. 제안을 받자마자 즉석에서 수락하셨습니다. 전 재산을 거의 다 내놓으시면서요."

"······계속하시죠."

현준은 눈만 깜빡일 뿐 손가락 한번 까딱하지 않고 경청했다.

"어떤 혐의인지 모르지만 제가 아는 한 그분은 오로지 불쌍한 아이들을 위해서 어머니 역할을 해주고 싶은 것 말고는 아무런 생각도 목적도 없는 사람입니다."

"수사는 감정이 아닌 법리와 증거로 합니다. 판단은 제 몫이고요. 백해송이 어떤 사람인가는 언제 알았습니까?"

말과는 달리 상당히 부드러워진 표정으로 바뀐 그가 백해송에 관한 얘기를 꺼냈다.

"어떤 사람인 거라는 말씀이 무슨 뜻인가요?"

"서울에서 수사를 피하고자 도망 온 사람이라는 사실 말입니다."

"원장님의 친척 동생이라는 사실은 희망원으로 오신 다음 날 바로 알았고, 과거에 해방촌에 살면서 이런저런 일이 있었다는 건 그분이 체포되던 날 알았습니다."

"입장을 바꿔서 한번 생각해보세요. 윤채봉 씨나 이순실이나 백해송이나 모두 하나같이 과거에 사상 문제가 있었던 분 아닙니까."

그가 의자에 등을 붙이고 반듯하게 고쳐 앉으면서 채봉을 바라봤다.

"문제가 있었다는 말씀의 의미를 잘 모르겠습니다. 전과를 말씀하시는 것 같지는 않은데요."

"아, 듣고 보니까 그렇군요. 세 사람 다 전과가 있는 건 아니니까. 하지만 수사하는 입장에서는 의심할 만한 구석이 있는 공통점으로 비칠 수도 있지요."

"세 사람 모두 억울한 사연이 있다고 볼 수도 있겠지요. 이쪽의 입장에서는요."

"알겠습니다. 진심을 말씀하신 것으로 받아들이겠습니다. 허운악 변호사님은 언제부터 아셨습니까?"

현준은 마음을 새로이 하는 듯 고개를 크게 끄덕인 다음 화제를 바꿨다. 채봉은 평우와 사전에 얘기했던 대로 개업 인사차 사무실에 찾아온 사실과 예전 청산고아원의 같은 후원자로서 알게 되었노라고 대답했다.

"회계장부를 보니까 그 양반은 벌어들이는 것보다 더 많은 돈을 내고 있던데 그 돈이 어디서 났습니까? 이상하지 않아요? 전 재산을 헌납했다던 이순실 씨도 간혹 돈을 냈더군요. 참 놀라운 일입니다."

현준이 캐비닛에서 압수한 장부를 꺼내 책상 위에 올려놓았다.

"이순실 씨는 원래 부유한 환경이셨기 때문에 남에게 빌려줬던 돈이나 약간의 재산이 있을 수 있는 분이고 허운악 변호사님은 수입이 부족할 때 제가 그분의 이름으로 기증하곤 했었습니다."

"그럼 나중에라도 돈을 되돌려 받습니까, 아니면 그냥 넘어갑니까?"

"빌려드린 게 아니니까 그냥 넘어갑니다."

"허운악 씨가 실제로 번 돈을 내놓긴 했어요? 돈은 별로 못 버시던데……. 그분은 돈에 관심이 없나 봐요."

웃는 표정으로 말했으나 반짝이는 눈빛은 차가웠다.

"열심히 일은 하시지만 돈을 벌려는 노력은 안 하시는 것 같습니다."

현준은 잠시 생각에 잠겼다. 끓고 있는 엽차의 김이 점점 더 세차게 꼭지를 빠져나오고 있었다. 그가 천천히 말을 다시 시작했다.

"허운악 씨를 이해하기 어렵더군요. 그런 삶을 살기로 작정한 사람이 아니면 누구도 흉내낼 수 없는 삶을 살아가는 게 말입니다."

"저도 처음에는 이해하기 힘들었습니다."

채봉의 말에 현준이 실소하듯 미소 지었다.

"그러기로 말하면 윤채봉 씨는 더한 분 아닙니까. 아이들이 넷씩이나 있는데도 소득 대부분을 내놓고 계시잖아요. 예금도 거의 없으시더군요."

"제 아이들에게도 도움이 된다고 생각하고 있습니다."

"무슨 도움이지요? 아름다운 마음을 갖게 하는 그런 거 말입니까?"

"남을 위한 큰 짐은 아무나 질 수 없는 법이니까요."

채봉은 평우의 말을 인용한 다음 입술을 지그시 눌렀다.

"결과적으로 큰 꿈을 갖도록 하는 산교육이 된다는 말씀이군요."

"개인적인 견해입니다."

이후 채봉의 성장 과정 등 기본적인 신상 정보를 물은 다음 현준이 밝게 미소 지으면서 서류를 덮었다. 고개를 연신 끄덕이며 채봉을 바라보고 있는 그의 얼굴이 다소 상기되어 보였다.

"좋습니다. 오늘 신문은 이것으로 마칩니다. 혹시 공판 전에 요청하면 한 번 더 나와 주실 수 있지요?"

"누구 공판 말씀이신가요?"

"누구긴 누굽니까. 이순실하고 백해송이지."

"그분들도 여기 와 계십니까?"

"내가 얘기하지 않았나요? 지금 기소되어 구속 수사 중입니다. 답답하긴 하겠지만 편안히 계시니까 걱정 안 하셔도 됩니다."

"고맙습니다."

"고마워할 일은 아니죠. 죄가 없다면 용서를 구해야 할 쪽은 접니다."

현준의 말을 들은 채봉이 잠깐 그를 바라보다 말했다.

"지금 그 말씀도 그렇고 검사님은 오늘 저에게 적지 않은 충격을 주셨습니다. 검사라는 직책에 대한 제 선입견요."

"변호사는 약자를 보호하고 검사는 무고한 사람 잡아넣으려고 눈에 불을 켜는, 뭐 그런 선입견요?"

"그랬던 것 같습니다."

"약자 등치는 변호사도 많고 피의자가 죄 없는 사람이기를 간절히 바라는 검사도 많아요, 윤 여사님."

현준이 하얀 이를 드러내면서 웃었다. 채봉은 밝은 얼굴로 목례하고 자리에서 일어나 출입문으로 향했다.

"아 참! 혹시 허운악 씨 출생지가 어딘지 아십니까?"

"마령인데요."

"진안군 마령요?"

"예."

채봉이 웃음을 지으며 대답하자 현준의 눈이 반짝거렸다.

"아니, 제가 방금 우리 시댁을 묻는 것으로 착각했어요. 변호사님의 고향은 아마 서울이실걸요?"

삽시간에 얼굴이 벌게진 채봉의 말은 조급했고 그녀를 쳐다보고 있는 현준의 표정은 일그러질 대로 일그러졌다.

"……부친과 함께 서울에 사셨다는 얘길 들은 적이 있습니다."

얼버무리고 있는 채봉에게서 시선을 바꾸지 않고 있는 현준의 표정은 얼음장처럼 차가웠다.

"착각…… 하셨다고요?"

그가 아주 느리게 되물었다. 음성은 차분했으나 긴장감이 배어 있고 시선은 주삿바늘처럼 채봉의 가슴속을 찔렀다.

"예, 잠시 딴생각을 했습니다."

채봉이 어색하게 웃음 지었다.

"어떤 딴생각을요?"

채봉은 대답하지 않았다. 아니 대답하지 못했다.

"어떤 딴생각이지요?"

"이순실 원장님 생각을 했던 것 같습니다. 너무 궁금하고 걱정되었었는데 정보부에서 이쪽으로 넘어와 다행이라는 생각요."

채봉의 음성은 자신이 들어도 부자연스러웠다.

"마지막 순간에 이순실을 생각했다고요? 그리고 그걸 왜 다행이라고 생각하지요? 정식으로 기소되었는데."

"정보부는 누구나 다 두려워하잖아요. 아까도 말씀드렸듯이 저는 원장님에게 죄가 있을 거라는 생각은 추호도 하지 않습니다."

"다시 말해 검찰은 없는 죄를 뒤집어씌우지는 않을 거라는 말인가요?"

"오늘 변호사님도 그렇게 말씀하시더군요."

채봉의 얼굴이 다시 확 달아올랐다. 그녀는 손을 꼭 쥐며 현준의 눈 아래쪽을 바라봤다.

"허운악 변호사요? 아까 회사에서 오는 길이라고 말씀하셨던 것 같은데, 아닌가요?"

현준은 이미 검사로 돌아가 있었다.

"오늘 일을 순서대로 다 말씀드릴 수는 없잖아요."

"좋습니다. 뭐 아침 일찍 만날 수도 있지요. 아무튼 이순실 씨 생각을 하느라고 정신이 팔려서 잘못 알아들었다는 말이죠?"

"그런 것 같습니다."

현준은 당황해하는 채봉을 굳은 얼굴로 바라보다가 약간 큰 소리로 물었다.

"허운악 씨와 윤채봉 씨는 도대체 무슨 관곕니까? 부부예요? 아니면 부부나 마찬가지인 관계입니까?"

임 계장이 흠칫하며 바라봤다.

"그게 무슨 말씀이세요? 착각했다고 말씀드렸잖아요."

"시댁과 허운악을 착각하는 것이 아니라…… 혹시 남평우와 허운악을 겹쳐서 말하고 있는 것이 아니고요?"

"너무 심한 말씀이시군요."

"결례했다면 죄송합니다. 하지만 아까 부모님과 관계된 질문을 할 때도 지금처럼 언짢아하셨지요?"

"무슨 뜻으로 그런 말씀을 하시는지 모르겠습니다."

"둘 다 진실이거나 아니면 둘 다 거짓일 수도 있지 않겠느냐는 말입니다."

"제가 먼저 실언했는데 하는 수 없지요. 하지만 다시 말씀드리겠는데 착각했습니다."

현준은 곤혹스러운 표정으로 채봉의 눈동자를 주시했다. 어색한 시간이 흘렀다. 임 계장은 일어선 채 두 사람을 번갈아 바라봤다.

"좋습니다. 오늘은 어차피 마치기로 했으니까 그렇게 하고, 다음에 다시 한번 소환하는 것으로 하지요. 다음 주 화요일 열 시 괜찮으시겠어요? 아 참! 그리고 그때까지는 대전을 벗어나시면 안 됩니다. 혹 강연 계획이 있으시면 일주일 정도만 뒤로 미뤄두십시오."

"왜 그래야 하지요?"

"이순실 원장님을 생각해서 그렇다고 여겨주세요."

검사의 태도가 조금 전과는 아주 판이했다.

채봉이 나간 후 장현준은 전주지검과 진안경찰서에 남평우와 관련된 수사 자료 협조를 요청했다. 그의 얼굴은 싸늘해졌고 손가락이 파르르 떨리고 있었다. 임 계장이 의아한 눈으로 현준을 바라봤다.

"케케묵은 옛날 사건을 뭐 하러 알아보느냐는 표정인데?"

"남평우는 오래전에 처형되지 않았습니까. 그것도 십수 년 전에."

"그야 잘 알지. 윤채봉과 허운악의 관계는 어떻게 생각해?"

"뻔한 얘기 아닐까요? 아까 윤채봉 씨 얼굴이 새빨개지는 걸 보세요."

"내연 관계다, 그 말이지?"

"그게 뭐 죄 될 건 아니지요."

"그렇다면 좋겠지만 이건 러브스토리가 아니라 죽은 사람이 살아 돌아다니는 괴담이 될 수도 있어. 다시 말하면 그 두 사람은 동일인일 수도 있다는 거야."

"누구와 누구…… 남평우와 허운악이요?"

"확인은 해봐야 하지 않아? 그 시절은 뭐 하나 딱 부러지는 게 없던 때였으니까."

"하긴 제가 봐도 윤채봉 씨가 좀 심하게 당황했던 건 사실입니다. 그렇게까지 당황할 일도 아닌데 싶었어요."

"순간적인 예감은 신이 준 선물이야. 우선 분석실에 가서 허운악 신분증 사진 확대해 와. 그리고 내일 허운악이 왔다 갈 때 수위실에서 사진 한 장 슬쩍 더 찍고."

시간이 지나면서 현준의 감정이 점점 더 구체화하는 듯했다.

"막상 이렇게 되고 보니까 윤채봉의 얼굴이 자꾸 떠오르는데요?"

"연거푸 우롱당하는 기분이야. 두고 봐야 알겠지만……."

"연거푸라고요?"

"처음 이 사건 받았을 때 뻔한 것으로 여겼다가 희망원도 그렇고 아까 윤채봉을 만나 보니 이건 뭔가 잘못된 건이라는 생각까지 들었는데, 마지막 순간에 이런 일이 나타나니 원!"

"내일 허운악 씨 오면 뇌관을 건드려봐야겠지요?"

"누구 하나 그들을 좋게 말하지 않는 사람이 없었거든. 내일 신문 끝나고 모레 진안에 좀 다녀와. 서울도 올라갈 계획 세우고……."

현준이 양손을 깍지 껴 뒤통수에 받치고 의자에 몸을 던졌다. 윤채봉의 '마령인데요' 하던 말이 귀를 쟁쟁 울렸다.

채봉은 다리가 후들거리고 현기증이 났다. 정문 옆 편백나무 가지 위에 노란 턱을 가진 겨울새 한 마리가 쩍쩍거리다가 훌쩍 날아올랐다. 나무 밑 벤치에라도 앉아 혼란스러운 머리도 정리하고 잠시 쉬고 싶었으나 누군가 내려다보고 있을지 모른다는 생각에 그대로 지나쳤다. 그 순간에 왜 마령이라는 말을, 그것도 서둘러서 하게 되었는지 도저히 이해할 수가 없었다.

'한 번도 아니고 연거푸 두 번씩이나, 아니 세 번인가?'

그녀는 법원을 나와 도청을 지났다. 자신이 걷고 있다는 느낌이 들지 않고 길이 지나가고 있는 것 같은 착각 속에 대전경찰서 쪽으로 꺾어져 막 길을 건넜을 때였다.

"회장님! 제가 여러 번 인사했는데 못 들으셨나 봐요."

자전거를 타고 가던 후원회 사무실 박 총무가 채봉의 앞에서 숨을 몰아쉬며 인사했다.

"그랬어요? 지금 어디 가는 길이에요?"

"할 일이 많은지 희망원에 빨리 와달라고 승희가 전화했어요."

"그래요? 그럼 어서 가 봐요."

"추워서 회장님 입이 어셨나 봐요. 발음이 이상해요."

박 총무와 어떻게 헤어졌는지 기억조차 없는 사이 멀리 전신주와 모퉁이 건물 틈새로 변호사 사무실의 불빛이 새어 나오는 게 보였다. 사무실에 들어가자 평우와 용화가 벌떡 일어났다. 채봉은 두 사람을 보자 미안하다며 울음을 터뜨렸다. 평우는 깜짝 놀라면서 문밖을 내다보고 돌아와 무슨 일인지를 물었다. 채봉의 말을 듣고 한동안 아무 말 없이 생각에 잠겨 있던 평우가 먼저 입을 열었다.

"너무 걱정하지 마. 검사는 우리가 얼마나 가까운 사이인가 그것이 궁금했지 더 이상의 비약은 하지 않을 거야."

"그래요, 회장님. 별일 없을 겁니다."

용화도 고개를 끄덕이며 말했다.

"오늘 잘 해낸 거야. 게다가 원장님 소식까지 알아오고."

"장 검사가 어떤 사람인지 속을 잘 모르겠어요. 어떻게 보면 인간적이고 또 다르게 보면 꼬리가 아홉 개 달린 여우 같기도 하고."

"당신한테 크게 결례하지 않은 점만으로도 악인은 아닌 것 같아. 일에도 성실한 사람 같고. 그 밖에 또 시달림 받은 건 없었어?"

"전혀요. 내가 실수한 거 말고 다른 건 아무 일도 없었어요."

허운악의 신원

"이거 선배님이신데 말입니다. 소환을 안 할 수도 없고……."

"아닙니다. 협조할 건 당연히 해야지요."

현준이 반가운 표정을 지으며 악수를 청했다.

"말씀은 많이 들었습니다. 협조해주셨다는 얘기도 들었고요."

"협조라고까지 말할 건 못 됩니다. 체포될 수밖에 없는 상황이었으니까요. 이순실 원장님도 함께 기소되었다고 들었습니다만."

"결정적인 혐의가 노출된 건 없지만 백해송과 친척 관계이면서 묵시적으로 서로 협조한 건 사실이고, 수사하다 보면 언제나 의외의 사건이 터지곤 해서 일단은 함께 기소했습니다."

"이해합니다. 단지……."

평우는 뭔가 말을 할 듯하다가 말았다.

"말씀하세요. 뭐든 괜찮습니다."

"솔직한 심정으로 그분이 제 청을 들어 희망원으로 오셨기 때문에 이런 일도 발생한 거 아닌가 하는 죄책감으로 가슴이 아픕니다."

"애초부터 범의가 전혀 없었다면 그 말씀이 분명 맞겠지요. 혐의를 정해놓고 몰아가는 건 아니니까 오해는 마십시오."

"원장님을 믿다 보니까 그런 생각이 들었을 뿐입니다."

두 사람의 얘기는 누가 들어도 친근한 선후배 사이의 대화처럼 자연스럽고 스스럼없어 보였다. 순실과 관련한 얘기를 마치고 현준이 책상 위에 손을 모으며 평우를 바라봤다.

"이순실 씨 얘기는 사실상 어제 이미 윤채봉 씨의 진술로 대충 종결이 되었습니다. 이제 주변인들의 정황만 파악하고 마무리하려고 하는데 격식 차리지 않고 궁금한 점을 중심으로 몇 가지 확인 겸 물어보겠습니다."

"당연한 말씀입니다."

"개인적 호기심인데 봉사 활동은 언제까지 하실 겁니까?"

"봉사라는 말을 들으니까 쑥스럽습니다. 하고 싶어 하는 일에 언제까지라고 정할 이유가 없지요."

현준은 갑자기 할 말을 잃었다.

"보람을 많이 느끼시는가 봅니다."

"그런 일을 저만 하는 것도 아니고 누군가 해야 할 일을 하고 있을 뿐입니다. 언제든 정부의 손길이 충분히 미치게 되면 저도 굳이 계속할 이유는 없겠지요."

"마음만 가지고 되는 게 아니라 적지 않은 희생이 따를 텐데요."

"희생하고 있다는 생각은 솔직히 전혀 하고 있지 않습니다."

평우는 현준과 눈을 마주한 채 웃음을 지으면서 말했다.

"그러시군요. 제 속물 사고방식으로만 생각하고 여쭤봤습니다."

두 사람은 함께 웃었다. 이후 백해송이 찾아온 날에 대한 상세한 이야기와 허운악의 기본적인 신상 신문을 마쳤다. 이번엔 평우가 물었다.

"백해송 씨 혐의가 뭔지 여쭤봐도 괜찮겠습니까?"

"불고지입니다."

평우는 최소한 간첩 혐의가 아닌 것만으로도 다행스러운 일이라 보이지 않게 안도의 숨을 쉬었다.

"이순실 씨는요?"

"불고지 공범인데 두 사람 다 아직 미확인된 내용이 일부 남아 있긴 합니다."

"그렇군요. 알겠습니다."

두 사람의 변호에 관한 얘기를 꺼낼까 하다 그만뒀다.

"저도 궁금한 것 몇 가지 추가로 여쭤보겠습니다. 아까 말씀하신 가야산으로 들어가시게 된 과정을 좀 더 구체적으로 말씀해주시지요."

평우는 운장산에서 살았던 내용만 빼고 서울에서 살다가 가야산에 들어가게 된 이야기를 더 이상의 질문이 필요 없을 만큼 상세하게 들려줬다.

"생각보다 시련이 많으셨군요. 그럼 그 당시 1947년부터 1951년까지 가야산에 계시면서 알았던 사람 아무나 하나 말씀해주실 수 있습니까?"

현준은 만약에 허운악이 남평우가 맞는다면 그 긴 시간을 산속에서 보냈을 리가 없다 생각하고 정곡을 찌르는 심정으로 물었다.

"화전민들도 다 떠나고 가야산에 우리 움막만 있었기 때문에⋯⋯. 글쎄요. 특별히 생각나는 사람은 없는데⋯⋯."

평우는 검사가 과거 함께 근무했던 동료나 이웃이나 그 밖에 정상적인 생활을 하는 동안 알았던 사람 등에 대한 질문을 지나치고 다음 단계를 묻는 것이 이상하다고 생각하면서도 우선은 다행으로 여겼다. 그는 사실 지난밤 내내 자신의 신원을 의심하고 있는 검사가 실체를 밝히는 건 시간문제라는 결론에 도달했었다.

"그때 살던 움막은 지금도 있지만 외따로 떨어져 있습니다. 제 병이 낫고 아버님도 돌아가신 후에는 서산에 내려와 살았기 때문에 거기 사람들이라면 저를 잘 알지요."

"그럼 가야산에 계셨던 것을 아는 사람은 아무도 없습니까?"

현준이 노골적으로 의심쩍은 표정을 지었다.

"아, 아버님이 인민군에게 당하신 직후 수색대가 지나가다가 저와 대화를 나눈 적이 있습니다. 한석봉 대위라고, 누구나 다 아는 이름이라 지금도 기억하고 있습니다."

"아버님이 당하셨다는 말씀은 살해당하셨다는 의민가요?"

평우는 일부러 가야산 사건에 초점을 맞춰 상세하게 설명했다. 현준은 눈을 감았다 뜨기를 반복하면서 귀를 기울였다.

"그렇게 되신 일이군요. 참으로 가슴 아픈 일입니다. 그런데 거기서 만났다는 그 군인이 전사라도 했다면 허 변호사님이 지금 말씀하신 내용을 어떻게 입증하지요?"

"글쎄요. 하지만 더는 생각나는 사람이 없으니 어쩌지요?"

"군인을 만났다는 그 얘긴 정확히 몇 년 몇 월의 일인가요?"

현준이 난처한 표정을 지으며 물었다. 평우는 정확한 날짜를 기억했으나 잠시 시간을 끌다가 입을 열었다.

"1950년…… 10월 초로 기억됩니다."

"무슨 대화를 나누셨는데요?"

"인민군 시신도 보고 이런저런 것들을 확인했었지요."

"시신을 확인했다고요? 매장했다면서요."

"예, 인민군 매장한 곳을 헤치고 확인했었습니다."

"그래요? 당시에 대위면…… 임 계장! 국방부에 1950년도 한석봉 대위 확인해봐!"

현준은 임 계장에게 지시한 다음 자세를 바꿔 양손을 겹쳐 잡고 다시 평우를 정면으로 바라봤다.

"아 참! 그리고 윤채봉 씨와는 한 달에 몇 번이나 만나십니까?"

"월요일마다 운영위원회가 있어서 못해도 일주일에 한 번 이상은 만납니다."

"두 분이 입을 맞추신 것처럼 똑같이 말씀하십니다."

현준이 웃음을 삼키듯이 말하면서도 계속 임 계장이 국방부를 거쳐 치안본부 쪽에 전화하는 내용에 귀를 기울였다. 여러 번 전화 통화를 한 끝에 임 계장이 다가와 확인 내용을 보고했다.

"계십니다. 1960년에 예편하셔서 현재 치안국 경무과장으로 근무 중입니다."

임 계장의 말을 들은 현준이 재빨리 평우의 표정을 살폈다.

"다행입니다. 지금 확인을 해주시면 좋을 텐데……."

그는 임 계장에게 전화 연결해달라고 말하고는 다시 평우를 보고 어깨를 으쓱해 보였다. 평우는 조용히 앉아만 있었다.

"연결됐습니다. 한석봉 경무관이십니다."

"여보세요! 대전지방검찰청 공안부의 장현준 검사입니다."

"수고가 많으십니다."

"수사상 필요한 내용인데 간단히 확인해주실 수 있을 것 같아 전화 드렸습니다."

"무슨 내용이지요?"

"혹시 1950년도에 서산 가야산에 수색 나가신 적 있으십니까? 10월이라는데요. 그때 화전민 한 사람 만난 기억이 나십니까?"

"기억납니다. 아버지가 적에게 당해서 울고 있었습니다. 그 사람 지금도 화전 일구며 삽니까?"

"현재는 변호삽니다."

"예, 내가 봐도 화전 일굴 사람은 아니더라고요. 그런데요?"

현준은 평우를 바라보며 고개를 끄덕거렸다. 평우도 눈을 마주하고 기쁜 내색을 했다.

"그때 인민군 시신도 확인하셨다면서요?"

"그냥 갈까 하다 혹시 몰라 파봤지요. 그 사람 신원도 확인했었고요. 이름은 기억이 안 나는데 성은 허 씨였어요."

"예, 맞습니다. 허운악입니다. ……확인 감사합니다."

통화를 마친 현준이 밝은 얼굴을 하고 평우를 바라봤다.

"말씀하신 대로 상세히 기억하고 있네요. 인상까지도요."

"그런데 어떻게 저보다 더 좋아하시는 것으로 보입니다."

"저도 피의자의 혐의가 벗어질 때는 기분이 좋아집니다."

"예? 뜻밖의 말씀을 들으니까 어리벙벙합니다."

"검찰총장 하기 힘들겠지요? 오늘 협조해주셔서 감사합니다. 돌아가셔도 됩니다."

"수고하셨습니다. 필요하시면 언제라도 연락 주십시오."

현준이 출입문 밖까지 평우를 배웅하고 들어오자 임 계장이 웃음 지으며 의문이 해소되었냐고 물었다.

"한석봉 경무관하고 통화한 내용 자체는 의심할 여지가 없지. 나도 물론 기분이 좋고."

"전주지검에 협조 부탁한 건과 진안경찰서 출장은 취소할까요?"

현준은 일이 끝나 후련하다는 표정을 지으면서도 수사 원칙상 그렇게 기분으로 끝낼 수는 없지 않냐며 지시한 내용은 그대로 처리하라고 했다. 그러다가 퍼뜩 앉은 자세를 바로 하고 말했다.

"그런데도 묘한 느낌도 하나 남아 있긴 해."

"의구심이 풀려 기분이 좋다면서요."

"그건 확실한데 그 둘…… 윤채봉과 허운악 말이야. 두 사람은 여전히 뭔가 공유하는 게 많다는 느낌이 들어. 척하면 삼천리인 아주 사이좋은 부부 같은 느낌 말이야. 내가 너무 앞지른 건가?"

"어떤 점에서요?"

"아까 '뜻밖의 말'이라고 표현한 상황이, 윤채봉 씨가 '충격'이라는 단어를 썼던 상황과 너무 같지 않아? 관심사나 성품도 그렇고."

"글쎄요. 저는 별로 들어서……."

현준이 턱을 괴고 혼란스러운 눈빛으로 임 계장을 바라봤다.

"그런데 더욱 이상한 건 뭔지 알아? 내가 그 사람들하고 얘길 하다 보면…… 아냐, 우선 진안부터 확인해 나가자고."

현준이 하려던 말을 중단하고 기지개를 켜며 창밖을 바라봤다. 편백나무 위에 쌓여 있던 눈이 햇볕에 녹으면서 물방울을 뚝뚝 떨어뜨리고 있었다. 현준은 진안경찰서 수사과장에게 전화를 걸어 남평우에 관해 찾아봤냐고 물었다.

"처형된 게 확실헙니다. 사망 신고도 되어 있고요."

"서류를 재조사하는 것이 아니라 실제 상황을 확인해달라는 말입니다. 행정 통보가 잘못되었거나 가짜로 조작했거나 아니면 처형장에서…… 맞아! 처형장에서 도망칠 수도 있지요."

"글쎄, 이십 년 전 사건을, 그것도 죽은 사람이 살아 있을지도 모른다고 허시니 도통 이해를 못 하겠습니다."

"그래야 할 이유가 발생하는 바람에 확인 차 부탁하는 겁니다. 번거롭겠지만 내일 수사관을 보낼 테니까 모든 가능성을 열어놓고 내사 좀 해두세요. 아셨지요?"

진안경찰서 수사과장은 수화기를 철컥 내려놓으면서 별 미친 자식 다 보겠다며 투덜댔다. 그러면서도 형사 하나를 불러 남평우 장례식 때 일했던 사람을 찾아 산소가 어딘지 매장은 언제 했는지 넌지시 떠보고, 면사무소에도 가서 부동산 관계로 찍은 지장이나 도민증 사진을 복사해 오고 남주장도 한번 들러보라고 지시했다.

법원을 나온 평우는 때마침 큰길 모퉁이에 정차한 택시를 타고 서둘러 사무실에 왔다. 채봉과 용화가 염려스러운 얼굴로 맞이했다.

"검사가 내 신원을 의심하고 있는 게 확실해."

"변호사님한테도 그렇게 표현을 해요?"

채봉이 절망적인 표정으로 평우를 바라보며 물었다.

"아니, 그건 아니야. 대화가 끝날 때까지는 전혀 몰랐어. 정중하고 진솔했고, 또 생각보다 대화가 통하는 사람으로 보였고……."

"그런데 어떻게 아셨어요?"

채봉과 용화가 숨을 죽이며 다음 말을 기다렸다.

"나 모르게 내 사진을 찍더라고. 수위실 안쪽에서 유리창에 밀착시켜 두었던 카메라 렌즈가 내가 지나가는 순간 셔터가 열렸다 닫히는 걸 봤어. 사진을 알아서지 나도 모를 뻔했어."

채봉의 얼굴이 창백해졌다.

"장현준 검사가 그런 쇼맨십이 있으리라고는 생각조차 할 수 없을 만큼 순수해 보였는데……. 필시 마령에 사람을 보내거나 아니면 나를 알고 있을 것으로 생각되는 사람을 찾아낼 것 같아."

잠시 침묵이 흐르다가 용화가 다시 물었다.

"저쪽에서는 현재 변호사님이 알아차리신 것을 알까요?"

"물론 모르고 있겠지. 내가 숨겨진 카메라 렌즈를 봤으리라고는 상상도 못 할 테니까."

"그렇다면 지금이라도 빨리 대책을 세우면 될 거 같아요."

"우선 바로 마령에 가서 기준이에게 이모저모 당부를 하고, 나는 서울로 올라가서 예전 연고지를 꼼꼼히 답사하고 와야겠어."

채봉이 다 자기 잘못이라며 양손으로 얼굴을 감싸고 두 눈을 꼭 눌렀다. 평우는 일이 벌어지려면 어떻게든 터지게 마련이니까 자책하지 말라며 위로했다. 용화가 마령은 자기가 다녀오겠다면서 서둘러 책상을 정리했다. 마령까지 가면 시간이 늦어질 테니 기준에게 미리 전화해 전주에서 만나는 것이 좋겠다는 결론을 내렸다.

"서둘러야겠어요. 제가 먼저 나갈 테니까 잠시 있다가 떠나세요. 우리가 한꺼번에 움직이는 건 좋지 않을 것 같아요."

용화가 책상을 대충 정리한 후 허겁지겁 일어났다.

"사무장님, 여기 코트 입으셔야지요. 마령에는 제가 바로 연락할 테니까 역에 가서서 사무장님이 전화를 걸어 약속 장소를 정하세요."

채봉은 옷걸이에 걸린 코트를 건네줬다. 용화가 나간 후 평우가 채봉에게 다가가 떨고 있는 그녀의 어깨를 끌어안았다.

"시련을 헤쳐 나가는 건 우리 몫이라고 말했잖아."

채봉은 애써 침착해지려고 노력했다. 그러나 밖으로 나오자마자 눈물이 왈칵 쏟아졌다. 해가 구름 뒤에 숨자 대전천의 칼바람이 얼굴을 베일 듯이 몰아쳤다. 그녀는 휘청거리는 발걸음으로 선화동 큰길 모퉁이에 있는 공중전화를 찾았다.

불안한 나날

용화는 급행열차 시간에 맞춰 약속하고 전주로 내려가 역전다방에서 기준을 만났다. 서로가 초면이었으나 이미 상대방에 대해서 충분히 알고 있었고 사안이 긴박한 만큼 바로 본론에 들어가 머리를 맞대고 협의를 했다. 다음 날 아침 일찍 기준은 유병주의 집을 찾았다. 누구보다도 그는 지문 등 증거를 찾아낼 가능성이 가장 큰 사람이다. 싸리나무 울타리 안쪽에서 유병주가 김이 모락모락 나는 더운 물로 세수를 하고 일어서다가 기준과 눈이 마주쳤다.

"아니 남 사장, 게서 뭐 하고 있는가? 우리 집에 왔으면 바로 들어오지 않고."

"출근하시기 전에 면장님을 좀 뵈러 왔습니다."

"나를? 어서 들어오게. 날씨가 춥네."

유병주의 사랑방에 들어가 마주 앉은 기준이 말을 꺼냈다.

"면장님, 시간이 없으실 테니까 용건만 짧게 말씀드리겠습니다."

"집에까지 와서 면장, 면장 허지 말고 아저씨라고 부르게."

실제로 유병주와는 먼 친척뻘이고 얼마 전 그의 아들 결혼 때도 기준이 푸짐한 양의 막걸리를 보내기도 했었다.

"일전에 웬 술을 그렇게 많이 보냈는가? 푸짐허게 먹긴 혔네만."

"며느님이 아주 그만이시더만요. 성품도 그렇고 예의 바르고."

"좋게 봐줘 고마우이. 뭐 호적 고칠 일이라도 있는가? 시간 많으니께 천천히 얘기허게. 내 할 수 있는 일이라면 뭐든 들어줌세."

"평우 작은아버님 일입니다."

기준이 단도직입적으로 말을 꺼내고 입을 다물었다.

"재산 문제?"

"작은아버님 일로 대전에서 수사관이 올 것 같습니다."

"수사관? 죽은 지 이십 년이 다 된 사람인디 뭘 수사하러?"

"진짜로 죽었는지 확인하러 온답니다."

"못된 놈들 같으니! 죽은 시신을 까보자는 거여?"

병주는 허리를 곧게 펴고 도저히 이해할 수 없다는 눈으로 기준을 바라봤다.

"비슷한 사람이 하나 나타났답니다."

"그게 뭔 상관여? 맘대로 허라고 허믄 되지, 안 그런가?"

"그럴 수 없는 사정이 있습니다, 아저씨."

"당최 뭔 말인지를 모르겠네. 그 사람이 평우 동생이기라도 혀?"

기준이 대답하지 않고 병주와 눈을 마주한 채 가만히 있었다.

"왜? 뭔 일여?"

병주가 심상치 않은 표정으로 바짝 다가앉아 물었다.

"실제로 작은아버님이 맞습니다."

기준이 주변을 살피는 모습을 하면서 낮은 소리로 말했다.

"뭐 뭐, 뭐라고? 그럼 평우 동생이 죽은 것이 아니란 말여?"

병주도 목소리를 낮췄다. 동시에 잽싸게 문틈으로 밖을 내다봤다.

"처음엔 모두 그렇게 알고 있었는데, 그게 아니더라고요."

"그게 도대체 무슨 말이여? 장사까지 지내놓고?"

"처형장에서 구사일생으로 살아 도망가셨다가 현재 다른 사람 이름으로 사시면서 변호사를 하고 계십니다."

"그럼 관 속에 들은 건 누구여?"

"같은 날 처형된 다른 사람 시신을 가져다가 장사 지낸 겁니다."

"어쩐지 상백 어르신의 태도가 석연치 않으시더라니……. 아무튼 살아 있다니 그건 다행스러운 일 아닌가. 애당초가 억울헌 개죽음이었으니께."

"이해해주서서 감사합니다."

병주는 고개를 끄덕이며 자세를 고쳐 앉았다.

"아 참! 인자 본께 근우 동생 죽은 담에 경무대 사람까지 와서 확인하고 갔잖여."

"그랬었지요."

"그래 내가 뭘 어떻게 혀주믄 되겄는가?"

"저희 작은아버지를 살려주십시오."

기준이 일어났다가 무릎을 꿇고 엎드려 절을 했다. 병주는 황급히 기준을 잡아 일으켰다.

"지금 뭔 소리를 허는 거여? 내가 무슨 저승사자여?"

"아저씨 말씀 한마디에 따라 죽고 살고가 정해집니다."

"어떻게 허믄 죽고 어떻게 허믄 사는디?"

"혹시 면사무소에 작은아버지 손도장 같은 거 있으믄 없애주시고 사진을 보여주믄 아니라고 혀주신다면 살리는 거고, 있는 대로 보이는 대로 말씀허시믄 죽이는 게 됩니다."

기준의 말을 들은 병주는 양미간을 있는 힘껏 찌푸린 채 한참을 생각에 잠겼다가 탄식하듯이 입을 열었다.

"이보게, 남 사장! 자네 말대로 사진을 보고 아니랄 수는 있네. 그건 다 보기 나름일 테니까 말여. 허지만 공문서를 뒤져서 없애달라는 건 무리 아닌가 싶네. 나도 빠져나갈 길을 찾아가면서 도움을 줘야 할 것 아닌가?"

"백번 맞는 말씀입니다. 아저씨한테 화가 미칠 수도 있다는 걸 알면서 이런 부탁을 드린다는 게 정말이지 염치가 없습니다."

"솔직히 말해 내가 지금 이 자리에서 확답하기는 어려운 일 같네. 서운하게 생각하겠지만 말여."

"평생 집안의 은인으로 여기겠습니다. 부디 도와주십시오!"

기준이 다시 엎드려 절하면서 울음 섞인 음성으로 애원했다.

"알았으니께 어여 일어나게. 우선 그런 게 있는지부터 확인해 보고 궁리를 혀보겠네."

말을 마친 병주는 다시 문틈으로 밖을 내다봤다.

"고맙습니다, 아저씨."

"아직 고맙다고 말혈 단계는 아니지. 아무튼 머리를 써보긴 허겠네. 우리 면 일 말고도 염려되는 일이 한둘이 아니겠구먼."

"최선을 다해야지요. 그리고 하늘이 도와주실 거라 믿습니다."

이후 임 계장이 진안에 내려갔으나, 전쟁 때 인민군들이 후퇴하면서 서류를 무더기로 태우거나 가져가는 바람에 남평우 지장 같은 건 찾아볼 수가 없으며 면장으로부터는 사진도 딴판인 데다 매장할 때 시신을 봤다는 내용만 보고받았다. 그리고 허운악이 살았었다는 서울 안암동은 동네가 바뀌어서 같은 번지에 집이 수십 채가 넘었으며 이십 년 전의 일을 기억하는 사람을 찾을 길이 없었다. 성북경찰서에서도 사정은 마찬가지였는데 구청에서 보내온 25호 서식 꾸러미에 지문이 있을 수 있다 해서 누구 하나 붙여 찾아봐달라고 당부를 하고 돌아왔다.

* * *

채봉은 검사 앞에서 말실수를 한 후 초조한 마음으로 하루하루를 보냈다. 평소 쾌활하고 긍정적이며 자신감 넘치던 그녀가 그날 이후 웃는 표정을 지어본 적이 없었다. 용화가 전주에 다녀온 후 기준으로부터 대전에서 수사관으로 보이는 사람이 다녀갔다는 얘기와 함께 일이 비교적 잘 마무리되었다는 연락을 받았으나 여전히 마음이 무겁고 하루하루가 불안하기 짝이 없었다.

하지만 그 후 수사관 임 계장으로부터 재소환을 취소한다는 전화 통보만 받았을 뿐 이십여 일이 지나도록 아무 일도 벌어지지 않았으며, 뜻밖에 순실은 기소유예로, 백해송은 집행유예로 풀려나기까지 했다. 게다가 기웅의 고려대학교 합격 소식이 겹쳐 희망원의 분위기는 다시 봄을 맞이하는 듯했지만 채봉의 마음은 여전히 착잡하기만 했다.

어느 날 채봉이 퇴근해 보니 기웅의 신발이 놓여 있어 반가운 마음으로 문을 열었다.

"기웅이 혼자 있구나. 밥은 먹었어?"

"예. ……근데 나 어머니한테 할 얘기가 있어."

그러나 기웅은 채봉이 옷을 바꿔 입고 자리에 앉아도 쉽게 말을 꺼내지 못하고 머뭇거렸다. 채봉은 아무 내색도 하지 않고 기웅의 옆으로 다가가 등을 쓰다듬었다.

"에미한테 못 할 말이 뭐가 있어. 뭔데?"

"어머니, 놀라지 마. 사실은 내가 얼마 전에 아버지 재심 신청을 했어."

"뭐라고? 너 지금 무슨 말을 하는 거여? 언제?"

"밑져야 본전여. 만약에 잘못되어도 피해는 전혀 없고 새로운 증거가 있으면 재차 할 수도 있대. 평생 이렇게 살 수는 없잖아."

"언제 그랬냐니까? 에미가 요즘 얼마나 불안한 하루하루를 보내고 있는 줄 알아? 이 판국에 왜 너까지 일을 저질러?"

"좀 됐어. 시험 보기 전에 상식이 아버지 찾아가서."

"상식이? 너 그 아이랑 싸워서 경찰서까지 갔었잖아."

"그런 담부터는 아주 친했어. 어머니, 나 많이 고민하고 알아보고 신중을 기해서 한 거여. 걱정허지 마!"

"그래서 받아준대? 재심이라는 것은 새로운 증거가 없으면 접수 자체가 안 된다는데 니가 무슨 수로?"

"앨범에 아버지 상 타는 사진 있잖아. 그거 첨부해서 냈어. 전단지에 올린 사진은 누군가 위조한 거라고 진정서 형식으로 주장했고."

"그런 걸 어린 학생이 해도 된다고 해?"

채봉의 말투도 사뭇 진지해졌다.

"가족의 자격으로 할 수 있어. 나이 관계없이."

"니 생각이 아무리 그래도 어떻게 상의 한마디 없이 멋대로 그런 일을 저질러? 형도 알아?"

"아니, 나 혼자 한 거여. 내가 이렇게 하지 않으면 아버지나 어머니는 희망원 일 때문에라도 차일피일 미루면서 평생 끌고 갈 것 같아서 그랬어. 잘될 거여. 상식이 아버지가 알아본다고 허셨어."

"그리고 그 상 타는 사진은 이미 제출했던 거여."

"그런데 앨범에 왜 또 있어?"

채봉의 말을 들은 기웅이 놀라는 표정을 지었다.

"두 장 더 있었어. 어쩌면 기택이네 집에도 한 장 있을 거다. 그 사진 가지고는 아예 먹혀들어 가지가 않어, 이것아!"

"보나마나 그때 아버지한테 유리한 증거는 첨부도 안 했을 거야. 죄를 뒤집어씌운 인간이 우리한테 유리한 짓을 했겠어?"

채봉은 밤새워 뒤척이다가 아침 일찍 변호사 사무실로 달려갔다. 얘기를 들은 용화의 생각은 채봉과 같았으나 평우는 조금 달랐다.

"이대로 악순환이 반복되도록 놔둘 수도 없는 건 분명한 사실이야. 게다가 아직 신분 확인도 마무리된 게 아닌데 차제에 잘된 일이라는 생각도 들어. 어차피 나도 생각하고 있었던 일이고."

그러나 채봉은 폭풍 전야를 보내고 있는 듯한 심정으로 하루하루를 보냈다. 평우가 전주지방법원에 알아본 결과 기웅의 진정서는 재심청구서로 간주하여 계류 중이었다. 요식 미달로 반송되지 않고 접수된 것만도 뜻밖의 일이었다. 평우와 용화는 어차피 접수된 재심의 보강 증거가 될 수 있는 '아름다운 여인'의 원본 필름을 찾기 위해 노력했으나 사진을 인화한 전주 풍남동의 '남문사장'이 문을 닫은 지 오래여서 찾을 길이 막막했다.

* * *

"성북경찰섭니다. 뭐가 하나 나왔습니다."

평우와 용화가 필름 찾기에 주력하고 있을 즈음 장현준 검사실로 회오리바람 같은 소식 하나가 날아들었다.

"1946년 8월 19일 허운악이 친일 청산을 부르짖는 과격 시위에 참여했다가 붙들려 작성한 자술서하고 지장입니다."

"이쪽에서 보냈던 것과 비교해봤습니까?"

장현준이 어금니를 꽉 물고 숨을 깊숙이 들이마셨다.

"글씨체는 비슷한 거 같은데 지장은 영 아니던데요. 육안으로 봐도 그렇고 판독실에서도 백 프로 다른 것으로 나왔습니다."

수화기를 움켜쥔 장현준 검사의 표정이 일그러지고 손아귀에 땀이 배었다. 현준은 고속버스로 사본 특송을 요청하고 침통한 얼굴로 임 계장을 불렀다.

"임 계장, 이따 터미널에서 서류 좀 찾아와."

현준의 차갑고 단호한 음성에 임 계장이 바짝 긴장했다.

"차 도착하기 전에 허운악을 먼저 연행해올까요?"

"지금 그게 급한 게 아냐. 먼저 확인을 해봐야지."

현준이 임 계장을 흘깃 보고 다시 부드럽게 말을 이었다.

"본인은 지금 한시름 놓고 있을 테니까 도망칠 이유가 없어. 허운악이 실토할 수밖에 없는 결정적인 한 방을 찾는 게 중요해."

"지문이 다르다고 하지 않았습니까."

"상대는 변호사야. 자기는 모르는 일이라고 하면 어떻게 할 거야?"

"자기가 작성한 게 아니라고 하면 말이죠?"

"실제로 아닐 수도 있고……. 잠깐! 전에 세브란스에서 치료를 받았다고 했지? 사진!"

현준이 일어나면서 큰 소리로 말했다.

"무슨 사진을 말씀하십니까?"

"엑스레이! 두개골, 치아, 광대뼈……. 안 그래?"

"맞습니다. 그런데 그게 지금까지 있을까요?"

"바로 협조전 보내. 아니, 먼저 전화를 해봐. 그게 나온다면 다른 증거가 더는 필요 없게 되는 거야. 허운악이가 맞든 틀리든."

"허운악의 엑스레이는 어떻게 찍죠?"

"그야 까놓고 찍어야 한다고 말해야지."

다시 자리에 앉은 현준이 눈을 지그시 감고 생각에 잠겼다. 임 계장은 즉시 세브란스병원 원무과로 전화를 걸어 허운악의 의료 기록을 요청했다. 현준은 눈을 감은 채 숨을 죽여 듣고 있었다.

"잘하면 찾을 수 있을 것 같습니다. 수사 관계 의료 기록은 소각을 잘 안 한답니다."

"기록이 쉽게 찾아질지 어떨지는 모르지."

"아 참! 그리고 아까 전주지검에서 보낸 남평우 수사 기록을 받았는데 살펴보다가 이상한 걸 하나 발견했습니다."

생각에 잠겨 있던 현준이 임 계장의 말을 듣고 뭐냐고 짜증을 내며 물었다.

"마지막 페이지에 윤채봉 수사 내용 복사본이 첨부되어 있었어요."

"그야 가족이니까 그럴 수도 있겠지."

"그런데 서류 말미에 경무대라고 적혀 있고 그 옆에 의전실장 이준영이라는 사인이 있더라고요. 서산경찰서 직원들이 윤채봉을 선처해달라고 특수부에 제출한 진정서도 있고요."

"경찰서 직원들이 윤채봉을 위해서 진정서를 냈어? 가져와 봐."

인민군 부역 혐의로 도망 중이고 자신마저 위험한 상황에서 경찰관을 응급 처치했을 뿐 아니라 다시 그를 시급하게 병원에 보내기 위해 지서로 데리고 나타나는 등의 성품을 볼 때 조그만 지역의 여맹위원장을 수락한 것은 그만한 이유가 있었던 것으로 판단된다는 견해를 담아 선처를 당부하는 진정서였다. 몇 차례를 반복해서 더 읽은 그는 진정서를 펼쳐 든 채 생각에 빠졌다.

"이 사람들 도대체 뭐야? 센티멘털이야, 휴머니스트야?"

임 계장은 현준의 혼잣말에 의아한 얼굴을 하고 그를 바라봤다.

"그리고 또 이 경무대 이준영 실장의 사인은 뭐고?"

그때 세브란스병원에서 전화가 왔다. 희성이어서 찾기가 비교적 쉬웠으며 엑스레이 사진과 진료 기록 일체가 그대로 보관되어 있다는 내용이었다. 현준은 길게 한숨을 내쉬었다. 엑스레이 사진을 찾았다는 말을 듣고도 그가 아무 말도 하지 않자 임 계장이 물었다.

"서류 찾아오고 밤차로라도 제가 올라갈까요?"

"조급할 건 없어. 늦기 전에 터미널이나 다녀와. 병원 서류는 내일 보내 달라 하고."

현준은 임 계장이 가져온 남평우 관련 서류를 다시 꼼꼼히 살피다가 책상 위에 팽개치며 뇌까렸다.

"자기 사진에 붉은색을 칠해 선동 찌라시를 만들게 했다고? 그게 말이 되는 소리야?"

한참 동안 눈을 감은 채 곤혹스러운 표정을 짓던 현준은 경무대 이준영 실장의 사인이 있는 면을 펼쳐 들고 지검장실로 올라가고 임 계장은 터미널로 서류를 찾으러 갔다.

잠시 후 임 계장이 찾아온 서류를 살펴보던 현준이 손가락으로 서류를 톡톡 찍으면서 생각에 잠겼다.

"정말 신기한 노릇이야. 필체도 같아 보이고……. 그렇다면 이런 설정도 가능하지 않아? 사건을 종결시키기 위해 윽박질러 서류를 접수했는데 도장이 빠졌다 이거야. 그래서 뒤늦게 아무렇게나 요식을 맞출 수도 있지. 당시의 수사 방식이란 게 다 그게 그거였거든. 일제시대 방식 그대로 말이야."

"자세히 보면 내용도 건성으로 작성한 느낌이 듭니다. 자술서를 이런 식으로 받지 않거든요."

"그러니까 임 계장 생각으로도 그럴 수 있겠다는 말이지?"

"약간은요. 참! 지검장님은 뭐라고 말씀하십니까?"

"경무대에 보고된 사항인 걸 보면 뭔가 특별한 사연이 있는 게 분명한데 섣불리 터뜨렸다가 언론의 사냥감이라도 되면 정부의 입장이 난처해질 수가 있다는 거야. 그러니까 설혹 결정적인 증거가 나왔다 해도 허운악이 도주할 위험이 없는 한 웬만하면 체포하지 말고 이준영 실장을 먼저 만나보라고 하시드만."

임 계장이 고개를 끄덕였다. 지검장이 알아본 결과 이준영은 현재 공보부 제2조사국장으로 일본 대사관에서 거류민단을 상대로 특수 임무를 수행 중이며 그쪽에서 먼저 연락이 오기 전에는 전화 통화도 할 수가 없다고 했다. 며칠만 기다려보자는 지검장의 전화를 받은 현준이 누구에게랄 것 없이 말했다.

"그나마 다행 아냐?"

오만한 자비

　용화가 수화기를 손바닥으로 막고 놀란 눈으로 평우를 바라보면서 장현준 검사라고 속삭였다. 짧은 순간 드디어 올 것이 왔다는 생각을 한 평우가 바꿔 달라는 손짓을 하며 변호사실 안으로 들어갔다. 잠시 후 현준과 통화를 마친 그가 재빨리 사무실로 나왔다. 표정이 생각보다 나쁘지는 않았다.

　"장 검사가 근처에 있다며 이리 오겠다는데? 둘이서 얘기 좀 하자면서."

　"우리 사무실로요?"

　"응, 잡아가려고 온 거 같지는 않아. 사무장은 후원회에 가서 나못 간다고 좀 해주겠어? 지금 내가 간다고 했거든."

　평우는 문밖에서 현준을 기다리고 있다가 맞이했다. 사무실에 들어온 현준이 실내를 쭉 둘러봤다.

　"변호사 사무실이 좀 삐까번쩍해야 하는 것 아닙니까. 허 변호사님은 사람 놀라게 만드는 소질이 있습니다."

"옹색해 보여서 하시는 말씀인가요?"

"변호 맡기러 왔다가 돈 뺏길까 봐서 도로 나가겠습니다."

"사무실 번쩍번쩍하게 꾸며놓고 후원금 지원해 달라고 손 내밀 수는 없잖습니까."

현준은 웃으며 말하는 평우의 모습에 잠깐 말문을 열지 못하고 서 있기만 했다.

"농담 좀 했습니다. 술을 한잔했거든요. 약주 즐기십니까?"

어색하게 말을 잇는 현준의 입에서 여리게 술 냄새가 풍겨 나왔다. 평우는 참으로 오랜만에 반가운 친구를 만나고 있는 착각이 들 정도로 마음이 편해지기까지 했다.

"자주는 안 마시지만 좋아합니다. 검사님이 여길 다 오시고 좀 놀랐습니다."

"갑자기 찾아와서 불편하십니까?"

"놀랍기도 하고 반갑기도 하고…… 한마디로 어리둥절합니다."

"변호사님은 평소에도 지금처럼 입체적으로 말씀하십니까?"

눈을 지그시 뜨고 바라보는 현준의 입언저리에 친밀감이 맴돌았다.

"제 말버릇요? 직업상 오해를 피하도록 다른 경우의 수를 좀 늘어놓는 편이지요. 맞다 아니다를 명확히 요구하는 검사님의 취조 방식과는 아마 반대일 겁니다."

평우의 말에 두 사람은 눈을 마주치고 크게 웃었다.

"사실은 제가 잘못된 겁니다. 사람의 마음이 어떻게 한 갈래만 있습니까. 제 편의상 생긴 습관이지요."

"아무튼 부르지 않고 이렇게 와주셔서 감사합니다."

평우가 멋쩍게 웃으며 현준을 바라봤다.

"변호사님, 오늘은 제 방식대로 말씀해주시겠습니까? 묻는 말에 사실대로만. 물론 말하기 싫다는 말씀도 좋습니다."

"알겠습니다. 대신 지금의 대화로 상호 간에 불이익을 주지는 않기로 하지요. 제가 꼬투리 잡히면 안 되잖습니까."

"좋습니다. 근데 지금 상호 간이라고 하셨나요? 검사는 전데요?"

"누가 압니까? 고해성사를 해놓고 쥐가 고양이를 골탕 먹일지."

"이런 기질도 있으시네요. 좋습니다. 먼저 기회를 드리죠."

현준이 들을 채비를 하면서 평우의 눈에 시선을 고정했다.

"여기 오신 진짜 이유를 알고 싶습니다."

"놀라운 일이 생겨서 확인하고 싶었습니다."

"내일 오라 해도 갔을 텐데요."

"개인적으로 알고 싶었어요."

충혈된 현준의 눈이 이글거리고 있었다. 평우가 그 놀라운 일이 뭐냐고 묻자 그는 허운악이 성북경찰서에서 작성한 자술서가 나온 내용을 그대로 말했다. 그러면서도 엑스레이 얘기는 꺼내지 않았다.

"물증을 찾았다면 잘된 일 아닙니까."

"잘된 일 아니냐고요? 본인이 작성한 게 아닐 수도 있잖습니까."

"본인이란 저를 말하는 거지요?"

현준은 눈싸움을 하듯 그를 지켜봤다. 잠시 침묵한 후 평우가 몸과 시선을 굳히고 입을 열었다.

"제가 작성한 게 아닙니다."

"잘못된 자술서라는 말인가요?"

"허운악 씨가 작성한 게 맞을 겁니다."

평우가 눈을 감고 깊은숨을 가슴에 담으면서 말했다.

"그게 무슨 뜻이지요?"

"말했잖습니까. 제가 작성한 게 아니라고. 검사님도 내 말이 무슨 뜻인지 물론 알고 계실 테고요."

"본인이 허운악이 아니라는 말이군요."

"그렇습니다."

"우리 수사관이 내일 아침에 전화할 겁니다. 나오시겠습니까?"

"가겠습니다."

"왜지요? 제가 지금 기회를 드리고 있는데."

"기회요? 도망칠 기회를 말인가요? 이제 더는 도망치지 않고 밝히겠습니다."

"지금 밝혔잖습니까."

"죄를 지은 사람이 아니라는 사실을 법정에서 밝히겠다는……."

평우의 말이 끝나기도 전에 현준이 그의 뺨을 치고 소리쳤다.

"자기도취도 유분수지, 탈옥수에다 신분 사칭으로 변호사까지 하고 있는 주제에 죄인이 아니라고?"

평우도 현준의 뺨을 후려쳤다.

"자비는 죄인에게 베풀라고! 남평우는 죄인이 아니야!"

볼을 만지며 어처구니없어하는 현준을 향해 평우가 말을 이었다.

"당신이 나를 알아? 왜 나한테 진실을 묻지 않지? 내가 죄지은 사람이 아니라는 사실을 아는 것이 불안한 거야? 아니 이미 알고 있기 때문에 알량한 은전을 베풀어주기 위해 온 것일 수도 있지."

평우의 음성은 떨리면서도 힘이 들어가 있었다. 현준은 그의 말을 끊지 않았다.

"하지만 그런 식으로 멋을 부리는 것보다는 차라리 체포해 가두는 편이 더 인간적일 수도 있어. 그건 최소한 위선은 아니니까."

"아, 당신 정말……."

현준은 짧은 탄성을 토해냈다. 평우가 다시 말을 이었다.

"신분 사칭이라고? 당신 같으면 처형장에서 구사일생으로 살아나 다시 죽여 달라고 제 발로 나타나겠어? 이렇게 살아갈 수밖에 없게 만든 건 정부야! 당신이야말로 자기도취하지 말라고!"

평우는 거침없이 말했다. 두 눈은 시뻘겋고 호흡은 거칠었다. 현준은 양손으로 머리를 감쌌다.

"당신이 아무리 그래도 국가를 우롱하고 모독한 건 분명해!"

현준이 다시 표정을 가다듬고 단호하게 말했으나 스스로 자신의 말에서 느껴지는 공허한 마음을 숨길 수가 없었다.

"악법도 법이다, 이겁니까? 제아무리 국가를 존중한다고 해도……."

평우는 숨 고르기를 하느라 잠시 말을 멈췄다.

"살려는 본능보다 우선으로 여길 수 있다고 생각하십니까? 어디 당신이 좋아하는 맞다 아니다로 명확하게 대답해보시죠."

"닦달하지 마십시오. 그건 아니지요."

현준은 수치심에 온몸을 부르르 떨었다. 그리고 되물었다.

"그렇다면 그 잘난 당신이 내 입장이라면 어떻게 하시겠습니까?"

"당신처럼 하지는 않겠습니다."

"명확하게 말하기로 하지 않았던가요?"

"불기둥에 깔린 사람을 보고 그냥 지나칠 수야 없지요."

현준의 눈에서 한줄기 눈물이 볼을 타고 흘렀다. 두 사람 모두 한동안 입을 다물었다. 벽시계의 초침 소리가 점점 크게 울리면서 적막을 메우고 있었다.

"여기까지만 하는 것으로 해주십시오. 오늘 이런 배려를 해주셔서 진심으로 감사합니다. 약속대로 내일 아침에 출두하겠습니다."

평우가 정중한 목소리로 말하자 현준이 놀란 눈을 뜨고 흘겨봤다.

"나하고 언제 그런 약속을 했지요?"

"오늘 일로 상호 간에 불이익을 주지 않기로 했으니까요."

"도대체 무슨 배짱입니까?"

"어차피 이렇게 된 마당에 재심에 최선을 다할까 합니다. 둘째아들이 재심을 신청했다고 합니다."

"재심이라고요? 그게 승산이 있다고 보십니까?"

"할 수 있는 한 최선을 다해야지요."

"남평우 씨, 당신이 아무리 억울한 누명을 썼다고 하더라도 검사의 공소장과 판사의 판결문이 있는 한 당신은 도망친 사형수일 뿐입니다. 법을 다루는 사람이 설마 그걸 모르고 있을 리도 없고."

"알고 있습니다."

"다 알면서도 굳이 그러시겠다는 건 또 뭡니까?"

현준은 온몸과 마음으로 깊은 통증을 느끼고 있었다.

"아이가 재심을 신청한 건 국가를 믿는다는 뜻입니다."

"철없는 아이의 생각이지요."

"쉽진 않겠지만 그 믿음을 살리기 위해서라도 어떻게든 무죄를 밝힐 계획입니다."

"그 말은 결국 당신도 아직 국가를 믿는다는……."

현준은 말을 마치지 못하고 까맣게 어두워져 있는 창밖으로 시선을 던졌다. 잠시 후 그는 방향을 바꿔 정중하게 질문했다.

"경무대 의전실장으로 계셨던 이준영 씨를 아십니까?"

"예? ……그분의 입장을 모르는데 어떻게 대답을 합니까?"

"알겠습니다. 내일 아침이면 열네 시간 남았군요."

현준은 무겁고 느린 걸음으로 천천히 사무실 문을 나섰다. 전신주에 매달린 흐린 가로등이 을씨년스럽게 골목길을 비추고 있었다.

* * *

"이럴 줄 알았으면 더 일찍 신청할 걸 그랬어요."

평우가 재심에 자신감을 보여주며 아이들과 인사를 나누자 두 눈에 물기를 가득 담은 기웅이 억지웃음을 지으며 말했다. 평우는 말없이 다가가 기웅의 어깨를 다독였다. 강희는 똑바로 서서 평우를 응시하더니 결심한 듯 입을 열었다.

"다른 사람은 몰라도 제 걱정은 조금도 하지 마세요. 쪼끔도. 왜냐면 저는 우리나라를 믿고 있거든요. 죄 없는 사람을 또다시 잡아가지는 않을 거예요. 그렇지요, 아버지?"

강희의 눈에서 왕방울만 한 눈물이 볼을 타고 굴렀다. 승희는 쭈그려 앉아 아까부터 계속 눈물을 닦아내기만 할 뿐 아무 말이 없었다. 기환이 눈을 껌뻑이며 조용히 말했다.

"아버지, 기운 잃지 마시고 몸 건강하세요."

"그래, 고맙다. 지금 가장 염려되는 것은, 너희들이 너무 많이 걱정하는 거다. 주사위는 이미 던져졌고 모든 것은 사필귀정이니 내 걱정하느라 우울해하거나 의기소침해지지 마라. 부탁이다."

아이들 모두 고개에 힘을 주어 끄덕였다.

"그것만 약속해준다면 아버지도 당당하게 부딪치면서 싸워나갈게. 어머니도 마찬가지이고……. 아버지가 약속하마."

"저희 걱정은 진짜로 하시지 말고 힘내세요, 아버지. 이제 맘 놓고 아버지라고 불러서 좋아요. 아버지, 그렇지요?"

그 와중에 기웅이 또 너스레를 떠는 바람에 다 같이 웃었다. 부엌에서 채봉이 내는 달그락거리는 소리가 멎었다 들렸다를 반복했다.

채봉이 여느 때와 마찬가지로 부엌문으로 밥상을 들이밀자 모두가 거들었고 평소보다 조금 이른 시간이지만 온 가족이 둘러앉아 아침 식사를 했다. 평우는 밥 한 그릇을 남김없이 다 비웠다. 희망원 쪽문 밖으로 나오려는 아이들의 배웅을 만류해 집 안에서 작별 인사를 마치고 평우는 채봉과 단둘이 골목 중간까지 내려왔다.

"나 잘할 수 있어. 당신 그거 믿지?"

"이렇게 하는 게 정말 잘하는 일 맞을까요? 나는 아직도 확신이 안 서요. 그 검사를 믿고 좀 더 허심탄회하게 상의하는 건 어때요?"

"그건 너무 염치없는 행위여. 그리고 검사가 이만큼이나 호의적으로 나오는 걸 보면 세상도 많이 좋아졌어. 무슨 일이 있어도 잘 헤쳐 나갈게. 내가 누군데? 천하의 윤채봉 남편이잖아. 안 그래?"

"알았어요. 나도 힘낼게요."

채봉이 손을 흔들고 되돌아가는 것을 확인한 평우는 무거운 발걸음을 옮겼다. 하늘은 잔뜩 흐려져 있었다.

사무실에 도착하자 타닥타닥 빗방울이 떨어지기 시작했다. 용화가 심각한 얼굴로 다가와 간곡한 음성으로 말했다.

"그래도 변호사님! 일단 아닌 쪽으로 최선을 다하는 편이 좋지 않을까요? 장 검사가 그 정도로 나왔으면 어떤 협조라도 해주겠다는 뜻이잖아요."

"그러고 싶지 않아. 윤 회장에게도 이미 내 뜻을 밝혔고. 사무장한 테 큰 짐만 남겨놓고 떠나는 것 같아 정말 미안해."

"지금 제 말 하실 때가 아닙니다. 회장님은 뭐라고 하세요?"

용화는 말을 하다가 울컥 목이 메는 것을 간신히 참았다.

"재심에서 승부 거는 것으로 합의했어."

"아이들은요?"

"털어놓고 얘기했어. 판단이 빗나갈지 몰라 장 검사 얘기는 빼고. 힘들어했지만 결국 잘 견디면서 결과를 기다리기로 약속했어."

평우는 일그러진 용화의 얼굴을 바라보며 손을 꼭 잡았다. 제법 굵어진 빗줄기가 유리창을 두드리기 시작했다. 회색 하늘을 뚫고 파란 번개가 지나간 다음 먼 길을 달려온 천둥소리가 폭발하듯 굉음을 냈다.

* * *

일본에 출장 중인 이준영 국장에게 전화를 요청하고 삼 일이 지났으나 아무 소식이 없었다. 현준은 남평우가 오늘 임 계장의 전화를 받으면 두말없이 출두할 것임을 확신했다. 검사로 임용된 후 처음으로 선량한 국민 한 사람을 자신의 손으로 다시 '눈 없는 법의 칼날' 밑에 밀어 넣는다는 사실이 견디기 힘들 만큼 괴로웠다. 그를 더욱 더 고통스럽고 혼란스럽게 만들고 있는 것은 그토록 억울한 현실에 구애받음 없이 이어온 남평우의 삶이었다.

그는 밤새워 뒤척이다가 꿈도 꾸었다. 여덟 살이 되던 해 겨울에

소모증(고도의 영양실조)으로 세상을 떠난 어머니가 나타났다가 자신을 홀로 남겨두고 떠나는 꿈이었다. 어머니와 윤채봉의 얼굴이 겹쳐 나타나기도 했다. 그녀는 서산경찰서 직원들의 말대로 훈장을 받아 마땅했다. 자신의 손으로 남평우를 체포해 전주로 압송하고 나면 그녀의 슬픔은 오죽할 것인가! 만에 하나 다시 처형이라도 당한다면 그 아이들이 죽는 날까지 안고 살아야 할 천추의 한은 누가 책임질 것이며 홀로 남은 윤채봉은 이 참담한 현실을 어떻게 견뎌낸단 말인가! 현준은 검사로서의 모든 신념이 흔들리고 삶 자체가 허무했다. '하늘 아래 한 점 부끄럼 없는 법조인의 길'을 걷기로 다짐했던 자신과의 약속이 남평우를 향한 오만한 자비와 뒤섞여 절벽 아래로 떨어지는 것만 같았다.

검사실의 시계가 오전 아홉 시를 넘어가고 있다. 남평우 관련 서류를 바쁘게 정리하고 있던 임 계장이 생각에 잠긴 채 아무런 지시가 없는 현준을 흘끔 바라보고 말했다.

"비가 점점 더 많이 오려나 보네요."

들었는지 못 들었는지 현준은 대답이 없다.

"허운악을 체포해 올까요?"

현준은 여전히 창밖의 빗줄기를 바라보며 눈만 껌뻑거릴 뿐 말이 없었다. 그는 어느 날 갑자기 허운악에 관한 질문을 할 때마다 과민한 반응을 보이거나 짜증을 냈다. 임 계장이 멈칫거리다가 전화로 통보하느냐고 조심스럽게 고쳐 물었다.

"먼저 오늘 공판이 없나 확인부터 해봐."

현준이 마지못해 말도 되지 않아 보이는 지시를 한다. 임 계장은 선뜻 대답하지 못하다가 다시 물었다.

"누구 공판 말씀입니까? 허운악요?"

"그럼 내가 내 공판을 모르겠어?"

"공판이 있다면 그대로 시키시게요?"

임 계장은 하던 일을 멈추고 이해할 수 없다는 투로 물었다.

"그래야지 어쩌겠어? 지금 당장 영장이 떨어져 있는 것도 아니잖아."

뭔가 더 대꾸하려던 임 계장은 그냥 입을 다물었다.

"별일이 없다면 열 시에 나와 달라고 통보하고 1차 진술은 임 계장이 받으라고……."

"공판 말고 무슨 일이 있다고 하면요?"

"그럼 시간을 조정하면 되잖아."

"그래서 제 발로 나오려 들까요? ……알겠습니다. 나오면 어디서부터 시작할까요?"

"자술서를 작성시키는 것부터 시작해야 하지 않겠어?"

"이준영 국장 얘기는요?"

"그 얘긴 한참 뒤의 얘기야. 그리고 그분의 입장이라는 게 있는데 물어봐도 이준영 국장에게 직접 물어봐야 하는 거 아냐?"

현준은 자신도 모르게 평우의 말을 따라 했다는 사실을 깨달았다.

"다급하면 묻지 않아도 끌어다 붙이겠죠, 뭐."

"임 계장! 사람을 어떻게 그리도 몰라? 그 사람은 남을 물고 늘어질 타입이 아냐."

"궁지에 몰리면 쥐도 고양이를 문다잖아요."

임 계장이 불만스러운 표정으로 수화기를 들었다.

"대전지검 공안부의 장현준 검사실입니다. 변호사님 계신가요?"

현준은 손동작을 멈춘 채 임 계장의 통화 내용에 귀를 기울였다.

소리는 들리지 않지만 저쪽에서 전화를 받는 것을 확인했다.

"아, 변호사님! 오늘 오전에 혹시 공판 있으십니까?"

통화를 하던 임 계장이 손가락으로 엑스 자를 그려 보였다.

"그러면 열 시까지 나와 주시겠습니까?"

엑스는 별일이 없다는 뜻이었다. 임 계장이 의외라는 듯 다시 현준을 향해 눈을 크게 뜨면서 손가락으로 동그라미를 그렸다. 전화를 끊은 임 계장이 현준을 바라봤다. 이쯤 되면 뭔가 구체적인 지시가 있어야 한다. 그러나 그는 여전히 침묵을 지키고 있었다.

"기다리고 있었던 사람처럼 알았다고 하는데요. 검사님 말씀대로 혹시 그 자술서에 찍힌 지장이 잘못된 건 아닐까요?"

"분석실에서 필적은 5대 5로 나왔다고?"

"예. 모른다고 잡아떼면 바로 엑스레이 촬영으로 들어가야겠죠?"

"지는 척하고 엑스레이 대조는 며칠 미루자고. 도망가지는 않을 테니까 일단 보내고 말이야. 시립병원에는 얘기가 되어 있지?"

현준의 말이 다소 얼버무리는 느낌을 주었으나 임 계장은 더 묻지 않았다.

"안녕하십니까?"

평우가 검사실에 들어서면서 먼저 인사했다.

"어서 오십시오. 날씨도 궂은데 자주 오시게 해서 죄송합니다."

현준을 의식한 임 계장이 한껏 정중하게 평우를 맞이했다.

"아닙니다. 두 분께 죄송한 사람은 저지요."

빗물이 떨어지는 낡은 우산을 접어 손에 들고 들어서는 평우를 명한 눈으로 바라보고 있던 현준이 마지못한 표정으로 운을 뗐다.

"겨울비가 제법인데요. 천둥도 치고……."

"자수하기 딱 좋은 날씨인 것 같습니다."

평우의 말에 깜짝 놀란 임 계장이 현준을 바라봤다. 엉거주춤 일어섰던 현준은 말없이 의자에 다시 앉았다.

"진작 그렇게 나오셨더라면 좋았을 거 아닙니까. 그런데 자수로 보기에는 이미 때가 늦었습니다, 남평우 씨!"

임 계장이 책상을 탁, 치면서 말했다.

"제 마음이 그렇다 이거지요."

"그렇다면 이제 딴소리 말고 매끄럽게 나갑시다. 이쪽에 앉아요."

임 계장이 자신의 앞에 있는 의자를 턱으로 가리켰다.

"그동안의 일은 한 가지만 빼고 전부 사실이었으니까 너무 분하게 생각하지 말아 주십시오."

평우가 의자에 앉으면서 현준을 의식해서 말했다.

"한 가지라니요?"

"이름입니다. 남평우를 허운악으로 말한 것."

"여러 말 할 거 없이 바로 본론으로 들어갑시다."

임 계장이 서류철을 펼쳤다. 그때 현준이 갑자기 벌떡 일어서면서 소리쳤다.

"임 계장! 자수하겠다잖아. 무슨 빈말이 그렇게 많아? 사형수의 자수가 무슨 장난이야?"

그는 바쁘게 걸어 나와 문을 쾅 닫으면서 밖으로 나가버렸다. 현준과는 눈 한번 마주치지 않은 평우는 말없이 그대로 있었고 임 계장은 기가 막힌다는 표정을 지으면서 큰 숨을 몰아쉬었다. 평우는 임 계장이 주문한 대로 자술서를 써나가기 시작했다. 유리창을 때리는 빗소리가 점점 거세지는 가운데 그는 두 번 다시 떠올리기조차 싫은 1948년의 잔혹한 기억 속 세상과 다시 만나야만 했다.

제5장

시련

무엇을 위해 살아가는가는 왜 살아야 하는가의
원동력이 분명하다. 그러나 자신은 이제껏 살아
있으니까 살아왔을 뿐 무엇을 위해서 사는가는
명확하지 않았다.

국가의 이익

　밤을 꼬박 새우고 새벽 열차로 서울에 올라온 채봉이 필구를 만나기 위해 덕수궁 석조전 앞 벤치에 앉아 생각에 잠겨 있었다. 햇빛은 고사하고 태양의 흔적조차 찾을 수 없을 만큼 잔뜩 흐린 날씨는 마침내 흩날리는 눈발을 허공에 띄우기 시작했다. 회색 비둘기 한 마리가 무리에서 빠져나와 뒤뚱거리는 걸음으로 다가오다가 방향을 바꿔 되돌아갔다. 한 노인이 채봉에게 다가왔다. 앞으로 내민 손에는 낯익은 흰색 목도리가 쥐어져 있었다.

　"이거 댁 거 아닙니까? 저쪽 길 위에서 주웠는데 아주머니 외에 다른 사람이 없어 물어보는 거요."

　"감사합니다. 제가 떨어진 줄도 모르고……."

　채봉이 한숨 섞인 목소리로 대답하자 노인이 다시 물었다.

　"내 참견할 일은 아니지만 무슨 일이 있으시오?"

　"아닙니다. 누굴 기다리고 있습니다."

"추운데 왜 목도리를 두르시지 않고……. 안색이 좋지 않은데 어디 아프시오?"

"아닙니다. 감사합니다."

"살다 보면 이런 일도 있고 저런 일도 있는 법이오."

그는 채봉의 안색을 살피며 주춤하다가 가던 길로 향했다. 부드럽게 웃어주고 가는 노인의 굽은 등이 말하고 있었다.

'뭔 일인지는 몰라도 너무 속 끓이지 말고 받아들이시오. 나중에는 다 아무것도 아닌 일들인데 괜히 그랬다 싶어지더라고요.'

채봉은 쓸쓸한 눈으로 응수했다.

'그럴 수만 있다면 당장 일어나 춤이라도 추겠습니다.'

목도리를 손에 말아 쥐고 있는데 대한문 쪽에서 필구가 숨을 헐떡이며 뛰어왔다.

"선생님! 오래 기다리셨어요?"

"뭘 그렇게 뛰어와. 얼굴이 시뻘게졌네."

"이준영이라는 분을 알아보고 오느라 조금 늦었습니다."

"벌써 알아봤어?"

"공보부 조사국장으로 계시는데 일본에 출장 중이시랍니다."

"일본에?"

수심에 차 있던 채봉의 낯꽃이 더욱 어두워졌다.

"예, 그런데 선생님 안색이 말이 아니에요. 우선 어디 들어가서 쌍화차라도 한잔 마셔요."

"아니 여기가 좋아. 눈이 많이 내리는 것도 아니고 별로 추운 거 모르겠는데 뭘!"

"선생님이 이렇게 다급해하시는 모습은 처음 봐요. 그리고 목도리는 왜 안 두르셨어요?"

필구가 숨을 몰아쉬며 물었다.

"내가 큰일을 저질렀어. 변호사님은 지금쯤 구속되셨을 거고."

"예? 변호사님이 구속되셨다고요? 어떻게요?"

채봉의 말을 다 들은 필구는 목도리를 감아주고 점퍼 주머니에서 털장갑을 꺼내 손에 건네주었다.

"선생님, 이거 끼세요. 예쁘진 않아도 따뜻해요. 그리고 너무 걱정 허시지 마세요. 아직 무슨 일이 벌어진 건 아니잖아요."

"이제 재심에 목숨이 달렸어. 당장에 급한 건 법원에서 재심을 받아주는 건데 그러기 위해서 결정적인 증거가 있어야 한대."

"알았어요. 이준영 씨는 제가 일본으로 찾아가서 만나 뵙고 올게요. 틀림없이 힘이 되어주실 것 같아요."

채봉을 바라보고 있던 필구가 벌게진 눈을 재빨리 주먹으로 훔쳤다.

"정말? 그렇게 헐 수 있겠어?"

"일본은 제가 윗분들 모시고 여러 차례 가봐서 지리를 좀 아는 편이에요. 일본말도 길을 물을 정도는 되고요."

"회사는 어떻게 허고?"

"회장님이 마침 해외 출장 중이시니까 양해를 구하면 돼요. 그러니까 선생님! 너무 걱정 마시고 우선 저랑 같이 어디 가서 뭔가 요기라도 해요. 어서요! 제가 추워서 그려요."

"너한테 이런 꼴을 보여 미안허다."

어수선한 채봉의 표정을 본 필구가 고개를 돌려 덕수궁 밖 빌딩 숲으로 시선을 던졌다.

"힘내세요, 선생님!"

두 사람은 흩날리는 눈발 속을 걸어 대한문 밖으로 나갔다. 필구는 걸으면서 준비되는 대로 일본으로 바로 떠나는 것은 물론이고 자신이 할 수 있는 일이라면 죽는 한이 있어도 무슨 일이든 하겠다며 굳은 의지를 보였다. 채봉은 한결 안정을 찾은 모습으로 필구의 손을 꼭 움켜잡았다.

＊＊＊

　　이틀 후 필구는 일본으로 향하는 비행기에 올랐다. 마땅치 않아하는 표정을 지으며 자신을 바라보던 비서실 송 부장에 대한 걱정은 잊은 지 오래다. 당황해하며 눈물을 감추고 있던 채봉 선생님의 얼굴이 다시 떠올랐다. 그토록 슬퍼하고 괴로워하는 모습을 아직껏 본 적이 없었다. 비행기 창문 밖 구름을 보면서 하늘도 참 무심하다는 생각이 들었지만 곧바로 마음을 바꿔 세상 태어나 처음으로 기도라는 것을 했다.
　　진심을 전하기 위해 이런저런 잘못한 일들에 대해 변명도 하고 사죄도 하면서 부디 채봉 선생님을 보살펴달라고, 일본에 가서 이번 일을 잘 해낼 수 있도록 도와달라고, 자신은 스스로 죽으려고도 했었고 꼭 살아 있어야 할 특별한 이유도 없는 사람이니까 필요하다면 대신 목숨을 내놓을 수 있다고도 했다. 기도라는 것을 하고 나니 마음이 다소 든든해지는 것 같았다.
　　하네다공항에 도착하자마자 미나토구에 있는 한국대사관을 찾아가 이준영을 만나려 안간힘을 썼다. 그러나 보안상 대외비라며 함구하는 바람에 숙소조차 알아낼 수가 없었다. 다급한 마음으로 인근의

숙박업소까지 두루 찾아다녔으나 허사였다. 다시 대사관에 찾아가 이번에는 경비실에 물었으나 마찬가지였다.

"딱하신 건 알겠는데 저희가 그걸 어떻게 알겠습니까. 경비 직원이."

경비실 한국인이 한심한 눈으로 필구를 바라보며 대답했다.

"언제가 됐건 여기에 오시는 건 맞지요?"

"그렇게 다급하면 기다리고 있어 보면 알 거 아니오."

경비원이 퉁명스럽게 대답했다. 그 순간 필구의 두 눈이 반짝이고 입에서는 가는 탄성이 새 나왔다.

"정말 그렇겠군요. 감사합니다."

"아니 온종일 기다리고 있을 생각이슈? 그냥 해본 소린데. 그리고 여기 이렇게 오래 계시면 안 됩니다. 우리도 일해야죠."

필구는 부근에 있는 백금여관이라는 곳에 숙소를 정하고 아침 일찍부터 밤늦게까지 밖에서 정문을 지켰다.

사흘째 되는 날 저녁이었다. 대사의 차량으로 보이는 검정 세단이 안으로 들어가고 잠시 후 사진을 보고 충분히 익혀둔 이준영 국장이 정문을 향해 나오고 있었다. 필구는 주변 정황을 살폈다. 양옆에 비서인 듯한 남자 두 명이 나란히 걷다가 그중 하나가 빠른 걸음으로 밖으로 나와 정문 밖에서 미리 대기 중인 택시의 문을 열었고 이어 일행이 함께 차에 올라탔다. 필구는 재빨리 미리 봐둔 대사관 못미처 사거리 정류장에서 택시에 올라타고 그를 쫓아갔다.

이준영의 숙소는 신주쿠호텔이었다. 거의 같은 시간에 차에서 내린 필구는 일행이 로비로 들어서자마자 그를 부르면서 다가갔다.

"국장님!"

큰 소리로 부르는 한국말을 들은 이준영 일행이 동시에 필구를 바라봤다. 그중 한 사람이 재빨리 달려와 팔을 붙잡으며 이준영을 향해 앞으로 나가려는 필구를 제지했다.

"당신, 누구야?"

남자가 팔을 붙잡고 있는 동안 준영이 걸음을 멈춘 채 필구를 바라봤다. 필구는 그를 향해 다소 큰 소리로 말했다.

"서울에서 국장님을 뵈려고 급하게 왔습니다. 전에 국장님을 모시고 있던 남근우 씨의 일로 드릴 말씀이 있습니다."

그는 대답 대신 필구 쪽으로 몸을 완전히 돌리고 의아한 눈으로 바라보다가 가까이 오라는 손짓을 했다. 팔을 붙잡고 있던 남자와 함께 필구가 다가갔다.

"남근우 과장 일이라고 했소?"

"예, 그렇습니다. 불쑥 찾아와서 죄송합니다."

"남 과장을 아는 사람이라는 걸 내가 어떻게 믿지요?"

"언제건 도움이 필요할 때 찾아오라는 말씀을 하셨다고 들었습니다."

"누가 보냈소?"

"남근우 씨 동생의 부인되시는 분이 보내셨습니다."

"남 과장 동생 부인이라고요?"

"예. 잠시만 말씀드릴 시간을 주십시오. 이건 제 신분증입니다."

필구는 여권과 대호건설 사원증을 꺼내 국장에게 보여줬다.

"전에 이기붕 의장님 경호실에 있었는데 현재 대호건설 회장님 경호 일을 하고 있습니다."

준영은 잠시 입을 다물고 있다가 난처한 표정을 지었다.

"지금 내가 사적인 일로 시간을 소비할 수 있는 상황이 아닙니다. 귀국한 다음에 한 번 찾아오시오."

"남근우 씨의 동생 되는 분이 생사의 갈림길에 서 있습니다."

"남 과장의 동생은 예전에 사망했는데?"

"자초지종을 말씀드리면 이해하실 겁니다."

"뭔가 급한 일인 거 같긴 하지만 지금 알아봤자 여기서 해결할 길이 없잖소. 일에는 다 순서가 있는 법이오. 미안하오."

준영이 몸을 돌려 위층으로 올라가는 계단 쪽으로 향했다. 필구가 준영의 팔을 잡자 그가 이맛살을 찌푸렸다.

"어허! 내가 현재 상황을 얘기했잖소!"

필구의 두 눈에서 주먹만 한 눈물이 뚝뚝 떨어졌다. 직원 두 사람이 필구의 팔을 붙잡았다. 준영은 잠시 주춤하다가 다시 계단을 향해 몸을 돌렸다. 필구는 혼자 남아 계단을 올라가고 있는 일행을 바라보고만 있었다. 눈물이 쏟아지고 있는 필구의 눈에 계단 옆 까만 대리석이 보였다. 반짝거리는 돌에는 보기 흉측할 정도로 비참하고 초라한 자신의 일그러진 얼굴이 어른거리고 있었다.

짧은 순간 머리를 들이밀고 있는 힘껏 달려가 쓰러져 죽고 싶은 생각에 휩싸였다. 그러나 죽어버리기 전에 자신이 살아서 그분들을 위해 뭔가 해야 한다는 생각에 이럴 수도 저럴 수도 없었다. 준영은 이미 뒤도 돌아보지 않고 계단 중간 이상을 올라가고 있었다. 필구는 하는 수 없이 발길을 돌렸다. 그 순간 필구의 입에서 예상치도 못한 노래가 터져 나왔다.

　　울 밑에 선 봉선화야 네 모양이 처량하다
　　길고 긴 날 여름철에 아름답게 꽃필 적에
　　어여쁘신 아가씨들 너를 반겨 놀았도다

후반부에서는 펑펑 울어가면서 목청껏 노래를 불렀다. 추위에 떨면서 울먹이던 채봉 선생님의 얼굴이 눈물과 함께 뚝뚝 떨어지고 있었다. 회전문을 나와 호텔 아래 층계로 내려가는데 누군가가 그의 어깨를 쳤다.

"안 들렸어요?"

이준영과 함께 있던 직원 중 한 사람이었다.

준영은 직원 두 사람을 각자의 방으로 보내고 단독으로 짧지 않은 필구의 얘기를 다 들었다. 그의 표정은 자못 심각했다. 한참 만에 호소하듯 바라보고 있는 필구를 향해 그가 입을 열었다.

"그러니까 탈옥수로 수감되어 있는 남근우 과장 동생의 재심을 위해 힘써 달라는 얘기요?"

그의 말을 들은 필구의 표정이 상기되었다.

"그렇습니다. 간절히 부탁드리겠습니다. 재심이 받아들여지기만 하면 삼척동자가 들어도 그분의 무죄를 이해할 것입니다."

준영은 양미간에 주름을 만들고 깊은숨을 들이마셨다.

"혹시 남평우 씨의 결백을 믿지 못하십니까?"

"심정이야 충분히 이해 가지만 그건 사법부의 판단에 맡겨야 할 일인 것 같소."

"국장님, 제발 도와주십시오. 그분의 형님 되시는 남근우 선생님은 예전에 국장님을 따르던 부하 직원이셨고 잘은 모르지만 가족들의 결백을 밝히기 위해 자결까지 하셨다고 들었습니다."

말을 마친 필구는 의자에서 내려와 무릎을 꿇고 머리를 숙였다. 눈물이 끊임없이 떨어졌다.

난감해진 준영은 그의 눈을 외면했다. 머릿속에 피를 흘리며 멍한 눈으로 허공을 바라보고 쓰러져 있던 남근우의 얼굴과 이승만의 말이 생생하게 떠올랐다. 남상백을 만난 다음 가족들의 죽음에 관한 내용을 파악하고 억울한 희생이었을 가능성이 있다는 점과 윤채봉의 헌신적인 성품 등을 이승만에게 보고했었다.

'이 일을 확대하지는 말게. 관련 공무원들에게 불이익을 주지도 말고……. 전시에 나라를 지키다 보면 때론 이런저런 비극도 발생할 수 있음이야. 잘못이 있다면 나에게 있는 걸세. 남은 가족에게라도 다소나마 도움이 될 일이 있으면 도와주고.'

그 후 휴직 중인 남근우의 형 남철우를 전북대학교 상경대학 학장으로 승진시키는 등 약간의 도움을 주었을 뿐 그 일은 다시 언급되지 않았다. 마음 같아서는 지금 당장 발 벗고 나서서 도움을 주고 싶었으나 해결해야 할 거류민단과의 일로 다른 일에 신경을 쓸 겨를이 없었다.

"일어나 자리에 앉으시오."

엎드려 일어설 줄을 모르고 있는 필구를 향해 준영이 결심한 듯 입을 열었다.

붉은 하늘

평우는 기억만으로도 몸서리쳐지는 내용을 자술서로 써 내려갔다.

흐린 전구의 불빛이 귀신의 너울 짓을 하며 나를 바라보고 있었다. 텅 빈 머릿속에는 오로지 두르고 있던 목도리를 건네주고 보이지 않을 때까지 나를 지켜보고 있던 아내의 겁먹은 얼굴만 떠올랐다. 아내가 나의 이런 모습을 모르고 있다는 사실이 너무나 다행이라는 생각이 들었다. 삶과 죽음의 갈림길을 넘나들면서 온몸이 만신창이가 된 채 바지에 오줌을 지린 지 오래였다. 시간을 계산할 수는 없지만 밥을 넣어준 횟수와 의식을 잃고 찾았던 기억으로 보아 최소한 삼 일 이상은 지났음 직했다.

인간의 존엄성이라는 단어나 의식은 그들에게는 물론이고 당하고 있는 나 자신에게마저도 우스꽝스러운 넋두리가 되어 악마의 단 한 차례 호흡 속으로 사라졌다. 물 한 모금 마시지 못한 상태로 이유도 말하지 않고 무엇을 말하라는 주문조차 없이 다짜고짜로 실신할 때까지 몽둥이와 구둣발로 맞고 짓밟히기 시작했다. 아무것도 모르고 집에서 끌려 나온 지 불과 몇 시간 만에 나는 내 생애에 상상조차 해본 적 없는 무자비하고 끔찍한 세상에서 목숨을 구걸하는 비렁뱅이로 전락하고 말았다.

내 서재에서 가지고 온 듯한 책과 메모지 등으로 뺨을 쳐대고 보여주면서 내 것이 맞으면 고개만 끄덕이도록 엄숙한 주문을 하던 기억이 어렴풋이 났다. 나는 의자에 묶인 채 깜빡 잠이 들었다. 그 지경에 잠이 들다니 지금 생각해도 신기하다. 시간이 얼마나 흘렀을까? 누군가가 부드러운 손으로 내 등을 탁탁 두 번을 다독이듯 쳤다. 참으로 오랜만에 느껴보는 인간의 손길이었다. 그는 손안에 둘둘 만 하얀 종이를 들고 있다가 그중 한 장을 펼쳤다.

"이거 당신이 찍은 사진 맞지?"

나는 고개를 끄덕였다.

"언제 찍었어?"

"광복 전에 찍었던 사진이오."

"아니지, 그건 이거고."

그는 하얀 종이에 크게 인쇄한 다른 사진 한 장을 보여줬다.

"다 같은 사진 아니오?"

"그런데 이 새끼가 왜 말투가 이렇게 건방져? 똑바로 봐, 이 새끼야!"

인간의 손길은 삽시간에 사라졌다. 그는 태도를 돌변해 주먹으로 나의 눈을 정통으로 갈겼다. 두 눈에 별이 번쩍이고 심한 통증으로 눈을 뜰 수조차 없었다. 그는 세 장의 사진을 완전히 펼쳐 서로 반쯤 겹친 상태로 보여줬다. 흐린 등불 아래에서 아무리 들여다봐도 같은 사진이었다.

"아직도 모르겠어?"

그는 극도로 화가 난 눈을 만들어 나를 쏘아본 다음 다시 사진을 한 장씩 눈앞에 펼쳐 보이며 나를 살폈다. 석 장의 사진이 맞아 터진 눈동자를 지나 힘들게 각막에 자리 잡혔다. 한 장은 1942년 매일신보에 수상작 소개로 실렸던 내 사진이고, 또 하나는 바탕을 붉게 칠한 사진이었으며, 세 번째 사진은 '누가 이 모자를 죽였는가?'라는 표제어와 함께 하단에는 '민족이여, 다 함께 일어나 살인마를 처단하자!'라는 문구가 들어 있었다. 분노가 치밀었다.

"누군가가 내 사진을 조작했소."

나는 죽을 각오로 그가 맘에 들어 하지 않을 대답을 했다.

"조작? 야, 이 새끼야! 이게 네가 찍은 사진이 아니란 말이야?"

"내가 찍은 사진은 흑백사진이고 당시 붉은 하늘은 있지도 않았소."

그가 귀퉁이에 세워진 몽둥이를 들고 올 때 나는 죽음을 각오했다.

"야, 이 새끼야! 모자를 배경으로 황혼을 찍었기 때문에 확대해서 붉은색을 칠했잖아!"

그는 폭발하는 화를 간신히 참고 있는 목소리로 나를 윽박질렀다.

"황혼이 아니라 아침 여명을 배경으로 찍었소."

"여명 좋아하네. 야, 이 새끼야! 여명이나 황혼이나 다 붉은색 아냐?"

"거기는 동쪽이 산이어서 붉은 여명이 생기지 않는 곳이오."

"이 새끼가 끝내 말대꾸네?"

그는 들고 있던 몽둥이를 내던지고 가죽장갑을 끼면서 다가왔다. 그리고 묶여 있는 나를 겨냥해 주먹으로 사정없이 갈겨댔다. 신기한 노릇이었다. 나는 통증을 거의 느끼지 못했다. 그가 숨을 몰아쉬며 다시 물었다.

"어찌 됐든 이 사진을 찍은 건 네가 맞잖아. 안 그래?"

"사진은 맞지만 색칠한 건 내가 아니오. 자신의 작품 사진에 붓을 대는 작가가 어디 있소?"

"이 새끼 끝내 말하는 거 좀 봐라! 좋아, 너 붉은색 좋아하지?"

"인간은 누구나 붉은색을 좋아하잖소."

"거봐! 이 새끼 이제 바른말을 하는구먼. 너 붉은색이 무슨 뜻인지 알지? 고상한 척하지 말고 쉽게 얘기해, 이 빨갱이 새끼야. 붉은색은 빨갱이를 뜻하잖아. 안 그래?"

"나라마다 다르지만 본래 박애를 상징하는 색이오."

"박애 좋아하네. 야, 이 새끼야! 너희 같은 놈들 때문에 얼마나 많은 양민이며 군인, 경찰들이 목숨을 잃었는지 알아?"

"내가 사람을 죽이려 덤볐단 말이오? 그 사건과 나와는 아무런 관련이 없소."

"그래? 그럼 너 이 책은 뭐야?"

그는 일본판 『마르크스의 자본론』을 들어 나의 얼굴을 후려쳤다. 유학 시절 경제학개론 과목 참고 서적으로 구입해 정독한 적이 있었으며 광복 직후 온 나라의 지식인들이 이념 논쟁에 빠져 있을 당시 나도 한때 그 이론을 긍정적으로 생각한 적이 있었다.

"대학에서 교양 과정 때 참고 서적으로 공부한 책이오."

"이 새끼 진즉에 그럴 것이지. 그게 바로 그거야. 공산주의를 공부하고 마르크스의 자본론을 공부한 놈들, 붉은색을 좋아하는 놈들, 그런 놈을 빨갱이라고 부르는 거라고! 몰라?"

나는 말이 나오질 않았다. 그자에게 일말의 불쌍한 느낌마저 들었다. 그는 점잖게 말을 이었다.

"그리고 바로 그놈들이 이번에 폭동을 주도하고 반란을 계획한 놈들이란 말이야. 너는 네가 찍은 사진으로 이렇게 선동 찌라시를 만들고."

"그건 전혀 터무니없는 얘기요. 그리고 그 책은 도시의 큰 서점에 가면 얼마든지 구입할 수 있는 학문 서적이오."

"아니 이 새끼가 아직도 오리발이네. 야! 이 새끼 제정신 좀 돌아오게 만들어!"

이후 나는 혹독한 고문과 함께 다시 정신을 잃었다. 정신이 가물가물할 때 누군가가 비튼 손을 끌어다 엄지손가락에 붉은 인주를 듬뿍 묻혔다. 작업이 끝나고 물과 시래깃국을 목구멍 안으로 넘기면서 생각했다. 고문에 의한 자백은 효력이 없고 제아무리 덤터기를 씌운다 해도 수사관은 법관이 아니니까 우선은 이렇게나마 살아나 검사가 공소장을 작성할 때 진실을 밝혀도 늦지 않을 거라고.

그러나 나의 예상은 완전히 빗나갔다. 아니 세상물정 모르는 어린아이의 꿈이었다. 검사는 아예 특수부의 수사를 확인조차 하지 않은 채 인적 사항만 확인한 후 철자법 하나 고쳐 쓰지 않고 작성된 그대로 공소했으며 법정에서 결백을 부르짖는 나의 외침은 온데간데없이 사라지고 말았다. 되레 반성의 기미조차 없이 아직도 변명과 거짓을 일삼아 법정을 우롱하고 있다며 괘씸죄를 자초하는 결과로까지 이어졌다. 그 결과 선고 공판에서도 검찰의 공소장이 그대로 받아들여지고 사형이라는 선고가 내려졌다. 또한 보안법 사범에 관한 재판을 단심으로 끝내기로 하는 법안이 가결되어가고 있어 항소는 앞질러 소급 적용하는 불문율로 기각되었다는 소리를 들었다. 그로부터 불과 며칠 후 나는 처형장으로 향하는 군용 트럭에 실렸다.

* * *

평우가 대전에서 전주지방법원으로 압송된 후 채봉의 가정은 한마디로 절간 그대로였다. 기웅은 공부가 도저히 머리에 들어오지 않는다며 재심만 끝나면 바로 복학하겠다는 조건으로 끝내 휴학계를 내고 용화와 함께 필름을 찾기 위해 '남문사장' 주인의 인적 사항을 중심으로 전주 시내를 헤매고 다녔다. 그 결과 사진관을 폐업한 지 삼 년이 지난 다음 사위가 전주역 근처에서 '노송사진관'이라는 상호로 다시 운영 중이라는 사실도 알아냈다.

"이 건물은 나 여기서 학교 다닐 때도 있었어요."

기웅이 간판을 올려다보면서 기억을 떠올렸다. 계단을 올라가는 그의 가슴이 두근거리고 걱정이 앞섰다.

"여기가 전에 남문사장의 사위 되시는 분이 운영하시는 사진관 맞습니까?"

"그러긴 했었지요. 헌디 그게 시방 언제적 얘긴디요."

늙수그레한 사진관 주인이 생뚱맞다는 표정을 지었다.

"사진관 이름은 그대로인 것 같은데 사장님이 바뀌신 모양이죠?"

"이름이야 내가 인수헐 때 양해를 받고 그대로 쓰는 거지요. 오래된 사진관이 아무려도 나을 것 같아서."

인수라는 말을 들은 기웅이 다시 고개를 들며 물었다.

"장비도 그대로 인수하셨습니까?"

"말이 인수지 기계가 완전 구식이어서 거의 다 버렸어요. 그나저나 무슨 일이슈? 먼젓번 사장님헌테 볼일이 있는 거요?"

"꼭 그분을 찾는 것은 아니고 중요한 일이 하나 있어서요. 혹시 여기서는 사진 빼고 필름을 보관하십니까?"

"필름을 찾으슈?"

"예, 그런데 그게 상당히 오래된 필름이어서……."

"옛날 거라면 물을 필요도 없어요. 그 냥반이 갖고 있던 필름은 다 버렸지요. 아 내가 찍은 것도 오래되면 버리는디요, 뭐."

"그럼 혹시 전에 그 사장님은 지금 어디 사는지 아십니까?"

"벌써 세상 떠났어요."

밖으로 나온 용화와 기웅은 갈 길이 막막했다.

"어떻게 하지? 이러면 안 되는데 아무 생각도 안 나네."

생각에 잠겨 걷던 기웅이 갑자기 걸음을 멈추고 "잠깐요, 사무장님!" 하고 소리쳤다.

"우리 사진관에 다시 가 봐요."

"거긴 다시 가봤자 별다른 정보가 없을 것 같은데. 왜?"

"제가 나오기 바로 전에 멀리서 산 위로 해가 막 뜨려는 사진을 본 것 같아요."

"아이를 안고 있는 사람도 있었어?"

"글쎄요. 너무 낙담을 해가지고 아무것도 눈에 들어오지가 않았거든요. 그런데 지금 갑자기 떠올랐어요."

둘은 숨을 몰아쉬며 이층 계단을 단숨에 올라갔다. 기웅의 가슴이 터질 듯 쿵쾅거렸다.

"사장님, 잠시만요. 저 사진 있잖아요. 저 액자 사진!"

기웅은 카운터 뒤쪽에 걸려 있는 사진 액자 중 하나를 가리키며 소리쳤다. 용화도 올라와 기웅이 가리키는 사진을 바라보고 입을 떡 벌린 채 다물지를 못했다.

"저 사진을 찾고 있었는가? 그런디 왜 아까는 못 봤어?"

주인은 천천히 걸어가 기웅이 가리키고 있는 액자를 떼어 들었다.

"감사합니다. 사진을 가지고 계셔서."

"무슨 사연인데 그러슈? 옛날에 상 탄 사진인디."

"저희 아버지가 찍으신 사진입니다."

"아버지가 찍으셨다고? 액자 안에 신문도 들어 있는디?"

액자 속 사진 뒤에는 당시의 기사가 고스란히 담긴 신문이 여러 겹으로 접힌 채 들어 있었다.

"혹시 이 사진 필름도 보관하시고 계십니까?"

"있지. 실은 내가 지금도 간간이 인화해서 액자에 담아 갖고 팔고 있고만. 액자 가게에 말여. 도매상이라 여기저기 좀 나갔을 것이여."

"정말 감사합니다. 보상은 원하시는 대로 해드리겠습니다."

"주인이 달라는디 돈 내놓고 가져가라는 사람이 어디 있나? 가져가게. 그동안 장사까지 혀먹었는디 말여."

주인은 액자 속 사진과 함께 습자지로 잘 싸서 노란 봉투에 담아 둔 필름을 찾아와 건네줬다. 몇 번을 더 감사 인사를 하고 밖으로 나오자마자 기웅이 용화의 팔을 잡아 흔들었다. 기웅은 흥분을 감추지 못했다.

"생각보다 쉽게 찾아서 신나요. 게다가 신문까지 구하고요."

"그래, 나도 정말 기쁜데 아직 안심은 금물이야. 어쨌든 필름과 신문을 추가 증거 자료로 제출하자."

기웅이 들뜬 음성으로 채봉에게 먼저 전화로 중간보고를 했으나 채봉은 사진과 관련된 증거는 새로운 내용이 아닐 수 있다는 생각 때문인지 크게 고무되지는 않았다. 그녀는 오로지 이준영 국장의 증언에 모든 기대를 걸고 있었다.

* * *

두 사람은 내친김에 카메라를 가지고 평우가 사진 찍었던 구봉산에도 가보고 가능하다면 사진 속 인물들도 찾아보기로 했다. 기웅은 밤새 온갖 상상을 하느라 잠을 이루지 못했다. 진안행 버스를 기다리며 용화가 기웅에게 모르고 있는 내용 한 가지를 말해주겠다며 말문을 열었다.

"아버지 얘기예요?"

"이 말을 해줘야 하나 말아야 하나 곰곰이 생각해봤는데, 너도 이제 성인이니까 부모님의 마음을 알고 있어야 할 것 같아."

기웅은 용화의 심상치 않은 말에 바짝 긴장하며 귀를 기울였다.

"변호사님이 검찰에 가시기 전날 저녁에 말이야. 장현준 검사가 혼자 사무실에 왔었어."

"검사가요? 왜요?"

"도피를 권하러."

"예? 그게 무슨 말씀이에요? 검사가 피의자 사무실에 와서 도피를 권하다니요. 어떻게 그럴 수가 있어요?"

"결백을 확신한 거지."

"그렇더라도 본인이 맡은 사건의 피의자잖아요."

"법이 아무리 중요해도 그런 모순을 접할 때 허탈해지게 마련이야."

"예전에 사무장님처럼요? 그런데 왜 피하지 않으셨어요? ……저희를 위한 결단이었다는 말씀이세요? 특히 저 때문에?"

기웅은 벤치에서 일어나 서성이다가 다시 앉았다.

"상황도 상황이지만 그 비중이 제일 크셨을 거야. 어떻게든 재심에 이겨서 너희를 떳떳하게 만들어주고 싶으셨던 거지."

기웅은 용화의 무릎에 머리를 기대고 한참을 괴로워했다. 사람들이 흘끔흘끔 바라보며 지나갔다.

"피해 계시면서 그냥 정보만 제공해주셔도 되잖아요."

"수사 과정이라든가, 고문의 흔적이나 그 밖에도 본인만이 구체적으로 설명할 수 있는 정황들이 많아."

울먹이는 기웅의 어깨가 격하게 흔들렸다. 용화는 기웅의 양어깨를 부드럽게 감싸 안았다.

"해낼 수 있어. 변호사님도 믿고 계시니까 자수를 하신 거야."

둘은 버스를 타고 주천면 운봉리로 향했다. 산길을 굽이돌아 도착하는 내내 기웅은 창밖만 바라볼 뿐 아무 말도 하지 않았다. 용화도 뭔가의 생각에 골똘했다. 두 사람 모두 생각에 쫓겨 넋을 놓고 있다가 운봉리라는 소리에 허둥지둥 차에서 내렸다. 주변은 팻말 하나도 없는 산 중턱의 적막한 곳이었다. 사람도 마을도 보이지 않았다. 방향을 정하지 못해 주변만 둘러보고 있다가 한참 만에 지게를 지고 지나가는 노인을 만났다.

"영감님, 여기 구봉산이 어딥니까?"

"얼라! 아 구봉산에 와서 구봉산을 찾어?"

"운봉리 아닌가요?"

"거그가 거그여. 같은 데라 그 말이여. 저짝으로 봉우리가 쭉 둘러

쳐졌잖여? 아홉 개나."

노인이 작대기를 들어 가리키는 곳을 바라봤다. 여러 개의 산봉우리가 어깨동무하고 있는 모양새로 솟아 있는데 말 그대로 아홉 봉우리쯤 되었다.

"아, 그래서 구봉산이군요. 여기는 어딘지 아시겠습니까?"

기웅이 사진을 보여주자 노인은 팔을 쭉 내밀고 한참을 바라봤다.

"가만, 내가 눈이 지랄 같아서⋯⋯. 이 아낙은 누구랴? 잉! 여그는 저짝 팔봉 밑에 있는 감자골이그만. 요 바위를 보니께. 싸게 가도 삼십 분 남짓은 가야 혈 텐디?"

둘은 땀을 뻘뻘 흘리며 가다 묻고 가다 묻고를 반복해서 감자골에 도착했다. 말이 마을이지 집 세 채가 숨어 있듯 나무와 바위와 산등성이로 둘러싸여 있어서 첫 번째 집 사립문이 보일 때까지 아무것도 눈에 뜨이지 않았다.

"아버지는 어떻게 이런 곳까지 찾아오셨는지 모르겠어요."

"그러게 말이다. 잠깐! 무슨 소리가 들리지 않아?"

구국 구우 구국 구우! 하는 소리가 사립문 안에서 들려오고 있었다. 기웃거리며 들여다보니 젊은 처녀가 마당에 서서 하늘을 향해 어딘지 슬픈 듯하면서도 구성진 소리를 내자, 퍼드덕! 하고 힘찬 날갯짓을 하며 덩치 큰 매 한 마리가 마당으로 날아들었다. 매는 삼국 시대 장수들처럼 두꺼운 가죽으로 감겨 있는 처녀의 팔뚝 위에 사뿐히 올라앉아 매서운 눈초리로 주변을 두리번거렸다. 기웅과 용화는 깜짝 놀랐다. 처녀는 메고 있는 가방 속에서 육포를 꺼내 매 주둥이에 물려줬다.

"누구셔요?"

사람의 기척을 느낀 처녀가 재빨리 가방 안에서 헝겊을 꺼내 매의 눈을 감싸주며 물었다.

"놀라게 해서 죄송합니다. 사람을 좀 찾으러 왔습니다."

"남의 집을 엿보고 계시믄 어떻게 혀요? 매가 놀라잖여요."

"잠깐 들어가서 뭐 좀 물어보고 싶은데 괜찮으시겠어요?"

다가오는 처녀의 발걸음이 가벼우면서도 조심스러웠다.

"이 사진은 좀 오래된 사진인데…… 혹시 이분 모르십니까?"

처녀는 사진을 들여다볼 생각도 하지 않고 있었다.

"지가 눈은 떴어도 앞을 못 보는 사람이어요."

"몰랐습니다. 죄송합니다. 어쩌다 그렇게…….."

기웅이 미안해하며 그녀의 눈을 빠르게 훔쳐봤다.

"동정하지 않아도 돼요. 나는 불행하다고 생각허진 않으니까요."

"그런데 어떻게 매를 기르십니까?"

"매는 발을 디디는 힘으로 의사 전달을 허거든요. 사진은 다른 사람헌테 보여주고 물어보셔요. 미안헙니다."

처녀가 다시 원래 서 있던 자리로 돌아가 눈가리개를 벗겨주자 매가 움츠렸다가 훌쩍 뛰어오르듯이 날아갔다.

다시 이웃집을 들렀으나 남은 두 집 모두 사람이 없었다. 하는 수 없이 조금 높은 능선으로 올라가 한참을 사진과 비교하면서 여기저기 뛰어다니다가 마침내 촬영 지점을 찾아냈다. 돌고 돌아 찾은 그곳은 뜻밖에도 앞을 못 보는 처녀가 사는 집에서 수직선을 그은 듯 지붕 위에서부터 똑바로 백 미터도 채 안 되는 곳에 있는 커다란 바위 위였다. 사진 속 아름다운 여인은 바로 이곳에서 이른 아침에 일하러 나왔다가 아이를 안고 떠오르는 태양을 바라보고 있었던 것이 분명했다.

"여기가 맞아요. 틀림없어요. 거기서 저와 배경을 보세요. 산이랑 능선이랑요. 사진과 완전히 일치하지요?"

"그래, 맞는구나. 자연은 역시 거짓말을 할 수가 없는 거야."

둘은 몸을 낮춰 함께 올려다봤다. 다시 봐도 위치랑 방향이 분명했다. 사진과 비교해 본다면 누가 봐도 무시 못 할 증거가 될 것 같았다. 용화는 양 손가락으로 사각을 만들어 올려다보면서 탄성을 질렀다.

"우선 한 장 찍자. 네가 아름다운 여인 대신 모델 좀 해라."

"잠깐만요. 기왕이면 그것도 내일 새벽에 와서 찍기로 해요. 아버지랑 같은 시간에."

용화와 기웅은 읍내로 돌아가 여인숙에서 하룻밤을 묵고 다음 날 일찍 아직 해가 뜨지 않은 어두운 시간에 예약해둔 택시를 타고 다시 그곳을 찾았다. 산길은 한밤중이었다. 두 사람은 조심조심 더듬으면서 겨우 어제 봐둔 그곳에 도착했다. 그러나 해가 뜨기만을 기다리며 동쪽 하늘을 지키고 있던 그들은 잠시 후 서로를 바라보며 벌린 입을 다물지 못했다. 맑아야 할 동쪽 하늘이 서서히 주황빛으로 물들어가고 있는 것 아닌가?

"아니 이게 어떻게 된 거지? 변호사님은 분명 하늘이 붉지 않았다고 하셨는데……. 이건 정말 예상 밖의 일이구나."

"그럼 어떻게 하죠? 이렇게 되면 누명을 씌운 자들 말대로 붉은색을 배경으로 사진을 찍은 셈이잖아요."

기웅은 울상을 하고 털썩 주저앉았다. 한참을 넋을 잃고 있던 두 사람은 하는 수 없이 다시 대전으로 돌아왔다. 추가 증거물로는 필름과 신문만 전주법원에 제출했다.

약속

　채봉은 평우의 일로 너무 걱정을 많이 한 나머지 점차 기력이 떨어지기 시작했다. 그렇다고 지금 같은 상황에서 앓아누울 수도 없었다. 이제 와서 무슨 필요가 있느냐고 체념하면서도 장현준 검사의 권유대로 도피했어야 했다는 생각이 머리에서 떠나질 않았다. 아무리 아이들을 위해서라지만 그런 결정을 고집한 평우나 상의도 없이 재심을 신청해놓은 기웅에 대해 화가 나기도 했다. 필구가 이준영을 만나고 서울에 도착하자마자 그가 직접 증언대에 서진 못해도 어떤 방식이든 증인의 입장으로 노력해주겠다고 약속했다는 소식을 전해왔으나 흡족하지 않았다. 아니 크게 실망했다. 당장에 본인 일처럼 나서줘도 힘든 판국에 귀국하면 노력해주겠다는 표현을 믿고 기다리라는 말인가?

　기웅도 구봉산에 다녀온 후 평우의 재심에 대한 자신감이 떨어져 풀이 죽어 있었다. 여수와 순천을 돌며 전단지를 만든 곳도 찾아봤으나 몇 안 되는 인쇄소나 복사집은 다 최근에 생겨서 전혀 말이 통하지 않았다. 기웅은 조금씩 채봉의 눈치를 살피게 되었다. 그러더니 며칠 전부터 툭하면 구역질하고 음식을 잘 넘기지를 못했다. 가뜩이나 과민해져 있던 채봉은 기웅이 계속 밥을 남기자 왜 먹지 못하느냐며 짜증을 냈다.

다시 여수로 출발하기로 한 전날 기웅은 억지로 꾸역꾸역 밥을 먹었는데 그날 밤 온 방을 굴러다니며 배를 움켜쥔 채 먹었던 음식뿐만 아니라 노란 위액까지 토해내면서 눈물을 짜내기 시작했다. 얼굴빛은 생강처럼 노랗게 변했다. 놀란 채봉이 등을 두드리며 소화제를 먹게 해봤으나 시간이 갈수록 더욱더 고통스러워했다. 급기야 순실과 함께 희망원 지정 병원인 대일병원 응급차를 불러 입원을 시켰다. 스트레스로 인한 신경성 위경련이었다. 진정제를 맞고 링거를 꽂은 상태에서도 기웅의 얼굴색은 여전히 노랗고 푸석푸석했다.

"어머니, 아버지가 나 때문에 자수하신 거 알아. 다 들었어."

"그게 무슨 말이야? 누가 그래?"

기웅은 채봉의 말이 끝나기도 전에 옆으로 돌아누웠다.

"누가 그런 소리를 했냐니까? 사무장님이?"

"누가 말한 게 중요한 건 아니잖아. 어머니, 정말로 미안해."

"너 때문만이 아니야. 그리고 나는 니 마음 다 알아. 우리 그런 일에 시간 낭비하지 말고 힘내서 함께 노력하자. 응?"

채봉이 돌아누운 기웅을 등 뒤에서 꼭 안으며 말했으나 그녀의 입에서도 가는 한숨이 뿜어져 나왔다. 한동안 기웅을 물끄러미 바라보던 채봉은 말없이 기웅의 팔과 다리를 주물러주었다. 밤새 토하고 복통에 시달리느라 지칠 대로 지친 기웅은 몸과 마음이 다소 편해졌는지 어느덧 잠이 들었다.

　채봉도 의식이 몽롱해지면서 깊은 꿈속으로 빠져들었다. 꿈인지 생신지 분간할 수 없는 상황에서 급한 발소리와 함께 의사가 다녀가고 팔에 링거를 꽂기도 했다. 언제 왔는지 승희가 숟가락에 약을 녹여 입에 흘려 넣었던 것 같기도 했다. 악몽에 시달리고 있는데 재명 오빠가 부드러운 손으로 이마를 짚었다. 마음이 한결 편안해졌다. 채봉은 천지가 하얀 눈밭 위에 누워 있었다. 이제껏 한 번도 본 적 없는 밤송이만 한 커다란 눈송이들이 쉬지 않고 떨어졌다.

　'눈이 어쩌면 이렇게 크지?'

　두 눈을 크게 뜨고 하늘을 바라보는데 눈송이 하나하나마다 태섭의 웃는 얼굴이 담겨 있었다. 채봉은 두 손으로 눈을 조심스럽게 받았다.

　"아버지, 왜 그 안에 계셔요?"

　눈은 손바닥에 떨어지자마자 태섭과 함께 사라져버렸다. 채봉은 꿈속에서도 자신이 이상한 꿈을 꾸고 있다는 생각을 하며 아버지한테 무슨 일이 있는 건 아닌지 걱정을 했다.

　"채봉아! 어서 일어나라, 어이? 일어날 거지?"

　태섭이 다시 나타나 눈송이를 타고 채봉의 얼굴 위로 천천히 내려오면서 부드럽게 속삭였다. 재명도 다시 보였다. 그는 여전히 채봉의 이마에 손을 올려놓고 있었다.

　"오빠, 아버지 금방 어디 가셨어요?"

　"채봉아, 아버지가 당장 너를 데려오라고 허시는구나."

　재명이 걱정스러운 표정으로 채봉을 내려다봤다.

　"뭐라고, 오빠? ……오빠!"

채봉이 벌떡 일어나자 팔에 꽂혀 있던 링거 줄이 흔들렸다.

"어머니, 조심해! 그렇게 빨리 일어나면 어떡해?"

시야에 들어온 승희가 염려스러운 얼굴로 채봉을 부축했다. 바로 옆에 기웅의 침대가 보였다. 머리가 맑아지면서 정신이 번쩍 들었다.

"외삼촌 오셨었냐? 내가 얼마나 누워 있었어?"

"어제 낮부터야. 외삼촌은 무슨 말이야?"

"내가 꿈을 꾼 모양이다. 기웅이는?"

"좋아지긴 했는데 아직도 가끔 아파해. 주사 맞고 또 잠들었어. 강희는 왔다가 갔고. 걔는 학교 안 가면 죽는 줄 알아."

"혹시 전주 외삼촌한테서 연락 없었어?"

"아니, 없었어. 사무장님이랑 원장님만 다녀가시고."

"그런데 나는 왜 이렇게 누워 있어?"

"기웅이 침대에 기대고 까무러쳤어. 탈진으로 정신을 잃은 거래. 병원이 아니었으면 큰일 날 뻔했어."

"그랬구나. 걱정 많이 했어?"

"며칠 입원해서 종합 진찰을 해봐야 한대. 혈압이 너무 낮고 몸도 많이 지쳐 있고."

채봉은 정신을 가다듬다가 다시 꿈 생각이 퍼뜩 났다.

"승희야, 너 외삼촌한테 전화 좀 걸어 볼래? 내가 꿈을 꿨는데 외할아버지가 나를 찾으셨어. 어서!"

"알았어. 어머니는 움직이지 마. 의사 선생님이 어디 돌아다니면 절대 안 된다고 하셨어. 쓰러진다고."

승희가 나간 사이 채봉이 일어나 대접에 담긴 물을 마시려는데 목에서 뭔가가 가볍게 치밀어 올라왔다. 가래 속에 옅은 피가 섞여 있었다. 왠지 좋지 않은 느낌이 들어 다시 뱉으려는데 승희가 다급하게 뛰어들어왔다. 이순실 원장도 함께 뒤따라 들어왔다.

"외할아버지가 위독하신가 봐. 희망원에 전화하셨대."

채봉은 두 눈을 질끈 감았다.

"그래서 꿈에 나타나셨구나. 나 보고 싶으셔서……."

채봉의 눈에서 금세 눈물이 배어났다. 몸을 일으키다가 어지러운 듯 침대 모서리에 한동안 얼굴을 대고 있었다. 승희가 어쩔 줄 몰라하며 울상을 지었다. 순실이 다가와 채봉의 양손을 잡아 부드럽게 문지르면서 안타까워했다.

"이를 어쩌면 좋누! 몸도 그 지경인데."

"걱정만 끼쳐서 죄송해요. 승희야! 나가서 수건에 물 좀 적셔와."

채봉이 휘청거리며 머리를 매만졌다.

"아버님이 위독하신데 가지 말랄 수도 없고……."

"사무장님한테 이것저것 그냥 맡겨만 두고 있어서 미안하다고 좀 전해주세요. 기환 아버지한테는 말하지 말라고 해주시고요."

"몸이 그런데 희망원 노 선생이라도 따라가는 기 낫지 않겠어?"

"아이들은 어쩌고요. 혼자 갈 수 있어요, 형님. 염려 마세요."

채봉은 의사에게 사정 이야기를 한 다음 링거를 뽑고 승희가 가져온 물수건으로 얼굴을 닦았다.

"승희야, 동생들 좀 잘 챙겨주고 있어. 무슨 일 있으면 전화할게."

채봉이 일어서려는데 무릎이 펴지지 않아 털썩 주저앉았다가 다시 벽을 짚고 힘들게 일어섰다. 간호사가 놀라 염려스러운 눈으로 채봉을 부축했다. 정신없이 잠들어 있던 기웅이 눈을 뜨며 물었다.

"어머니 어디 가? 이제 괜찮아?"

"깼어? 외할아버지가 편찮으시대. 어머니 갔다 올 테니까 선생님 말씀대로 치료 잘 받고 있어."

"외할아버지가? 나 이제 아무렇지도 않아. 같이 가."

기웅이 서둘러 침대에서 일어났다.

"그건 절대 안 돼. 너는 병원에서 하라는 대로 하면서 기운 차리고 있어. 니가 아프면 어머니는 아무 생각도 못 허는 거 알지?"

채봉은 걱정 어린 배웅을 받으며 전주로 향했다. 남문이 지나가고 학집에 도착할 때까지 창밖으로 평우와 태섭의 얼굴이 겹쳐가며 보였다. 태섭은 막내아들 재중이 죽은 충격으로 사업에 의욕을 잃고 있었는데 큰아들 재덕마저 뇌출혈로 세상을 떠나자 경제권 일체를 자식들한테 넘겼다. 이후 매사에 힘이 넘치고 자신만만하던 기세가 꺾이면서 몸도 조금씩 쇠약해지기 시작했다. 육 남매의 자식 중 막내딸 채봉을 누구보다 귀여워했으나 그녀의 삶이 평탄치 않아 언제나 마음이 무거웠다.

채봉이 들어서며 "어머니!" 하고 부르자 태섭의 곁에 앉아 훌쩍이던 정임이 가까이 오라고 손짓을 했다. 얼마나 울었는지 눈은 물론 콧등이며 얼굴 전체가 퉁퉁 붓고 벌게져 있었다. 옥봉과 국헌도 채봉의 충격을 우려하는 표정을 지으며 맞이했다.

"왜 인자 와? 아버지가 너를 얼마나 찾았는디. 채봉이 왔어요!"

정임이 채봉을 옆자리에 앉히면서 태섭에게 알렸다.

"왔냐……. 다들 잘 있고?"

태섭이 들릴 듯 말 듯 말했다.

"예, 아버지. 힘을 내셔야지 이게 뭐예요. 아버지가 어떤 분인데요."

채봉이 울먹이면서 말하자 태섭의 감은 눈꺼풀이 여리게 떨렸다.

"애비는 살 만큼 살았응게 너무 울지 마라."

"뭐가 살 만큼 살아요. 세상에 안 아픈 사람 어디 있어요? 아버지가 이 정도인 줄도 모르고…… 제가 너무 무심했어요."

채봉은 태섭의 팔을 조심스럽게 주무르며 흐르는 눈물을 어깨로 훔쳤다.

"아니다. 니가 이 애비를 얼마나 생각허고 있는지는 내가 누구보다 잘 알고 있다."

태섭은 채봉의 마음을 앞질러 감싸준 다음 말을 이었다.

"너헌테 미안한 것이 하나 있어서 기다리고 있었다."

"아버지가 저한테 뭐가 미안해요. 속만 썩여드려서 제가 죄송허지요."

"내가 그때 봤다. 니 에미가 기웅이헌테 밥보자기 주는 걸."

"그게 뭐가 어때서요. 말씀 줄이시고 기운 챙기세요, 아버지."

"니 오빠들도 사업으로 힘들어하느라 신경을 못 썼을 것이다. 어린아가 밥보자기 들고 가는 심정이……."

태섭의 마른 눈가가 촉촉이 젖어 들었다.

"그 말씀 그만허세요. 지금 뭐 허러 옛날 말씀을 허세요?"

"사람이란 것이 지 아픈 건 손등의 가시 하나도 못 견뎌허믄서 남 아픈 건 얼굴에 바람 지나가는 것처럼 잊어버리는갑더라. 애비가 후회를 했을 적에는 이미 때를 놓치고 말았더구나."

"아니에요, 아버지. 저 그렇게 많이 힘들지 않았어요. 그리고 단 한 순간도 아버지를 서운허게 생각해본 적 없어요."

"너는 물론 그랬겠지. 헌디 나는 그거이 영 한이 된다. 그깟 놈의 사업이 뭐라고, 아무리 어려워봤자 느 새끼들 밥 굶기지 않게 허는 것쯤이야 암것도 아니었는디……. 무심했던 애비를 용서혀라.”

잠시 말을 멈춘 태섭의 촉촉해진 눈꺼풀이 가늘게 떨렸다.

“우리 아이들 밥 굶긴 적 없어요. 왜 자꾸 그런 말씀을 허셔요?”

태섭이 마지막 힘을 다해 채봉의 손을 잡았다.

“그러고 느그들 말이다. 너랑 평우 말이여. 애비가 말은 안 혔지만 맘속으로는 느들이 자랑스러웠다. ……어려움이 따르더라도 지금처럼 아름답게 살았으믄 헌다.”

채봉은 태섭의 입에서 ‘아름답게’라는 말이 나오는 것을 들어본 적이 없었다.

“지금처럼 남 도우면서 살라는 말씀이지요? 물론 그럴 거여요.”

“한세상 살다 가면 그만인 건디…….”

태섭의 눈이 감기고 채봉의 손을 잡은 팔에서 스르르 힘이 빠져 나갔다. 혼수상태에 빠진 태섭은 다음 날 세상을 떠났다. 한참을 울던 채봉이 마당으로 나와 하늘을 바라봤다. 아버지의 혼이라도 배웅하고 싶었다. 진한 먹구름이 바라보고 있기도 두려울 만큼의 거대한 힘으로 가파른 고갯길을 구르듯 요동치고 있었다. 그런 빛깔, 그런 모양새가 아직껏 없었던 것은 아니겠지만 채봉으로서는 처음 보는 하늘이었다.

‘약속헐게요, 아버지.’

＊ ＊ ＊

장례가 끝나고 아이들을 먼저 올려 보낸 다음 채봉이 사랑방에 혼자 남아 태섭의 사진을 보고 있는데 재명이 들어왔다.

"아버지는 좋은 곳으로 가셨을 거다. 편안히 보내드리자. 그리고 아버지 말씀대로 니가 누구보다 도움이 필요했던 시절 무심했던 오빠를 용서해라."

채봉이 펄쩍 뛰면서 아니라고 하자 말을 잠시 중단하고 있던 재명이 다시 말을 이었다.

"그리고 말이다. 김제 집은 너한테 주고 가셨다."

"그걸 왜 나한테 주셔요? 언니랑 오빠들 있는데……."

"텃밭도 오래전에 남 주고 집만 덩그렇게 남았는데 지금은 민 주사 아저씨 아들이 문간채에 살면서 관리해주고 있다."

"오빠가 좋은 용도로 사용해요. 나는 그런 집이 필요하지 않아요."

"아버지 뜻이다, 채봉아. 너는 가지면 가진 만큼 가치 있게 쓸 것이라고 말씀허셨다. 요긴하게 써라."

채봉은 다시 태섭을 생각하며 눈물을 주르륵 흘렸다. 재명이 궤짝 안에서 문서를 꺼내 채봉에게 건네줬다.

"기환 애비 일로 심정이 말이 아니겠지만 너는 틀림없이 잘 헤쳐나갈 것으로 믿는다. 아버지는 모른 채 돌아가셨어."

채봉은 마음을 추스르고 전주도립병원에 들렀다. 반갑게 맞이하면서도 깜짝 놀라는 하가일에게 증세를 얘기하자 바로 엑스레이를 찍게 했다. 하가일은 필름을 직접 찾아들고 들어와 결핵은 아니고 공동 한쪽이 터져서 피가 나왔던 것이라며 약을 먹으면 아물 거라고 했다. 그리고 순애보는 잘 이어가느냐며 웃는 얼굴로 평우의 안부를 물었다. 채봉이 머뭇거리다 평우의 상황에 대해 말하자 그의 얼굴이 곧바로 어두워졌다.

"사람하고는! 그래도 그렇지, 이 나라를 너무 믿는 거 아닙니까."

그 말을 들은 채봉은 불안한 생각이 다시 솟구쳤다. 하가일은 채봉의 얼굴색이 변하는 것을 보고 부드럽게 말을 이었다.

"제가 너무 부정적인 말을 한 것 같습니다. 기환 아버지의 생각이 더 맞는 건 분명할 겁니다. 변호사인데……. 순간적으로 놀라서 나온 말이니까 너무 심각하게 받아들이지 마세요."

"아닙니다. 각오를 단단히 하겠습니다."

"언젠가 신문에서 기환 어머니를 보고 무척 기뻤습니다. 존경스럽기도 하고……. 예감 상 두 사람이 잘 있을 거라는 생각도 했었고요. 제가 뭐 도움 될 일 없을까요? 뭐든 말씀해보세요."

"여기 전주에 재심 쪽으로 신뢰할 만한 변호사가 계실까요?"

"판사 하던 사람을 알고 있긴 한데 물어보겠습니다. 그리고 도움이 될지 모르지만 탄원서도 만들어볼게요. 될 수 있는 한 많은 사람이 참여해서요."

"감사합니다. 그렇게 말씀해주시니까 힘이 납니다."

병원 문을 나서는 채봉은 평우가 못 견디게 그리웠다. 다른 경우라면 당장 달려가 걱정거리를 의논하고 격려 받으면서 힘을 얻었을 것이다. 마당을 지나면서 하가일을 통해 평우가 서산에서 사진관을 운영하고 있다는 말을 처음 들었을 때 세상 그 무엇보다 기뻤던 생각이 꿈속처럼 아련하게 떠올랐다. 이제 모든 것을 다시 혼자서 해결해야 한다는 고독한 마음과 서글픔이 온몸을 에워쌌다.

문득 죄수복을 입고 혼자 앉아 있을 평우의 모습이 떠오르며 정신이 퍼뜩 들었다. 나약해지고 있는 자신을 발견한 채봉은 걸음을 멈추고 병원 안 정원 벤치에 앉아 혼란스러운 마음을 정리한 다음 각오를 다졌다. 며칠 전의 검은 구름은 하얀 제 빛깔을 머금고 푸른 하늘을 힘껏 달리고 있었으며 이제 막 펼쳐진 낙엽송의 연두색 이파리가 봄바람에 팔랑거렸다. 채봉은 주먹을 불끈 쥐었다.

* * *

며칠 후 채봉이 월 2회로 제한된 평우의 면회를 갔다. 평우는 전주형무소 건물 내에 있는 구치소 미결수 감방에 수감되어 있었다. 사형수라 미결수 상태로 있으면서 집행만을 대기하고 있는 격이다. 면회를 가는 시간이면 그녀는 어김없이 가슴이 뛰고 다리가 후들거렸다. 사형이 집행되었으니 시신을 수습하라는 등기 우편물을 받았던 것도 두 번째 면회를 하고 난 닷새 후였다. 그것이 마지막 면회가 될 줄은 꿈에도 생각하지 못했었다.

평우는 여전히 아무 일도 없는 사람처럼 반갑고 다정하게 그녀를 맞이했다. 아이들에 관한 안부와 사진과 필름을 찾은 얘기, 하가일을 만나 판사 출신의 유능한 변호사를 소개받으려고 한다는 등의 얘기를 나눴다. 태섭의 죽음에 관한 말은 하지 않았다. 평우는 자신도 신문을 받으면서 설득력 있게 정황을 잘 설명해 긍정적인 반응을 얻었다고 채봉을 격려했다. 그러면서 변호사를 하루빨리 선임하는 편이 낫겠다고 말했다. 면회 시간이 끝나자 평우가 의자에 앉은 채로 채봉에게 먼저 가라고 했다. 채봉은 이번에도 그가 되돌아가는 뒷모습을 보지 못했다.

곧바로 하가일이 소개한 김응선 변호사를 찾아갔다. 큰 체구에 이마가 벗어지고 인상만 보면 검사나 판사가 제격인 노련한 느낌을 주었으며 부드러운 말투와는 달리 안경 속 눈매가 날카로웠고 말수가 무척이나 적었다. 채봉은 사건의 발단에서부터 현재에 이르기까지 참고가 될 만한 사항을 전반적으로 설명했다.

"내용은 제가 충분히 이해했습니다. 또 다른 말씀은요?"

채봉이 상황을 제대로 이해시키기 위해 구체적으로 설명하려 들 때마다 그는 같은 반응을 보였다. 아쉬운 대로 설명이 끝난 다음 이번에는 그가 먼저 말을 꺼내도록 한참을 기다렸다.

"남평우 씨는 실제로 공산주의 이론을 어떻게 생각했었습니까?"

"말씀드리지 않았나요? 광복 직후에 잠시 긍정적으로 생각한 적도 있다고요. 그런데 그걸 왜 물으시죠?"

채봉은 화가 치밀었으나 최대한 자제하고 물었다.

"참고로 여쭤본 겁니다."

"변호를 맡으실 의향은 있으시고요?"

"고심 중입니다. 하 박사 말을 듣고 윤채봉 씨가 어떤 분인지도 무척 궁금했습니다. 물론 다른 변호인을 선택하셔도 됩니다."

"궁금하신 건 제가 아니라 우리 그이여야 하지 않나요? 부탁드리겠습니다."

채봉이 엷은 웃음을 지으며 말했다.

"지금은 타이밍이 좋지 않은 것도 알고 계셔야 합니다."

"재심이 불리한 때라는 말씀이신가요?"

"그렇습니다. 하지만 신청해놓은 건 다행으로 볼 수도 있습니다. 자수도 그렇고요. 중앙정보부에서 법원으로 넘긴 인혁당 사건이 끝나지 않고 시끄럽다 보니까 정부가 쫓기는 입장이 되었거든요."

"그 일과 무슨 상관이 있어요?"

"사상범에 대해 오히려 강경책을 쓸 수도 있다는 얘기지요. 만에 하나 다시 처형이라도 하려 들면 큰일 아닙니까.”

변호사는 마치 남의 얘기 하듯이 말했다. 그는 채봉의 심정을 생각해 말을 가려서 할 의도는 전혀 없어 보였다. 채봉은 너무 놀라 머리카락이 서고 손발이 떨려왔다.

“다시 처형한다고요?”

“재심 중에는 그럴 수가 없거든요. 그런 경우를 생각해서 다행이라고 말한 겁니다.”

변호사가 서둘러 자신의 말을 봉합했다.

“당장 처형당하지 않는 것만도 다행이라는 말씀이신가요?”

“꼭 그렇다는 건 아니지만 안전하게 시간을 벌 수가 있잖아요.”

채봉은 자리에서 벌떡 일어섰다. 눈에는 차가운 서리가 서렸다.

“그이는 아무 죄도 없는 사람입니다. 그때의 선고는 판결이 아니라 살인 행위였다고요.”

그러고는 눈물을 펑펑 쏟아냈다. 변호사는 삽시간에 흙빛이 되어 입을 다물고 있다가 천천히 일어서서 입을 열었다.

“진정하시고 앉으세요. 저도 최선을 다해보겠습니다.”

“변호사님마저도 죄지은 사람으로 보고 계시잖아요. 변호사님은 우리 그이의 무죄에 믿음이 가지 않으세요?”

“상당 부분 느끼고 있습니다.”

“느낌과 확신은 다르잖아요.”

“점차 믿음이 가고 있다는 뜻으로 한 말입니다.”

자리에 앉은 채봉이 손수건을 꺼내 얼굴을 닦았다.

“변호사님 잘못도 아닌데 흥분해서 죄송합니다. 이해해주세요.”

“충분히 이해했습니다. 마음을 단단히 먹되 여유도 가지세요. 기각되면 보강해서 다시 신청한다는 생각까지 하셔야 합니다."

"예전에 보니까 항소는 하나 마나이던데요?"

"사안에 따라 다르지만 지금은 그때와는 다릅니다. 그리고 항소가 아니라 재심을 재신청하는 것이고요."

침통한 표정으로 생각에 잠기던 변호사가 얼버무리듯 말했다.

"어떻게든 이번에 받아들여지도록 해주세요. 부탁드리겠습니다."

"노력해보겠습니다. 추가 증거를 제출하셨다면서요?"

"사진 필름과 수상하는 기사가 난 신문을 제출했습니다."

변호사는 고개만 끄덕일 뿐 별말이 없었다. 한참 만에 그가 다시 물었다.

"또 다른 증거는요?"

"당시 고문으로 생긴 흉터랑 고막 파열의 흔적들이 있습니다. 아이들이 전단지를 찍은 인쇄소도 찾고 있고요. 그리고 하가일 선생님이 탄원서도 만들어주신다고 했습니다."

"저도 하 박사한테 들었어요. 남평우 씨 만나 위임장 받으면서 이것저것 꼼꼼히 살펴보겠습니다. 자세한 얘기는 그다음에 하기로 하지요."

김응선 변호사는 처음보다 다소 적극적인 표현을 썼으나 여전히 평우를 객관적인 시각으로 보고 있는 듯했다. 채봉은 변호사를 만난 후 이전보다 더 혼란에 빠진 느낌이었다. 특히 처형이니 기각이니 했던 말과 석연치 않은 그의 표정이 지워지지 않았다.

결정문

　채봉이 미룰 수 없는 강연을 마치고 집에 조금 일찍 들어와 고무신을 벗으려는데 이순실 원장이 별채로 찾아왔다.

　"지금 오나? 문소리가 나는 거 같아서 왔다."

　"예, 별일 없으세요? 요즘 제가 통 들여다보지도 못해서 미안해요."

　"형편 빤히 아는데 뭔 소리가? 그나저나 조금 전에 이런 게 왔는데, 등기라서 내가 도장 찍어주고 받았다."

　순실이 건네주는 봉투의 겉면에는 전주지방법원이라는 보라색 고무인이 찍혀 있었다. 채봉은 떨리는 손으로 겉봉을 뜯었다. 상단에 있는 '결정'이라는 글자가 눈에 들어왔다. 다음 줄을 읽기 전에 눈을 감고 심호흡을 했다. 1948년 남평우도 보이고 신청인 남기웅도 보인다. 무엇을 뜻하는지 모르지만 '주문'이라는 단어가 굵은 글씨로 적혀 있다. 채봉의 눈동자가 빠르게 이동했다. '청구인의 재심 청구를 기각한다.'라는 문구가 그녀의 각막에 사정없이 날아들었다.

기각!

이어서 용어도 모를 표현 등으로 나열된 짧지 않은 내용이 어른거렸다. 채봉은 더 들여다보다가는 자신이 잘못 해석하고 있는 내용이 사실이 될 수도 있다는 생각에 재빨리 종이를 접었다. 아니 기각의 의미가 무엇인지 이미 알았다. 눈앞이 캄캄해지고 현기증이 났다. 후들후들 떨리는 손으로 다시 종이를 펼쳤다.

재심 청구인은 이 사건 재심 청구의 증거물로써 판결의 증거가 되었던 전단지 사진의 원본과 필름, 동 사진과 관련한 수상 사진을 제출하였다. 동시에 판결의 증거가 되었던 전단지 제작과 관련한 피고인의 자백이 고문에 의해 허위로 작성되었으며 실제는 과거 신문에 게재된 사진을 누군가가 무단으로 복사하여 모자(母子)의 배경을 붉은색으로 칠하고 그 위에 선동 문구를 적어 넣었을 뿐 피고인과는 전혀 무관하다고 주장하는 서면을 제출하였다. 그러나 당시의 수사 과정에서 작성된 사실적 내용에 피고인이 친필로 서명하고 우무인(右拇印)을 찍은 것으로 비춰보아 이를 청구인의 주장대로 허위라고 볼 명확한 증거가 될 수 없다.

종이에 적힌 '기각'과 변호사에게 들은 적 있는 '처형'이라는 단어가 겹쳐져 머릿속에서 굉음을 내며 빙빙 돌고 있을 뿐 채봉은 다른 어떤 생각도 할 수가 없었다.

"형님, 저 방에 좀 들어가 누울게요."

순실은 아무 말도 하지 못하고 희망원으로 되돌아갔다. 엊그제 면회 때 평우가 일부러 웃음 지으며 자신을 격려하던 표정 하나하나가 눈동자에 새겨진 문신처럼 또렷이 자리 잡았다. 예전에 처형당하기 전 상백과 마지막 면회를 갔을 때도 그랬듯이…….

채봉은 벌떡 일어나 주섬주섬 옷을 입었다.

'지금의 이 결정문과는 비교할 수도 없는, 더 기가 막히고 결코 있을 수 없는 일을 꼭 막아야 해.'

문밖으로 나가던 채봉은 다시 들어와 결정문을 접어 가방에 넣고 되돌아나갔다. 버스에서 내린 그녀는 법원 쪽으로 향했다. 금성사 대리점에서 켜놓은 라디오에서는 맹호부대 노래가 울려 퍼지고 거리의 사람들은 모두 다 그대로였다. 구두를 신나게 닦고 있는 소년도, 땀을 뻘뻘 흘리며 리어카를 끌고 가는 늙수그레한 남자도, 지나가는 사람을 흘끔흘끔 살피면서 풀빵 기계를 바쁜 척 돌리고 있는 아저씨도 예전과 다를 게 없었다. 법원 마당에 핀 자줏빛 목련이 그녀를 물끄러미 바라보고 있었다. 이층에 올라가 장현준 검사실 앞에서 숨을 고르고 있는데 누군가가 등 뒤에서 그녀를 불렀다.

"윤채봉 씨?"

채봉이 놀란 눈을 하고 돌아다봤다. 장현준 검사였다. 오래전에 세상을 떠난 재중 오빠의 얼굴이 겹쳐졌다. 현준은 반가운 얼굴로 다가오다가 채봉의 표정을 보고 주춤했다.

"뭐가 잘못되었습니까? 들어가서 얘기하시지요."

현준의 얼굴이 침통해졌다. 자리에 앉으며 채봉이 말했다.

"기각되었습니다."

달리 표현할 말이 없었다. 조금 전까지만 해도 장현준 검사를 만나게 되면 산더미처럼, 아니 거대하게 밀려드는 파도처럼 하소연하고 싶은 말이 많았었다. 잠시 침묵이 이어졌다.

"아직도 기회는 있습니다. 너무 염려하지 마세요."

"지금 한창 추가 증거를 준비하고 있는데……."

채봉은 아무리 침착하려 해도 말이 따라주지 않았다.

"법원에서 의도적으로 그런 것이 아닌가 하는 생각이 듭니다. 준비를 더 하라는 뜻으로요. 법원에서 볼 때도 심증은 충분하지만 증거가 미흡해 보였을 수도 있으니까요."

"정책적으로 결정할 수도 있다고 들었어요."

"무엇을요?"

"……처형요."

채봉은 있는 힘을 다해 단어를 내뱉었다.

"누가 그래요?"

"변호사님이요. 검사님! 그러지 못하도록 힘 좀 써주세요. 그이는 죄가 없는 사람이고 그러면 안 된다면서……."

채봉은 말을 더 이을 수가 없었다. 자신의 말이 두서도 없고 설득력도 없다는 생각이 들었다. 현준이 진정하라면서 탁자 위에 양손을 맞잡고 있는 채봉의 손을 감싸 잡았다. 부드러운 손등이 가늘게 떨리고 있었다. 겁에 질린 채 물기를 머금은 그녀의 눈빛이 너무나 간절해 보였고 머릿결에서 나는 향긋한 냄새는 현준을 더욱더 슬프게 만들었다.

"알았습니다. 제가 옷을 벗는 한이 있어도 그런 일은 절대 없도록 책임질 테니까 걱정 마시고 재신청을 준비하세요."

현준이 채봉의 손을 감싸고 있던 손에 힘을 주면서 말했다.

"예전에도 항소했었는데 아무런 의미도 없었습니다."

"변호사에게 재신청하면서 증인 중에 저도 넣으라고 해주세요.

저쪽에서의 판단에 참고가 될 겁니다."

"검사님이 증언하시겠다고요?"

"예, 그렇습니다."

채봉의 눈에서 눈물 한 방울이 현준의 손등에 톡 떨어졌다.

"……감사합니다."

"언젠가도 비슷한 말을 한 것 같은데, 감사는 축하할 수 있는 자리에서 받겠습니다."

그가 소년처럼 웃는 얼굴로 말하면서 채봉의 손을 어색하게 놓았다. 마음이 한결 놓인 채봉은 아직 제출하지 않은 증거를 찾기 위해 노력하고 있는 일들에 관해 그가 물어보는 대로 상세하게 설명했다.

"모두 좋은 생각입니다. 이제부터는 걱정하는 데 시간 낭비하지 마시고 증거 찾는 일에 최선을 다하세요."

채봉의 얼굴에 다소나마 안도감이 흘렀다.

현준은 채봉을 보낸 후 꼼짝도 하지 않은 채 깊은 생각의 늪 속에 빠졌다. 자신이 너무 앞서간다는 생각을 하면서도 감정을 주체할 수가 없었다. 무엇을 위해 살아가는가는 왜 살아야 하는가의 원동력이 분명하다. 그러나 자신은 이제껏 살아 있으니까 살아왔을 뿐 무엇을 위해서 사는가는 명확하지 않았다. 남평우와 윤채봉을 보고 삶이 얼마나 절실하고 아름다운 것인지를 눈으로 확인하면서 얼굴이 달아오를 정도로 부끄러운 생각이 들기도 했었다. 채봉에 대한 자신의 감정 또한 연민인지 동정인지 구분할 수가 없었다.

채봉은 현준을 만난 다음 어느 정도의 안정을 되찾고 그의 말대로 걱정할 시간이 있으면 증거를 찾기 위해 노력하기로 마음먹었다. 용화와 아이들에게도 결정문을 보여주면서 재심이 기각된 사실을 말해줬다. 아이들의 얼굴에 어두운 그림자가 드리워졌다.

"결국 죄짓지 않은 증거가 없는 것이 죄지은 증거라는 말이네? 우리나라가 정말이지 이 정도밖에 안 된다는 거야?"

결정문을 꼼꼼히 읽은 강희가 증오에 찬 목소리로 말했다.

"맞아요. 죄지은 증거는 저쪽에서 제시해야지 고문으로 받아낸 서명 하나가 사람의 목숨을 좌우하는 유일한 증거가 될 수 있어요?"

말수가 적은 승희도 흥분했다.

"저도 다 알아봤는데 자백 말고 다른 증거가 없으면 처벌할 수 없다면서요. 그건 다 헛소리여요, 사무장님?"

기웅이 벌게진 눈을 깜박거리며 용화에게 물었다.

"죄를 지었다는 증거가 약한 건 저쪽에서도 다 인정할 거야. 재심이다 보니까 기존 판결의 권위가 뒷받침되고 있는 셈이지. 기웅아, 내 생각에는 말이야. 상식 아버지가 법원에 계시잖아. 증거를 보강해서 다시 정식으로 신청하게 하기 위한 것이 아닐까?"

채봉이 장 검사도 그런 말을 했다면서 용화의 말에 동조했다.

"그럼 내가 다시 상식이 아버지한테 가서 물어볼까?"

"어차피 노력해야 하는 건 마찬가지니까 그냥 믿자. 확인하고 싶은 건 어머니도 마찬가지지만 믿고 싶은 마음이 더 크다."

잠자코 귀 기울이던 강희가 큰 눈을 깜빡이며 입을 뗐다.

"전단지 내용이 엉터리라는 증거를 찾아내는 것도 효력이 있지 않을까요? 예를 들면, 촬영 지역이 여순사건과는 전혀 관계없는 곳이라는 점과 전단지의 그 아이가 현재도 살아 있는 사람이라는 내용 같은 거요. 그렇게 되면 '누가 이 모자를 죽였는가?'라는 말은 완전히 거짓이 되잖아요."

"일리 있어. 결정적이진 못해도 정황을 파악하는 데는 도움이 될 거다. 상식적으로 살아 있는 사람 사진 위에 죽은 사람이라는 표현을 써 붙이는 작가는 없을 테니까. 그런데 살아 있을까?"

용화가 진지한 눈빛으로 강희를 쳐다봤다.

"아름다운 여인인 그 어머니는 돌아가시고 딸이 이모뻘 되는 분과 살고 있어요. 사무장님과 오빠가 만났던 그 처녀 말이에요. 나는 그때 오빠 말 듣고 바로 생각했었는데…….."

"그 처녀가 사진 속 아이라고? 아버지가 태양을 바라보는 모자라고 하셨는데?"

"오빠! 그걸 꼭 모녀진 모자진 밝혀서 말해야 할 내용이라고 생각해? 어이구 답답하긴 정말! 어렸을 때 동생 마음은 그렇게 잘 챙겨줬으면서 어쩌면 그렇게 머리가 꽉 막혔어?"

"그래, 니 말이 맞다. 근데 넌 어떻게 거기까지 생각하게 됐어?"

기웅이 흥분을 감추지 못하자 강희가 아무렇지도 않게 대답했다.

"사실은 내가 만나고 왔어."

모두가 이구동성으로 "언제?" 하고 물었다. 승희는 도저히 믿을 수 없다는 표정이었고 채봉도 어이없어했다.

"오빠 입원했을 때."

채봉은 병원에 누워서 강희를 찾았을 때 승희가 강희는 학교 안

가면 큰일 나는 줄 안다고 불만스럽게 말했던 사실을 떠올렸다.

"다 낡았지만 그 언니 집에 사진도 한 장 있더라고. 아버지가 주고 가셨었나 봐. 필요하다면 증인도 되어준다고까지 했어."

"사진이 있었어? 증인까지 되어준다고 했고? 어떻게 구워삶았어? 쌀쌀맞기가 니 수준이던데."

"육포하고 팔뚝 감을 때 쓰는 가죽을 힘들게 구해서 선물했거든."

"너 혼자 어떻게 찾아갔어?"

"누굴 바본 줄 알아? 진안에서 택시 대절해서 갔지. 운 좋게 그때 오빠가 탔던 택시더라고."

"만나서 무슨 말을 했어?"

"어떻게 말할까 고민될 때는 털어놓고 얘기하는 게 최고라고 오빠가 말해줬잖아. 마음씨도 고운 언니야. 그 언니도 자기 어머니가 아파서 돌아가신 얘기도 하고 그랬어."

강희는 계속해서 눈을 깜빡이며 다부지게 말했다. 모두가 서로를 바라보며 침을 꿀꺽 삼켰다.

"그리고 오빠! 새벽에 거기서 해 떠오르는 걸 보고 실망해서 돌아왔다고 했지? 하늘이 주황빛으로 물드는 걸 보고."

"응, 그래서?"

"걱정 마! 아버지가 찍으셨을 때는 붉지 않았던 게 맞아."

"나랑 사무장님이 분명히 붉은 하늘을 봤는데?"

"잘 생각해봐. 아무리 산이 병풍처럼 둘러쳐 있다고 해도 봉우리 사이에 낮은 틈새가 있을 거 아냐?"

"그야 물론이지. 지금도 눈에 선해. 그런데 그게 왜?"

"아버지 때는 여름이었고 오빠가 갔을 때는 이른 봄이야. 해가 뜨는 위치는 매일 조금씩 이동하는 건 오빠도 알지? 아버지가 찍으셨을 때는 해 뜨는 자리가 봉우리 쪽이었는데 오빠는 동쪽의 낮은 능선으로 이동한 해를 본 거여.”

강희의 말을 듣는 동안 기웅의 온몸에 소름이 돋았다. 흥분을 감추지 못한 기웅이 다시 외쳤다.

“그럼 붉은빛은?”

“그건 해 뜨는 위치가 지평선에 가까울 때 붉어지잖아. 몰라?”

“알았다. 그럴 때 빛의 산란으로 주변이 붉게 보이는 거여. 수평선도 그렇고……. 너 지금 그 말 하려고 그러는 거지?”

“그래, 이제야 우리 오빠 머리가 돌아가네. 해가 중천에 떠 있는데 하늘이 붉어지는 거 봤어? 아버지가 찍으셨을 때는 산봉우리에 가려 해가 늦게 떠올랐겠지.”

“어이구 이 멍청이!”

기웅은 벌떡 일어나 방 안을 왔다 갔다 하면서 주먹을 흔들었다.

“오빠가 멍청한 건 그것뿐만이 아니야. 이건 증거하곤 상관없지만.”

두 사람의 얘기를 듣고 있던 용화가 껄껄 웃었다.

“뭐가 또 있어? 어쩐지 나한테 멍청하다고 하는 것 같은데?”

“그런 뜻이 아니에요, 사무장님. 오빠! 말해줄까, 말까?”

기웅이 빨리 말해보라고 성화였고 강희는 어쩌면 아버지도 몰랐을 거라고 했다.

“사진을 직접 찍으셨는데도?”

“음…… 그 어머니는 태양을 바라보려고 있었던 게 아니라 아마 햇빛에 아기의 눈을 비춰보려고 했을걸?”

“왜? 눈이 부실 텐데……. 알았다. 아이 눈이 뭔가 이상해서 일부러 햇빛을 보게 하려 했다는 거지? 눈부셔하나 안 하나 보려고."

"그런데 아버지는 사진까지 주셨으면서 왜 모르셨지?"

승희가 고개를 갸우뚱했다.

"언니, 자식한테 장애가 있는 걸 뭐가 자랑이라고 얘기했겠어? 그냥 사진만 받은 거지."

"야아, 너 정말 천재구나, 천재!"

"이런 걸 생각했다고 천재라고 한다면 세상에 바보 될 사람 아무도 없겠다. 사무장님! 우리 걱정하지 말고 다시 시작해요."

"그래, 강희가 큰일을 해냈구나."

모두는 실로 놀라움을 금치 못했고 기웅은 "내 동생 강희야! 고맙다." 하면서 덥석 끌어안았다.

"징그러워, 오빠! 그리고 나 혜령 언니도 만나기로 했다?"

"혜령이 누나를? 니가 왜?"

기웅이 표정을 일그러뜨리며 물었다.

"오빠가 요즘 안 나타나는데 무슨 일이 있느냐고 혜령 언니가 전화했더라고. 그래서 이런저런 얘기 하다가 내가 토요일이 개교기념일이라 학교 안 간다니까 아침 일찍 대전에 온다고 했어."

"여길? 니가 만나서 뭐 하려고?"

기웅은 여전히 마음에 들지 않는 표정을 지었다.

"정한 건 없지만 오빠는 세상에 빽이 얼마나 중요한지 몰라?"

"아버지 일에 도움만 된다면 뭘 못하겠냐."

"더군다나 오빠도 좋아하고. 아냐, 농담이야. 어쨌든 좋은 일이잖아. 나는 누가 우릴 돕는다는 건 정말 복 받을 일이라고 생각해."

강희는 어깨를 으쓱하고 다시 말을 이었다.

“……우리 아버지 같은 사람을 처벌하려 든다면 그건 나라가 아
니라 지옥이 분명해. 그땐 내가 절대로 가만두지 않을 거여.”

　“그래, 강희야. 우리 재심청구서 다시 내자. 꼼짝 못 할 추가 증거
찾아서 말여. 사무장님, 우리 여수에 다시 가요.”

　그때 김웅선 변호사에게서 전화가 걸려왔다. 기각된 사실을 알고
전화를 한 것이다. 의외이긴 하지만 전에 말한 대로 추가 증거를 보
강해서 재신청할 계획이니까 너무 놀라지 말라는 얘기였다. 채봉은
전단지와 사진 건 말고도 장 검사가 증언하겠다고 말한 내용 등을
전했다. 변호사는 기뻐하면서 세 가지 다 유효할 수 있으니 최선을
다하자고 격려했다. 처음과 달리 무척 호의적이고 적극적이었다.

북소리

"너희 어머니를 뵙고 말이야. 뭔가 슬픈 예감이 들었었거든?"

강희의 긴 이야기를 다 듣고 충격에 빠진 혜령은 놀라움이 가시지 않은 표정으로 운을 뗐다. 강희는 혜령의 다음 말이 궁금했다.

"지난번에 언니 왔을 때요?"

"응, 뵙는 순간. 그런데 이런 억울한 내용과는 전혀 다른 상상이었어. 슬픈 사랑을 하고 있는 여인 같은……. 처음 기웅이를 보면서도 비슷했던 것 같아. 슬픈 구석이 있어 보이는 느낌."

"언니 직감이 대단해요. 하지만 기웅 오빠는 쾌활하지 않나요?"

"그런데도 그렇게 느껴졌었어. 지난번 기환 오빠도 그래서 그랬나? 암튼 이제 이유는 알겠는데 이건 생각보다 몇 곱절이나 심각한 악마의 덫에 걸려 있는 거잖니? 그것도 현재진행형으로……."

강희는 혜령의 심정을 통해 자신의 현실을 재차 인식하는 기분이 들었고 혜령은 기웅에게서 풍겼던 느낌들이 새롭게 떠올랐다. 기웅에 대한 자신의 감정이 뭔지도 때늦게 궁금했다.

"그래서 지금 여수에 가 있다는 거야?"

"예, 사무장님이랑요. 아무 진전이 없어 애가 타는 모양이에요."

"자기 때문이라는 죄책감까지 느끼고 있을 거 아니니?"

혜령은 금세 맑은 눈물방울이라도 떨어질 것 같은 눈으로 강희를 빤히 바라봤다. 강희는 혜령의 눈을 외면하고 그녀의 얼굴이 비치는 유리창으로 고개를 돌렸다.

"말은 안 하지만 아마 심할걸요?"

"강희야! 우리 여수 가볼까?"

혜령의 마음이 급해졌다.

"오빠한테요?"

"혹시 아니? 미인 둘이 납시면 뭔가 더 도움이 될지. 갈 수 있어?"

만약 강희가 다른 사정으로 못 간다고 하면 혼자라도 갈 기세다.

"가요. 그런데 여수 어디에 있는지 몰라요."

"여수 뻔하지 뭐. 중심가로 가서 찾으면 될 거 아니겠니?"

강희도 기뻐하면서 서둘러 자리에서 일어섰다. 세 시간이 조금 더 걸려 여수 터미널에 내린 두 사람은 우선 번화가를 물어 시청이 있는 학동까지 가는 동안 눈에 띄는 인쇄소 두 군데를 들렀다. 두 곳 다 누군가가 같은 얘길 물은 적이 있다면서 귀찮아했고 그때는 등사판으로 밀었지 무슨 인쇄냐며 짜증을 내기까지 했다.

"뭔 영화랴?"

어깨까지 올라온 사각 통에 포스터를 붙이고 그 속에서 작은 북을 치며 가는 사람을 보고 아이들 몇이 고개를 갸우뚱하며 물었다. 고깔모자를 쓰고 얼굴에는 수염까지 붙였다. 여수와 순천을 왔다 갔다 하며 아무리 찾아봤자 인쇄소도 드물었고 전단지를 본 사람조차 만나지 못한 기웅이 새로운 아이디어를 짜낸 것이다.

"누가 이 모자를 죽였는가? 배우가 누구여? 최은희여?"

"아녀, 못 보던 배운디?"

"영화가 아닝만. 저 옆에 쓴 거 봐!"

사각 통의 옆면에는 '이 사진에 관해 아시는 분을 애타게 찾고 있습니다. 대전 희망원'이라는 큰 글씨가 적혀 있었다. 지나가면서 한마디씩 하고 쳐다보는 사람도 있었으나 대부분 흘깃 보고 지나칠 뿐 별로 관심을 두지 않았다. 기웅은 시청 쪽으로 건너는 사거리를 연신 왔다 갔다 하며 쉬지 않고 북을 쳤다.

"거진가?"

"거지면 동냥을 다니지 뭐 헐라고 저 짓거리를 혀?"

"즈그 엄니를 찾는감만!"

때마침 사거리 건너편에서 큰길을 따라 올라가던 강희가 아이들이 떠들어대는 소리를 듣고 북소리가 나는 쪽을 바라봤다.

"언니, 잠깐만! 저 사람 좀 봐요!"

이상한 분장을 한, 통 속의 남자는 연신 사방을 두리번거리며 누구든 자신을 유심히 보는 사람이 없는지 살피고 있었다. 포스터를 본 강희의 콧등이 찡해졌다. 통 안에서 울리고 있는 북소리가 기웅의 울음소리로 들렸다.

"얘! 설마 기웅이는 아니겠지?"

오빠 같다는 강희의 대답에 혜령이 우뚝 서서 다시 쳐다봤다.

"맞네. 고깔모자 밑에 뒤통수가 맞잖아."

강희는 커다란 눈에 눈물을 가득 채우고 뭐라 말을 하지 못했다. 혜령도 금세 눈이 붉어지면서 그저 바라만 봤다. 두 사람이 머뭇거리고 있는 동안 기웅이 먼저 둘을 발견하고 사거리를 건너왔다.

"강희야! 누나! 여긴 어떻게 왔어?"

기웅이 쑥스러워하는 표정으로 사각 통과 고깔모자를 벗고 콧수염을 뗐다. 얼굴에는 땀이 번질거렸다.

"그렇게 북만 치면 사람들이 관심을 갖니? 내가 시범을 보여줄게."

혜령이 대답 대신 큰 소리로 말하면서 기웅이 벗어놓은 사각 통을 뒤집어쓰기 시작했다.

"누나 왜 그래? 이거 무거워."

기웅이 엉거주춤하며 말리는데 빼앗다시피 통을 멘 혜령이 사거리를 향해 걸어가면서 울먹이는 소리로 외쳤다.

"사람을 찾습니다! 사례하겠습니다. 사람을 찾습니다!"

행인은 물론 자전거를 타고 가던 사람이며 리어카를 끌고 가거나 짐을 들고 가던 사람들이 모두 갈 길을 멈춘 채 혜령을 바라봤다. 삽시간에 수십 명으로 늘어난 구경꾼이 웅성거리다가 기웅과 강희가 일행인 것을 알고 다가와 물었다.

"누구를 찾는데 아가씨가 저렇게 울면서 소리를 질러대는 겨?"

"엄니 찾는 거여? 쯧쯧!"

사람들은 안됐다는 듯 혀를 차며 물었다.

"아니에요. 여순 사건 때 저 전단지를 만들었던 사람을 찾고 있습니다."

강희가 설명하는 사이 기웅이 달려가 사각 통을 붙잡아 벗기면서 소리 질렀다.

"누나, 뭐 하는 짓이야? 숙녀가 창피하게."

"너는 되고 나는 안 되니?"

"그래, 나는 되고 누나는 안 돼. 그걸 말이라고 해?"

두 사람이 옥신각신하자 행인들이 걸음을 멈추고 구경을 했다. 잠시 모였던 사람들은 하나둘 제 갈 길을 갔고 지나가는 사람들이 계속해서 흘끔흘끔 호기심 어린 눈으로 쳐다봤다. 강희가 눈물을 삼키고 어디 가서 밥부터 먹자고 재빠르게 제안했다.

"아직 시간이 안 됐는데? 일곱 시에 사무장님이랑 밥집에서 만나기로 했거든. 그럼 조금 일찍 가서 기다리지 뭐."

식당에 들어갔으나 혜령은 자리에 앉을 때까지 입을 꼭 다문 채 말 한마디 없었다.

"누나, 여기 음식이 맛있어. 주인아주머니가 꼭 우리 이모 같아."

"막걸리 한잔 먹자."

혜령이 다짜고짜 말했다. 강희는 걱정스러운 눈으로 바라봤다. 기웅이 바로 웃는 소리를 내며 대답했다.

"좋아 누나. 나는 딱 한 잔만 할게. 이따가 또 북 쳐야 하니까. 어때? 내 북 솜씨?"

혜령은 웃지도 대꾸도 하지 않았다. 잠시 침묵이 흘렀다.

"수염도 멋지지 않아? 아 참! 내 수염을 어디에다 뒀지?"

어깨를 위아래로 흔들어대면서 호들갑스럽게 말하는 기웅을 말없이 바라보던 혜령이 갑자기 엉엉 소리를 내서 울기 시작했다. 주변의 시선도 아랑곳하지 않았다. 강희와 기웅은 물론 식당 아주머니와 옆자리 손님들까지 일제히 혜령을 바라봤다.

"누나, 나 동정하지 않아도 돼."

"뭐? 동정? 얘 기웅아! 너 지금 동정이라고 했니?"

혜령이 울다가 싸늘하게 기웅을 흘겨봤다. 강희도 안타까운 표정으로 기웅을 흘기듯 바라봤다.

"오해하지 마. 내가 불쌍해서 누나가 가슴 아파하지 말라는 말이야."

"야, 이 자식아. 나는 세상 태어나 누굴 동정해본 적이 없는 사람인 거 너 몰라? 자부하건대 나는 언제나 내 감정에 솔직하고 충실해. 알겠니?"

"미안해. 내 표현이 어긋났어도 누나는 내 마음을 알 거라 생각해. 정식으로 다시 사과할게. 누나 미안해."

"너보다 내가 더 웃긴다 정말! 좋아, 받아들일게. 아니야. 지금 네가 말실수로 누구한테 사과할 심정이겠니? 성질부려서 미안하다."

혜령이 코를 팽 풀고 차갑게 물었다.

"……그런데 정말 꼭 이 방법밖에 없니?"

기분은 거의 풀어진 듯했다. 강희는 겨우 안도의 숨을 내쉬었다.

"누나, 난 이보다 더한…… 어떤 일이라도 해야 해."

기웅의 목이 잠깐 메는 듯했으나 다시 차분하게 마무리했다.

"기웅아, 우리 서울로 올라가자."

혜령이 갑자기 옆에 앉아 있는 기웅의 목을 힘껏 끌어안고 다시 울먹거리며 말을 이었다.

"좀 더 이성적으로 현명한 방법을 궁리해봐. 신문에 내든가. 여기서는 이제 이쯤 했으면 알 사람은 다 알았을 거야. 누가 누굴 찾고 있는지."

혜령의 목소리는 애틋했다. 강희가 주체할 수 없는 눈물을 쏟아냈다. 셋이서 눈물 짜는 모습을 가만히 지켜보던 주인아주머니가 아무

것도 모르는 척 다가와 퉁명스럽게 말했다.

"막걸리는 말려서 없앨라고? 얼매나 단디. 손가락으로 저어서 쭉 마셔보드라구!"

"강희야, 저 봐! 진짜 이모 같지?"

기웅이 너스레를 떨자 강희와 혜령도 마지못해 웃었다. 이때 순천에 갔던 용화가 들어오면서 눈이 휘둥그레졌다.

"아니 이건 누구야? 강희 너 어떻게 알고 왔어? 이쪽은 또 누구고?"

혜령을 소개한 후 다 같이 앞으로의 계획에 대해 의논을 했다. 혜령은 극구 다른 방법을 써야 한다며 안타까워했다.

"누구 찾아왔어요? 들어오지 않고."

한창 얘기하기 바쁜 중에 아저씨 한 사람이 들어와 두리번거리는 것을 보고 주인아주머니가 물었다.

"저…… 아까 북 치던 사람들 여기 들어왔당가요?"

"누구 저 양반들요?"

식당 주인과 기웅의 눈이 마주쳤다. 혜령이 벌떡 일어섰다.

"접니다. 제가 쳤습니다."

그러면서 재빨리 다가갔다. 기웅과 용화도 일어섰다.

"잉, 맞구먼!"

"우선 앉으시지요."

용화가 얼른 자리를 권했다.

"실은 거시기 내가 며칠 전부터 봤었는디, 오늘 저 새악시 보니께 엄청 급헌 거 같아서 말여. ……저 사진을 내가 쬐까 알고 있구만."

"알고 계시다고요? 아시는 대로 말씀해주시면 사례하겠습니다."

"사례는 무슨……. 도움이 되걸랑 막걸리나 한잔 주믄 되지. 남모르는 거 쪼까 말혀줬다고 사례받고 그러는 거 아녀.”

“예, 감사합니다.”

“여순 난리 때라고 혔잖여? 저거이 칼라 인쇄 아닌감? 내가 달력 장사를 혀봐서 아는디 그때는 그런 기계가 귀혔어.”

“아, 예. 그때 칼라 인쇄기가 드물었겠지요.”

곁에서 흥분을 감추지 못하고 있던 용화가 나섰다.

“우리 집 옆에 일정 때 조합에서 쓰던 빈 창고가 있었는디, 거그서 철커덕철커덕 뭘 찍어내는 걸 봤어. 한 장 한 장 찍어내다가 밖으로 날라가는 걸 줏어봤는디, 어디서 가져왔는지 칼라 인쇄기더랑게.”

“저 통에 붙어 있는 사진이 맞습니까?”

“그려. 저거 맞어. 나중에는 여기저기 담벼락에 붙어 있기도 허고 그드만. 그때 여수가 온통 난리 속일 때 말여.”

“어디 사셨는데요? 지금 가주실 수 있겠습니까?”

“시방은 없어. 때려 부수고 그 자리에 다른 건물이 들어섰응게.”

“그럼 그때 그 인쇄소를 하시던 분은요?”

“인쇄소가 아니라 창고였다니게. 누군지도 몰르고……. 어쪄? 이걸로도 도움이 되겄어?”

* * *

하가일이 준비한 탄원서를 첨부하고 인쇄 현장을 목격한 여수 사람과 매 처녀 그리고 장현준을 증인으로 내세워 두 번째 재심을 신청하고 두 달여가 지난 어느 날, 해가 보문산을 넘어간 지 오래인 늦은 시간에 희망원으로 전화가 걸려왔다. 장현준 검사였다. 순실은 장 검사가 평우의 일에 도움을 주고 있다는 사실을 알기 때문에 서둘러 별채로 가 알렸다. 채봉은 순간 철렁했으나 이내 왠지 기쁜 소식일 거라는 생각이 들었다. 그렇지 않고서야 좋지도 않은 소식을 이 시간에 일부러 전화로 알려줄 리는 없었다. 채봉은 수화기를 움켜잡고 현준의 말에 귀를 기울였다.

"기쁜 소식이 있어서 전화 드렸습니다. 재심이 수락됐습니다."

현준의 음성은 들떠 있었다. 활짝 웃고 있는 얼굴이 수화기를 통해 전해지는 것 같았다.

"어머나! 감사합니다, 검사님."

채봉은 목이 메어 말을 이을 수가 없었다.

"준비를 잘하신 거죠. 김 변호사님이 전화를 주실 텐데도 기뻐하시는 목소리를 듣고 싶어서 선수를 좀 쳤습니다."

"고맙습니다. 이제부터는 뭘 해야 하죠?"

"재심 청구 사유를 입증할 수 있도록 꼼꼼히 준비해야 합니다. 변호사님이 말씀해주시겠지만요. 아주 유능하신 분이더군요."

통화를 마치자 바로 김응선 변호사로부터 전화가 왔다. 채봉은 이미 알고 있었다는 내색을 하지 않고 감사해했다.

다음 날 채봉은 아침 일찍 전주로 내려가 변호사를 만났다. 그는 채봉을 반갑게 맞이하면서도 뭔가 심각한 표정이었다. 채봉은 주춤했으나 기쁜 표정을 유지했다.

"밤새 잠을 못 이뤘습니다."

"그러셨겠지요. 일단은 다행입니다. 하지만 내막적으로는 굳이 압력이라고까지는 말할 수 없어도 안면 등을 봐서 어쨌든 거기까지는 갈 수가 있었습니다. 법원장의 의사도 그런 것 같았고요."

밤새 느꼈던 채봉의 기쁨은 일순간에 사라졌다.

"그런데요? 무슨 다른 문제라도 생겼습니까?"

그는 잠시 침묵을 유지한 후 다시 말을 꺼냈다. 채봉은 긴장된 마음으로 그의 표정을 살폈다.

"어제 손을 써서 좀 알아봤는데요. 추가로 제출한 증거라는 것도 따지고 보면 직접적인 증거는 하나도 없는 셈이라는 겁니다."

"증거가 없는 셈이라니요?"

"모두가 그런 얘기를 들었다, 봤다 뿐이지, 바로 이거다, 라는 직접적인 물증은 없다는 거죠."

"그래도 상식적으로 충분히 이해가 가는 내용이 아닐까요?"

"법이라는 게 때로는 촌부보다도 더 상식적이지 못할 때가 많습니다. 증거 없이 이해만으로 옳고 그름을 바꿀 수는 없다는 식이죠."

"그래도 재심은 받아들였잖아요."

"아까도 말했듯이 그런저런 이유로 받아들이긴 했지만, 동시에 결과는 이미 정해놓은 것과 마찬가지라는 말도 들었습니다."

"그건 부정적인 추측이지 변호사님도 모르시는 일이잖아요."

"그렇긴 하지요. 어쨌건 재심은 이제부터 승부가 나는 거라 믿고 최선을 다해보자고요."

변호사가 스스로 다짐하듯 말했으나 사무적인 말투는 여전했다.

"그리고 참! 장현준 검사가 어떤 내용을 증언한다고는 말하지 않았습니까?"

"그런 말씀은 안 했습니다. 직접 대화를 해보시면 어떨까요?"

"그러잖아도 전화를 해봤는데 나한테 보내준 자술서 외에 증언 내용은 공판 당일 얘기하겠다고 하더라고요. 자술서는 말 그대로 자신이 주장하는 내용일 뿐이거든요.”

그가 시큰둥해하며 양미간에 주름을 세웠다.

“그래서 증언으로 신뢰감을 높이려는 계획 아닐까요?”

“현직 검사가 피의자를 위해 무슨 증언을 할지가 궁금해서요.”

“내용을 알아야 서로 꿰맞출 수 있다는 말씀이시군요.”

채봉은 변호사가 장 검사를 별로 신뢰하지 않는다고 느꼈으나 정면으로 부딪치는 말은 피했다.

“그렇습니다. 그럴 리는 없겠지만 만에 하나 의도적이든 아니든 불리한 말이라도 튀어나온다면 큰일 아닙니까.”

“거기까지는 생각해보지 못했습니다.”

“믿어도 되긴 하겠습니까?”

“예, 그건 틀림없습니다.”

채봉은 믿어도 되는 이유를 설명하지는 않았다.

“그럼 일단 증인으로 세우기는 하겠습니다. 또, 말씀대로 이준영 국장도 찾아가 만났는데 증언대에 서지는 않겠다고 단호하게 말하더군요. 남평우 씨의 결백을 확신하는 것 같긴 하던데…….”

“제가 한번 찾아가 뵙겠습니다.”

“그리고 이건 제가 컬러로 찍어온 사진입니다. 한 장 드리죠. 배경이 된 새벽하늘에 붉은빛이란 찾아볼 수도 없더군요.”

사진을 본 채봉이 놀라면서 구봉산엘 직접 다녀왔냐고 물었다.

“여름이 되면 정말 어떻게 되나 궁금해서요. 그 처녀도 만날 겸 지난주 마음먹고 다녀왔습니다. 아주 유익했고, 산을 바라보면서 심정적으로 남평우 씨의 결백을 재차 확신하는 계기가 되었습니다.”

“변호사님이 거기까지 다녀오실 줄은 몰랐습니다. 저는 한때 변호사님을 야속하게 생각했던 적도 있었어요. 정말 감사합니다."

김응선 변호사는 무덤덤한 표정으로 그럴 수도 있지 않겠느냐고 말한 다음 어떻게든 최선을 다할 테니 너무 걱정하지 말라고 격려까지 하면서 이준영 국장을 만나보도록 권유했다.

* * *

채봉은 과일 바구니를 들고 평창동 이준영 국장의 집을 찾았다. 먼저 그의 부인과 같은 여자로서 얘기를 나눈 다음 그를 만나는 편이 나을 것 같아 낮시간을 택했다. 이층 양옥인데 정원 뒤쪽으로 축대가 쌓여 있고 그사이에 적당한 크기의 나무들이 심어져 있는 수수한 집이었다. 긴장된 마음으로 인터폰을 누르자 뜻밖에도 중후하고 세련된 남자 목소리가 들렸다. 이준영이 분명했다. 채봉은 당황했으나 차라리 잘된 일이라고 생각하면서 마음을 단단히 먹었다.

"윤채봉이라고 합니다."

현관문이 열리고 밖으로 나온 준영의 표정은 다소 굳어 있었으나 채봉을 정중하게 맞이했다. 마당은 잔디가 깔려 있고 군데군데 박힌 돌이 징검다리 역할을 하고 있었다. 깔끔한 얼굴에 반듯한 걸음걸이나 표정이 외교관다웠다. 채봉이 두리번거리자 그가 말했다.

"집사람은 교회 일로 나가고 저 혼자 있습니다."

"사실은 사모님을 뵌 다음 찾아뵙고 말씀드리려고 했었습니다."

"그거야 뭐 어떻습니까. 앉으십시오. 오시지 않기를 바랐는데 결국 뵙게 되는군요."

그 순간 채봉은 눈앞이 캄캄해졌다.

"죄송합니다. 제 생각만 하고 찾아뵈었습니다."

채봉이 어쩔 줄을 몰라 하자 준영이 알아차리고 급하게 설명했다.

"아닙니다. 제 말뜻은 일이 잘 해결되어서 찾아오실 일이 없기를 바랐다는 얘깁니다. 저도 한번 뵙고 싶었습니다."

"재심은 받아들여졌습니다."

"그래요? 정말 잘 되었습니다. 받아들여지기만 하면 나머지는 자신이 있다면서요. 그런데 무슨 문제라도 생겼습니까?"

준영은 자세를 고쳐 앉으면서 기뻐하다가 채봉의 어두운 얼굴을 보자 의아한 듯 다시 물었다.

"변호사 말에 의하면 재심은 받아들여졌지만 직접적인 증거가 하나도 없어서 많이 불리하다고 합니다."

"직접적인 증거로는 뭐가 필요한데요? 검사든 판사든 정황을 보면 다 알 일이던데."

채봉의 설명을 다 듣고 한참을 생각에 잠겨 있던 그가 일어나 문갑 안에 들어 있던 작지 않은 크기의 액자를 꺼내 들고 왔다. 이승만이 중앙에 앉아 있고 양옆과 뒤쪽 세 줄로 경무대 비서진인 듯한 사람들이 함께 찍은 사진이었다. 앞줄 오른편으로 중간에 이준영이 앉아 있고 그 뒤쪽으로 근우의 얼굴이 보였다.

"지금은 많이 늙었죠?"

"인상이 또렷하셔서 바로 알아보겠습니다."

"제가 이 사진을 보여드리는 이유가 뭔지 아시겠습니까? 저는 남근우 과장을 무척 좋아했습니다. 지금도 간혹 이 사진을 보면 그 친구가 눈에 선합니다."

액자 속의 근우가 깊은 눈동자로 채봉을 바라보는 것 같았다. 채봉은 하마터면 탄식을 토할 뻔했다.

"남 과장 사건은 당시 대통령 각하께 큰 충격이 되었습니다. 그 후 사형 집행에는 일절 서명을 하지 않으실 정도였으니까요. 남 과장은 결코 헛되게 죽은 게 아닙니다."

준영이 사진을 한참 동안 더 들여다본 다음 다시 말을 이었다.

"일본으로 나를 찾아왔던 젊은 친구 말입니다. 조필구 씨."

"예, 너무 다급하다 보니까 염치 불고하고 보냈습니다."

"아 아, 절대 아닙니다. 제가 오십 넘게 인생을 살아오면서 그날처럼 감명 깊었던 적은 없었습니다. 제자라면서요?"

"제자라기보다 고향에서 야학을 조금 했었습니다."

"누군가에게 그런 존경을 받는 사람들이라면 더 들을 필요도 없다고 생각했습니다. 저도 남 과장의 동생을 돕고 싶습니다. 하지만 제가 재심 법정에 선다면 이준영이 아닌 정부를 대신한 공직자가 서 있는 것으로밖에 보이지 않는다는 겁니다."

"죄송합니다. 국장님의 입장은 생각 못 했습니다."

"미안해하실 일이 아닙니다. 윤채봉 씨나 남평우 씨는 대한민국 정부에든 저에게든 협조를, 아니 사과까지 요구하실 권한이 있습니다. 그 요구에 응하지 못하는 제가 잘못된 겁니다."

준영의 말에 채봉은 아무런 대꾸도 하지 못했다. 그저 이해해주셔서 감사하다며 조용히 자리에서 일어섰다. 함께 잔디밭을 걸어 나오던 준영이 조심스레 입을 열었다.

"어떻게든 힘이 될 방법을 연구하겠습니다."

채봉이 걸음을 멈추고 정중히 고개를 숙였다. 준영은 대문 밖까지 따라 나와 말없이 그녀의 뒷모습을 한동안 지켜봤다.

제6장

아침의 나라

파도는 갑자기 만들어지는 것이 아니라 수평선 저
너머서부터 밀려오듯이 우리 국민의식도 먼 길을
헤치고 달려와 비로소 지금에 이른 것이다.

증언

　전주지방법원 건물 외벽에 걸린 각기 다른 플래카드가 대한민국 정부수립 후의 숱한 아픔을 담아 흔들어대고 있을 때, 본관 105호 법정에서 남평우의 재심 공판이 진행되고 있었다. 제한 공개를 채택한 공판장에는 채봉과 증인들 그리고 사전에 참관 신청을 한 법조인과 몇몇 인사들이 참석했다. 판사가 변호인 측 첫 번째 증인으로 구봉산 매 처녀를 증언대로 불렀다. 이모 되는 여인이 증인의 오른손을 잡고 조심스럽게 지정석에 앉았다. 처녀의 팔뚝 위에 매 한 마리가 앉아 있는 것을 보고 판사가 눈을 휘둥그레 뜨고 물었다.

　"어떻게 들어왔죠? 매가 선서하고 증언이라도 합니까?"

　방청석 사람들이 한꺼번에 웃음을 터뜨리는 바람에 딱딱하던 법정 분위기가 한결 부드러워졌다. 정리(廷吏)가 바쁘게 다가오자 판사가 잠시 놔두라고 제지했다. 그러고는 언짢은 표정으로 변호사에게 위험하지 않냐고 질문했다. 변호사가 일어나 매에게 눈가리개를 씌우고 발에 끈을 묶어 손에 쥐고 있어서 안전하며 또 앞을 못 보는 증인이 오랜 기간 매와 감정 소통을 하면서 심리적 안정을 취해왔던 점을 참작해달라고 요청했다. 판사는 매에게서 시선을 떼지 않고 변호인에게 신문을 시작하라는 주문을 했다.

선서를 마친 처녀에게 변호사가 사진을 들어 보이며 물었다.

"이 사진 속 여인이 어머니고 아기는 증인이 맞습니까?"

"전에 엄니가 얘기했어요. 엄니허고 제 아기 때 사진이라고요. 집에도 한 장 있습니다. 지가 앞을 못 보는 거 같아서 해가 뜰 때면 안고 바위 위에 올라가 햇빛을 비춰줬다고 했습니다. 이모가 집에 있는 사진하고 같은 거라고 허네요."

"어머니는 안 계십니까?"

"재작년 가을에 고사리 따다가 굴러떨어져 돌아가셨어요."

변호사는 피고인이 여수나 순천을 가본 사실이 없고 촬영 지역도 전혀 다르며 사진 속 인물이 현재까지 살아 있다는 점과 실제 사진은 흑백사진이었다는 이유 등을 들어 전단지의 허구성을 주장했고, 검사는 정황이 그렇다고 해서 피고인과 무관하다고 확신할 수는 없는 일이라고 반박했다.

두 번째 증인으로 여수에서 온 전단지 목격자를 신문했다.

"그때 전단지를 인쇄하는 현장에서 혹시 저쪽 피고인석에 앉아 있는 사람을 본 기억이 있습니까?"

변호사의 신문에 피고인석에 앉아 있는 평우를 한참 동안 바라보던 증인이 말했다.

"옛날 일이라 가물가물헌디, 옆모습을 보니께 본 것 같긴 허구만요. 팔을 걷어붙이고 창가에서 뭔가를 허고 있었어요."

판사와 검사가 두 눈을 크게 떴다. 질문을 한 변호사는 얼굴빛이 싹 바뀌었고 피고인석에 앉아 있던 평우도 놀라 증인을 바라봤다.

"증인! 저 사람을 본 것 같다고요? 저 사람을 쳐다보지 말고 그때 봤던 사람의 인상착의를 말씀해보십시오."

변호사가 다급하게 다시 물었다.

"군복 같은 걸 입었고 아, 맞아요. 창 쪽에서 보이는 얼굴에 심한 흉터가 보였구만요. 불에 딘 건지 살점이 뜯긴 건지……."

"지금 보고 계시는 쪽입니까?"

"창고가 내 오른짝에 있었고 저 사람은 지를 향해 비스듬히 앉아 있었응게…… 지금의 반대쪽 얼굴이여라우."

"피고인은 자리에서 일어나 왼쪽 얼굴을 보여주십시오!"

판사와 검사는 물론 법정에 있던 모두가 평우를 향해 시선을 집중하고 있는 가운데 그가 일어서서 왼쪽을 보여주자 증인의 얼굴이 벌게졌다. 변호인이 증인에게 맞냐고 다그쳤다.

"말을 잘못헌 거 같은디 어쩌지라우? 얼굴 생김새도 그렇고 이마나 뒤통수는 비슷하지만 그때 봤던 사람은 저 양반보다 우선 키가 한참 크고 얼굴에 흉터가 분명히 있었구만요."

세 번째 증인으로 장현준 검사가 증인석에 앉았다.

"저는 대전지방검찰청 공안부의 장현준 검사입니다."

판사를 향해 목례를 마친 그의 눈빛이 불타오르는 횃불 같았다. 사람들은 고개를 갸우뚱하며 바라봤다. 앞선 두 사람의 증언을 듣는 동안 시종일관 굳은 얼굴을 하고 있던 판사가 현직이냐고 물었다.

"피고인 남평우가 자수했을 당시 기초 수사를 한 검사입니다."

"지금 피고인 측 변호를 위한 증인으로 소개되었는데 맞습니까?"

"맞습니다."

"굳이 증언 형식 말고도 의사를 전달할 방법이 있지 않았나요?"

판사는 달갑지 않은 표정이 분명했다.

"재심 신청 시 첨부된 피고인의 자술서 내용의 신빙성에 관해 존경하는 재판장님께 직접 증언하고 싶었습니다."

검사가 벌떡 일어났다.

"재판장님! 자술서는 말 그대로 피고인의 주장일 뿐 증거로서의 법적 효력이 있는 것은 아닙니다. 증언 내용을 명확히 밝힌 후 발언을 허락해주시기 바랍니다."

"일리 있습니다. 신분을 고려해 수락하긴 했지만 이제라도 요점을 먼저 밝히기 바랍니다."

판사가 이맛살을 찌푸린 채 등을 의자에 깊숙이 기댔다.

"물론 피고인의 범죄에 관련한 증언입니다."

"좋습니다. 도대체 무슨 증언인지 말씀하세요."

판사의 수락에 검사가 일어서려다가 앉았다.

"저는 피고인 남평우의 수사를 위해 긴 시간 동안 그의 행적을 파악하고 조사해왔습니다. 그러나 피고인 남평우의 본질 속으로 깊이 들어가면 들어갈수록 감당할 수 없는 혼란에 빠졌습니다."

현준의 비장한 음성 때문인지 법정의 분위기가 숙연해졌다.

"처형을 당할 만큼 죄를 지은 사람, 아니 그럴 만한 가능성이 조금이라도 있는 사람이라면 도저히 흉내도 낼 수 없는 그의 애국심 때문이었습니다. 속죄의 차원이거나 혹은 언젠가 체포되었을 때 정상참작 거리를 완벽하게 만들기 위해서일 거라는 생각도 했었습니다. 그러나 거듭 확인되는 실체는, 어린 시절부터 몇 달 전 자수할 때까지 그의 머릿속과 가슴은 오로지 나라 사랑 하나만으로 채워져 있다는 점뿐이었습니다. 그의 출생에서 현재까지의 배경과 행적 그리고 고문으로 만들어진 상처에 관한 진단서입니다."

현준이 얼핏 봐도 수십 장은 되어 보이는 두툼한 서류 뭉치를 변호사에게 건네고 다시 말을 이으려 하자 검사가 벌떡 일어났다.

"증인은 자신의 감상적인 판단에 모두가 동조하기를 강요하고 있습니다. 재판장님은 물론 본 법정을 우롱하는 행위입니다. 다시 한 번 피고인의 유무죄에 관한 직접적인 증언 외에는 발언하지 않도록 강력하게 경고해주십시오."

검사의 말이 떨어지자마자 현준은 판사에 앞서 말을 이었다.

"강아지가 금고 문을 열고 돈을 훔쳤다 해도 대상이 동물임을 말하지 않고 도둑질을 하지 않은 사실만 말해야 합니까? 피고인의 본질을 확인하는 것이야말로 진실 규명을 위한 핵심입니다."

일부의 사람들이 웃기도 했으나 분위기는 도리어 숙연해졌다. 검사의 요청에 재판장이 침묵하자 현준이 다시 말을 이었다.

"저는 피고인을 체포하기 전날 그를 찾아갔었습니다."

채봉은 자신도 모르게 가슴이 뜨거워졌다.

"처음에는 귀띔을, 이어서 아예 직접적인 표현으로 권했습니다."

"무엇을 말입니까? 다 잡은 피의자의 자수라도 권했습니까?"

검사가 다시 일어나 비아냥거리듯 선수를 쳤다.

"내일이면 체포될 테니까 도피하라고 했습니다."

방청석이 술렁거렸다.

"증인은 현직 검사로서 본 법정을 우롱하고……."

"그러나 그는 거절했습니다. 왜냐고요?"

검사의 말이 끝나기도 전에 다시 목청을 높여 말했다. 판사와 방청석에 있는 사람들, 이의를 신청하던 검사도 귀를 기울였다.

"피고인은 대한민국 사법부의 정의를 믿고 있으며 자식들에게 정의로운 이 나라를 확인시켜주기 위해서였습니다."

현준의 목소리가 방청석을 가득 메웠다.

"그의 마음속을 증명하라면 더는 할 말이 없습니다. 그러나 본인의 자백 외에 어떤 증거도 없는 본 사건에 대하여 그 무엇과 비교조차 할 수 없는 뜨거운 진실의 힘이 저의 가슴속에 타올랐습니다."

"증인은 지금 자신의 범법 배임 행위를 정당화하고 있습니다."

"저의 죄는 인정합니다. 따라서 증언을 마친 다음 검사직을 사직하고 법적 책임을 질 것 또한 이 자리에서 밝혀둡니다."

"재판장님! 이의 있습니다. 증인은 지금 증언과는 무관한 발언을 계속하고 있습니다. 즉시 중단시켜주십시오."

판사는 휴정을 선언했고 변호사는 추가 증거 자료로 구봉산에서 찍은 사진을 제출했다. 사람들이 자리에서 일어서며 술렁거리는 소리가 법정 안을 가득 채웠다.

* * *

이 년 전 동경올림픽에서 은메달을 따낸 장창선 선수가 세계레슬링선수권대회 플라이급 자유형 결승전에서 일본 선수와 맞붙어 금메달을 획득했다. 일본에게만큼은 결코 질 수 없다며 승리를 열망하던 온 국민은 열광했고 전국은 물론 세계 곳곳에 뿌리를 내린 민족 모두가 하나로 뭉쳐 환호했다. 며칠 후 귀국한 장창선 선수는 인천에서 카퍼레이드를 벌이며 온 국민과 더불어 승리의 기쁨을 만끽했다.

이준영은 내리쬐는 칠월의 햇볕을 피해 전주지방법원 뒤뜰의 벚나무 아래 벤치에 앉아 있었다. 박양득 판사가 보이자 준영이 일어서서 손짓하며 그를 맞이했다.

"바쁘신 분을 멋대로 찾아와 나오시게 한 것 아닙니까?"

"아닙니다. 시원하고 좋습니다. 어차피 퇴근할 시간이고요."

"재심 때문인 걸 뻔히 아시는데 당사자가 아니라는 핑계로 결례하고 있습니다."

판사가 어차피 국제 전화로 압력까지 넣었잖냐고 가볍게 웃고 난 다음 벤치에 앉았다. 준영이 그때는 정말 죄송했다며 다시 앉았다.

"이럴 게 아니라 시원한 막걸리 한잔 어떻습니까? 날도 더운데."

판사의 제안에 준영도 그게 좋겠다면서 크게 소리 내어 웃었다. 나이나 경륜이 엇비슷한 두 사람은 이내 친숙해졌고 한미행정협정이며 장창선 선수 등을 화제로 이야기를 주고받았다. 둘은 오목대 근처에 있는 조그만 주점에 들어갔다.

"여기 녹두전이 일품입니다. 한데 지난번에는 왜 내빼셨습니까?"

빈대떡에 막걸리를 주문하고 판사가 뜬금없이 물었다.

"조금만 더 있다가는 뒷덜미 잡혀 증인석에 불려 나가겠더라고요. 죄송합니다, 염탐을 해서."

"직접 뵌 적은 없지만 나가시는 것도 제가 봤고 또 자리에 계셨다고 해서 증인석에 앉힐 리가 있습니까. 저는 그날 장 검사 말 듣고 솔직히 많이 찔렸습니다."

판사의 뜻하지 않은 말에 준영이 고개를 뻣뻣이 세우고 호기심이 가득한 눈으로 바라보다가 가볍게 웃으며 속마음을 기웃거렸다.

"판사님이 호통을 치실 것 같아 조마조마했었는데…….."

"처음엔 물론 그러려고 했지요. 그러다가 현직 검산데 오죽하면 저런 말을 할까 하는 생각에 빠져 끝내 세뇌당하고 말았습니다."

"정말 그러셨습니까?"

"어쩝니까. 들을수록 맞는 말만 하는데. 그런데 참, 저도 궁금한 게 하나 있습니다. 그 남근우 과장이 자살한 이유가 뭡니까?"

판사가 단도직입적으로 물었다.

"경무대 비사를 함부로 말할 수야 없지요."

갈수록 박양득 판사에게 친밀감을 느낀 준영이 한발 빼며 튕겼다.

"그 얘긴 국장님이 먼저 꺼냈잖습니까. 국제 전화로."

"그런가요? ……이승만 대통령의 목숨을 구한 사람입니다."

껄껄 웃던 준영이 막걸리를 부으며 한마디로 대답했다. 그러고는 남근우가 하와이에서 이승만의 옷을 바꿔 입고 목숨을 구한 얘기 등을 정리해 들려줬다. 판사는 크게 감동받는 듯했다.

"장 검사 말대로 그것도 투철한 애국심 없이는 흉내낼 수도 없는 일이군요. 그 형에 그 아우라는 말이 딱 맞겠습니다."

"방금 그 형에 그 아우라 말씀하셨습니까?"

순수하게 웃으며 말하는 판사의 표정을 살피던 준영은 남근우가 자결하게 된 과정 그리고 남평우 사건과 관련해 자신이 알아본 모든 이야기를 다 설명했다.

"안 죽고 살았더라면 처형감이 하나 더 늘 뻔하지 않았습니까. 경무대 비사를 들었으니 이제 하시고 싶은 말씀을 하시지요."

판사가 농담조로 말하면서도 표정은 몹시 진지했다.

"원심 판결은 정당했다고 보십니까?"

“단정 지어 말하긴 어렵지만, 솔직히 그건 아니라고 봅니다.”

판사는 멈칫거리지 않고 대답한 후 잔을 비웠다.

“그럼 당시의 판사는 그걸 몰랐을까요?”

“반반이었거나 더 알려고 하지 않았을 겁니다.”

“그런데도 그런 판결을 내린다는 말입니까?”

“국장님은 공직을 수행하시면서 장 검사의 말대로 오로지 정의와 진실만을 추구하십니까?”

“그야 국익이 우선이지요. 갑자기 왜 저를 걸고넘어지십니까?”

준영이 웃으며 묻자 판사가 긴 한숨을 내쉰 다음 말을 받았다.

“제주도다 여수다 반란으로 혼란해져 있던 당시의 분위기와 공산주의자 척결을 최우선으로 부르짖던 이승만 정권 시절에, 사상범에게 극형을 요구하는데 증거가 부족하다며 무죄를 선고할 판사가 과연 몇이나 있을까요?”

준영은 대답하지 않고 판사의 눈을 바라봤다. 그의 눈은 허공을 바라보고 있었다.

“정부는 정부대로 대통령의 의지를 실현하고 있다는 증거를 보이기 위해 붉은 옷 입힌 제물이라도 동원해야 했으니까요. 사법부도 물론 자유롭진 않았겠지요.”

판사가 말을 중단했고 짧은 침묵이 흘렀다.

“이번 판결은 어떻게 하실 계획입니까?”

“원 세상에! 판사에게 그렇게 물어보는 사람이 어디 있습니까? 더군다나 외교관께서.”

“왠지 그렇게 질문하기를 원하시는 것 같아서요.”

웃으면서 말은 하지만 준영의 눈빛은 더할 나위 없이 진지했다.

"역시 외교관은 남다른 데가 있으십니다. 지금도 예외는 아니지만 광복 직후의 정부는 누가 뭐래도 국민에게 많은 빚을 졌지요. 아마 수백 년이 흘러도 갚지 못할 겁니다."

"공감하고도 남음이 있습니다."

"그렇다고 큰 빚을 진 사람이 그걸 다 갚을 수 없다고 해서 작은 빚도 나 몰라라 하는 것은 올바른 처사가 아니지요."

"그 말씀은?"

"사법부는 물론 총체적 의미의 정부가 유죄라는 말입니다."

"결국 남평우 씨는 무죄라는 뜻인가요?"

"죄라면 시대를 잘못 타고난 것이 전부입니다. 당연히 무죄일 뿐만 아니라 도피 이후의 모든 행각도 불가피한 선택이었습니다."

판사의 얼굴은 숙연했고 준영은 조용히 그를 바라봤다.

"판사는 아무나 하는 일이 아닌 모양입니다. 존경스럽습니다."

"저도 처음에는 원심 확정을 위한 과정으로 여기면서 재심에 임했었습니다. 재심에는 별별 억지를 다 만들어대거든요."

"그렇겠지요. 그러셨는데 어떻게……?"

"거 누굽니까. 매 데리고 나타난 시각장애인, 그때 호기심이 생기기 시작했습니다. 변호인 말대로 작가가 자기 작품을 그렇게 황당한 용도로 쓸 리가 없다는 생각도 들었지요. 그다음 인쇄하는 걸 봤다는 사람의 말을 들으면서부터 선입견 없이 재판해야겠다고 마음먹었고 서서히 심증이 가기 시작했습니다. 마지막 장 검사 때는 솔직히 적지 않은 충격을 받았습니다."

판사는 자신을 미화시키거나 품위를 강요하는 사람이 아니었다.

"제출한 자술서에는 단 한마디도 거짓이 없었습니다. 엄밀히 따지면 수사 당국을 고발하고 정부는 피해자에게 보상하도록 요청하면서 저도 옷을 벗어야 마땅합니다."

"우리나라 법조계에 판사님 같으신 분이 꼭 계셔야 합니다."

"아닙니다. 이제는 과거에 찌들지 않고 편견 없는 세대로 바뀌어야 합니다. 제가 아이러니컬한 얘기 하나 해드릴까요?"

판사가 묘한 표정을 지으면서 준영을 바라봤다.

"본인이 원치 않아서 검사도 저도 말을 꺼내지 않기로 했습니다만 남평우 건의 원심 판사가 누군지 아십니까?"

"누굽니까?"

"바로 지금의 변호삽니다."

"예? 그런데 어떻게?"

"고법 부장판사 내정을 받았는데 자신은 자격이 없는 사람이라며 박차고 나간 사람입니다. 드물게 강직한 성품인데…….."

"어쩐지…….."

"판사를 했던 사람이 자신을 그렇게 객관적으로 들여다볼 수 있는 용기가 부럽습니다. 변호를 맡은 건 더더욱 그렇고."

박양득 판사의 입에서 여린 한숨이 새어 나왔다.

* * *

여직원이 메모지를 건네주었다. 김응선 변호사는 남평우 사건을 끝으로 선임을 일절 거절한 채 두문불출하고 있었다.

"장현준? 대전 검사잖아. 이건 시외 전화번호가 아닌데?"

잠시 메모지를 바라보다가 결심한 듯 수화기를 들었지만 뚜 하는 소리가 한참을 울리도록 망설이다가 다시 내려놓았다. 그는 의자에 등을 붙이고 목을 뒤로 젖혔다. 여직원이 퇴근하겠다며 인사를 할 때도 응선은 눈을 감은 채 꼼짝하지 않았다. 천장에 걸린 형광등이 감긴 눈꺼풀 속에서 탁한 보랏빛 세상을 만들어 펼치고 있었다. 깊은 생각에 잠겨 있던 그가 의자에 바로 앉아 다이얼을 돌렸다. 현준은 다방에서 응선의 전화를 기다리고 있었다.

두 사람은 한적하고 조용한, 중앙동 외곽의 한 식당에서 만났다. 자리에 앉자 응선이 먼저 말을 꺼냈다.

"궁금하실 테니까 결과부터 말씀드리면 재심은 잘될 것 같습니다. 도피 후의 행각도 정상 참작이 될 겁니다."

"잘된 일입니다. 사필귀정이라는 말이 맞는군요."

"그래도 운이 좋은 편이지요. 한가하신 모양입니다. 전주까지 내려오시고."

그에게서 재심에 성공해 기뻐하는 변호사의 표정은 찾아볼 수가 없다. 현준이 증언 후 바로 사직을 했다고 멋쩍게 말을 꺼내자 응선은 대단하다며 씁쓸하게 웃었다.

"이제껏 개개인의 성품이라는 것에 제가 개입할 이유가 없다고 생각하면서 검사직을 수행해왔는데 자신이 없어졌습니다."

"냉철한 법 관념의 잣대를 들이댈 자신감을 말씀하시는 건가요?"

"한마디로 검사보다 변호사가 적임이라고 결론을 지은 겁니다."

현준의 말을 들은 응선은 느닷없이 소리치듯 자신의 심정을 뱉어냈다.

"그냥 그러면 다다 이겁니까?"

"무슨 말씀입니까? 제가 뭐 실언이라도 했습니까?"

"아니 아니, 아닙니다. 제가 딴생각을 하고 있다가 튀어나온 말입니다. 장 검사와는 전혀 무관한……. 그건 그렇고 장 검사는 내 정체를 알고 있지 않습니까."

현준은 그 순간 조금 전 변호사가 보여준 태도의 이유를 깨달았다. 새삼 자신이 경솔했다는 생각도 들었으나 모른 척하고 물었다.

"정체라니요?"

"원심 판사였다는 사실 말입니다. 남평우, 아니 남평우 외 다섯 명에게 사형을 선고했던 원심 판사요."

"잊고 있었을 뿐만 아니라 굳이 말할 이유도 없다고 생각했습니다. 당시 혐의를 뒤집어쓴 사실은 전혀 몰랐잖습니까."

"그보다 더 큰 잘못은 모를 수도 있다는 사실을 전혀 몰랐다는 겁니다. 판사라는 주제에……. 도저히 용서가 안 됩니다."

응선이 신음하듯 말했다. 현준은 예상치 못한 그의 심정에 연민을 느꼈으나 한편 오싹해지기까지 했다. 응선이 말을 계속했다.

"그뿐만이 아니지요. 어쩌면 수십, 아니 수백 명이 될지도 모릅니다. 굳이 죄라고 볼 수도 없는 가벼운 사상 문제로 징역을 선고받은 수많은 사람이 무참히 살해되기도 했잖습니까."

"그 일은 당시 이쪽저쪽의 복수에 가까운 참혹한 사건이지 변호사님과는 무관한 일입니다."

"그게 어떻게 무관합니까? 지금껏 나도 그런 방식으로 생각하면서 살아왔지만 이제는 아닙니다. 별 죄를 짓지도 않은 그들을 가두도록 선고한 당사자가 바로 나, 김응선이라는 사람이지요."

현준이 응선의 옆으로 다가가 그의 무릎에 손을 얹었다.

"변호사님의 심정은 충분히 이해합니다. 하지만 그렇게 따지면 당시의 모든 국가 관리뿐만 아니라 온 국민이 다 죄인이어야 하지 않겠습니까. 역사가 만든 비극이라고 생각하시고 우선 이번 판결을 다행으로 여기시면 어떠실는지요."

"누군가는 그러더군요. 정의의 기준도 시대에 따라 변하는 거라고. 그야말로 잡놈들의 말장난이지요. 예를 들자면 나 같은……. 그때는 그게 정의였다는 말 아닙니까."

웅선이 침통한 얼굴로 뱉어내듯 말했다.

태백수련원

평우는 석방된 후 제일 먼저 상백과 연옥 그리고 원우와 근우가 묻힌 마령의 묘소를 찾아 불효를 사죄했다. 그의 절규는 채봉의 가슴을 아프게 파고들었다. 갈 수 없다는 생각으로 그토록 가슴이 저려 온 고향의 모습은 그리웠던 세월이 무색할 만큼 변해 있었다. 상수리나무집도 예전의 모습이 아니었다. 오래전에 집주인이 바뀐 대문은 한쪽이 내려앉아 쓰러질 듯 뒤틀어져 있었고 까만 기와는 거무튀튀한 슬레이트 지붕으로 바뀌었으며 아직껏 눈에 선한 행복했던 시절의 채봉학당은 창고가 된 채 가마니가 자리를 차지하고 있었다. 까치랑 까마귀가 앉아 바쁜 눈으로 날아갈 곳을 살피던 앞마당의 감나무는 밑동만 남아 추억의 흔적조차 남아 있지 않았다.

유병주와 몇몇 반가운 친구들을 만나 얼싸안고 눈물을 흘리기도 했으나 영문을 모른 채 놀라기만 하는 일부 마을 사람들은 애써 못본 척 지나치기도 했다. 평우가 석방되었다는 말을 들은 한길은 앞을 못 보던 사람이 눈을 뜬 것 같이 기뻐하며 맘 놓고 울었다.

"평우 조카, 어거지 곱사등이로 살던 조카가 인자사 허리를 폈구만. 잘했네, 잘혔어! 형님, 이걸 누님이랑 함께 보셨어야 허는디."

"감사합니다, 아저씨. 다 아저씨가 도와주신 덕분입니다."

"잉? 뭔 소릴……. 이게 다 조카랑 조카댁이 평소 덕을 쌓고 살어서 그런 거 아니겠어? 우리나라도 인자 많이 좋아졌어."

한길은 평우와 채봉의 손을 잡고 눈물을 흘리다가 소리 내어 웃기도 하면서 기뻐했다. 대전으로 올라온 평우는 며칠 후 정임을 찾아가 인사하고 재명과도 회포를 풀었다.

희망원은 뜻밖에도 대전시에서 먼저 시 직영으로의 이관을 요청해 이순실이 계속 원장직을 이어가는 조건으로 넘겨주었다. 변호사 사무실은 현준의 간곡한 요청에 따라 '장현준 변호사 사무실'로 간판을 바꿔 달았다. 십팔 년 만에 다시 차린 신혼집으로는 대사동에 있는 작은 한옥을 구입했는데 축대 위 지대가 높아 멀리 희망원의 지붕이 보인다며 가족 모두 좋아했다. 용화와는 서로가 헤어질 생각만으로도 눈물이 어른거렸다.

"변호사님은 앞으로 뭘 하실 계획입니까?"

"점차 생각해봐야지. 사무장은?"

"변호사님의 거취가 정해질 때까지 대기 상태로 있을 계획입니다. 설마 저까지 떨쳐낼 생각은 아니시겠죠?"

둘은 와락 서로를 끌어안았다.

＊＊＊

    이듬해 봄에 평우는 용화와 함께 뒤로 보문산이 보이는 문화동 끝
자리에 사설 청소년 수련원을 개설해 민족 문화 전수에 일조하기로
했다. 우선은 봉제 공장으로 사용하던 건물을 매입해 사용하면서 태
섭이 물려준 김제의 집이 팔리는 대로 깔끔한 삼층 건물을 신축할
계획이었다. 어린이들을 위한 택견 전수관도 곁들이기로 했다.

    박정희 후보가 제6대 대통령으로 당선되고 며칠이 지난 오월의
어느 날, 수련원의 앞마당에서 택견 훈련이 한창이었다.

    택견은 부드러움 속에 강함이 곁들어 있는 우리 민족의 전통 무예
로써 춤추는 듯하면서도 강력한 공격 기술이 있다. 가볍게 발놀림을
하다가 기습적인 다리 걸기나 발차기를 하는데 그 위력은 대단하며
상대가 쓰러진 후에는 절대 공격하지 않는 여유와 멋이 깃든 무예이
다. 관장의 설명 후 힘 있는 기합 소리와 함께 부드러운 군무가 펼쳐
졌다. 땀을 뻘뻘 흘리며 택견 기본 동작 훈련을 마치자 한 학생이 물
었다.

    "관장님, 그런데 수련원 이름이 왜 태백이에요?"

    "태백은 저녁 무렵 서쪽 하늘에 보이는 금성이라는 별을 뜻하는
데 어떤 두 어른을 가리키기도 하지. 그리고 우리나라 동쪽에 있는
태백산맥을 본떠서 대한민국의 허리라는 의미로 지은 거야."

    "그 두 어른이 누군데요?"

    "둘 중 하나는 나지."

    한창 꽃피기 시작하는 덩굴장미를 뒤로하고 기웅이가 수련장에
불쑥 나타났다. 기환과 기웅은 이석이 대학에 입학한 후에도 당분간

함께 있기를 바라는 이석 부모님의 요청에 따라 계속 이석의 집에 머물고 있다가 그가 미국으로 유학을 떠난 후 종암동으로 돌아왔다. 그 후 기환은 군에 입대하고 기웅이 혼자 그곳에서 기거하며 학교에 다녔다. 수련생들이 기웅을 반가워하면서 떠들어댔다.

"에이, 형! 거짓말! 순 뻥이에요. 관장님, 형하고 한번 붙어보세요."

대련은 일 분도 지나지 않아 평우의 팔 아래 기웅이 눌리고 말았다. 수련생들은 일제히 손뼉을 쳤고 손을 털며 일어선 기웅이 억울한 듯 말했다.

"택견 앞에 유도가 당할 수가 없어."

"그러니까 앞으로 뻥치지 말아요, 형."

사기충천한 수련생들이 다시 연습에 들어갔다. 수련 지도를 김용화 부관장에게 인계하고 둘은 잔디밭에 앉았다.

"어디서 오는 길이냐?"

"집에도 들르고 어머니 사무실도 들렀다가 오는 길이에요. 오늘 퇴근하시는 대로 바로 집으로 오시래요."

"너 학교 강의는 어떻게 하고 내려왔어?"

"잘 조절하고 온 거니까 염려 마세요. 몸보신 좀 하고 내일 저녁에 올라갈 거예요."

기웅이 내려온 것을 보고 채봉은 다른 날보다 일찍 퇴근해 저녁을 차렸다.

"몸보신하려면 많이 먹어라. 너 유도 실력이 상당하더구나. 낙법으로 쇼맨십도 하고."

평우가 기웅에게 불고기 접시를 바짝 밀어주었다.

"쇼 아녀요, 아버지. 저 그런데요······."

기웅이 천연덕스럽게 대답하고 머뭇거렸다.

"왜? 무슨 일 있어?"

"내일모레 포천에 갔다 오려고요."

"형 면회? 그거 좋지. 그걸 뭐 그렇게 어렵게 말해?"

"사실은 혜령이 누나가 가자고 했어요."

기웅이 어딘지 쑥스러워하는 눈치다. 강희랑 채봉이 동시에 서로를 바라봤다.

"혜령이가?"

채봉이 활짝 웃는 얼굴로 물었다.

"나는 왜 그런지 알아. 오빠랑 같이 여행 삼아 가고 싶어 그러는 거예요."

강희가 뻔하다는 듯 알은체를 했다.

"관심이 많은 것 같아요."

"누구헌테? 강희 말대로 너헌테?"

"아니요. 그러면 얼마나 좋겠어요. 제가 아니라 형한테 말씀이옵니다."

기웅의 표정이 어딘지 어색했으나 평우는 내색하지 않았다.

"그래? 허긴 뭐, 그래서 안 될 것도 없지."

"그럼요. 혜령이 누나가 얼마나 착한데요. 성질머리가 가끔 사납긴 해도요."

기웅이 표정을 정리하면서 다소 딴소리인 듯한 대답을 했다.

"오빠가 혜령 언니 마음을 어떻게 알아? 그건 아닐걸?"

"맞다니까! 내가 물어봤다가 핀잔만 들었어."

"딱지? 뭐라고 물어봤는데?"

강희가 기웅을 향해 얼굴을 들이밀고 표정을 살피며 물었다.

"음…… '누나 우리 형 좋아해?' 이렇게 물어봤지."

"그랬더니?"

"뭐라고 했을 거 같아? '너는 어떻게 네 형 마음도 그렇게 모르니? 기환 오빠가 나를 얼마나 흠모하는데. 나도 물론 싫진 않아.' 그랬단 말여."

기웅이 혜령의 목소리를 흉내내면서 말했다.

"정말 그렇게 말했어? 혜령 언니가?"

강희는 기웅의 말을 들으면서도 끝내 인정할 수 없다는 표정이었다. 잠시 침묵이 흐르고 분위기가 어색해지자 기웅이 갑자기 큰 소리로 "어머니!" 하고 불렀다.

"저는 요즘 정말 좋아요."

"뭐가 그렇게 좋으셔?"

"아버지를 아버지라 부를 수 있고 두 분 다 한집에 사시니 어찌 이보다 더 좋은 일이 있을쏘냐."

그때 승희가 방문을 열고 들어섰다.

"니가 무슨 길동이라도 되냐?"

"누나, 이제 와? 길동이나 다름없었지 뭐. 지금은 아니지만…….

기웅이 낄낄거렸다.

"그런데 뭐가 그렇게 재미있어?"

승희까지 가세해 한동안 혜령에 관한 이야기에 열을 올렸다.

* * *

    서울로 올라온 기웅은 일요일 새벽 시간에 동서울터미널에서 혜령을 만나 포천행 버스를 탔다. 휴일이어서 그런지 면회를 가는 것으로 보이는 가족 단위 사람들이 많았다.

"누나, 가방에 뭐가 이렇게 많아? 누나가 다 준비했어?"

"그럼 면회 가는데 빈손으로 가니?"

"그래도 나는 좀 신기한 게 있어. 어떻게 누나가 형 면회 갈 생각을 다 했어? 나도 이제 처음 가는 건데……. 그것도 누나 덕분에."

"군바리한테는 면회 이상 좋은 게 없다며?"

"아니 그런 거 말고 누나 마음이 말이야."

"왜 가고 싶으냐고? 나도 잘 몰라. 다만 언제부터인지 말이야."

혜령이 잠시 말을 끊었다가 이어나갔다.

"기환 오빠도 너나 비슷하게 내가 좀 돌봐주고 싶은 생각이 들었을 뿐이야. 웃기니? 하긴 나도 그래."

혜령이 껌 하나를 건네주며 기웅을 향해 웃음 지었다.

"돌봐준다고? 점점 더 이상한 소리만 하네."

혜령이 고개를 돌려 등받이에 머리를 기대고 기웅의 얼굴을 들여다보며 말을 이었다.

"남자도 저렇게 울 수가 있는구나, 하는 걸 처음 느꼈을 때부터인지도 몰라."

"우리 형한테서?"

기웅이 깜짝 놀라면서 몸을 돌려 혜령을 바라봤다.

"너희 아버지 수감되신 거 알고 그랬나 봐. 뒷산 정원에 혼자 있는 걸 우연히 봤거든? 나무를 짚고 서서 흐느껴 우는데…… 정말 폭포 같은 눈물이 쏟아지고 있더라고."

눈 깜짝할 새에 기웅의 눈에 물기가 서렸다.

"그때 생각했어. 내가 돌봐줘야겠다고 말이야. 이런 게 바로 여자의 마음이란 거야. 알겠니?"

"나도 우는 법부터 다시 배워야겠네."

기웅이 후다닥 눈물을 지우고 능청스럽게 말하면서 실실거렸다.

"말하고 보니까 좀 유치했나? 하지만 사실이야. 근데 너 왜 그렇게 내 마음에 관심이 많아? 동생 주제에."

"결국 형이었어?"

"뭐가?"

혜령이 전혀 느낌이 없는 사람처럼 물었다.

"아니, 그런 게 있어."

"너는 불리했어. 이석이 얼굴이 자꾸 겹쳐버리는 거 있잖니."

"뭐가?"

"아니, 그런 게 있어."

둘이서 한동안 웃어가며 얘기하는 동안 이동면 터미널에 닿았다. 버스에서 내려 우선 눈에 보이는 헌병에게 길을 물은 다음 혜령이 말했다.

"우리 뭐 맛있고 비싸고 폼 나는 걸로 조금 더 사가자. 돈은 물론 내가 낼게."

"짠돌이 형이 뭐 이렇게 많이 샀냐고 뭐라고 할걸?"

"기환 오빠가 짠돌이라고? 너 모르는 게 많구나!"

"짠돌이 맞아. 내가 뭘 모르는데?"

"짠돌이가 어떻게 과외비 받은 거 몽땅 친구 등록금으로 줄 수가 있니?"

"형이? 정말 그랬어? 그걸 누나가 어떻게 알아?"

"너는 기환 오빠에 관한 정보가 나보다 느리구나. 정말 몰라?"

"전혀."

"하긴, 받는 본인도 모르게 해달라고 사정했다더라. 그럴싸한 명칭 붙여 전달해달라고. 그래서 일부러 '성실 장학금'이라고 붙여서 학교에서 선발한 것처럼 해서 줬대."

"형은 정말 어머니, 아버지 판박이야. 정말 멋지네. 언제?"

"삼 년간 쭈욱. 이석이 가정교사 추천해준 교학처장이 아버지 회사 비서실 송 부장님 친구걸랑. 거기서 나온 얘기야. 나도 알은척은 안 했어."

"왜?"

"오빠 성질이 괴팍한 구석이 있잖아. 누가 그딴 소리 했냐고 또 따귀 맞을까 봐서. 궁금하면 네가 직접 물어보든지. 아니다, 그럼 또 내가 위험해져."

"야아, 누나한테도 무서운 사람이 다 있네."

"무섭긴 뭐가 무서워? 똥 피하는 거지."

"뭐라고? 웩! 누나의 이쁜 입에서 어떻게 그런 말이 다 나와? 나 이거 형한테 다 말해도 후회하지 마."

둘은 웃어가면서 여러 가지 물건을 샀다. 정문 옆 면회실 밖에서 기다리고 있는데 큰 걸음으로 바쁘게 걸어오는 기환이 보였다.

"충, 성!"

"충성? 형 되게 이상해. 동생한테 충성, 하면서 경례하는 게 어딨어?"

"그리고 오빠! 어쩌면 그렇게 얼굴이 까매? 멀리서 보면 어디가 머리고 어디가 얼굴인지 구분이 안 돼."

혜령이 신기한 듯 기환의 얼굴을 들여다보며 물었다.

"훈련받다 보면 다 그래. 이석이는 유학 생활 잘하고 있대?"

"응, 사부님한테 안부 전해달라고 말했어. 이거 먹어. 기웅이가 고른 거야. 너무 많아?"

혜령은 자기가 싸 온 음식과 기웅과 같이 산 물건들을 이것저것 꺼내놓았다.

"걱정 마. 먹을 사람은 얼마든지 있어. 남으면 싸 가지고 들어갈 테니까."

혜령이 기웅과 눈을 마주치고 찡긋했다.

"그런데 형 분위기가 많이 바뀌었어. 얼굴이나 옷 말고도. 군인 정신에 세뇌된 건가?"

"세뇌? 하하, 정의로운 나라에 대한 보답이라는 말이 맞겠지."

"거봐, 거봐! 뭔가가 바뀌었다니까?"

"오빠가 나라 운운하니까 진짜 웃기는 것 같아."

"그래? 너희는 특히 더 그런 개념이 중요해."

기환이 까만 얼굴에 하얀 이를 드러내며 말했으나 진지한 얼굴에는 변함이 없었다.

"너희라니? 나랑 기웅이를 동등하게 여기는 건 아니지?"

"아니, 너랑 이석이 말이야. 너희는 남다르잖아. 특히 이석이는."

"왜? 부자라서?"

혜령이 언짢은 표정을 지으면서 물었다.

"몰라서 묻는 거 아니지?"

"아니야. 나 정말 몰라서 묻는 거야. 돌리지 말고 얘기해줘."

"사회적 비중이 큰 만큼 남보다 책임감을 더 많이 의식해야 한다는 말이야."

"난 또 뭐라고……. 그러잖아도 오빠가 이석이한테 그렇게 말해 안 가겠다고 뻗대던 유학도 떠나게 됐다면서 아버지가 오빠 엄청 좋게 보고 있어. 같은 얘길 나한테 또 하는 거였네?"

"수수께끼도 아닌데 뭐 또 하면 안 되는 얘기야? 어쨌든 내 말 명심해. 알았지?"

세 사람은 시간 가는 줄 모르게 토론하고 얘기하고 그간의 소식을 전했다. 기환은 큰아버지 철우에게서 어느 놈에게 충성하려고 하느냐는 말을 듣고 군 입대를 미룰 수 있을 때까지 미뤄왔다.

"기웅아, 이건 다 지난 다음에 하는 얘기라 식상할지 모르지만 나는 너를 정말 존경한다."

"그런 말이 어딨어? 동생한테, 뭐를?"

"네가 해낸 거야. 우리 가족 모두가 그렇게 생각하면서 고마워하고 있어. 그리고 혜령이도 정말 고맙다. 네가 화룡점정을 해준 셈이기도 해."

"좀 그렇긴 해도, 뭔 오빠답지 않은 인사치레야?"

"그래 형, 존경이라는 말도 좀 너무했다."

"맞아, 오빠. 어머! 이 닭살 좀 봐."

재미있게 이야기에 빠져 있는데 해가 뉘엿뉘엿 떨어질 채비를 했다. 면회실 안은 사람들이 거의 다 나가고 썰렁해져 있었다. 무심코 밖을 쳐다본 기환이 깜짝 놀라며 소리쳤다.

"너희들 늦지 않았어? 차 끊어지면 어쩌려고?"

"하룻밤 자고 가면 되지 뭘 그렇게 놀라? 기웅이 보초 세우고."

혜령이 실실 웃으며 기웅에게 눈을 찡긋했다.

"농담 마. 여기는 생각보다 해도 일찍 지고 차가 빨리 끊겨."

"신경하고는……. 조 반장 아저씨가 와준댔어!"

불꽃

1970년 2월, 강희가 1, 2차 필기시험과 3차 면접을 거쳐 행정고등고시 외무직에 최종 합격했다. 큰아버지 철우는 가문의 영광이라면서 양장 한 벌 해주겠다며 기뻐했고 이모부 국헌도 최연소 합격자라고 추켜세우며 선물을 주기로 했다.

"축하한다! 이제 외교관 되는 것만 남았네?"

"고마워, 오빠. 작은오빠가 함께 있어야 폼 나게 축하해줄 텐데."

기환이 기뻐하며 축하 꽃다발을 건네주자 이를 받아 든 강희는 기웅이가 없음을 아쉬워했다. 기환은 제대 후 이석 아버지의 적극적인 권유로 대호그룹에 입사해 기획실에서 근무하고 있고 기웅은 군대에 가 있다. 강희의 합격 소식에 기환이 휴가를 얻어 내려온 것이다.

"기집애, 너는 또 작은오빠냐? 꽃이랑 사 왔는데."

두 사람을 바라보는 채봉의 입가에 웃음꽃이 만발했다.

"동생 합격하면 중대장이 특별 휴가 보내주기로 약속했다니까 아마 오늘 저녁에 올 거다."

"작은오빠가 왔으면 보나마나 트위스트라도 한번 춰줬을걸?"

"뭐야, 나보고 한번 추라는 거야? 좋아. 주인공이 원한다면……."

기환이 벌떡 일어나 왼발을 앞으로 내밀고 열심히 트위스트를 추자 채봉도 가세해 손뼉을 치며 좋아했다.

"야아! 기환이 이런 모습 처음인데? 참, 강희야. 장 변호사님도 어떻게 알았는지 아침 일찍 축하 전화를 하셨더라."

"그러셨어? 나는 장 변호사님이 너무 좋아. 지난번에 아버지 사무실에서 만났을 때 용돈도 주셨거든."

"용돈을 주셨다고? 그래서 너 그렇게 장 변호사님을 좋아허는구나?"

"꼭 그런 것만은 아니고……. 좀 귀여우셔."

"말도 원! 어이구, 우리 딸 정말 장허다!"

채봉이 곁에 앉은 강희의 어깨를 안아주며 토닥였다.

"그리고 승희가 오늘 월급날이라고 겸사겸사 한턱내겠다던데? 홍콩반점에서 만나기로 했다. 아버지도 바로 오시기로 했고."

"야아, 신난다. 그럼 오늘 외식이네? 어쩐지 어머니가 옷을 안 갈아입는다 했어. 그동안에 작은오빠가 오면?"

"걱정 마. 중국집으로 올 거여. 얘기가 다 되어 있어."

세 사람이 기분 좋게 대문을 나서는데 갑자기 세찬 바람이 불어와 채봉과 강희의 치맛자락을 밀어붙이고 축대 아래 슬래브 집 베란다에 널려 있던 빨래를 연 돌리듯 빙빙 돌렸다.

"어머니, 저 빨래 좀 봐. 꼭 철봉 하는 것 같아. 무슨 바람이 이렇게 세게 불어? 우리 좋은 날인데……."

"강희야, 천천히 내려와. 날아갈라."

채봉이 치맛자락을 거머쥐었다. 축대 옆 돌계단을 돌아 나와 큰길에 들어서자 바람이 한층 더 세차게 불어왔다.

"어? 잠깐만! 어머니, 저쪽 좀 봐! 하늘이 벌건 게 불난 것 같아."

"불?"

바로 그때 빨간 차 한 대가 다급한 경고음을 내면서 보문산 방향으로 달리고 이어 커다란 소방차 세 대가 사이렌을 울리며 뒤를 쫓았다. 행인들은 물론 집 안에 있던 온 동네 사람들이 뛰쳐나와 손바닥을 이마에 대고 불이 난 곳을 바라보며 웅성거렸다. 멀리 보이지만 결코 작은 화재가 아닌 듯했다. 머리카락이 솟구쳤다. 보문산 쪽으로 향하는 도로 끝자락, 그 부근에 있는 큰 건물이라야 얼마 전에 담장 하나를 사이에 두고 새로 들어선 아주가방이라는 보세 공장과 희망원이 전부다. 채봉은 더 판단할 여유가 없이 희망원을 향해 달리기 시작했다. 기환도 강희의 손을 잡고 달렸다. 옆 건물을 증축하며 공장이 이사 오자 순실이 걱정스레 했던 말이 생각났다.

'접착제 때문에 가방 공장은 화재 위험이 많다는데……'

열기를 머금은 바람이 불어왔다. 불길이 가까워질수록 화재의 규모가 커 보이기 시작했으며 연기와 화공약품 타는 냄새가 진동했다. 우려했던 상상은 이미 현실이 되어 채봉의 온 가슴을 싸잡아 태우고 있었다. 허둥대는 순실과 울부짖는 아이들의 얼굴이 떠올랐다. 그럴 리가 없다며, 아니 그렇지 않기를 기도하며 있는 힘을 다해 달렸다. 불타는 두 개의 건물이 시야에 들어왔다.

가방 공장 지붕을 덮은 시뻘건 불길이 검은 연기와 함께 희망원을 덮치면서 하늘로 솟구치고 있었다. 채봉은 억장이 무너졌다. 소방관

들이 불길이 드센 공장에 집중적으로 물을 쏘고 있었으나 불은 몰아
치는 바람을 타고 희망원 원장실을 삽시간에 덮친 다음 힘든 시절
어렵게 새로 지은 교육실을 향해 빠른 속도로 번져나가고 있었다.
밀려드는 열기가 채봉의 몸과 머릿속을 뜨겁게 달궜다.

"아이들은 어떻게 된 거여?"

"아이들은 다 빠져나왔다는구먼!"

"가방 공장에서 난 불이 바람 때문에 순식간에 옮겨붙은 거여."

"아니, 웬 놈의 바람이 이렇게 몰아치는 겨? 살다 살다 이런 바람
은 또 첨이네."

채봉은 아이들이 빠져나왔다는 말에 우선 안심이 되었다. 그런데
아무리 두리번거려도 순실과 아이들은 보이지 않았다. 바람의 방향
이 요동치면서 불기운이 가깝게 다가오자 나무판 담장을 쓰러뜨려
밟고 구경하던 사람들이 우르르 한 발자국씩 뒤로 물러났다. 소방차
가 뒤늦게 희망원을 향해서도 쉬지 않고 물을 쏘았지만 타오르는 불
길을 이겨내지는 못했다.

"남은 아이들 없는지 확인했어요?"

채봉이 양손을 입에 대고 목청껏 소리 질렀으나 안전모를 쓴 소방
관의 귀에 들어가지는 않는 듯했다.

"떨어지세요. 더는 못 들어갑니다."

경찰관이 노끈을 멀리 둘러치면서 일반인들은 물론 분주하게 현
장을 중계하고 있는 방송국 카메라의 접근을 차단했다. 순실은 채봉
과 기역 자로 꺾어진 길가에서 노경자 선생과 함께 원생들의 이름을
불러가며 데리고 나온 아이들의 머릿수를 세고 있었다. 몸이 불편한
아이들은 순실의 옷자락을 붙잡거나 서로 얼싸안은 채 소리를 내서

울었다. 공장 쪽에서 펑! 하는 소리와 함께 드럼통 뚜껑이 하늘로 솟구치자 사람들이 깜짝 놀라며 뒤로 물러섰다. 채봉은 자칫 밀려 쓰러질 뻔했다.

"아이가 있다!"

구경하고 있던 누군가가 소리쳤다. 공장에서 희망원 지붕으로 옮겨붙은 불길이 나무 벽을 타고 내려와 유리창을 비켜 불타고 있었고 교육실 안에서 분명 누군가가 움직이는 모습이 스치듯 보였다.

"아이가 불 속에 갇혔어요. 아이가 있다고요."

사람들은 일제히 소방관을 향해 소리쳤다. 한참이 지나서 외치는 소리를 들었는지 소방관이 유리창과 벽 쪽에 집중적으로 물을 쏘았다. 그러나 불길은 나무로 된 외벽에 칠해진 페인트 때문에 물을 만나자 오히려 더 활활 타오를 뿐 좀처럼 사그라지지 않았다. 순실은 안에 있는 아이가 영숙이라는 것을 알고 소리쳐 부르면서 실신한 사람처럼 양손을 들어 허우적거렸다.

채봉은 사람들이 잠시 길을 내줘 교육실이 바로 보이는 곳까지 접근했으나 경찰관의 제지를 받았다. 채봉도 갇힌 아이가 영숙이라는 사실을 알았다. 영숙은 앞을 못 보면서도 표정도 밝고 단정했으며 채봉을 유난히 반기곤 했었다. 채봉은 숨이 막힐 정도로 소리 지르면서 몸부림쳤다. 기환과 강희가 끌어안고 발을 동동 굴렀다.

쨍그랑!

소방관이 긴 쇠막대를 들어 불에 휩싸인 유리창을 깼다. 그러나 창틀에 박힌 유리창 한 장이 겨우 깨졌을 뿐 아무 소용이 없었다. 더욱이 앞을 못 보는 아이 혼자서 불붙은 창을 부수거나 열고 밖으로 몸을 던져 나오기는 불가능했다. 그때 잠시 보였다가 사라졌던 아이가 유리창 깨지는 소리를 듣고 창 쪽으로 다가오다가 불길을 느끼고 다시 안쪽으로 되돌아갔다.

소방관들이 창문 가까이 접근했으나 벽체가 언제 주저앉을지 모를뿐더러 주변의 불길이 워낙 커서 안으로 들어가지 못한 채 접근했다가 피했다가를 반복했다. 창가 불이 거세지면서 벽 가까이에 머물러 있을 수도 없었다. 사람들이 발을 동동 굴렀으나 아이는 다시 나타나지 않았다. 모두가 아이의 최후를 보고 있는 것처럼 울부짖었다. 설상가상으로 바람이 거세게 불면서 깨진 유리창을 통해 벽을 태우고 있는 벌건 불길을 안으로 훅 밀어 넣었다.

"아이가 보였어. 안쪽 귀퉁이에 앉아 있어."

"불가능해. 들어가 봤자 함께 타 죽는 거야."

사람들이 양손으로 얼굴을 쥐어짜면서 탄식하고 있는데 찌이익! 하는 소리와 함께 지붕이 정중앙을 기준으로 한 뼘 길이만큼 내려앉다가 멈췄다. 사람들은 불이 붙은 천장에 이제라도 깔리고 말 아이를 보는 것처럼 일제히 아아! 하고 소리를 질렀다. 그때 울부짖던 채봉의 눈에 뭔가 움직이는 것이 보였다. 누군가가 희망원 식당과 낮은 벽돌담 하나를 사이에 두고 붙어 있다시피 한 가방 공장 담장을 넘고 있었다. 식당 뒷문을 통해 비교적 불길이 약한 복도를 관통해 불타고 있는 교육실로 들어갈 심산으로 보였다.

희망원의 구조를 잘 알고 있는 사람, 채봉은 직감으로 그가 평우임을 알았다. 잠깐 사이 보이던 그가 사라졌다. 현실인지 착각인지조차 분간할 수가 없었다. 채봉은 기환과 강희를 끌고 복도가 보이는 방향으로 옮겨 서서 눈에 불을 켰다. 아지랑이처럼 피어오르는 열기 속에 그 사람이 다시 어른거렸다. 이번엔 더욱 분명하게 보였다. 그는 부엌에서 집어 들었을 것으로 보이는 커다란 함지박을 머리에 쓰고 교육실 안으로 들어갔다.

"기환 아버지!"

채봉이 헛소리처럼 소리를 내며 다시 교육실이 보이는 방향으로 자리를 옮겼다. 구경하던 사람들도 마침내 그를 발견했다.

"사람이 또 있어요. 어른입니다."

교육실 창문의 큰 창틀 하나가 우지직! 하고 대각선 방향으로 걸쳐지면서 사람들의 시야를 가렸다. 밖에서 볼 때 안쪽은 이미 화염에 싸여 있는 것과 마찬가지였다. 채봉은 두 눈을 있는 힘껏 뜨고 손을 저으며 외쳤다.

'기환 아버지, 안 돼요!'

그러나 이상하게도 생각뿐 목에서는 소리가 나오지 않았다. 어쩌면 소리가 나긴 했는데 자신의 귓속으로 되돌아오는 것 같기도 했다. 채봉은 두 눈만 벌겋게 물들였을 뿐 더는 소리 지르지 않았다. 앞을 막고 있던 창틀이 바닥으로 떨어지면서 다시 화염 속 교육실이 흐릿하게 보였다. 불붙은 막대 하나가 남자의 머리 위 함지박에 떨어지는 것을 시작으로 천장을 받치고 있는 작은 각목과 불똥이 떨어져 내리기 시작했다. 그는 삽시간에 불 속에 갇히고 말았다.

어금니를 꽉 물고 침을 삼키면서 지켜보고 있던 사람들은 일제히 비명을 질렀다. 양손으로 눈을 가리는 사람도 있었다. 기환과 강희도 울부짖었다. 채봉은 울음 대신 증오 서린 싸늘한 눈으로, 무모한 평우를 지켜봤다. 울음을 멈춘 강희가 어금니를 들썩거리며 온몸을 부들부들 떨고 있었다. TV 카메라가 그의 모습을 잡았다. 불 속에서 헤매고 있는 그는 누가 봐도 제정신이 아니었다.

귀퉁이에 앉아 있는 아이를 발견한 평우는 함지박을 한 손으로 받치고 달려가 아이를 안았다. 곧이어 아이를 함지박 안에 엎드려 눕게 하고 등 위에 물이 흠뻑 밴 자신의 윗옷을 덮은 다음 의자 하나를 들어 남아 있는 유리창을 힘껏 내리쳤다. 긴 사각 창틀 하나가 떨어져 나갔다. 구경하던 사람들은 호흡을 멈췄고 소방관들은 일제히 그쪽을 향해 물을 쏘았다. 그중 한 명이 바짝 다가갔으나 안으로 들어가지는 못했다. 그는 연거푸 나머지 창틀과 유리창을 깨뜨렸다.

창틀이 완전히 떨어져 나가고 사람 하나가 몸을 구부려 빠져나갈 만한 공간이 만들어지자 아이가 엎드려 있는 함지박을 밖으로 힘껏 내던졌다. 사람들은 함성을 질렀다. 유리창 가까이 접근해 있던 소방관이 던져지는 아이를 가까스로 받으면서 함께 쓰러졌다. 뒤이어 평우가 뛰쳐나오려는 순간이었다. 창문 바깥 위에서 불타고 있던 처마가 쾅! 하고 바닥으로 떨어지고 찌익 소리를 내면서 벽체가 아래로 무너져 내리기 시작했다. 하마터면 머리를 맞거나 몸이 끼일 뻔했다.

"머리 조심하세요!"

구경하던 사람들이 일제히 소리쳤다. 머리를 내밀고 낮은 점프를 해서 밖으로 나오려던 평우는 재빨리 다시 안으로 몸을 피했다.

"지붕이 주저앉는다!"

사람들이 소리를 지르고 일부는 우는 사람도 있었다. 채봉의 목에서는 여전히 소리가 나오지 않았다. 떨고 있는 강희의 얼굴이 백지장처럼 하얗게 변했고 기환의 눈은 불처럼 붉게 물들었다. 안으로 피한 평우의 눈에 활활 불이 붙은 채 천장에 대롱거리고 있던 굵고 긴 서까래가 그의 머리를 향해 떨어지고 있는 것이 보였다. 두 눈을 부릅뜨고 피하려 했으나 사방이 불길이라 피할 곳이 없었다. 사면초가였다. 아이를 밖으로 내던지고 나서 어느 정도 안정을 찾은 평우는 죽음을 각오했다.

'여보, 미안해!'

그는 눈을 감고 마지막 순간을 기다렸다. 활활 타오르는 불꽃 속에서 자신을 바라보고 있는 장우산의 모습이 어른거렸다. 평우는 반가운 얼굴로 그를 맞이했다. 장우산이 다급하게 외쳤다.

'눈을 감으면 안 돼!'

눈을 번쩍 뜨자 찌이익 소리를 내면서 그의 머리를 향해 떨어지던 두 개의 시뻘건 서까래가 시옷 자 모양을 하고 서로 부딪친 채 양 기둥 사이에 머물렀다가 서서히 쓰러지고 있는 것이 보였다. 평우는 쏜살같이 복도로 달려나와 식당 뒷문을 통해 빠져나왔다. 밖으로 나온 그는 소방관의 품을 거쳐 구급차로 옮겨졌다. 전신이 상처투성이에다 머리카락이 일부 탔으나 중대한 화상이나 외상은 없어 보였다. 들것에 누운 그가 눈으로 물었다.

'아이는……?'

"괜찮아요? 아이는 무사해요."

채봉의 입에서 그제야 소리가 나왔다. 강희는 여전히 부들부들 떨면서 기환의 팔을 잡고 늘어졌다. 강희를 본 채봉이 말을 이었다.

"우리 아이들 생각은 안 했어요?"

강희가 다가왔다. 하늘을 향해 누워 있는 평우의 새까매진 얼굴에 강희의 눈물방울이 뚝뚝 떨어졌다.

대전방송국에서 속보로 보도되던 TV 뉴스는 다음 날 전국에 방영되었다. 화재 현장을 지켜보던 시청자들은 한동안 멍한 눈으로 화면을 응시할 뿐 아무도 섣불리 말을 꺼내지 못했다. 며칠 후 남평우의 원심과 재심의 전말에 대해서도 비교적 상세하게 보도되었다. 사람들은 입을 모아 지나간 시절에 겪었던 민족의 수난과 주먹구구식이었던 공권력의 오류를 개탄했으며 원심 판사가 재심 변호를 맡은 변호사였다는 사실이 화제가 되었다. 그나마라도 양심 있는 법관의 처사가 아니냐며 두둔하기도 했으나 어느 신문의 만평 기사에서는 당시의 검사를 악덕 원님으로, 허수아비 판사를 망나니로 빗대어 표현하기도 했다. 희망원은 각계각층에서 답지한 성금으로 쾌적한 건물을 신축하기로 하고 우선은 태백수련원으로 이전 입주했다.

* * *

"관장님, 손님 오셨는데요."
"취재라면 응하지 않을 거야."
용화가 의미심장한 표정을 지었다.
"만나보세요. 아주 반가운 분입니다."
평우는 의아해하면서도 손님이 기다리고 있다는 잔디밭으로 바쁘게 걸음을 옮겼다. 벤치에 앉아 양손을 모은 채 평우를 초조하게 기다리고 있던 최수영이 벌떡 일어섰다. 평우가 놀라며 뛰어가 반가운 표정으로 그의 손을 꼬옥 잡았다.
"나를 만나러 오시는 게 쉬운 일은 아니었을 텐데……. 반갑습니다."
"맞아 죽을 각오로 찾아왔습니다."
수영은 머리를 허리까지 구부려 인사했다. 그의 눈에서 눈물이 보였고 음성이 예전과는 사뭇 달랐다. 목소리가 크지는 않았으나 안정되고 힘이 있어 보였다.

"원 별말씀을 다 하십니다. 보험 일은 오래전에 그만두셨다고 들었습니다. 어떻게 지내십니까?"

"고모님하고 갈비집을 하다가 돌아가신 다음 제가 맡아서 하고 있습니다."

"갈비집요? 초대 한번 하셔야겠습니다. 잘되십니까?"

"괜찮게 되고 있습니다. 오늘은 간단히 용건만 말씀드리고 돌아가겠습니다. 우선 이걸 받아주십시오. 하나는 빌려주신 돈 원금이고 하나는 성금입니다. 열심히 번 깨끗한 돈이니까 편안하게 받아주십시오. 그리고 이건 갈빈데 아이들 생각해서 좀 가져왔습니다."

깨끗한 돈이라는 말을 할 때 그의 얼굴이 빨갛게 달아올랐다. 수영은 옆에 있던 커다란 들통 두 개를 앞쪽으로 옮겨놓았다.

"이게 다 갈비라는 말입니까?"

"부끄럽습니다. 그리고……."

수영이 말을 하다 말고 뚝 끊었다.

"말씀하세요. 어려운 얘기입니까?"

"이건 사실 윤 국장님한테 해당되는 내용이지만 같은 마음이실 것 같아 여쭤보겠습니다. 언젠가 뵙고 꼭 듣고 싶었고 그동안 너무나 괴로웠습니다."

수영은 한참 동안 입을 다물고 있다가 결심한 듯 말을 이었다.

"멍청한 질문이지만, 저한테 마지막 순간에 베풀었던 그 마음이 무엇인지 정말 궁금합니다. 하마터면 국장님까지 큰일 날 뻔했는데……. 그런 상황에도 돈을 받아간 놈은 그렇다 치고 말입니다."

"생각할 겨를이 어디 있었겠습니까. 입장이 바뀌었더라면 최 사장님도 분명 그랬을 겁니다. 이제 그 일은 잊으세요.”

평우는 수영의 젖은 손을 부드럽게 잡았다. 어디서부터 불어왔는지 부드러운 봄바람이 따스한 햇살 속으로 휙 지나갔다.

황방산의 봄

　전주시 덕진 외곽의 숲속에 있는 작은 절에 낯선 사람이 찾아들었다. 산 중턱 후미진 곳에 푹 파묻혀 있어 따뜻한 봄철인데도 찬바람이 불고 으스스 추위가 느껴진다. 긴 여행을 한 듯 행색은 허름하고 표정은 지쳐 보였으나 나잇살이 주는 기품이 있고 검게 그을린 얼굴 속 눈빛에 어딘지 힘이 들어가 있는 것으로 보아 예사로운 신도는 아닌 듯했다. 방문객은 잠시 멈칫거리다가 법당이 올려다보이는 돌계단 아래에서 고개를 치켜들고 조심스럽게 스님을 불렀다. 흐린 날씨 때문인지 안에서 새어 나오는 무거운 목탁 소리가 바닥에 깔리면서 외딴 산사의 적막감을 더해주고 있었다.

　"스님!"

　대답은 없고 여린 목탁 소리만 가늘게 들렸다.

　"……실례합니다."

　한 번 더 조용히 불러보았다. 방문객은 돌층계 아래에서 목탁 소리가 끝날 때를 기다렸다. 한참 후 문이 열리면서 누빈 회색빛 승복을 입은 스님이 모습을 드러냈다. 짧은 머리는 서릿발처럼 하얗고 눈썹은 솔가지를 붙여놓은 듯 크고 진했다. 염불을 방해받아 화가 난 듯 보이기도 했다. 방문객은 두렵고 송구스러운 마음에 몸을 움츠렸다.

"뉘십니까?"

스님은 표정과는 달리 부드러운 목소리로 물었다.

"간곡한 청이 하나 있어 찾아뵙게 되었습니다."

"올라오시지요. 간곡한 청이라면 큰 절을 찾아가시지 않고……."

"사흘을 찾아다녔는데 가장 알맞은 곳으로 보였습니다."

"뭐에 그리 딱 맞습니까?"

"이상하게 듣지 마십시오. 저를 공양하기가 딱 맞아 보였습니다."

방문객의 음성은 가슴속 깊은 곳에서 나온 듯 가다듬어지고 안정되어 있었다. 스님은 대답 대신 염주를 돌리던 손을 멈추고 두 눈에 불을 켠 듯 방문객을 바라보다가 한 발자국 다가서서 물었다.

"불자시오?"

"아닙니다."

"부처님을 믿는 신도시오?"

"아닙니다."

"몹시 지쳐 보이시는데 절밥이지만 요기라도 좀 하시겠습니까?"

"아닙니다. 정신은 그 어느 때보다 맑고 가뿐합니다."

"본인을 공양한다니 그게 무슨 해괴한 말씀입니까? 소신공양이라도 하겠다는 말씀입니까?"

방문객의 표정을 주의 깊게 살피던 스님이 목청을 가다듬어 물었다. 목소리를 크게 내지는 않았지만 스님의 음성은 분명 격앙되어 있었다.

"그렇습니다."

토하듯 대답을 마친 방문객은 한 발자국 물러서서 무릎을 꿇고 스님을 향해 절을 올렸다.

"지금 제정신이 맞소?"

스님은 고개를 반쯤 돌려 처마 끝 풍경 위로 펼쳐진 하늘을 바라보며 한숨을 지었다. 당장에 장대비라도 쏟아낼 것 같은 잿빛 먹구름이 뿌연 하늘을 빠르게 가르고 있었다.

"간곡히 부탁드리겠습니다. 죄를 많이 지어 속죄하고자 하니 부디 제 뜻을 들어주십시오."

방문객의 말을 듣고 한참 동안 입을 꼭 다물고 있던 스님의 커다란 눈썹이 서서히 모아지고 여덟 팔(八) 자를 그리더니 갑자기 벼락을 내려치듯 소리 질렀다.

"예끼, 이 미련 곰탱이 같은 중생아!"

천둥 같은 호통에 방문객이 깜짝 놀라 팔을 뒤로 뻗어 몸을 받쳐 세웠다.

"아무리 보잘것없는 땡중이 혼자서 주지를 하고 있지만 네놈 보기에 이 절이 고작 죄지은 놈이 찾아와 더 큰 죄를 짓기에 안성맞춤으로 보인다는 말이냐?"

다람쥐 한 마리가 후다닥 하늘을 찌를 듯 드높은 나무 둥치를 기어 올라갔다. 스님의 호통에도 꼼짝하지 않고 있던 방문객이 뒤늦게 입을 열었다.

"스님! 속죄하려는 사람에게 어찌 그리 야멸찬 말씀을 하신단 말입니까.”

“야, 이놈아! 자살은 살생이 아니더냐? 살생 중에서도 가장 죄 많은 살생이 자살인 것을 모른다는 말이냐?”

스님이 야단을 치고 법당 옆 작은 방으로 들어가 버렸다.

잔뜩 흐린 하늘에 사방이 어두워지고 바람결에 흔들리는 나뭇잎 소리가 천지를 가득 메운 목탁 소리처럼 스산하게 들려왔다. 방문객은 엎드린 채 움직일 줄을 몰랐다. 한참 만에 방문을 열고 스님이 다시 밖으로 나왔다.

“비가 올 것 같습니다. 들어오십시오. 어차피 안 되는 일이지만 연유라도 들어보지요.”

방문객은 말없이 방 안으로 따라 들어갔다. 스님은 민망할 정도로 빤히 방문객의 얼굴을 들여다보더니 조용히 다시 말을 꺼냈다.

“내가 보기에 거사님은 죄를 지을 사람 같지가 않습니다.”

“죄를 많이 지은, 그것도 수많은 사람을 죽인 끔찍한 죄를 지은 사람입니다. 그러면서도 너무나 뻔뻔스럽게 아무 죄도 없는 것처럼 살아온 긴 세월을 생각할 때…….”

방문객은 잠시 말을 멈추고 감정을 추슬렀다.

“아직껏 살아 있다는 사실도 그렇고 앞으로도 계속 이대로 살아가야 한다는 생각을 하면, 죽음에 대한 공포보다도 더욱 견딜 수 없을 만큼 고통스럽습니다. 이대로는 도저히 더 견뎌낼 수가 없습니다, 스님!”

방문객의 눈가가 촉촉이 젖어 들었다.

“수많은 사람이라니…… 혼자의 힘으로 어떻게 그리 많은 사람을 죽일 수가 있다는 말입니까?”

"전쟁을 전후해 이 나라의 법관이라는 직책으로 살인을 저질렀습니다, 스님."

"나무 관세음보살! 그걸 어찌 살인이라고 말씀하십니까?"

스님이 염주를 돌리던 손가락을 멈추고 방문객을 물끄러미 바라봤다.

"수많은 시간을 저도 그렇게 변명하면서, 아니 그렇게 여기면서 살아왔습니다."

"그런데 아니라는 말씀입니까?"

"끝내 자신을 속일 수는 없었습니다. 이십 년이 넘도록 생각해본 결과 그동안 내가 나를 속이고 있었다는 사실을 최근에야 비로소 깨달았습니다."

방문객은 때론 흐느끼듯 때론 속삭이듯 말하면서 끊임없이 눈물을 떨어뜨렸다.

"그 긴 세월을 보내고 최근에 더욱 깨닫게 된 계기가 따로 있습니까?"

"실체를 보게 되었습니다."

스님의 눈이 호기심에 반짝거렸다. 방문객의 말은 계속되었다.

"사형을 선고받았던 사람은 한 장애아를 살리기 위해서 불 속으로 뛰어들었고, 저는 아무 죄도 짓지 않은 그 사람을 죽이도록 판결했었다는 실체 말입니다."

"나무 관세음보살! 그런데 하필 왜 이 자립니까?"

"스님도 아시잖습니까. 바로 저 아래 계곡이 수많은 사람이 처형된 곳인 줄을……. 제 눈에는 지금 이 순간에도 그들의 영혼이 어른거리고 있습니다."

"나무 관세음보살!"

눈꺼풀에 덮인 스님의 눈동자가 고통스러운 듯 요동쳤다. 산새 한 마리가 비명 같은 울음소리를 날리면서 멀리 날아갔다. 스님이 천천히 눈을 뜨고 검은 눈썹을 모으며 말했다.

"모든 업보는 세월과 함께 떠나갔습니다. 수십 년이 지났으면 아마 부처님도 잊으셨을 겁니다. 부디 마음의 병이라 여기고 스스로를 용서하십시오."

"제 나이 이제 육십을 훨씬 넘었습니다. 그 숱한 세월 동안 무슨 생각인들 안 해봤겠습니까."

방문객은 말을 중단했다.

"죽는다고 속죄가 됩니까? 그리고 참회는 살아 있는 몸으로 해야지 귀신이 되어서 할 수는 없는 일입니다. 정말 속죄를 하시려면 살아서 남을 위해 더 좋은 일을 하셔야지요. 그것이야말로 진정 어린 참회가 될 것입니다. 나무 관세음보살!"

"이제 더는 살아갈 자신이 없습니다."

"말씀대로라면 거사님의 몸은 이미 부처님의 것입니다. 내가 부처님의 뜻을 따라 거두는 것으로 여기고 이제부터 내 말대로 하시겠습니까?"

한참 동안 말이 없던 방문객이 결심한 듯 대답했다.

"말씀하시는 대로 따르겠습니다."

"법당 뒤로 조금 더 올라가면 참선암이라고 써 붙인 작은 암자가 있습니다. 끼니는 내가 챙겨줄 테니 나오지 말고 그곳에서 백 일간 참선을 해보십시오."

방문객은 아무 말도 못 하고 합장을 하며 그저 눈물만 흘렸다. 스님이 방문객 앞으로 바짝 다가와 그의 등을 토닥였다. 어두울 대로 어두워진 하늘에서 도토리만 한 빗방울이 후득후득 떨어지다가 마침내 법당 마당에 구멍이라도 뚫을 것처럼 거세게 세상을 향해 내리쳤다. 방문객은 스님을 향해 다시 한번 절을 올리고는 빗속을 뚫고 스님이 말한 참선암 쪽으로 올라섰다.

"뭐가 그리 급하단 말이오. 여기 우산 있소!"

스님의 걸음이 빨라졌다.

"이보시오, 거사님!"

* * *

황방산을 오르는 부자가 있었다. 보이는 곳마다 박달나무, 때죽나무, 돌배나무, 산벚나무 등 긴 겨울 동안 죽어지내던 크고 작은 나무들이 연두색 이파리로 바람을 맞이하고 숲속에서는 꾀꼬리, 솔새, 딱따구리, 박새, 지빠귀 등의 온갖 새들이 자연의 아름다움을 노래하고 있다. 여기저기에 복사꽃, 살구꽃, 찔레꽃이 초록 속의 하얀 꽃무리를 이루고 풀숲에서도 뒤질세라 이름 모를 들꽃 위에 나비들이 날개를 펄럭이며 봄의 향연을 펼치고 있다. 우거진 숲속에 치솟은 거목의 나뭇잎 사이로 폭죽 같은 햇빛이 지상을 향해 끝없이 쏟아져 내리고 고사리 잎을 흔들며 줄지어 흐르는 계곡의 물소리는 산을 찾은 이들의 마음속까지 시원하게 해준다.

"오늘 산에 오기 정말 잘했어요. 활기찬 숲이 영락없는 동화 속 천국 같아요. 공기도 맑고 꽃도 예쁘고 바람도 상쾌하고요."

"네가 산 경치에 푹 빠졌구나. 우리 여기서 좀 쉬었다 가자."

아들은 바위에 걸터앉아 풋풋한 숲의 향기를 들이마시고 아버지는 선 채로 바람을 맞으면서 땀을 식혔다. 하얀 나비 한 마리가 부자의 주변을 맴돌다가 길옆 제비꽃에 조심스럽게 자리 잡았다.

"아버지도 앉으세요."

"잠시 서 있을란다. 바람도 시원혀고……."

"우리나라가 이렇게 아름다운 걸 모르고 살아왔던 것 같아요."

아들이 아버지를 올려다보며 말했다.

"말 그대로 금수강산 아니냐. 국민성은 아름다운 조국의 산하가 만들어주는 거여."

"그래서 우리 민족의 본성이 아름답다, 그 말씀 하시려는 거죠? 아버지, 여긴 태백수련원이 아니에요. 저도 청소년은 벗어났고요."

"누가 뭐랬어? 그냥 그렇다 이거지. 그런데 너 내가 이 산을 찾아오고 싶었던 이유가 뭔지 혹시 아냐?"

저만치 내려다보이는 골짜기를 물끄러미 바라보던 아버지가 시선을 바꾸지 않은 채 혼잣말처럼 말했다.

"경치가 좋잖아요."

아들도 일어서서 팔짱을 딱 끼고 아버지 흉내를 내며 대답했다. 아버지가 빙그레 웃었다.

"능청하고는……. 알고 있었구나!"

"누굴 바보로 아세요? 가야산에서 말씀하셔놓고?"

"그런데 왜 지금까지 모른 척했어?"

"아버지 회상을 방해하고 싶지 않았어요. 말을 꺼내기가 부담스럽기도 했고요."

아버지는 속 깊은 아들을 대견스럽게 바라봤다. 부자는 다시 산을 오르기 시작했다.

"저 그런데 아버지! 제가 형보다 먼저 장가가면 안 될까요?"

아들이 뜬금없는 소리를 했다.

"장가? 누구헌테?"

"힘들어 보이시는데 제가 저기까지만 업어드릴게요."

아버지가 정색을 하고 따지려 들자 아들이 슬그머니 꽁지를 뺐다. 표정 또한 종잡을 수가 없다.

"됐다. 말 돌리지 말고 어서 고백해!"

"아버지, 우리나라도 이제 많이 바뀌었어요."

아들은 웃으면서 또다시 화제를 바꿨다.

"너 오늘 완전히 아버지를 가지고 노는구나. 무슨 얘긴데?"

"엊그제 데모하는 걸 봤는데요. 여기저기서 국민의 목소리가 많이 커졌더라고요."

"이제 시작이라고 말할 수도 있지."

아버지는 어느덧 아들의 계략에 넘어가 있었다.

"사천 년이 넘도록 뭘 하다 이제 시작해요?"

"반만년 역사라고 자랑은 하지만 백성이 주인 노릇을 해본 적은 없지 않냐. 지금까지 왕의 나라였지."

"그래도 불평하지 않았잖아요."

"안 한 게 아니라 그런 의식이 희박했었지. 게다가 따지고 보면 국가의 모태는 강자의 군림을 위한 수단에서 비롯되었지 백성을 위해서 만들어졌다고 보기는 힘들지 않았겠냐."

아버지가 힘이 드는지 앞에 보이는 바위에 걸터앉았다.

"이제 세계 어느 나라든 그렇게 만만한 백성은 없을걸요?"

아들도 옆에 따라 앉으면서 동의를 구하는 눈으로 아버지를 바라봤다.

"파도는 갑자기 만들어지는 것이 아니라 수평선 저 너머서부터 밀려오듯이 우리 국민의식도 먼 길을 헤치고 달려와 비로소 지금에 이른 거다."

"어두운 밤이 지나야 아침이 오는 것처럼요?"

"그래, 딱 맞는 말이다."

아버지가 자신보다 한참 큰 아들의 어깨를 당겨 안았다. 싱그러운 산 내음이 코끝으로 스며든다.

"아버지, 저기 암자가 있어요."

"꼭 그림 같구나. 구도가 좋은데 가까이 가서 사진 몇 장 찍자."

"카메라 가방 주세요. 제가 멜게요."

"아니, 됐다. 너도 힘든데."

아버지가 먼저 일어나 암자 쪽으로 걸어갔다.

"형 같으면 들고 오라는 말도 없이 그냥 놓고 걸어갔을 거여요."

아들이 볼멘소리로 투덜거리자 아버지가 실눈을 뜨고 빙그레 웃으며 물었다.

"그럼 너는 아무 소리도 없이 들고 가고?"

"예. 그런데 아버지는 나라 사랑은 강조하시면서 효도 소리는 왜 꺼내시지도 않으세요?"

나란히 걸어가던 아들이 장난기가 가득한 얼굴로 말했다. 가까운 나뭇가지 어딘가에서 산까치 한 마리가 까악! 하고 울어 젖히며 날아가자 부자는 화들짝 놀라 발을 멈추었다.

"저기 까치집, 알을 품고 있었나 봐요."

"그렇구나. 여기서 한 장 찍자. 암자 앞에 서라."

"폼 좋아요?"

"좋다. 그대로 있어. 움직이지 말고."

부자가 웃어대면서 사진 찍는다고 부산을 떨자 한 사람이 겨우 드나들 수 있을 만큼 작은 암자 안에서 문 틈새로 밖을 내다보고 있던 한 남자가 황급하게 고개를 돌렸다. 눈빛은 더할 나위 없이 부드럽고 입가엔 놀라움과 반가움이 서렸다.

"아버지, 저 나무 좀 봐요!"

아들이 가리키는 곳에 도토리나무 한 그루가 화강암을 두 쪽으로 반듯하게 쪼개고 그 틈에서 하늘을 향해 우뚝 서 있었다.

"한 톨의 도토리가 바위를 깨고 하늘을 향해 치솟았구나."

"동물이든 식물이든 생명력은 정말 대단한 것 같아요."

한 주먹 남아 있던 슬픈 기억을 처형장 골짜기에 훌훌 털어 버리고 산에서 내려가는 아버지의 발걸음이 더없이 가벼웠다. 나뭇잎 사이로 내비치는 찬란한 햇빛이 멀어져가는 부자의 뒷모습을 쫓는다.

〈끝〉

국가가 국민을 위해 존재하는 것인가를 묻는다

이승하 (문학평론가, 중앙대학교 교수)

내년 2023년은 3년여의 한국전쟁이 휴전협정 체결로 끝난 지 70년이 되는 해이다. 한반도가 남한과 북한으로 분단되고 만 해가 1948년이니까 분단된 지도 어언 75년이 다 되었다. 지금 북한은 사흘이 멀다 하고 미사일을 쏘아 올리며 호전성을 드러내고 있다. UN의 대북 무역제재로 인한 경제위기를 극복하려면 미국의 도움이 절실히 필요한데, 영 응해주지 않으니까 떼라도 쓰듯 미사일 시험 발사를 계속하고 있는 것이다.

이런 시점에 읽는 박종휘 작가의 3권짜리 장편소설 『태양의 그늘』의 의미는 각별하다. 이미 2015년과 2016년에 걸쳐 처음 펴낸 이후 증쇄를 거듭하며 독자들의 사랑을 받아온 소설이다. 그런데 작가 박종휘는 소설의 디테일한 부분들을 제대로 보완하고 싶었고 과도한 전라북도 사투리도 완화하고 싶었다고 한다. 마침 '아르테'에서 작가의 이런 요망사항을 십분 반영하여 증보판을 내주는 데 동의하였다. 그리하여 수년 간의 노력 끝에 수정고가 완성, 새로운 디자인과 편집으로 깔끔하게 단장하여 독자들의 평가를 새롭게 받게 되었다.

이 땅의 작가 중 선이 굵은 소설을 쓴 여성 작가가 몇 명 있었다. 박화성·박경리·박완서 3명의 박씨 성 작가가 세상을 뜬 이후 우리 문단은 역사의 풍파에 휩쓸려 들어간 인간 군상을 그린 소설을 접할 수 없었다. 통통 튀는 상상력과 감각적인 문체를 자랑하는 작가들이 대거 등장하긴 했지만 대작을 쓸 능력을 가진 작가는 만날 수 없었다. 그런데 2016년에 3권짜리 전작 장편소설을 출간하면서 등장한 박종휘라는 작가는 아무리 생각해도 불가사의한 존재였다. 대학도 대학원도 문학과는 거리가 있는 경제학과를 나왔고 3권짜리 장편소설을 들고 완고하기 짝이 없는 한국 문단의 장벽 한 귀퉁이를 허물고 등장하였다. 그런데 그 소설책에는 문학평론가의 해설이 빠져 있었고, 연세대학교의 은사인 윤혜준 교수의 짧은 추천사가 실려 있을 따름이었다. 완벽하게 무명인 작가의 전작 장편소설에 쏟아진 독자의 반응은 놀라울 정도로 뜨거웠다. 아마도 박경리 혹은 최명희 소설을 읽은 독자라면 마음속으로 제2의 박경리, 제2의 최명희라고 생각했을 법하다. 그만큼 작품의 스케일이 크다. 역사의 진폭이 대단히 크고, 거의 100명에 이르는 인물들의 생애가 여간 파란만장하지 않다. 그래서 작가는 독자에게 혼동을 주지 않으려고 가계도와 인물 소개를 권말에 만들어 넣는 수고를 마다하지 않았던 것이다.

해설을 쓰게 된 이상 이 소설의 길 안내를 제대로 해야 할 텐데, 해설자의 전공이 소설이 아닌 시여서 어깨가 아주 무겁다.

소설의 주인공은 윤태섭이 가장인 집안의 6남매 중 막내인 윤채봉과 남상백이 가장인 집안의 5남매 중 막내인 남평우이다. 두 사람은 부부가 되어 2남 2녀를 두는데, 일제강점기와 미군정 시대, 한국전쟁 시기, 반공 이데올로기를 국시인 양 밀어붙인 이승만과 박정희 정권 시절을 거치지 않았다면 평범한 중산층의 삶을 꾸려갔을 한 가정의 구성체일 따름이다. 하지만 역사의 풍파는 이들을 행복하게 살게 내버려두지 않는다. 윤태섭과 남상백 일가 중 누구도 공산주의 사상을 가진 이가 없지만 두 집안은 여수·순천사건과 한국전쟁을 겪으면서, 그리고 그 이후 공안정국의 서슬 푸른 검거 열풍에 휘말리면서 풍비박산이 난다. 해설자는 이 소설의 줄거리를 따라가면서 도대체 왜 이들이 이렇게까지 끔찍한 고난을 겪어야 했는지, 그 원인을 들춰보려고 한다.

윤태섭은 전북 김제의 부농으로 논밭도 많았고 읍내 배차장 건물의 주인이다. 아들 중 셋은 서울에서 사업을 하고 있었고 넷째는 전주에서 제지공장을 하고 있었으니 남부러울 것이 없는 사람이었다. 남상백은 뛰어난 사업적 수완으로 정미소와 술도가(주장)를 인수해 진안군 마령에서 잘 운영하고 있었다. 한국전쟁 발발 이후 북한 인민군이 전북 일대를 점령한 기간이 그다지 길지 않았지만 그 여파는 엄청나게 컸다. 그 당시 한 집안의 젊은이가 전쟁에 군인으로 뛰어들었기에 비극의 주인공이 된 경우도 많았겠지만 두 집안의 11명 자식은 가만히 있다가 전쟁과 분단의 비극이 덮쳐 죽거나 죽을 지경에 이른다. 게다가 전쟁을 일으킨 북한도 기습남침을 당한 남한도 국민을 전혀 보호해주지 않는다. 전쟁과 분단의 비극을 그린 소설은 많지만 이 소설은 그 전쟁의 억울한 희생양이었던 국민을 보호해주지 않은 국가에 대해 항의조의 질문을 던진다. 바로 이 지점이 소설의 주제라고 할 수 있다.

　일단 제1권의 전반부는 두 집안에서 모두 막내인 남평우와 윤채봉의 혼사를 다루고 있다. 스물한 살인 윤채봉은 뛰어난 미모에 밝고 대범한 성격을 갖고 있는 대단히 총명한 규수다. 세 살 위인 남평우는 일본에서 중학교를 나와 동경대(의대인 듯하다)에 들어간 수재로 사진 찍기가 취미인, 상당히 낭만적인 기질이 있는 부잣집 도련님이다. 평우는 대학을 졸업하고 와 직업을 갖지 않고 아마추어 사진작가로 활동하면서 지내고 있던 터였다. 개인의 영달이나 입신양명을 위해 살지 않고 조국과 민족을 위해 무슨 일을 할까 모색하던 중 두 집안 어른들의 중신으로 결혼을 하게 된 것이었는데, 집안이 넉넉하지 않았더라면 수입이 일정치 않은 사진작가로 지내고 있지는 않았을 것이다. 그런데 광복 전에 찍은 사진 한 장이 그를 비극의 주인공으로 몰아간다. 아무튼 이 두 사람이 결혼하는 시점은 일제강점기 말기이다.

　　어느 날 평우는 전주지국에 들러 송년을 위한 특별 사진을 건네주고 차를 마시다가 우연히 신문철에 꽂힌 샌프란시스코 공립협회에서 발행한 공립신보가 눈에 띄어 펼쳐보았다. 세계가 격찬하는 우리나라의 무용가 최승희 여사의 뉴욕 공연에 관한 기사였다. 그녀의 아름다운 춤사위를 칭찬하는 상세한 기사와 함께 현지에서 관람한 한인과 미국인 몇 사람이 같이 찍은 기념사진도 비교적 크게 실려 있었다.

　제1권 123쪽에 실려 있는 내용인데, 무용가 최승희의 뉴욕 공연을 다룬 것으로 보아 일제강점기 말이라고 짐작해본다. 그런데 작가는 누대로 경제적 부를 축적한 두 집안의 경사스런 혼사를 중심으로 소설을 써나가다 보니 중일전쟁, 국어(일본어) 상용, 태평양전쟁, 징용과 징병, 식량 공출 등 급박하게 돌아가는 일제말의 분위기를 상술하지 않고 넘어간다. 하지만 수양동우회 사건을 언급하면서 소설의 시대적 배경이 일제말임을 밝힌다.

근우는 경기고 재학 중 독립운동에 대한 뜻을 세우고 안창호가 이끄는 흥사단에 가입해 있다가, 학교를 졸업하고 1937년 조선의 지식인을 대량 체포한 수양동우회 사건 때 관련자로 수배되었다. 그러던 중 정동제일교회 선교사 윌슨의 도움을 받아 미국으로 건너가 시민권을 얻어 독립후원회 일을 돕게 되었다.

근우는 남상백의 3남, 남평우의 바로 위 형으로 훗날 이승만의 목숨을 구하고, 그의 비서가 된다. 근우는 미국으로 떠난 이후에는 집안에 안부를 묻지 않고 십수 년 세월을 오로지 조국의 광복을 꿈꾸며 보낸다. 평우가 우연히 신문사에 들러서 본 신문에서 형의 얼굴을 발견한다. 최승희의 공연을 현지에서 관람한 한인과 미국인 몇 사람과 찍은 기념사진 안에서 평우는 형의 얼굴을 찾아낸 것이었다.

신혼 시절이라 살림살이에 여념이 없었지만 채봉은 '채봉학당'이라는 현판을 내걸고 쪽마루 한편에 굵은 붓글씨로 '월요일-한글, 화요일-일본말, 수요일-건강 상식, 목요일-우리나라 역사, 금요일-뜨개질'이라고 크게 한지에 써 붙인다. 두 사람 사이에 기환, 승희, 기웅이 차례로 태어난다.

제1권의 제3장에서는 시대 분위기에 대한 묘사가 한참 이어진다.

일본은 전세가 불리해지자 가미카제 특공대를 만들어 자폭을 명하면서 최후의 발악을 한다. 조선인 젊은이들도 10여 명이 일본군에 강제 징집되어 폭약을 적재한 전투기를 몰고 가 미국 항공모함을 향해 자폭한다. 그 당시 징병 대상이 된 조선인들은 모두 창씨개명을 한 상태로 입대했기에 일본 도쿄 야스쿠니 신사에 일본의 군신으로 모셔져 있다. 이들의 위패를 돌려달라고 우리 정부가 아무리 외쳐도 마이동풍, 들은 척도 하지 않는 일본이다. 아무튼 소설에서는 이렇게 묘사된다.

신문 1면에 '1944년 10월 25일 08시, 세키 유키오 등 5명 순국!'이라는 큰 글씨의 표제와 함께 일본의 '필리핀 레이테 해전'에 관한 기사가 실렸다. 특공대를 자원한 젊은이들이 출발 직전에 찍은 사진도 실려 있었는데 젊은이들은 손가락을 들어 V자를 그리고 서 있기도 하고 금방이라도 울음을 터뜨릴 것 같은 표정으로 앉아 있기도 했다. 신문은 이들을 군신으로 대서특필하였다.

나라를 잃은 설움이란 이런 것이다. 나라 이름을 조선을 대한제국으로 고치고, 고종이 스스로 고종황제라고 이름을 바꿔도 우리는 이미 이빨 빠진 고양이 신세였다. 1905년에 외교권을, 1910년에 국호를 빼앗겼다. 그 이후에 토지와 곡식과 지하자원만 빼앗긴 것이 아니다. 일본이 일으킨 전쟁터에 징병으로 징용으로 또 종군위안부로 수많은 젊은이가 끌려가도 감내할 수밖에 없었던 것은 우리가 식민지의 국민이었기 때문이다.

일본의 두 도시 히로시마와 나가사키에 원자폭탄이 떨어져 10만여 명, 7만여 명이 죽은 것은 일본의 입장에서 보면 더할 나위 없는 비극이었지만 그 덕분에 조선을 비롯한 동아시아의 많은 나라가 일제히 광복을 맞이하였다. 문제는 한반도가 오랫동안 일본의 식민지였기 때문에 제2차 세계대전의 승전국인 소련과 미국이 지배권을 주장하며 군대를 보냈고, 그것은 '분할 점령', 곧 38선이 놓이는 빌미가 되었다. 우리가 우리 힘으로 이룩한 '광복'이 아닌, 외부의 힘에 의한 '해방'이었기 때문에 발언권을 빼앗긴 채 얄타 회담을 지켜봐야만 했다. 조국 해방의 기쁨은 그리 오래 가지 못하였다. 북쪽은 강대국의 신탁통치를 찬성한다고 했고 남쪽은 반대한다고 하면서 대립의 촉각을 곤두세우게 된다.

해방 이후 북쪽은 김일성이 등장해 토지의 무상 몰수와 무상 분배를 내세우며 민심을 규합하였다. 소련의 군사고문단이 곧바로 들어와 군대를 양성하였고, 소련제 무기를 들여와 군의 현대화 작업에 착수하였다. 아마도 김일성이 전쟁을 계획하기에는 그리 오랜 시간이 걸리지 않았을 것이다. 게다가 미국의 국방장관 에치슨은 대한민국을 미국의 방위선에서 뺐다고 공식적으로 선언하지 않는가.

한편 남쪽에서는 김구를 비롯한 명민한 정치가들이 연이어 암살을 당하였다. 1946년의 조선정판사사건, 국대안 파동, 대구의 10·1폭동사건, 1948년의 제주도 4·3사건, 여수·순천사건 등 굵직한 정치적 사건이 이어지는 등 혼란이 계속되었다. 이승만은 오랫동안 중국 상하이와 미국 하와이에 있었기 때문에 국내에 정치적 기반이 거의 없었다. 미국은 한국의 정치 파트너로 프린스턴 대학 박사학위 출신인 이승만을 택하였고(박사논문의 제목도 'Neutrality as influenced by the United States'였다) 이승만은 악질 친일파와 북한에서 내려온 과격한

서부청년단 등 반공주의자들의 도움으로 나라를 건설하게 되었다.

두 집안의 비극은 윤태섭 가문의 넷째 윤재중의 자살에서 시작된다. 전주에서 제지공장을 운영하던 그는 일제말에 경영난에 허덕이게 되는데 해방 이후 남로당이 유도한 파업이 겹쳐 완전히 망하게 되자 평안산 절벽에서 뛰어내린다. 시대 분위기가 위기국면으로 치달아가는데 군정 당국은 경찰과 군을 동원해 일부 인사를 구속, 사상 통제를 시작한다. 평우가 들어가 있던 조선문학가동맹의 활동은 크게 위축되었고, 다수의 문인이 월북의 길을 택한다. 남평우가 이 단체에 들어가 있었던 것이 어찌 보면 비극의 불씨였다고 봐도 틀린 말이 아닐 것이다. 평우는 조선문학가동맹에서 나와 전북 애향 사진 동호인 모임인 '배달산하'에서 협회지 발행을 도우며 작품 활동을 하고 있었는데 오래전에 찍은 사진 한 장이 문제가 된다. 일단 여수·순천사건을 다룬 대목을 보자.

대한민국 정부가 수립된 지 2개월 후인 1948년 10월 19일, 남로당 계열 장교들과 제주 4·3사건 진압 명령에 반대한 군부대가 주동하여 전라남도 여수에서 봉기했다. 이를 진압하는 과정에서 좌·우익 세력으로부터 많은 민간인이 희생당하는 사건도 발생했다. 반란군에 의해 경찰과 우익 인사를 포함해 150여 명의 민간인이 학살되었으며, 정부 진압 군경이 사건을 진압하는 과정에서도 반란군 협력자를 색출한다는 명목으로 수많은 지역민이 학살되었다. 이 사건을 계기로 이승만은 철권통치와 반공주의 노선을 강화하게 되었으며, 사태와 관련된 인근 주민들은 정부군을 크게 두려워했고 이를 부추기는 소문 또한 무성했다.

정부 수립 고작 2개월 뒤인데 여수와 순천에서는 전쟁과 다를 바 없는 큰 충돌이 일어난다. 일제강점기 36년 동안 일본으로부터 지독한 고통을 겪은 우리 민족이 공산주의니 자본주의니, 빨갱이니 친일파니, 찬탁이니 반탁이니 하면서 둘로 나뉘어 서로 수천, 수만 명을 죽이는 동족 살상의 비극을 전쟁도 일어나기 전에 연출하게 된 것이다. 여수·순천사건의 불똥은 엉뚱하게도 남평우가 '특수부'라는 군 수사기관에 끌려가게 한다. 6년 전, 일제강점기 때 찍은 사진이 '여순반란 전단지'에 실림으로써 그는 공산주의자로 몰리게 된다. 신인 작가 사진전 입상작으로 뽑힌 작품이 3년 전에 공산당 신문인 〈조선인민보〉의 '추억의 향토사진전'에 실렸고, 다시 '여순반란 전단지'에 실렸던 것인데, 사진 제목도 '죄 없는 이 모자를 누가 죽였는가'로 바뀌어 있었다. 특수부의 부장은 남평우를 공산주의자로 간주하여 수사를 종결하고 법원은 더 이상의 수사도, 항소 절차도 없이 총살형으로 판결하고 만다.

"육 년 전에 이 사진을 찍었다는 건 그때부터 나라에 불만을 품고 국민을 선동하기 시작했다는 거고, 이번에 반란 전단지에 나온 건 필름을 건네주면서 제작에 직접 참여했다는 거고, 조선인민보가 폐간되었다는 건 불법 공산당 신문이었다는 거야. 따라서 저 친구는 겉으로 드러나지 않았을 뿐 공산당 간부가 분명하다는 거지. 게다가 증거로 마르크스의 『자본론』 책도 나왔는데 뭐가 더 필요해?"

한 사람의 귀중한 목숨이 군 중간 간부의 이런 억측에 의해 사형으로 결정되다니 기막힌 노릇이지만 그 당시 억울한 죽음이 어디 한

둘이었을까. 사진 한 장을 찍은 죄로 평우는 마침내 형장으로 끌려간다. 첫 번째 10명, 두 번째 10명이 사선에 서서 총성과 함께 죽는데, 사수로 차출된 이로 조필구라는 젊은이가 있었다. 채봉의 별당 학교에서 공부를 하던 학생인데 군에 자원입대하여 하사관 생활을 하던 중 사형장의 사수로 차출된다. 그런데 자신의 표적에 선 사람이 "역사는 결국 물의 흐름과 같이 정의로운 방향으로 흐르게 되어 있으며, 그 흐름 속에서 나는 어떤 역할을 할 것인가가 숙제로 남는다."라는 큰 가르침을 주어 군대에 조기 지원했을 만큼 정신적인 지주가 되었던 선생님임을 바로 알아본다. 조필구 하사는 사형수 남평우에게 눈가리개를 씌우면서 "총소리가 나면 앞으로 쓰러지세요. 저 필굽니다." 말하고는 바로 옆에다 쏘아 평우의 목숨을 구해준다.

평우는 극적으로 목숨을 구해 화전민 허정달의 도움을 받아 자살한 그의 아들 허운악이라는 이름으로 변성명하여 살아가게 된다. 마침 정달이 아들의 죽음 이후 사망 신고를 하지 않고 있었기 때문에 가능한 일이었다. 필구가 채봉을 찾아가 남편이 죽지 않았음을 알리자 평우의 아버지 남상백은 시체 더미의 한 시체를 수습해 와서 장례를 치른다. 그래서 남평우는 호적에서 지워지게 되고 평우는 허운악으로 살아가게 된다. 이런 사실을 몰랐던 평우의 어머니 김연옥은 막내아들의 사형 집행 소식에 충격을 받고는 목을 매 죽는다.

평우에게 사랑하는 아내와 자식들이 없었다면 그는 어쩔 수 없이 월북의 길을 택했을 것이다. 상백은 아들을 북으로 안내해줄 안내원으로 처이모의 아들 장한길이라는 이를 보낸다. 하지만 평우는 북으로 갈 수 없는 이유가 있었고 조국이 억울하게 변성명하여 살아가는 자신을 보호해줄 것이라는 믿음도 있었다. 세월이 좀 흘러 한국전쟁이 발발하는데 윤채봉은 적화되고 만 진안의 여맹위원장이 된다. 사상이 그쪽으로 기울여진 것이 아니라 아버지 윤태섭과 두 오빠가 '악덕 지주'로 몰려 군당위원회에 끌려갔다는 말을 듣고 구해볼 작정으로 그 직책을 수락했던 것이다. 그런데 세 사람의 목숨을 구한 것은 채봉이 아니라 평우의 동경 유학 시절의 친구 권학순이었다. 전주에서 변호사로 활동하다 인민군 점령기에 인민위원회 선전부장 직을 맡게 되어 처형장으로 끌려가는 무리를 목숨을 걸고 지켜내고, 그 결과 자신은 보위부 소좌의 총에 맞아 죽고 만다. 허정달의 양아들이 된 남평우는 화전민촌까지 들어온 인민군과의 실랑이 끝에 허정달이 인민군 한 명을 죽이는 사건도 옆에서 겪는다.

인천상륙작전 이후 인민군이 북으로 퇴각하기 시작하자 채봉은 인민군 20여 명과 함께 북으로 가는 역피난 대열에 끼기도 한다. 그 와중에 국군과 인민군의 총격전이 벌어지고 채봉 일가는 난리를 피해 올라오는 피난민 틈에 끼어 대전에 도착한다. 네 아이를 데리고 떠난 피난길이었기에 채봉의 고생은 이만저만이 아니었다. 다행히도 대전역 앞 금정식당이라는 국밥집에서 허드렛일을 하게 되면서 일단 위기를 넘긴다.

이후 또 한 번의 비극이 전개된다. 채봉이 남편의 생존 소식을 듣고 만나러 간 자리에서는 허정달과 남평우가 잡혀 처형되는 장면을 목격한 것이다. 우여곡절 끝에 허정달은 죽고 남평우는 살아남는다. 여기까지가 제1권의 주요 내용이다.

그런데 제2권의 제1장에서는 분위기를 일신해 이승만의 미국 하와이에서의 활동 양상과 남근우의 활약상이 전개된다. 일본이 첩자를 하와이에 파견해 이승만 암살을 시도하는데, 근우는 이승만이 쓰고 있던 모자와 입고 있던 두루마기를 달라고 해서 변장해 총탄 세례를 대신 받으면서 이승만의 목숨을 구한다. 이승만은 이날 이후 남근우를 더욱 신임하여 임시정부와의 통신원 역할을 하게 했고 수행비서 역할도 시킨다. 광복 후 귀국한 근우는 이승만이 대통령이 되기까지, 그리고 경무대에 들어가서도 보필에 최선을 다한다.

제2권에서는 전쟁상황 중에 두 집안이 겪는 고초가 주로 전개된다. 상백의 맏아들 남원우가 사상적인 문제가 있다면서 형장으로 끌려가 처형되는 사건이 나온다. 보도연맹 가입이 주된 이유였다. 국민보도연맹이란 1949년 4월, 좌익 전향자를 계몽하고 지도하기 위해 조직된 관변단체다. 그런데 한국전쟁이 일어나자 이들을 모두 공산주의자로 몰아 1950년 6월 말부터 9월경까지 수만 명 이상의 국민보도연맹원이 군과 경찰에 의해 살해된다.

윤채봉은 인민군 치하에 여맹위원장을 했다는 이유로 엄청난 고통을 겪는다. 군 특수부의 부장 우경석 대위가 나오는데 그는 남평우를 형장으로 가게 한 장본인이며 평우의 형 남원우도 사상이 의심된다며 조사를 요청하는 바람에 보도연맹원으로 분류되고 결국 죽음으로 몰고 간 인물이기도 하다. 그의 논리는 한번 공산주의 사상에 물들면 변할 수 없고, 그런 인간은 어떻게 죄를 씌워서든 죽여야만 하는 것이었다. 제 발로 찾아간 채봉도 공산주의자로 간주해 끈질기게 조사하지만 폐결핵 3기의 환자이고 서산경찰서 직원의 진솔한 진술이 있어 풀려난다. 그러나 채봉이 끝까지 억울함을 파헤칠 작정으로 군 수사대 지구대장과의 만남을 시도하자 우경석은 채봉으로 오인한 여인을 밤길에 짱돌로 살해하기까지 한다.

이승만을 보필하던 남근우의 자살과 남상백이 우경석을 은밀히 살해하는 것도 제2권의 주요 사건이다. 어머니의 자살과 두 형제의 사망(한 명은 실제로는 죽지 않았지만) 소식을 접한 근우는 이승만 대통령 앞에서 지도자의 책임을 엄중히 묻고는 권총으로 자살한다.

채봉의 네 자식이 커가면서 등장하는 회수도 늘어나고 세대가 서서히 교체되고 있음을 암시한다. 그사이에 한국전쟁은 끝이 났고, 상백이 숨을 거두는 것이 제2권의 거의 끝부분이다. 끝부분에서 작가는 수년 만에 남평우, 윤채봉이 재회하는 순간을 감동적으로 그린다.

채봉의 눈에 바로 동화 속 샘물 같은 눈물이 고이면서 송낙바위의 태양이 어른거렸다. 말없이 바라보던 평우가 그녀를 다시 와락 끌어안았다. 채봉이 눈물을 훔치고 다시 밝게 웃으며 장터에 다녀오겠다고 했다. 장터로 향하는 발걸음이 새털처럼 가볍기만 했다. 장터는 북적대긴 했지만 하나같이 천국의 앞마당에 모인 사람들처럼 오순도순하고 행복한 사람들뿐이었다.

아마도 이 장면 때문에 소설의 제목을 '태양의 그늘'로 한 것이 아닐까. 태양은 생명의 생육에 있어 가장 필요한 것이다. 밝음과 따뜻함을 제공하는 에너지의 원천이 태양이다. 그런데 그 태양은 또한 그늘을 만든다. 인생살이에 희로애락이 늘 엇갈리는 것처럼. 그런데 해설자는 소설의 제목을 이렇게도 해석해본다. 일본의 일장기나 욱일승천기를 보라. 태양을 그린 것이다. 그런데 그 일본의 그늘에서 우리 한민족이 얼마나 큰 고통을 겪었는가. 일제강점기가 없었다면 전쟁도 일어나지 않았을 테고 분단도 되지 않았을 것이다. 남과 북을 다른 나라가 분할 점령했기에 남과 북이 엄청난 전쟁을 했고 휴전협정 체결로 그 전쟁이 중단되었을 따름이다. 우리는 어쩌면 지금도 태양의 그늘에 있는 것일 수 있다. 사실상 지금 남과 북이 일촉즉발의 위기상황에 직면해 있다고 봐도 과언이 아니다. 그늘이 쉼터가 되면 좋으련만 응달의 의미가 있다면 그 응달에서 우리는 이제 벗어나야만 한다.

제3권에 접어들면 이들 부부가 겪는 고초가 최고조에 달한다. 윤채봉은 전주도립병원 내과 하가일 의사의 도움을 받아 가까스로 폐결핵으로부터 벗어나고 보험회사 대한생명의 직원이 되는데 군인보험을 성사시켜 최우수 영업사원이 된다. 그 여력으로 희망원이라는 보육원의 이사장이 되어 '개인 수익의 사회 환원'을 몸소 실천한다. 그런데 북조선인민위원회 위원의 아내였던 이순실이라는 이를 원장으로 임명한 것이 문제가 된다. 게다가 이순실의 친척 동생인 백해송이라는 자가 월남해 해방촌에 살다가 희망원에 피신해 와 있는 것도 문제가 된다. 대학 동창이 주는 돈을 받아 썼다가, 문단 친구와 저녁을 같이 먹었다가, 끔찍한 고문을 당한 천상병 시인, 박정만 시인처럼 가족이 아니라 지인의 지목에 의해서도 형극의 길을 간 사람들이 있던 시대였다.

4·19혁명 이후 이기붕 일가의 죽음도 제3권에서 중요하게 다뤄진다. 이승만의 양아들 이강석은 아버지 이기붕과 어머니 박마리아, 남동생 이강욱을 권총으로 쏘고 자살한다. 한 명 대통령의 야심 때문에 죽어간 사람이 도대체 몇 명이었을까.

전쟁을 치른 이후 북한에서 남한과 관계의 끈이 있는 이들이 대거 숙청되고 신분상의 불이익을 당한 것처럼 남한에서도 연좌제가 실시되고 월북자 가족은 숨도 못 쉬고 살게 된다. 반공이라는 무지막

지한 몽둥이는 수많은 사람을 벼랑으로 몰아세운다. 그중에는 여전히 저쪽 사상에 동조하는 사람도 있었겠지만 누군가의 실적 쌓기에 희생된 이도 적지 않았다. 그래서 과거의 모호한 이력이나 사상이 의심스러운 자들은 '빨갱이'로 몰려 고초를 겪게 되는데, 형장의 이슬로 사라졌던 남평우에 대한 재수사와 법정 공방전은 제3권의 최대 이슈가 된다. 앞의 두 권과 달리 제3권은 거의 전부가 수사 드라마와 법정 드라마를 방불케 한다. 일단 사진관을 하면서 먹고 살던 남평우가 사법고시에 합격해 변호사로 변신하는 것도 극적이다. 서산경찰서의 해미지서 경장이었던 김용화는 남평우의 억울한 처지를 알고는 기꺼이 변호사 사무실의 사무장이 된다.

제3권에서는 문제의 사진 한 장으로 말미암은 남평우의 억울한 처형과 구사일생 이후의 행적, 변성명 이후의 삶에 대한 윤채봉의 간곡한 해명, 증거 찾기에 나선 가족의 눈물겨운 노력 등이 진행된다. 그래서 제3권의 주요인물은 남평우와 윤채봉의 행적과 사상에 의심을 품고 끈질기게 추적하는 공안부 검사 장현준, 근우가 경무대에서 근무할 때의 의전실장이며 훗날 일본에 파견된 외교관 이준영, 두 주인공의 약점을 알고는 끈질기게 협박하는 대한생명 수원지사장 최수영, 남평우 재심 사건의 변호사이지만 매정하고 냉철한 김응선, 아버지 전주지방법원장에게 친구(남평우의 셋째아들 기웅)의 아버지를 옹호하고 선처를 호소하는 김상식 등이 등장하면서 소설의 흐름은 물꼬를 바꿔 다른 국면으로 치닫는다. 그래서 시대적인 큰 사건을 중심으로 진행되던 제1, 2권과는 분위기를 달리한다. 재판의 결과는 이 소설의 결론이나 마찬가지인데 독자들을 위해 이 장면에 대한 설명은 하지 않겠다. 소설 읽는 재미가 반감될 테니까.

다만 장현준이 검사이면서도 피고측 증인으로 출두한 장면에 대해서는 언급해 둔다. 도피를 권유한 검사의 말에 남평우는 다음과 같이 말했다고 한다. "대한민국 사법부의 정의를 믿고 자식들에게 정의로운 이 나라를 확인시켜 주기 위해서" 도피 같은 건 하지 않고 수사를 받겠다고. 즉, 남평우는 온갖 시련을 다 겪고도 나라와 사법부의 정의에 대한 믿음을 잃지 않았다. 이것은 민주사회의 시민이 가져야 할 기본적인 태도일 것이다. 그러나 1948년 정부 수립 이후 우리 정부가 민간인들에게 행한 수많은 과오 중 아직도 사과를 하지 않은 것들이 있다. 전쟁 발발 사흘 뒤의 한강 철교 폭파로 서울시민 전부가 인민군의 볼모가 되었던 일, 여수·순천사건, 거창양민학살 사건, 납북 인사들에 대한 신원, 광주민주화운동 당시의 행방불명자들에 대한 조사 등. 이런 것들에 대한 거론은 소설 해설의 범주를 넘어서는 것이므로 여기서 줄이고……

　　박종휘 작가의 소설 『태양의 그늘』의 창작 의도는 이런 것이 아닐까. 일제강점기까지 합쳐 지난 100년 우리 현대사 전개에 있어 억울하게 죽어간 사람들이 참으로 많았다는 것, 그들에게 씌워진 용수를 이제는 벗겨줘야 한다는 것, 이 나라를 지킨 것은 위정자가 아니라 평범한 시민들이었다는 것, 공산주의 이데올로기도 허망한 것이지만 반공 이데올로기도 구시대의 유물에 불과하다는 것, 인간 행복의 척도는 가족 간의 사랑에 있다는 것 등등. 역사가가 제대로 담아내지 못하는 것이 역사의 파고 앞에 선 인간 개개인의 사고와 행동이다. 그 사회 집단의 역사도 중요하지만 그에 못지않게 중요한 것이 미시사이다. 이 소설을 읽으면서 독자는 한국 현대사의 흐름을 파악하는 것과 동시에 격동의 역사 앞에서 자신을 지켜낸 자들의 용기 있는 행동에 감동할 것이다. 『태양의 그늘』은 엄청난 역사의 쓰나미 앞에서도 자신의 가족을 끝끝내 지켜낸 남평우, 윤채봉 부부의 눈물겨운 순애보이기도 하다.

국익이 개인의 사익에 우선할 수는 있다. 하지만 국가가 무고한 양민을 대량학살하고, 없는 죄를 씌워 죄인으로 만들고, 오랫동안 불이익을 주고, 그런 일에 대해 한마디 사과도 하지 않는다는 것은 있을 수 없는 일이다. 국민이 없이 국가가 있을 수 있는가. 황방산을 오르는 남평우와 아들 기웅은 이런 말을 주고받는다.

"반만년 역사라고 자랑은 하지만 백성이 주인 노릇을 해본 적은 없지 않냐. 지금까지 왕의 나라였지."

"그래도 불평하지 않았잖아요."

"안 한 게 아니라 그런 의식이 희박했었지. 게다가 따지고 보면 국가의 모태는 강자의 군림을 위한 수단에서 비롯되었지 백성을 위해서 만들어졌다고 보기는 힘들지 않았겠냐."

봉건전제군주제일 때는 역사의 주인이 왕과 권문 사대부였다. 하지만 서구에서 발달한 민주주의를 받아들였다면 그 나라의 주인은 국민이 되어야 한다. '국민'이라는 용어에 일제의 잔재가 묻어 있다면 시민이나 서민을 써도 된다. 대통령을 위한 나라가 되면 이승만·박정희 같은 독재자이거나 전두환 같은 물불 안 가리는 군인 정치가를 낳는다. 국가가 국가라는 이름으로 억울한 희생자를 만들지 말아야 한다는 작가의식이 『태양의 그늘』을 관류하고 있다. 우리네 헌정사에서 현군을 한 명도 모시지 못했다는 불행은 그렇다 치고, 얼마나 많은 억울한 죽음과 주검이 있었던가. 시민은 국가를 믿었는데 국가가 시민을 버린 경우가 얼마나 많았는가. 그래서 이 소설의 주제는 한 낱말로 말해 인간애, 즉 휴머니즘이다.

작가는 조만간 다음 작품도 세상에 내놓는다고 한다. 박종휘 작가가 아무쪼록 한국 소설사 전개에 있어서 박화성·박경리·박완서의 뒤를 잇는, 선이 굵은 작가로 평가될 날이 오기를 바란다.

인물 소개

권학순 남평우의 동경 유학 시절 친구. 전주에서 변호사로 활동하다가 북한군 점령기에 인민위원회 선전부장 직을 맡게 된다.

김상식 전주지방법원장의 아들이자 기웅의 친구. 기웅을 위해 아버지에게 도움을 청한다.

김연옥 상백의 부인. 막내아들 평우의 처형 소식에 비통함을 견디지 못하고 불행한 선택을 한다.

김용화 서산경찰서 해미지서 경장. 우연히 평우의 신분을 알게 되지만 그의 애국심과 억울함을 알고 도움을 준다. 평우가 변호사로 활동할 때는 사무장이 된다.

김응선 평우 재심 사건의 변호사. 평우를 객관적이고 냉정한 잣대로 평가해 채봉을 절망에 빠뜨린다.

남근우 남상백의 셋째아들. 미국으로 건너가 이승만을 돕다가 대통령이 된 후 그의 가슴에 총을 겨눈다.

남기준 남원우의 첫 번째 부인이 낳은 큰아들. 작은아버지인 남평우와 숙모 채봉을 잘 따랐으며 정의감이 투철하고 다혈질이다.

남상백 자수성가한 인물로 마령에서 정미소와 주장을 운영한다. 전쟁으로 온 가족이 수난을 당하지만, 조국을 원망하면서 살아가지 말라는 유언을 남기고 세상을 떠난다.

남원우　상백의 맏아들. 일본 유학을 마치고 귀국해 한평생 아버지를 지키고 보필하면서 산다.

남정순　남상백의 맏딸. 혼인을 하지 않고 신앙생활에만 전념하면서 사는 마령교회의 장로이다.

남철우　남상백의 둘째아들. 일본에서 공부를 마친 대학교수이지만 연좌제로 인한 수난을 당한다.

남평우　남상백의 막내아들이자 윤채봉의 남편. 사진작가로 활동하다가 여순사건에 연루되었다는 누명을 쓰고 처형장으로 끌려간다.

박영민　재중의 부인인 박영희의 큰언니이자 청수탕 주인. 채봉을 어려서부터 귀여워했다.

박영찬　영민의 동생. 채봉의 아이들을 마령에 데려다주고 채봉에게 시댁의 소식을 전해준다.

백해송　이순실의 친척 동생. 월남 후 해방촌에 살던 중 요주의 인물로 지목되자 희망원으로 피신한다.

오상순　조선문학가동맹 회원으로 활동하다가 전북애향사진동호인의 모임인 배달산하의 회장이 된다.

우경석 육군 정보국에서 김창룡의 휘하로 근무하다가 전주로 좌천되어 평우를 신문한다.

유병주 상백이 젊은 시절 그의 아버지와 동업하다 헤어진 후 가깝게 지내 지는 않는 먼 인척. 후에 면장이 되어 평우의 신분 조사 시 유리한 증언을 해준다.

윤옥봉 윤태섭의 큰딸. 공주로 시집가 평범하게 살아가는데 아이를 낳지 못해 채봉의 아이들에게 정을 쏟는다.

윤재규 윤태섭의 셋째아들. 독자적인 사업을 하다가 한국전쟁이 발발하 자 태섭을 지키기 위해 전주로 내려온다.

윤재덕 윤태섭의 맏아들. 서울에서 지물공장을 운영하며 안정된 삶을 살 아간다.

윤재명 윤태섭의 둘째아들. 서울과 만주를 오가며 사업을 하다가 동생 재 중의 불행한 사고 후 전주로 내려와 태섭을 돕는다.

윤재중 윤태섭의 막내아들. 전주에서 제지공장을 운영하다 광복 후 정국 의 혼란으로 인해 어려움을 겪는다.

윤채봉 윤태섭의 막내딸. 남편인 평우가 위기에 처해 가정을 돌보지 못하 게 되자 혼자 네 아이를 키우면서 강인한 모습을 보여준다.

윤태섭 김제의 부농. 악덕 지주로 신고 되어 아들 재명, 재규와 함께 인민 군에게 끌려가 즉결 심판을 받는다.

이국헌 윤옥봉의 남편. 만주에서 독립운동을 하다가 팔에 부상을 입고 귀국해 옥봉과 결혼한다.

이순실 북조선임시인민위원회 위원이던 남편의 사망 후 친정이 있는 전주에 내려와 혼자 살고 있다가 희망원의 원장 직을 수락한다.

이준영 근우가 경무대에 근무할 당시의 의전실장이며 나중에 일본으로 파견된다. 평우의 재심을 위해 보이지 않게 노력한다.

장한길 김연옥의 조카. 오수 장 씨로 통하기도 하며 신의가 있고 책임감이 강하다. 상백을 정성으로 받들고 위한다.

장현준 채봉과 평우의 신분에 의구심을 품고 추적하는 공안부 검사.

정혜령 대호건설 집안의 딸. 동생 정이석의 가정교사인 기환과 나중에 들어온 기웅과도 친하게 지내면서 따뜻한 마음을 보여준다.

조필구 채봉의 별당학교에서 공부를 했던 학생. 군에 자원입대하여 하사관 생활을 하던 중 처형장 사수로 차출된다.

최수영 대한생명 수원지사장. 부인과 딸이 세상을 떠난 후 방탕한 생활을 하다가 막다른 골목에 이르자 평우와 채봉의 약점을 알고 협박한다.

최정임   윤태섭의 부인. 집안 대소사를 주로 금산사 주지승 일파 스님과 상의한다.

하가일   전주도립병원 내과 의사. 채봉의 결핵 치료를 담당한다.

한인순   원우가 재혼한 부인. 딸 셋과 아들 하나를 낳는다.

함춘식   남상백의 친구. 집에 불이 나 부인과 두 아들이 죽은 후 집을 비운 자신의 다리가 원수라며 스스로 앉은뱅이를 만들어 평생 깔판을 끌고 다닌다.

함춘호   함춘식의 동생. 춘식의 집에 숨어 있는 원우를 검거해 형을 극단적인 절망감에 빠뜨린다.

허운악   허정달의 아들. 학문과 예술 활동을 하다가 건물에서 떨어지는 미심쩍은 사고로 바보가 된다. 아버지 정달과 운장산에서 살던 중 밤나무에 목을 매어 목숨을 끊는다.

허정달   화전을 일구며 혼자 사는 노인. 죽은 아들과 같은 신념을 가진 평우를 자식으로 여기며 살아간다.

주요 인물 계보

부부 ×
자녀 ↓

남상백 일가

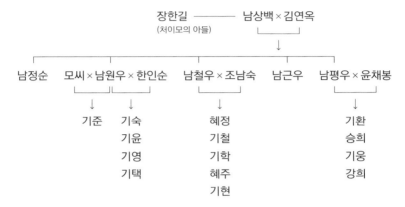

장한길 ——— 남상백 × 김연옥
(처이모의 아들)
↓

남정순   모씨 × 남원우 × 한인순   남철우 × 조남숙   남근우   남평우 × 윤채봉
         ↓   ↓   ↓   ↓
        기준   기숙   혜정   기환
                 기윤   기철   승희
                 기영   기학   기웅
                 기택   혜주   강희
                                  기현

윤태섭 일가

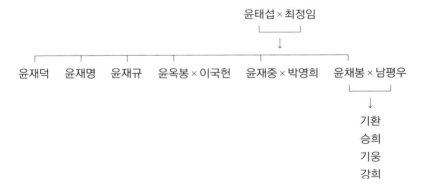

윤태섭 × 최정임
↓

윤재덕   윤재명   윤재규   윤옥봉 × 이국헌   윤재중 × 박영희   윤채봉 × 남평우
                                                                  ↓
                                                                 기환
                                                                 승희
                                                                 기웅
                                                                 강희

태양의 그늘 3

1판 1쇄 인쇄 2022년 12월 9일
1판 1쇄 발행 2022년 12월 16일

지은이 박종휘
펴낸이 김영곤
펴낸곳 (주)북이십일 아르테

TF팀 이사 신승철
TF팀 이종배
출판마케팅영업본부장 민안기
마케팅1팀 배상현 한경화 김신우 강효원
출판영업팀 최명열 김다운
제작팀 이영민 권경민
진행·디자인 다함미디어 | 함성주 유예지

출판등록 2000년 5월 6일 제406-2003-061호
주소 (10881) 경기도 파주시 회동길 201(문발동)
대표전화 031-955-2100 **팩스** 031-955-2151 **이메일** book21@book21.co.kr

ISBN 978-89-509-9082-4 04810
      978-89-509-9071-8 (세트)

© 박종휘, 2022

(주)북이십일 경계를 허무는 콘텐츠 리더

21세기북스 채널에서 도서 정보와 다양한 영상자료, 이벤트를 만나세요!
페이스북 facebook.com/jiinpill21 포스트 post.naver.com/21c_editors
인스타그램 instagram.com/jiinpill21 홈페이지 www.book21.com
유튜브 youtube.com/book21pub